무기여 잘 있거라

| 일러두기 |

1. 제목은 '무기여 잘 있어라'가 바른 명기이나 널리 통용된 '무기여 잘 있거라'로 썼음을 밝힙니다.
2. (   ) 안 모든 옮긴이 주에서 '옮긴이' 표기는 생략했습니다.

무기여 잘 있거라

어니스트 헤밍웨이 지음 | 이유정 옮김

더클래식

| 차례 |

제 1 부

1

그해 늦여름, 우리는 강과 들판을 사이에 두고 산들이 보이는 어느 마을의 민가에 머물고 있었다. 강바닥에는 햇살에 그을린 자갈과 바위가 하얗게 빛나고 있었고, 맑고 푸른 강물은 물길을 따라 빠르게 흐르고 있었다. 군인들이 집 앞을 지나가면 흙먼지가 일어나 나뭇잎과 나무 몸통을 뽀얗게 뒤덮었다. 그해에는 나뭇잎들도 일찍 졌다. 길을 따라 행군하는 군인들이 일으킨 먼지바람에 흔들려 나뭇잎들이 떨어져 내렸다. 그들이 지나간 길에는 휑하게 떨어진 나뭇잎들만 굴러다녔다.

들판에는 농작물이 넘쳐 났다. 과수원에는 과일나무들이 무성했지만 들판 뒤로 펼쳐진 산은 나무 한 그루 없이 텅 비어 있었다. 산은 전쟁터였고 밤이 되면 대포에서 내뿜는 불꽃으로 반짝였다. 어둠 속에서 보면 그것이 마치 여름철 번개 같았지만 밤기운은 서늘했고 폭풍우의 기미도 보이지 않았다.

가끔 어둠 속에서 군인들이 창문 아래를 행군하고 대포가 트랙터에 실려 가며 덜컥거리는 소리를 들을 수 있었다. 밤에는 움직임이 더욱 분주했다. 노새들은 안장 양쪽에 탄약 상자를 이고, 회색 빛깔의 트럭들은 군인들을 싣고 지나다녔고, 짐을 가득 싣고 캔버스 천을 덮은 트럭들도 느릿한 속도로 움직였다. 낮에는 트랙터에 커다란 대포를 실어 나르기도 했는데 긴 총구와 몸통은 잎이 무성한 초록 가지와 덩굴로 덮여 있었다.

북쪽으로는 계곡 너머로 밤나무 숲이 보이고, 그 뒤로는 강 이쪽으로 산이 또 하나 있었다. 그 산을 차지하기 위해 전투가 벌어졌지만 결과는 성공적이지 못했다. 가을이 되어 우기가 시작되면서 밤나무 잎들이 모두 떨어져 가지들은 앙상했고 나무 몸통은 비에 젖어 시커멓게 변했다. 포도밭의 나무들은 잎이 모두 떨어진 채 덩굴만 나동그라져 있었고, 이 지방 일대가 가을과 함께 축축이 죽어 가고 있었다. 강에는 안개가 끼어 있었고 산 위에는 구름이 떠 있었다. 트럭들이 지나가며 진흙을 튀기는 바람에 외투를 입은 군인들은 진흙을 뒤집어쓰고 비에 젖었다. 그들이 가진 소총 역시 축축하긴 마찬가지였다. 군인마다 외투 속 벨트 앞쪽에 두 개의 가죽 탄약 케이스를 차고 있었는데 그곳에는 가늘고 긴 6.5밀리미터 구경 탄약이 가득 들어 있었다. 묵직한 회색 가죽 탄약 케이스가 외투 위로 불룩 튀어나와 있어서 길에서 행군하는 모습을 보면 다들 6개월 된 임신부들 같았다.

아주 빠른 속도로 달리는 회색 소형차들도 몇 대 지나갔는데, 보통 운전병 옆에 장교 한 명이 앉아 있었고 뒷좌석에는 장교 몇이 더 타고 있었다. 그 차들은 트럭보다도 더 심하게 진흙을 튀기며 지나가곤 했다. 만약 그런 차들 중에 한 대가 뒷좌석에 앉은 두 장군 사이에 끼어 얼굴은 보이지도 않고 모자 끝 부분과 좁은 등만 보이는 장교 하나를 태우고 유난히 빨리 달린다면 그건 왕(제1차 세계대전 당시 이탈리아 국왕인 비토리오 에마누엘레 3세로 키가 무척 작았다)이 타고 있는 게 틀림없었다. 그 왕은 자신이 살고 있는 우디네에서 이렇게 차를 타고 거의 매일 같이 나와 전세를 살폈지만 상황은 영 좋지 않았다.

겨울이 시작되자 비가 끊임없이 쏟아졌고, 그 비는 콜레라를 몰고 왔다. 하지만 곧 조치가 내려져 군대 내에서는 총 칠천 명의 사망자만이 발생했다.

2

그 이듬해에는 여러 번 승리를 거두었다. 계곡과 밤나무 숲이 있는 비탈 너머의 산도 우리 차지가 되었고, 남쪽 고원에 있는 평야 뒤로도 승리를 거두었다. 우리는 8월에 강을 건너 고리치아의 민가에 머물게 되었다. 그 숙소에는 분수가 있었고 담이 있는 정원에는 잎이 무성한 나무들이 자라고 있었으며 숙소 벽을 따라 자주색 등나무 덩굴이 늘어져 있었다. 이제 전투는 1.5킬로미터 거리 정도밖에 안 되는 그리 멀지 않은 건너편 산에서 벌어지고 있었다.

마을은 매우 아름다웠고 숙소는 굉장히 쾌적했다. 마을 뒤쪽으로 강이 흐르고 있었는데, 쉽게 차지한 이 마을과는 달리 강 건너편 산은 웬만해서 넘어올 기색이 없었다. 마을을 죄다 폭파시키지 않고 조금씩만 살짝 건드려 놓은 것 같은 모습이 언젠가 전쟁이 끝나고 나면 오스트리아 군인들이 다시 이 마을로 돌아오고 싶다고 생각하는 것 같아서 나는 기분이 좋았다. 마을 사람들도 여전히 마을에서 계속 생활하고 있었다. 골목길을 따라 올라가다 보면 병원이나 카페가 있었고 포병대가 주둔하고 있었으며 군인들과 장교들을 위한 창루도 각각 하나씩 있었다. 여름이 끝나자 밤공기가 서늘해졌다. 전투는 마을 건너 산에서 계속되고 있었다. 철교에는 총알 자국들이 남았고 강가에 있는 터널이 무너져 내렸다. 광장까지 쭉 이어진 가로수들이 광장 주위를 둘러싸고 있었고, 마을에서는 여자들을 볼 수도 있었다. 이따금씩 차를 타고 지나다니는 왕의 얼굴과 회색 염소수염, 긴 목과 가냘픈 몸도 목격할 수 있었다. 포탄에 벽이 날아간 집들은 그 속을 훤히 드러냈고, 그 파편 가루가 정원 그리고 가끔은 길가에까지 튀어 있었다. 카르소 지방에서도 전세가 순조로워서 그해 가을은 그 전년 가을과는 굉장히 다른 느낌이었다. 전쟁도 변한 것이다.

마을 반대편 산에 있는 참나무 숲은 이제 사라져 버렸다. 우리가 이 마을로 왔던 여름에 울창했던 숲은 이제 나무 밑동과 잘려 나간 몸통만 남고 땅바닥은 파헤쳐져 있었다. 가을이 끝나 갈 무렵의 어느 날, 참나무 숲이 있던 곳에 가 보니 산 위로 구름이 재빠르게 몰려오고 있었다. 태양이 노란빛으로 칙칙하게 변하더니 이윽고 잿빛이 되었다. 구름이 산 아래까지 내려와 우리를 둘러싸더니 금방 눈이 되어 내리기 시작했다. 가로질러 내리는 눈이 텅 빈 땅을 덮었다. 나무 밑동도 하얗게 솟아올랐고 대포 위에도 눈이 쌓였다. 참호 뒤에 마련된 변소로 가는 길도 하얗게 변했다.

그 뒤 나는 마을로 내려와 장교 전용 창루에서 동료와 함께 아스티 와인 한 병을 나누어 마시며 눈 내리는 것을 창밖으로 내다보고 있었다. 조용히 무섭게 쏟아지는 눈을 보고 있자니 올해는 이것으로 끝이라는 생각이 들었다. 강 상류와 강 건너편 산들은 아직 하나도 점령하지 못하고 있었다. 그 산들을 차지하기 위한 전쟁은 내년으로 미룰 수밖에 없었다. 함께 마시던 동료가 쌓인 눈 속에서 조심조심 걷고 있는 신부를 보고는 창을 두드렸다. 고개를 들어 우리를 발견한 신부가 미소를 지었다. 동료가 들어오라고 손짓을 했지만 신부는 고개를 젓고는 가던 길을 계속 갔다. 그날 밤 숙소 식당에서는 스파게티 만찬이 열렸다. 모두들 재빠르게 움직이며 식사에 집중했다. 포크로 스파게티

면을 높게 들어 올려 엉킨 면을 다 떨어뜨린 후에 다시 입으로 가져가는 사람이 있는가 하면, 쉬지 않고 포크질을 하며 면발을 집어삼키는 사람도 있었다. 우리는 엮은 건초에 싸여 있는 4리터짜리 병 와인도 곁들었다. 금속 와인 병 꽂이에 흔들거리는 와인 병목을 집게손가락으로 숙이면 쌉쌀하고 향긋한 붉은 빛깔의 와인이 잔 속으로 흘러나왔다. 만찬 후에는 대위의 신부 괴롭히기가 시작되었다.

신부는 나이가 어리고 부끄러움을 많이 탔다. 우리들처럼 제복을 입고 있었지만 그의 회색 제복 상의의 왼쪽 가슴 주머니에는 벨벳 옷감으로 만든 암적색 십자 의장이 달려 있었다. 별 도움이 안 되는 일이었지만 대위는 내가 한 마디도 놓치지 않도록 한답시고 영어를 섞은 엉터리 이탈리아어를 구사했다.

"신부님은 오늘 여자들과 함께 있었죠." 대위가 신부와 나를 번갈아 보며 말했다. 신부가 미소와 함께 얼굴을 붉히고는 고개를 저었다. 이런 식으로 대위는 신부를 자주 놀리곤 했다.

"사실이 아니에요? 내가 오늘 신부님이 여자들과 있는 것을 봤는데요." 대위가 물었다.

"아니에요." 신부가 말했다. 장교들이 대위의 장난에 즐거워했다.

"신부님은 여자들과 있지 않았다는군. 암, 신부님은 절대 여자들과 있지 않지." 대위가 나를 보며 말했다. 대위는 내 와인 잔을 가져가 가득 채우며 내 눈을 계속 바라보는 동시에 신부에게서도 눈을 떼지 않았다.

"하긴 매일 밤 다섯이나 상대하니까." 식탁에 둘러앉은 모든 이들이 웃음을 터뜨렸다. "이해해요? 매일 밤 다섯 손가락으로 씨름을 한다고요." 대위는 행동까지 취하며 크게 웃어 댔지만 신부는 농담으로 받아넘겼다.

"교황은 전쟁에서 오스트리아가 이기길 바라고 있어. 그는 프란츠

요제프 황제(당시 오스트리아의 황제)를 매우 아끼거든. 돈줄이니까. 그래서 내가 무신론자인 거야." 소령이 말했다.

"흑돼지(이탈리아에서 출간된 카톨릭교회를 신랄하게 비판한 책으로 '흑돼지'란 신부를 비유해 풍자한 것이다)란 책을 읽어 보셨습니까? 제가 한 권 갖다 드리죠. 그 책 때문에 제 신앙이 흔들렸다니까요." 중위가 물었다.

"그 책은 정말 부도덕하고 불쾌합니다. 설마 그런 책을 좋아하시진 않으시겠죠." 신부가 말했다.

"아주 유용한 책이죠. 그 책을 읽어 보면 신부들에 대해 잘 알 수 있지. 자네 마음에 꼭 들 거야." 중위가 내게 말했다. 내가 신부에게 미소를 짓자 그도 촛불 불빛 너머로 내게 미소를 건넸다. "절대 읽으면 안 됩니다." 신부가 말했다.

"내가 구해다 주겠네." 중위가 말했다.

"생각이 있는 사람이라면 신앙 따위는 안 갖지. 난 프리메이슨(18세기 계몽주의 정신을 기조로 하는 국제적인 비밀 결사단체)도 안 믿네." 소령이 말했다.

"난 프리메이슨은 믿어요. 권위 있는 단체죠." 중위가 말했다. 누군가가 식당 안으로 들어올 때 잠시 열린 문 사이로 눈이 내리는 것이 보였다.

"이제 눈 오는 계절이니 앞으로 공격은 더 없을 것 같네요." 내가 말했다.

"물론이지. 자네는 이제 휴가 좀 가게나. 로마나 나폴리, 시칠리아 등으로 말이야." 소령이 대답했다.

"아말피에는 꼭 가 봐. 거기 사는 내 가족에게 편지를 해 두겠네. 자네를 아들처럼 반겨 줄 거야." 중위가 말했다.

"팔레르모에 가 봐야지."

"카프리가 좋지."

"아브루치를 구경하며 카프라코타에 있는 제 가족들에게 가는 건 어때요." 신부가 말했다.

"아브루치라고요? 거긴 여기보다도 눈이 더 많이 와요. 그런 시골에 뭐 하러 갑니까? 문명의 중심지를 가 봐야죠. 저 친구는 예쁜 여자들을 만나 봐야 해요. 나폴리에 내가 아는 곳이 좀 있네. 아름답고 젊은 여자들과 그 엄마들까지 만날 수 있지. 하, 하, 하!" 대위는 엄지손가락을 위로 하고 손을 펼쳐 벽에 그림자를 만들었다. 대위가 다시 나를 위한 영어를 구사하기 시작했다. "이렇게 떠났다가." 대위가 엄지를 가리켰다. "이렇게 돌아오는 거지." 이번엔 새끼손가락을 가리켰다. 모두가 웃었다.

"잘 보게." 대위가 말했다. 그가 손을 펼치자 다시 벽에 촛불에 비친 그림자가 생겼다. 대위는 위로 솟은 엄지부터 순서대로 손가락의 이름을 말하기 시작했다. "소위(엄지), 중위(검지), 대위(중지), 소령(약지), 그리고 중령(소지)이야. 갈 때는 소위였다가 올 때는 중령으로 승급되어 오는 거지!" 모두가 웃음을 터뜨렸다. 대위는 손가락 농담으로 빅 히트를 쳤다. 대위가 신부를 바라보더니 소리쳤다.

"신부님도 매일 밤 다섯이나 상대한다고!" 다시 모두가 웃음을 터뜨렸다.

"한시라도 빨리 휴가를 가게나." 소령이 말했다.

"내가 함께 가서 구경시켜 주고 싶군." 중위가 말했다.

"돌아올 때 축음기도 가져오게."

"좋은 오페라 판도 챙겨 와."

"카루소 판을 가져오게."

"카루소는 별로야. 소리를 꽥꽥 질러 대잖아."

"자네도 그런 목소리를 갖고 싶지 않나?"

"그 사람은 소리만 질러 댄다니까!"

"아브루치에 꼭 가 봐요." 신부가 말했다. 장교들은 시끄럽게 수다를 떨고 있었다. "사냥하기 좋아요. 사람들도 좋고 쌀쌀하긴 해도 공기가 참 맑고 상쾌해요. 우리 집에서 지내세요. 부친이 사냥 전문가거든요."

"이제 가세. 문 닫기 전에 창루에 들러야지." 대위가 말했다.

"안녕히 주무세요." 내가 신부에게 인사를 했다.

"들어가세요." 신부가 대답했다.

3

내가 전선에 다시 돌아왔을 때도 우리 부대는 아직 그 마을에 머물고 있었다. 마을 일대에는 전보다 대포가 더 늘어 있었고 어느새 봄이 찾아왔다. 들판은 초록으로 물들고 등나무 덩굴과 가로수에서는 새싹이 돋아나고 있었다. 바다에서는 산들바람이 불어왔다. 언덕이 있는 마을과 언덕 위 분지 위에 자리한 고성, 그리고 그 너머 민둥산에도 듬성듬성 초록빛이 보였다. 마을 안에도 대포가 더 늘고 병원도 몇 개가 더 생겼다. 거리에는 영국인 남자들이 지나다녔고 가끔씩 영국인 여자들도 눈에 띄었다. 폭탄을 맞은 집도 몇 개 더 늘어났다. 마을은 봄날답게 따뜻했고 가로수 길을 걷다 보니 담벼락을 내리쬐는 햇살 덕분에 몸이 따뜻해졌다. 동료들은 여전히 같은 숙소에 묵고 있었고 모습도 내가 떠나던 날 그대로였다. 숙소 문은 열려 있었다. 병사 한 명이 햇살을 받으며 야외 벤치에 앉아 있었고 옆문에는 구급차 한 대가 대기하고 있었다. 안으로 들어가니 대리석과 병원 냄새가 났다. 그때는 거울이었고 지금은 봄이라는 것만 제외하면 모든 것이 그대로였다. 큰 방 안을 들여다보니 소령이 책상에 앉아 있었다. 열린 창문으로 햇살이 쏟아지고 있었다. 소령은 내가 들어오는 것을 알아차리지 못했다. 나는 그 방 안으로 들어갈지 아니면 위층에 올라가 샤워부터 할지 망설이다 결국 샤워부터 하기로 했다.

리날디 중위와 함께 쓰는 내 방에서는 안마당이 내려다보였다. 창문은 열려 있었고 내 침대에는 담요가 단정하게 덮여 있었다. 직사각형 철통 안에 든 방독면과 철모 등의 내 물건이 벽에 걸려 있었다. 침대 발치에는 큰 트렁크가 있었고, 그 위에는 번쩍이게 닦아 둔 겨울용 가죽 군화가 놓여 있었다. 푸른빛의 팔각형 총신과 뺨에 꼭 맞게 만든 멋들어진 진밤색 개머리판이 달린 내 오스트리아 저격 소총은 리날디 중위와 내 침대 사이 위에 길게 걸려 있었다. 그 총과 세트였던 망원렌즈는 트렁크 안에 보관해 두었던 것이 떠올랐다. 리날디 중위가 자신의 침대에서 자고 있었다. 내가 방에 들어가는 인기척에 그가 잠에서 깨어났다.

"차우(안녕을 뜻하는 이탈리아어)! 잘 쉬다 왔나?" 리날디가 인사를 했다.

"엄청."

그가 악수를 하고는 내 목에 한쪽 팔을 두르더니 뽀뽀를 했다.

"뭐야!" 내가 말했다.

"정말 더럽군. 가서 좀 씻어야겠네. 어디에 가서 뭘 했나? 어서 다 말해 보게." 리날디가 말했다.

"여러 군데 다 가 봤네. 밀라노, 플로렌스, 로마, 나폴리, 빌라 산조바니, 메시나, 타오르미나……."

"무슨 로봇처럼 말을 하는군. 그래, 멋진 경험은 했나?"

"물론."

"어디서?"

"밀라노, 피렌체, 로마, 나폴리, 또……."

"됐네. 어디가 가장 좋았는지 솔직히 말해 보게."

"밀라노가 가장 좋았네."

"거기가 처음 간 곳이니까 그렇겠지. 여자는 어디서 만났나? 코바 카페에서? 어디로 갔나? 느낌은 어땠어? 어서 다 말해 보게. 밤을 함께 보냈나?"

"그랬지."

"그 정도는 아무것도 아니야. 이젠 여기에도 예쁜 여자들이 많아. 전쟁터에는 처음인 여자들 말이야."

"그거 굉장하군."

"내 말을 안 믿는 건가? 오늘 오후에 내가 보여 주지. 마을에 예쁜 영국 여자들이 많아. 난 지금 바클리 양에게 빠져 있네. 그녀를 만날 때 자네도 같이 가세. 그녀와 결혼할지도 모르겠어."

"난 씻은 후 상부에 보고부터 해야겠어. 그동안 별일 없었나?"

"자네가 떠난 후로 우리에게 남은 건 동상, 동창, 황달, 임질, 자해상(소총으로 팔, 다리 등에 상해를 입히거나 경상을 방치해 전선 투입을 피하는 중대한 위법 행위), 폐렴, 하감(성행위에 의해 감염되는 음부에 생기는 궤양)뿐이네. 바위 파편에 상처를 입은 사람이 매주 생겼어. 정말로 다친 사람은 소수였지. 다음 주면 다시 전쟁이 시작될 거야. 아마도. 다들 그렇게 말하고 있다네. 자넨 내가 바클리 양과 결혼하는 게 올바른 선택이라고 생각하나? 물론 전쟁이 끝난 후에 말이야."

"물론이지." 나는 대답을 하며 세면대에 물을 가득 부었다.

"오늘 밤 휴가 동안 있었던 모든 일을 털어놓게. 난 다시 잠자러 가야겠네. 바클리 양을 만나려면 맑은 정신과 단정한 용모를 갖춰야 하니까." 리날디가 말했다.

나는 재킷과 셔츠를 벗고 찬물로 몸을 씻었다. 목욕 수건으로 몸을 문지르며 우리 방을 한번 둘러보고는 창밖을 내려다보았다. 리날디는 눈을 감고 침대 위에 누워 있었다. 아말피 출신인 그는 훤칠했고 나이도 나와 비슷했다. 그는 군의관이라는 자신의 직업에 자부심을 갖고 있었다. 우리는 좋은 친구였다. 내가 리날디를 쳐다보고 있는데 그가 눈을 떴다.

"돈 좀 있나?"

"그래."

"50리라만 빌려 주게."

나는 손을 닦고 벽에 걸린 재킷에서 지갑을 꺼냈다. 리날디는 돈을 받아 침대에 누운 채로 지폐를 접어 자신의 바지 주머니에 집어넣었다. 그가 미소를 지으며 말했다.

"바클리 양에게 내가 충분한 재산을 가지고 있다는 것을 각인시켜야 하거든. 자네는 내 훌륭한 벗이자 재정 후원자야."

"망할 녀석." 내가 대답했다.

그날 밤 나는 식당에서 신부 옆에 앉았다. 신부는 내가 아브루치에 가지 않은 것에 대해 크게 실망해 갑자기 마음이 상한 듯했다. 부친에게 내가 간다는 편지를 썼고 그의 가족들이 나를 맞을 준비까지 했다고 했다. 나 역시 그만큼 속이 상했고 내가 왜 아브루치에 가지 않았는지 스스로도 이해가 되지 않았다. 나 역시 꼭 아브루치에 가고 싶었지만 어쩌다 보니 일이 그렇게 되었다고 설명을 했다. 마침내 그도 내 마음을 이해해 주었고 모든 것이 잘 풀리는 듯했다. 나는 와인을 많이 마셨고 그다음에는 커피와 스트레가(식사 후에 마시는 과일주) 술까지 들이켰다. 나는 술기운에 취해 우리가 왜 원하는 것을 절대로 실천에 옮기지 않는지에 대해 떠들기 시작했다.

다른 장교들이 입씨름을 하는 와중에 나는 신부와 계속 이야기를 나누었다. 나는 아브루치를 가고 싶었다. 하지만 길이 꽁꽁 얼어 쇠처럼 단단해진 곳은 한 군데도 들르지 않았다. 구름 한 점 없이 맑고 추운 곳, 눈이 밀가루처럼 흩날리고 토끼 발자국이 눈밭에 찍혀 있는 곳, 농부들이 밀짚모자를 벗으며 나에게 굽실거려서 사냥하기 좋은 그런 곳에는 가지 않았다. 대신 일부러 담배 연기가 자욱한 카페를 찾았다. 밤마다 술에 취해 있었으며 방이 빙글빙글 도는 것을 피해 벽을 쳐다보고 있어야 했다. 언뜻 잠에서 깼을 때 옆에 있는 여자가 누군지 모른다는 것이 이상할 만치 흥분되었고 어둠 속 세상은 현실처럼 느껴지지 않았다. 그것이 너무 좋아서 스스로에게 이것이 최선이라고 되뇌며 밤마다 모든 것을 잊은 채 그 일과를 반복했다. 그러다가 어느 때는 갑자기 정신이 들어 새벽에 눈을 뜨면 지난밤의 황홀경은 다 사라진 채 모든 것이 선명하고 날카롭게 다가왔다. 화대 때문에 여자와 시비가 붙기도 했다. 가끔은 화기애애한 분위기로 점심까지 시간을 보내기도 했고 가끔은 분위기가 안 좋아져 밖으로 뛰쳐나오기도 했다. 하지만 밤이 되면 언제나 전날과 똑같은 모습으로 되돌아갔다. 나는 신부에게 내가 밤마다 어떤 생활을 했는지, 밤과 낮은 어떻게 달랐는지 알려 주고 싶었다. 쾌청한 날씨가 아닌 이상 낮보다 밤이 더 나았다는 말도 하고 싶었지만 제대로 설명할 수는 없었다. 그것은 지금도 마찬가지이다. 하지만 나와 같은 경험을 한 사람이라면 내 말을 이해할 수 있을 것이다. 신부는 그런 경험을 한 적은 없었지만 진심으로 아브루치에 가고 싶었으나 가지 못한 내 마음을 이해해 주었다. 그와 나는 다른 점이 많았지만 여전히 친구였고, 취향도 많이 비슷했다. 그는 항상 내가 모르는 것을 알고 있었고, 알았지만 잊어버린 것도 일깨워 주었다. 그때는 몰랐지만 나중에야 그 사실을 깨달았다. 한쪽에서는 식사를 마치고 논쟁을 벌이고 있었다. 우리가 대화를 마치자 대위가 소리쳤다. "신부님은 슬프다네. 여자가 없어서 슬프다네."

"난 행복합니다." 신부가 대납했나.

"신부님은 슬프다니까요. 신부님은 오스트리아가 전쟁에서 이기

길 원하니까요." 대위가 말했다. 다른 장교들은 듣고만 있었다. 신부는 고개를 저었다.

"그렇지 않아요." 신부가 말했다.

"신부님은 우리가 공격하는 걸 절대로 원하지 않아요. 우리가 공격하는 게 싫지요?"

"아닙니다. 전쟁이 난 이상 공격을 해야겠죠."

"반드시 공격해야죠. 반드시요!"

신부가 고개를 끄덕였다.

"신부님을 내버려 두게. 알아서 하실 테니." 소령이 말했다.

"어차피 신부님이 할 수 있는 건 없어요." 대위가 대답했다. 우리는 모두 일어나 식당을 빠져나갔다.

4

이웃집 정원에서 나는 대포 소리에 잠을 깨 보니 창문으로 햇살이 쏟아져 내렸다. 나는 침대에서 일어나 창문을 내려다보았다. 돌길은 젖어 있었고 풀밭에는 이슬이 맺혀 있었다. 대포는 두 번 발사되었고 그때마다 바람이 불어와 창문을 흔들고 파자마 끝을 펄럭였다. 대포의 모습은 보이지 않았지만 우리를 향해 쏘는 것이 분명했다. 근처에 대포가 있다는 것이 거슬렸지만 크기가 그 정도라는 것에 마음이 놓였다. 정원을 내려다보고 있는데 거리 쪽에서 트럭 소리가 났다. 나는 옷을 입고 아래층으로 내려가 부엌에 들러 커피를 마신 후 차고로 향했다.

차 열 대가 기다란 차고 지붕 아래 나란히 줄지어 서 있었다. 지붕이 높고 앞이 뭉뚝한 회색 구급차들이 마치 이삿짐 운반 트럭 같은 모양을 하고 있었다. 정비병들이 마당에서 구급차 한 대를 손보고 있었다. 다른 세 대는 산 위에 있는 응급 치료소에 가 있었다.

"적이 우리 포대를 포격한 적이 있었나?" 내가 정비병 중 한 명에게 물었다.

"아뇨, 중위님. 우리는 언덕에 가려 있어서요."

"그동안 상황은 어땠나?"

"괜찮습니다. 이 녀석은 상태가 별로지만 나머지는 잘 나가요." 정비병이 하던 일을 멈추고 미소를 지었다. "휴가는 잘 다녀오셨나요?"

"그래."

그가 작업복에 손을 닦더니 씩 웃었다. "즐거운 시간을 보내셨겠죠?" 다른 정비병들도 따라 웃었다.

"그랬지. 이 차는 뭐가 문제지?" 내가 대답했다.

"상태가 안 좋아요. 계속 말썽이네요."

"이번엔 뭐가 문제인데?"

"베어링을 갈아야 해요."

나는 정비병들이 일할 수 있도록 자리를 떠났다. 엔진이 열린 채 부품들이 작업대 위에 널려 있었다. 속이 텅 빈 구급차는 초라하기 그지없었다. 차고로 들어가 구급차를 한 대씩 살펴보았다. 몇 대는 금방 세차를 해 깔끔했고, 먼지가 쌓인 것들도 있었지만 대체로 깨끗한 편이었다. 타이어가 잘려 나갔거나 돌에 찍힌 부분이 없는지도 꼼꼼히 살펴보았다. 모두 이상은 없어 보였다. 내가 이곳을 떠나 상황을 살피지 못한 동안에도 다들 별 지장을 받지 않는 듯했다. 이제까지 구급차의 상태가 상당 부분 나에 의해 결정된다고 생각했다. 부속품의 구비 목록을 체크하고, 환자들을 산 위에 있는 응급 치료소에서 치료 후송소로 옮긴 후 서류에 명시된 병원으로 잘 배치될 수 있게 감시하는 일도 내가 맡고 있었다. 하지만 내가 없어도 모든 것은 잘 돌아가고 있었다.

"부속품은 문제없이 잘 입고되었나?" 내가 공병 하사에게 물었다.

"네, 중위님."

"주유소는 아직 그 자리에 있고?"

"네, 같은 자리에 있습니다."

"알았네."

나는 숙소로 돌아와 식당 식탁 위에 있는 커피를 또 한 잔 마셨다. 연유를 넣은 옅은 잿빛의 커피는 달콤했다. 창밖은 쾌청한 봄날 아침이었다. 콧속이 건조해지는 것을 보니 오후가 되면 더워질 것 같았다. 그날 나는 산 위에 있는 응급 치료소에 들렀다 오후 늦게 마을로 내려왔다.

내가 떠나 있는 사이 모든 것이 더 순조롭게 진행되고 있었다. 곧 전쟁이 다시 시작될 거라고 했다. 우리 부대는 강 상류층을 공격할 예정이었고, 소령은 전투 중에 필요한 응급 치료소 계획을 나에게 일임했다. 공격은 강 건너 협곡부터 산허리까지 넓게 펼쳐질 계획이었다. 그래서 구급차 기지는 강에서 최대한 가깝고 눈에 띄지 않아야 했다. 물론 기지의 위치를 정하는 건 보병들이겠지만 내가 직접 챙겨야 했다. 이런 일을 할 때면 마치 내가 주요 역할을 맡은 군인이 된 것 같은 착각이 들기도 했다.

나는 먼지에 뒤덮여 지저분해진 몸을 씻기 위해 방으로 올라갔다. 리날디가 침대에 앉아 '휴고 영문법'을 읽고 있었다. 옷을 말끔히 차려입고 검은 부츠를 신은 그의 머리에서는 윤기가 흘렀다.

"딱 맞춰 오는군. 나와 함께 바클리 양을 만나러 가세." 나를 반기며 리날디가 말했다.

"싫네."

"싫기는. 같이 가서 나에 대한 좋은 인상을 심어 줘야 해."

"알았어. 다 씻을 때까지 기다리게."

"씻고 그냥 따라오면 돼."

몸을 씻고 머리를 빗은 후 우리는 나갈 준비를 했다.

"잠깐만, 우리 한잔 하고 가세." 리날디가 말했다.

리날디가 자신의 트렁크를 열더니 술 한 병을 꺼냈다.

"스트레가 말고." 내가 말했다.

"스트레가가 아니야. 그라파지."

"좋아."

리날디는 그라파 두 잔을 따랐고 우리는 잔을 부딪쳤다. 그라파는 매우 독했다.

"한 잔 더?"

"좋지." 내가 대답했다. 우리는 그라파 한 잔씩을 더 마셨다. 리날디가 술병을 치운 후 우리는 아래층으로 내려갔다. 마을을 걸으니 열기가 느껴졌지만 마침 해가 지고 있어서 딱 기분 좋은 기온이었다. 영국군의 병원은 전쟁 전에 독일인들이 지은 커다란 다층 빌라였다. 바클리 양은 다른 간호사 한 명과 함께 정원에 있었다. 우리는 나무 사이로 하얀 간호사복을 보고 그녀들에게 다가갔다. 리날디가 손을 깍듯이 올려 경례를 했다. 나는 리날디보다는 가벼운 경례를 건넸다.

"안녕하세요? 당신은 이탈리아 사람이 아니군요?" 바클리 양이 내게 인사했다.

"네, 그렇습니다."

리날디는 바클리 양 옆에 있는 간호사와 웃음을 터뜨리며 이야기를 나누고 있었다.

"그거 정말 이상하군요. 남의 나라에서 군인을 하시다뇨."

"사실 군인이라기보다는 구급차 담당이죠."

"그래도요. 왜 여기로 오셨나요?"

"글쎄요. 가끔 사람들은 이유도 모른 채 어떤 행동을 할 때가 있죠."

내가 말했다.

"그런가요? 전 항상 모든 일에 이유가 있다고 배웠는데요."

"그거 참 대단하네요."

"우리 계속 이런 식으로 대화를 해야 하나요?"

"아닙니다." 내가 대답했다.

"다행이군요. 그렇죠?"

"이 막대는 무엇인가요?" 내가 물었다. 바클리 양은 키가 꽤 컸다. 그녀는 내가 상상 속에서 그리던 간호사복을 입고 있었고 금발에 까무잡잡한 피부와 회색 눈동자를 갖고 있었다. 매우 아름다운 용모였다. 바클리 양은 손잡이가 가죽으로 싸인 장난감 채찍 같은 가는 등나무 지팡이를 들고 있었다.

"작년에 세상을 떠난 제 연인의 것이에요."

"정말 유감이군요."

"굉장히 다정한 사람이었죠. 저와 결혼하려고 했었는데 솜 전투(제1차 세계대전 당시 프랑스 솜 강에서 독일 제국과 대영 제국, 프랑스 사이에서 일어난 전투)에서 사망했어요."

"끔찍한 광경이었죠."

"그때 거기 계셨나요?"

"아뇨."

"저도 소문만 들었어요. 여기서는 그런 식의 전투는 안 일어나더군요. 그 사람 어머니가 이 지팡이를 보내 줬어요. 부대에서 그 사람 유품을 받았다면서요."

"약혼한 지는 오래되었나요?"

"8년이요. 어려서부터 알던 사이였죠."

"결혼은 왜 안했어요?"

"글쎄요. 내가 어리석었죠. 그냥 그 사람과 결혼했어야 했는데 행여

나 피해라도 될까 봐…….”
“그랬군요.”
“사랑에 빠져 본 적 있나요?”
“아뇨. 아직은요.” 내가 대답했다.
우리는 벤치에 앉았다. 나는 바클리 양을 바라보았다.
“머릿결이 정말 좋군요.” 내가 말했다.
“마음에 들어요?”
“무척요.”
“그 사람이 죽었을 때 다 잘라 버리려고 했었어요.”
“그럼 안 되죠.”
“그이를 위해 뭔가를 하고 싶었거든요. 내가 다른 일을 다 제쳐 뒀더라면 그 사람을 행복하게 해 줄 수 있었을 거예요. 내가 좀 더 생각이 깊었더라면요. 결혼이든 뭐든 했어야 했어요. 지금에서야 그걸 깨달았죠. 하지만 그때 그는 전쟁터로 가길 원했고 난 뭘 몰랐어요.”
나는 아무 말도 하지 않았다.
“그때는 아무것도 몰랐었어요. 그이와 결혼하는 게 더 안 좋은 거라고 생각했었죠. 그 사람에게 부담이 될 거라고 생각했어요. 결국 그 사람은 전사했고 그렇게 그냥 끝이 나 버렸네요.”
“난 잘 모르겠군요.”
“아뇨, 내 말이 맞아요. 다 끝나 버렸어요.”
그녀가 말했다.
우리는 리날디가 다른 간호사와 대화하는 것을 바라보았다.
“저 아가씨 이름은 뭐죠?”
“퍼거슨이요. 헬렌 퍼거슨. 당신 친구는 의사죠?”
“네. 실력이 굉장해요.”
“그거 참 잘됐네요. 실력 좋은 사람은 전선 가까이 오려고 하지 않거든요. 이 정도면 전선과 가까운 거죠?"

"꽤 가까운 편이죠."

"전선이라고 하기엔 허술해 보이는데 풍경은 참 아름다워요. 부대에서는 공격을 할 거라고 하던가요?"

"네."

"그렇다면 우리도 곧 할 일이 생기겠네요. 지금은 환자가 하나도 없어요."

"간호사 일은 언제부터 했어요?"

"1915년 말부터요. 그이를 따라 함께 일을 시작했죠. 난 종종 내가 일하는 병원으로 그이가 후송되어 올 거란 어리석은 생각을 하곤 했어요. 칼 같은 것에 찔려서 머리에는 붕대를 감고 말이죠. 아니면 어깨에 총을 맞거나요. 사진 속에서나 볼 법한 그런 장면 말이에요."

"이곳이 사진 속 풍경처럼 아름답긴 하죠." 내가 대답했다.

"맞아요. 사람들은 솜 강의 참상을 잘 모르는 것 같아요. 그걸 안다면 전투가 계속되진 않을 텐데. 그이는 칼에 찔리지 않았어요. 대신 온몸이 통째로 날아갔죠."

나는 아무 말도 하지 않았다.

"전쟁이 계속될까요?"

"아뇨."

"어떻게 하면 전쟁이 끝날까요?"

"누군가가 백기를 들면요."

"우리 쪽이 먼저 백기를 들 거예요. 프랑스에서요. 솜 강에서와 같은 전투를 계속하다가는 패배하지 않을 수 없을 테니까요."

"이곳에선 패배하지 않을 겁니다." 내가 말했다.

"그래요?"

"네. 지난해 여름에 잘 싸웠거든요."

"그래도 모르죠. 누가 항복할지는 두고 보면 알 거예요."

"독일이 할지도 모르죠."

"아뇨. 독일은 절대로 안 할 거예요."

우리는 리날디와 퍼거슨 양에게로 걸어갔다.

"이탈리아 생활이 마음에 들어요?" 리날디가 퍼거슨 양에게 영어로 물었다.

"네 참 좋아요."

"무슨 말이에요?" 리날디가 고개를 저었다.

"아바스탄차 베네(꽤 좋아한대)." 내가 통역을 했다. 리날디가 또 고개를 저었다.

"아직 뭘 잘 모르네. 아가씨는 영국을 좋아해요?"

"별로요. 난 스코틀랜드 사람이거든요."

리날디가 멍한 표정으로 나를 쳐다보았다.

"퍼거슨 양은 스코틀랜드 출신이야. 그래서 영국보다 스코틀랜드를 더 좋아해." 내가 이탈리아어로 말했다.

"스코틀랜드가 영국 아니야?"

나는 리날디의 말을 퍼거슨 양에게 통역했다.

"파 앙코르(아직 그렇지 않다)." 퍼거슨 양이 대답했다.

"아니라고요?"

"절대요. 우리는 영국인들을 싫어해요."

"영국인이 싫다고요? 그럼 바클리 양도 싫어요?"

"그거랑은 다르죠. 그렇게 말을 있는 그대로 해석하면 안 돼요."

얼마 동안 더 시간을 보낸 후 우리는 인사를 하고 자리를 떠났다. 숙소로 돌아오는 길에 리날디가 말했다.

"바클리 양은 나보다 자네를 더 좋아하는 것 같네. 눈에 딱 보여. 하지만 아담한 스코틀랜드 양도 정말 상냥하더군."

"맞아." 내가 대답했다. 나는 그녀에게는 별 관심을 갖지 않았다. "퍼거슨 양이 맘에 드나?"

"아니." 리날디가 대답했다.

5

다음 날 오후 나는 다시 바클리 양을 만나러 갔다. 정원에 그녀가 보이지 않아 구급차가 서는 병원 옆문으로 가 보았다. 병원에 들어가 물어보니 수간호사가 바클리 양이 근무를 나갔다고 알려 주었다. "전쟁이 다시 시작됐잖아요."

나도 알고 있다고 대답했다.

"이탈리아군에 소속된 미군이세요?" 수간호사가 물었다.

"네, 그렇습니다."

"어쩌다가요? 영국은 싫었나요?"

"아뇨. 지금이라도 전입할까요?"

"지금은 늦었죠. 어서 말해 봐요. 왜 이탈리아 군대에 오게 되었죠?"

"당시에 이탈리아에 있었고 이탈리아 말도 할 줄 알았거든요."

"그렇군요. 난 지금 배우는 중이에요. 참 아름다운 언어예요."

"누가 그러는데 2주면 다 배울 수 있다고 하더군요."

"난 절대 그렇게 못 해요. 벌써 몇 달째 씨름 중이라고요. 바클리 양은 저녁 7시 이후에 돌아올 예정이에요. 그때 오면 만날 수 있을 거예요. 그렇다고 이탈리아 친구들을 가득 몰고 오면 안 됩니다."

"이렇게 아름다운 언어를 하는 사람들인데도요?"

"네. 멋있는 제복을 입고 와도 안 돼요."

"좋은 저녁 되세요." 내가 인사했다.

"아 리베데르시(작별인사를 뜻하는 이탈리아어), 중위님."

"아 리베데를라." 나는 거수경례를 하고 병원을 나왔다. 이탈리아식 경례를 외국인에게 하는 것은 정말 껄끄럽기 그지없었다. 외국인이라면 누구나 내 생각에 동의할 것이다.

그날은 내내 더웠다. 나는 강 상류쪽 플라바에 있는 교두보에 다녀왔다. 그곳이 우리가 공격을 시작할 지점이었다. 작년에는 그곳에서 공격을 하는 게 불가능했다. 산길에서 부교까지 통하는 길이 하나밖에 없는 데다가 1킬로미터가 훌쩍 넘는 진입로 내내 적군의 포격이 계속되었기 때문이다. 길 폭이 너무 좁아서 무기를 실어 나를 수도 없었고 오스트리아군에게 초토화당하기 십상이었다. 그래서 이번에는 이탈리아군에서 그 길을 진입해 오스트리아 쪽 지역으로 약 1.5킬로미터를 뻗어 나가 교두보를 만들었다. 그곳은 위험한 지역이었고 오스트리아에서도 보고만 있지 않을 게 분명했다. 하지만 오스트리아에서도 강 하류에 교두보를 두고 있었기 때문에 서로 조금씩 양보하는 듯한 눈치였다. 게다가 오스트리아 참호는 이탈리아 국경에서 몇 킬로미터 되지 않는 언덕에 자리하고 있었다. 원래 그곳에는 마을이 있었는데 지금은 모든 게 무너지고 폐허가 되어 있었다. 형태만 남은 기차역과 부서진 철교도 훤히 드러나 있어서 고친다 해도 전투에 사용하는 것은 무리였다.

나는 언덕 아래 응급 치료소에 차를 세워 두고 강을 향해 좁은 길로 걸어 내려간 다음, 산등성이에 가려져 있는 부교를 건너 폐허가 된 마을에 있는 참호를 지나 산자락의 갓길을 따라 걸어갔다. 모든 참호마다 이탈리아 군인들이 대기하고 있었다. 참호에는 포병대에 지원을 요청하거나 전화선이 단절되었을 때 신호를 보내기 위한 로켓이 나열되어 있었다. 그곳은 고요하고 후덥지근했으며 더러웠다. 나는 오스트리아 진영을 철조망 너머로 바라보았다. 아무도 보이지 않았다.

여러 참호 중 한 곳에서 아는 대위를 만나 술을 한 잔씩 하고 다시 부교를 지나 돌아왔다.

새로 짓는 넓은 길은 산을 지나 지그재그로 부교까지 이어질 예정이었다. 그 길이 완성되고 나면 공격이 시작될 것이었다. 길은 급격하게 좌우로 꺾이며 숲을 가로지르고 있었다. 공격할 때에는 새 도로를 이용하고 빈 트럭과 수레, 환자를 실은 구급차 등의 이탈리아로 돌아오는 모든 교통은 예전의 좁은 도로를 이용하는 것이 이탈리아군의 계획이었다. 응급 치료소는 오스트리아 진영의 언덕 아래에 위치하고 있었다. 위생병들은 들것에 환자를 이고 부교를 지나 치료소로 오기로 했다. 공격이 시작되면 그렇게 진행될 예정이었다. 내 예측으로는 새 도로의 마지막 1.5킬로미터 지점부터 오스트리아군에게 정신없이 공격을 당할 것 같았다. 아마 난장판이 될 것이다. 다행히 나는 그 끔찍한 일이 벌어질 마지막 몇 킬로미터 지점을 지나 구급차가 대기할 만한 은신처를 찾았다. 그곳에서 구급차가 부상병들을 기다렸다가 부교를 지나갈 것이다. 차로 새 도로를 달려보고 싶었지만 아직 완성이 덜 된 상태였다. 새 도로는 넓고 튼튼해 보였다. 커브길도 산허리의 숲 공터에서 바라보니 아주 훌륭했다. 구급차에는 금속으로 이어 붙인 성능 좋은 브레이크가 장착되어 있고 응급 치료소에서 마을로 내려올 때는 텅 비어 있을 테니 별 문제는 없을 것이다. 나는 예전 도로로 차를 운전해 돌아왔다.

돌아오는데 이탈리아 헌병 둘이 포탄이 떨어졌다며 차를 멈춰 세웠다. 기다리는 동안 세 발이 더 날아와 길을 박살 냈다. 77밀리미터 포탄이 바람을 가르고 날아와 불꽃을 번쩍이더니 길 전체를 회색 연기로 뒤덮었다. 헌병이 내게 지나가라는 손짓을 했다. 나는 부서진 도로의 잔해들을 피해 가며 운전을 했다. 도로에서는 고성능 포탄과 불에 탄 진흙과 돌멩이, 그리고 막 깨진 부싯돌의 냄새가 났다. 나는 고리치아의 숙소로 돌아갔다가 아까 말했듯이 바클리 양을 만나러 갔었는데 근무 중이라 만날 수가 없었다.

나는 저녁 식사를 단번에 해치우고 영국 병원으로 향했다. 병원 건물은 굉장히 넓고 아름다웠다. 정원은 멋진 나무들로 가득했다. 바클리 양이 퍼거슨 양과 함께 정원 벤치에 앉아 있었다. 그녀들이 나를 반겼다. 잠시 후 퍼거슨 양이 자리를 비켜 주기 위해 일어났다.

"난 이만 가 볼게요. 둘이서 잘 얘기해요." 퍼거슨 양이 말했다. "가지 마요, 헬렌." 바클리 양이 말했다.

"나 가 봐야 해. 편지 쓸 게 있거든."

"잘 가요." 내가 퍼거슨 양에게 인사를 했다.

"갈게요. 헨리 중위님."

"검열에서 걸릴 말은 쓰지 말아요."

"걱정 마세요. 이곳의 아름다운 풍경과 이탈리아군의 용맹함에 대해서만 쓸 거니까요."

"그런 거라면 오히려 칭찬을 받겠군요."

"그거 좋겠네요. 갈게, 캐서린."

"좀 있다 봐요." 바클리 양이 말했다. 퍼거슨 양이 어둠 속으로 사라졌다.

"퍼거슨 양은 참 친절하네요." 내가 말했다.

"맞아요. 굉장히 친절해요. 간호사잖아요."

"바클리 양도 간호사잖아요."

"아뇨. 전 특별 배치된 자원봉사 간호사예요. 열심히 일해도 아무도 알아주지 않죠."

"왜 그렇죠?"

"병원이 한가할 땐 우리한테 오지 않아요. 정말 바쁠 때만 우리를 찾죠."

"둘의 차이가 뭐예요?"

"간호사는 의사와 같아요. 자격증을 따려면 오랜 시간이 걸리죠. 우리는 그렇게 어려운 자격증은 따지 않아도 돼요."

"그렇군요."

"이탈리아군은 여자들이 전선 가까이 가는 걸 안 좋아해요. 그래서 정해진 행동 지침에 따라야 해요. 외출도 금지되어 있죠."

"하지만 난 여기에 올 수 있잖아요."

"그거야 여기가 수녀원은 아니니까요."

"이제 전쟁 얘긴 그만합시다."

"그러는 게 쉽지 않네요. 어딜 가도 그 얘기뿐이니까요."

"그래도요."

"알겠어요."

우리는 어둠 속에서 서로를 바라보았다. 그녀가 정말 아름다워 보여서 손을 잡았다. 그녀가 내 손을 뿌리치지 않기에 나는 손을 꼭 잡은 채 그녀의 몸을 팔로 감싸 안았다.

"안 돼요." 바클리 양이 말했지만 나는 자세를 바꾸지 않았다.

"왜요?"

"이러면 안 돼요."

"괜찮아요. 제발." 내가 말했다. 어둠 속에서 그녀에게 키스를 하기 위해 몸을 기대는 순간 빰이 타는 듯한 고통에 눈이 번쩍했다. 바클리 양이 나의 얼굴을 때린 것이다. 그녀의 손이 내 코와 눈을 세게 치자 절로 눈물이 스며 나왔다.

"정말 미안해요." 그녀가 말했다. 나는 갑자기 전세가 뒤집힌 것 같은 느낌을 받았다.

"잘 때렸어요."

"너무너무 미안해요. 난 간호사들이 밤만 되면 이렇게 행동하는 것에 대해 불만이 많았었거든요. 다치게 할 생각은 아니었어요. 많이 아프죠?"

그녀가 어둠 속에서 나를 바라보았다. 화가 나는 동시에 이 게임에서 한 수 앞서 있는 것 같은 자신감이 차올랐다.

"바클리 양이 잘한 거예요. 난 아무렇지도 않아요."

"얼마나 아플까?"

"지금 내 삶이 좀 웃기잖아요. 모국어도 사용하지 못하는 나라에서……. 그런데 당신같이 아름다운 사람이 내 앞에 나타난 거죠." 나는 그녀를 바라보았다.

"그런 바보 같은 소리 하지 말아요. 내가 사과도 했잖아요. 우리가 잘 통한다는 것도 인정해요."

"그래요. 그리고 우리는 전쟁 이야기에서도 벗어났죠."

그녀가 웃었다. 그녀의 웃음소리를 듣는 건 그날이 처음이었다. 나는 그녀의 얼굴을 주의 깊게 살펴보았다.

"중위님은 참 따뜻한 사람이에요."

"아뇨. 그렇지 않아요."

"아뇨. 당신은 정말 다정해요. 괜찮다면 중위님께 키스하고 싶어요."

나는 그녀의 눈을 바라보며 조금 전처럼 팔로 감싸 안고 키스를 했다. 그녀를 힘껏 안으며 프렌치 키스를 시도했지만 그녀의 입술은 굳게 닫혀 있었다. 여전히 화가 풀리지 않은 채로 그녀를 안는데 갑자기 그녀가 몸을 떨었다. 그녀를 꽉 안자 심장박동 소리가 전해져 왔다. 마침내 그녀가 입술을 벌리더니 내 손에 얼굴을 기댔다. 조금 있자 그녀가 내 어깨에 기대 흐느끼기 시작했다.

"헨리, 내게 잘해 줄 거죠?"

갑자기 무슨 소리인가 싶어 황당했지만 그녀의 머리칼을 쓰다듬으며 등을 토닥여 주었다. 그녀는 계속 울고 있었다.

"그렇게 할 거죠? 우리 둘의 여정은 평범하진 않을 테니까요." 그녀가 고개를 들어 나를 바라보았다.

얼마 후에 나는 바클리 양을 병원 문까지 데려다 주었다. 그녀는 병원 안으로 들어갔고 나는 숙소로 돌아왔다. 숙소에 도착해 방으로 올라갔더니 리날디가 자신의 침대에 누워 있었다. 그가 나를 쳐다보았다.

"바클리 양과 진도 좀 나갔나?"

"우리는 그냥 친구야."

"발정난 개가 만족한 표정인데?"

나는 리날디의 말을 알아듣지 못했다.

"뭐라고?"

그가 다시 설명했다.

"자네야 말로 발정난 개 같은데? 마치……."

"그만해. 이러다 서로 거친 말이 나오겠는걸." 리날디가 웃었다.

"잘 자게." 내가 인사했다.

"잘 자, 멍멍아."

나는 베개를 던져 리날디의 초를 넘어뜨리고는 어둠 속에서 잠자리에 들었다.

리날디가 떨어진 초를 주워 불을 붙인 후 책을 읽기 시작했다.

6

나는 이틀 동안 숙소를 떠나 응급 치료소에 가 있었다. 다시 돌아왔을 때에는 이미 너무 늦은 시각이라서 다음 날 저녁이 되어서야 바클리 양을 만날 수 있었다. 그녀가 정원에 없어서 병원 1층 사무실에서 그녀가 내려올 때까지 기다려야 했다. 사무실로 쓰는 그 방에는 벽을 따라 페인트칠을 한 목제 기둥 위에 상반신 대리석상이 쭉 놓여 있었다. 사무실 바깥 복도에도 대리석상이 길게 늘어서 있었다. 허연 대리석상들이 모두 똑같은 모습을 하고 있었다. 나는 한 번도 조각상에 대해 흥미를 느껴 본 적이 없었다. 무언가를 본뜬 동상들이 가만히 서 있는 모습이 공동묘지에 와 있다는 느낌을 안겨 주었다. 피사에 가면 멋진 묘지가 하나 있었다. 반면 형편없는 대리석상을 구경하고 싶으면 제노바로 향하면 된다. 병원 건물은 독일인 갑부의 소유였는데 그 대리석상들을 사느라 상당한 비용을 지불했을 게 분명했다. 나는 그 대리석상들을 누가 만들었는지, 건물 주인의 재산이 얼마나 되는지가 궁금해졌다. 혹시 대리석상이 건물 주인의 가족들을 본떠 만든 것인지도 살펴보았다. 하지만 대리석상은 모두 같은 모습을 하고 있어서 어떤 정보도 알아낼 수 없었다.

나는 군모를 손에 쥐고 의자에 앉아 바클리 양을 기다렸다. 우리는 고리치아 거리에서도 철모를 쓰고 있어야 했다. 하지만 철모는 불편했고 주민들도 피난을 가지 않은 마을에서 쓰기에는 어울리지 않아서 우스꽝스럽게 느껴졌다. 그래도 응급 치료소를 갈 때는 철모를 꼭 썼고 영국제 방독면도 챙겨 갔다. 방독면은 그즈음부터 공급되기 시작했고 성능도 좋았다. 우리는 자동 권총도 소지하고 다녀야 했다. 군의관이나 위생관도 예외 없이 말이다. 의자에 앉아 있으니 권총이 등 뒤로 느껴졌다. 만약 권총을 밖으로 드러나게 차고 다니지 않으면 체포를 당해도 순순히 응해야 했다. 리날디는 권총집을 휴지로 채워 다녔다. 나는 진짜 권총을 차고 다녔는데 사격 연습을 하기 전까지는 저격수가 된 것 같은 느낌이 들었다. 내 총은 총신이 짧은 7.65밀리미터 구경의 아스트라였는데 발사될 때 너무 반동이 세서 쏘고 나면 아무것도 못 맞췄을 거라는 확신마저 들었다. 나는 과녁 아래를 조준하고 말도 안 되게 짧은 총신의 반동에 익숙해지려고 애쓴 후에야 마침내 스무 걸음 떨어진 곳에서 1미터 지점의 과녁판을 맞힐 수 있었다. 총을 들고 다닌다는 것 자체가 바보같이 느껴졌지만 곧 잊어버리고 태연하게 등 뒤 허리춤에 총을 메고 다녔다. 물론 영어를 하는 사람을 만나면 어색함을 감출 수 없었다. 의자에 앉아 대리석 바닥과 대리석상, 프레스코 벽화를 둘러보며 바클리 양을 기다리고 있는데 병원 직원으로 보이는 사람이 데스크에 앉아서 못마땅하다는 듯이 나를 쳐다보았다. 벽화는 볼만했다. 말라서 표면이 떨어져 나가기 시작하면 어떤 벽화든 좋아 보이는 법이다.

나는 캐서린 바클리 양이 복도로 내려오는 것을 보고 자리에서 일어섰다. 바클리 양이 나를 향해 걸어오는데 키는 별로 커 보이지는 않았지만 굉장히 사랑스러웠다.

"안녕하세요, 헨리 중위님." 그녀가 인사를 했다.

"잘 지냈어요?" 내가 물었다. 직원이 데스크에서 우리 대화를 엿듣고 있었다.

"여기서 얘기할까요, 정원으로 나갈까요?"

"나가요. 밖이 시원하고 좋죠."

바클리 양을 뒤따라 정원으로 나가는데 직원이 계속 우리를 쳐다보고 있었다. 돌이 박힌 차도로 나가자 그녀가 내게 물었다. "그동안 어디 갔었어요?"

"응급 치료소에 다녀왔어요."

"내게 쪽지 하나 보낼 여유도 없었나요?"

"네, 그랬어요. 금방 돌아올 줄 알았거든요."

"나한테 미리 알려 줬어야죠."

우리는 차도를 지나 정원 안으로 걸어갔다. 나는 그녀의 손을 잡고 잠시 멈춘 뒤 키스를 했다.

"여기 말고 다른 데는 없어요?"

"없어요. 여기서 그냥 얘기해야 돼요. 한참 동안 날 찾아오지 않았어요."

"못 본 지 이틀됐죠. 하지만 이제 돌아왔잖아요."

그녀가 나를 보며 물었다. "날 사랑하나요?"

"그럼요."

"저번에 날 사랑한다고 말했잖아요."

"맞아요. 당신을 사랑해요." 나는 거짓말을 했다. 그런 말은 그때가 처음이었다.

"그럼 다정하게 날 캐서린이라고 부를 거죠?"

"그래요, 캐서린." 우리는 정원을 걷다 나무 아래서 멈췄다.

"따라 해 봐요. '난 밤에 캐서린에게로 돌아왔다.'"

"난 밤에 캐서린에게로 돌아왔다."

"그래요, 헨리. 당신이 내게 돌아왔어요. 그렇죠?"

"그래요."

"중위님을 너무 사랑해서 며칠간 정말 괴로웠어요. 이젠 떠나지 않을 거죠?"

"그래요. 언제나 다시 돌아올게요."

"당신을 정말 사랑해요. 다시 거기에 손을 놓아 줘요."

"내 손은 계속 여기에 있었어요." 나는 그녀를 내 쪽으로 돌려 그녀의 얼굴을 바라보며 키스를 했다. 그녀는 눈을 감고 있었다. 나는 그녀의 감은 두 눈에 입을 맞추었다. 그녀가 제정신이 아닌 것 같다는 생각을 했지만 그래도 상관없었다. 앞으로 그녀와 어떻게 될지는 걱정하지 않았다. 매일 밤 창루에서 창녀들에게 둘러싸이는 것보다는 나았으니까. 그녀들은 애정의 표시로 군모를 거꾸로 쓰고는 위층 동료들과 내 방 사이를 오가곤 했다. 나는 내가 캐서린 바클리를 사랑하지 않는다는 것을 알고 있었다. 그녀를 사랑하는 법도 알지 못했다. 우리의 관계는 브리지처럼 일종의 게임 같은 것이었다. 카드 대신 말로 하는 게임. 돈을 따거나 어떤 대가를 얻을 것처럼 게임에 임하면 되었다. 무엇을 건 게임인지는 아무도 말하지 않았다. 그래도 나는 상관없었다.

"다른 데 갈 곳이 있으면 좋을 텐데요." 내가 말했다. 오랫동안 서서 사랑을 속삭이다 보니 이런 때 남자들이 겪는 생리적인 문제가 발생하고 있었다.

"여기 말고 다른 곳은 없어요." 그녀가 대답했다. 조금 전 제정신이 아니었던 것 같은 그녀는 다시 원래대로 돌아와 있었다.

"그럼 저기에 좀 앉아서 쉽시다."

우리는 평평한 돌의자에 앉았다. 나는 캐서린의 손을 잡았다. 이번에는 내가 자신의 몸을 감싸 안도록 놔두지 않았다.

"많이 피곤해요?" 그녀가 물었다.

"아뇨."

그녀가 잔디밭을 내려다보았다.

"우리는 지금 얄궂은 게임을 하고 있는 거죠?"

"무슨 게임이요?"

"순진한 척 말아요."

"정말로 모르겠는데요?"

"당신은 좋은 사람이에요. 당신도 힘닿는 대로 게임을 하는 거겠죠. 하지만 얄궂은 건 사실이에요."

"항상 그렇게 남의 맘을 잘 읽나요?"

"항상은 아니에요. 하지만 당신 마음은 알 수 있어요. 날 사랑하는 척하지 않아도 돼요. 오늘은 그걸로 됐어요. 더 할 말이 있어요?"

"정말로 당신을 사랑해요."

"쓸데없는 거짓말은 그만하기로 해요. 잠시 우스꽝스러운 연극을 했을 뿐이에요. 나도 이제 괜찮아요. 난 미친 것도 정신이 나간 것도 아니에요. 가끔씩 그럴 때가 있긴 하지만요."

나는 그녀의 손을 꽉 잡았다. "사랑하는 나의 캐서린."

"지금 다시 들으니 웃기네요. 캐서린이라고 그렇게 똑같이 따라할 필요 없어요. 하지만 기분은 좋네요. 당신은 정말 좋은 남자예요."

"신부님도 그렇게 말했죠."

"그래요. 사실이니까요. 또 날 보러 올 거죠?"

"물론이죠."

"다시 말하지만 내게 사랑한다는 말은 하지 않아도 돼요. 한동안은 그런 말은 하지 않아도 괜찮아요." 그녀가 일어나며 손을 흔들었다. "잘 가요."

나는 그녀에게 키스를 하고 싶었다.

"안 돼요. 지금 너무 피곤해요."

"그래도 키스해 줘요." 내가 말했다.

"정말 피곤하다니까요."

"키스해 줘요."

"그렇게도 하고 싶어요?"

"네."

우리는 키스를 했지만 그녀는 재빨리 입술을 뗐다. "이제 그만. 잘 가요, 헨리." 우리는 문까지 걸어갔다. 나는 그녀가 복도로 걸어 들어가는 것을 지켜보았다. 나는 그녀의 모습을 바라보는 것이 좋았다. 그녀는 복도를 따라 걸어갔고 나는 숙소로 돌아왔다. 그날 밤은 더웠고 산에서는 전투가 한창이었다. 산가브리엘레에서 불꽃이 터지고 있었다.

나는 빌라로사(장교용 창루의 이름) 앞에서 멈추어 섰다. 창문은 닫혀 있었지만 아직 안에는 사람들이 있었다. 누군가가 노래를 부르고 있었다. 나는 그냥 숙소로 향했다. 옷을 갈아입는데 리날디가 들어왔다.

"오호! 뭔가 잘 안 풀리나 보네. 우리 꼬맹이가 참 혼란스러워하고 있군."

"어디 갔다 왔나?"

"빌라로사에. 아주 많은 교훈을 얻었어. 모두 합창을 했지. 자넨 어디에 다녀왔나?"

"영국 여자를 만나러 갔었지."

"내가 그 여자와 안 엮인 게 천만다행이군."

7

다음 날 오후, 나는 산에 있는 첫 번째 주둔지에서 돌아와 부상자 임시 수용소에 차를 세웠다. 이곳은 서류에 따라 부상병들을 분류하는 곳이었다. 서류에는 각기 다른 병원의 마크가 찍혀 있었다. 운전을 한 나 대신 운전병이 서류를 가지러 갔고 나는 차에 앉아서 기다렸다. 날씨가 더웠고 하늘은 아주 맑고 파랬다. 길은 흙먼지로 뒤덮여 뿌옜다. 나는 피아트 구급차의 높은 의자에 앉아 아무 생각도 하지 않은 채 한 연대가 길을 지나가는 것을 지켜보았다. 그들은 더위로 땀을 뻘뻘 흘리고 있었다. 몇몇은 철모를 쓰고 있었지만 나머지는 전부 가방에 철모를 매달고 있었다. 대부분 철모가 너무 커서 귀를 덮을 정도였다. 장교들은 그나마 병사들의 것보다는 크기가 잘 맞아 모두 철모를 쓰고 있었다. 그들은 바실리카타 연대 소속으로 인원의 절반 정도가 지나가고 있었다. 그들의 옷깃에 붙어 있는 빨강, 하양 줄무늬를 보고 소속을 알 수 있었다. 바실리카타 연대가 지나가고 한참 후, 낙오병들이 뒤

늦게 동료들을 쫓아가고 있었다. 그들은 땀과 먼지를 뒤집어쓴 채 지쳐 있었다. 몇몇은 상태가 매우 안 좋아 보였다. 그들 중 제일 마지막으로 다리를 절뚝거리며 군인 한 명이 걸어가고 있었다. 그는 걸음을 멈추고 길가에 앉았다. 나는 차에서 내려 그에게 다가갔다.

"무슨 일인가?"

그가 나를 쳐다보더니 일어섰다.

"가야겠네요."

"뭐가 문제지?"

"망할 전쟁이요."

"다리는 왜 그런가?"

"다리 때문이 아니에요. 탈장이에요."

"뭐라도 타고 가지 그러나? 병원에는 왜 안 갔지?"

"가지 못하게 해요. 중위님이 그러는데 내가 일부러 탈장대를 안 했대요."

"한번 보지."

"엄청 튀어나왔어요."

"어느 쪽인가?"

"여기요."

탈장된 것이 만져졌다.

"기침을 해 보게." 내가 말했다.

"그러면 더 튀어나올 걸요. 오늘 아침보다 두 배는 더 커졌어요."

"앉아 보게. 서류를 작성하고 나와 함께 차를 타고 자네 연대의 치료소에 가지."

"일부러 그랬다고 할 거예요."

"말도 안 되네. 상처도 아닌데. 전에도 탈장된 적이 있지?"

"그런데 탈장대를 잃어버렸어요."

"치료소에서 병원에 데려다 줄 거네."

"이 치료소에서 좀 지내면 안 될까요, 중위님?

"안 돼. 나한테는 자네 서류가 없으니까."

운전병이 차에 탄 부상병들의 서류를 들고 문밖을 나왔다.

"105 병원에 네 명, 132 병원에 두 명입니다." 그가 말했다. 그 병원은 강 너머에 있었다.

"자네가 운전하게." 내가 말했다. 나는 탈장된 병사를 부축해 차에 앉혔다.

"영어를 할 줄 아세요?" 그가 물었다.

"물론이지."

"이 빌어먹을 전쟁은 견딜 만하세요?"

"지긋지긋해."

"저도 동의합니다. 그렇고말고요."

"미국 출신인가?"

"네. 피츠버그에 살았어요. 중위님이 미국인인 줄 알아봤어요."

"내 이탈리아어가 그렇게 별로인가?"

"그냥 대충 보면 알죠."

"미국인을 또 한 명 만나는군요." 운전병이 탈장병을 쳐다보며 이탈리아어로 말했다.

"저기요, 중위님. 꼭 저희 연대로 가야 합니까?"

"그래."

"거기 군의관이 제가 탈장이 있다는 걸 알아요. 전선에 돌아가기 싫어서 망할 탈장대를 버리고 더 악화시켰단 말입니다."

"그랬군."

"다른 곳으로 가면 안 될까요?"

"우리가 전선에서 더 가까운 곳에 있었더라면 제일 가까운 응급 치료소로 가겠지만 여기선 서류가 있어야 하네."

"거기 가면 전 수술을 받게 될 거고 그러면 계속 전선을 지켜야 된단 말입니다."

나는 다시 생각을 해 보았다.

"중위님이라면 전선에서 계속 지내고 싶겠습니까?" 그가 물었다.

"아니지."

"이거 정말 빌어먹을 전쟁이 아닙니까?"

"그럼 이렇게 하게. 차에서 내려서 길에서 넘어지게나. 그럼 머리에 혹이 나겠지. 우리가 돌아오는 길에 자네를 싣고 병원에 데려가겠네. 나중에 여기에서 멈추게, 알도." 길가에 차를 멈추고 나는 그가 차에서 내리는 것을 도왔다.

"전 그럼 여기에서 기다리겠습니다, 중위님." 그가 말했다.

"나중에 보지." 나는 인사를 하고 다시 길을 떠났다. 우리는 1.5킬로미터 정도 앞에서 바실리카타 연대와 다시 마주쳤다. 눈이 녹아 뿌옇게 변한 물이 다리의 말뚝 사이로 세차게 흐르는 강을 지나 평야를 가로지르는 길을 타고 부상병들을 두 군데 병원으로 후송했다. 나는 피츠버그에서 온 병사를 다시 태우기 위해 빈 구급차를 빠르게 몰며 돌아왔다. 우리는 바실리카타 연대를 먼저 만났다. 그들은 굉장히 더워 보였고 이동 속도도 무척 느렸다. 그 뒤로 낙오병들이 걸어오고 있었다. 그리고 길에 서 있는 구급 마차를 보았다. 두 명의 병사가 탈장병을 들어 올리고 있었다. 그가 없어진 걸 알고 되돌아온 것이었다. 그가 나를 향해 고개를 저었다. 철모가 벗겨져 있었고 이마에는 피가 흐르고 있었다. 코가 까진 채 피에 젖은 반창고와 머리카락에는 흙먼지가 묻어 있었다.

"이 혹을 봐요, 중위님! 소용없어요. 그들이 절 데리러 왔어요." 그가 소리쳤다.

숙소에 돌아왔을 때는 5시였다. 나는 구급차를 세차하는 곳에서 샤워를 했다. 그러고 나서 바지와 러닝셔츠만 입은 채 내 방 열린 창문 앞에 앉아 보고서를 작성했다. 이틀 후에 공격이 시작되면 나는 구급차들을 몰고 함께 플라바로 향할 것이었다. 고향에 편지를 쓴 지도 한참이 지났다. 소식을 전해야 한다는 것을 알았지만 너무 오랫동안 편지를 쓰지 않다 보니 새삼스레 쓴다는 게 어색했다. 떠오르는 말이 하나도 없었다. 나는 군에서 쓰는 전장 엽서 두어 장에 잘 지낸다는 말만 쓰고 다른 내용은 다 지워 버렸다. 그 정도면 적당했다. 고향에서는 내 엽서를 매우 좋아할 것 같았다. 이상하고 기묘했으니까. 이상하고 기묘한 건 이곳도 마찬가지였다. 오스트리아와 치렀던 다른 전쟁에 비하면 암울하긴 해도 상당히 잘 견디고 있는 것 같았다. 오스트리아군은 나폴레옹식의 승리를 안겨 주기 위해 생긴 군대였다. 어떤 나폴레옹이건 상관없었다. 우리에게도 나폴레옹이 있었더라면 좋았겠지만 대신 뚱뚱하고 지나치게 정력적인 일 카도르나 장군과 길고 가는 목에 염소수염을 달고 있는 쪼그만한 비토리오 에마누엘레 왕만이 있었다. 우익 전선에는 아오스타 공작이 있었다. 그는 위대한 장군이 되기에는 지나치게 잘생겼지만 남자다웠다. 많은 사람이 그가 왕이 되길 바랐을 것이다. 그에게는 왕 같은 분위기가 있었다. 사실상 그는 왕의 삼촌이었고 제3부대를 이끌었다. 우리는 제2부대에 있었다. 제3부대에는 영국 포병이 몇 있었다. 나는 밀라노에서 3부대 소속된 포병 두 명을 만난 적이 있었다. 그들은 매우 친절했고 우리는 신나는 밤을 보냈다. 그들은 건장하고 수줍음이 많았으며 무슨 일이든 감사히 여겼다. 나도 그들과 같은 소속이면 좋겠다는 생각을 했다. 그랬다면 모든 것이 더 수월했을 것이다. 하지만 그랬다면 이미 죽은 목숨이었겠지. 의무대는 안전하다. 물론 의무대라도 항상 안전한 것은 아니다. 영국 구급차 운전병들도 가끔씩 전사하는 일이 생긴다. 하지만 나는 내가 죽지 않을 거란 것을 알았다. 최소한 이 전쟁에서는 말이다. 나는 걱정할 필요가 없었다. 마치 영화 속의 한 장면처럼 이 전쟁이 비현실적으로 느껴졌다. 그래도 전쟁이 끝나길 항상 기도했다. 올해 여름에는 끝나지 않을까? 오스트리아가 백기를 들지도 모른다. 다른 전쟁에서도 언제나 백기를 들었으니까. 그런데 이 전쟁은 왜 끝나지 않는 걸까? 다들 프랑스는 벌써 끝이라고 했다. 리날디에 의하면 프랑스군이 반란을 일으켜 파리로 돌진했다고 했다. 내가 리날디에게 그곳에서 무슨 일이 있었냐고 물었더니 그는 "아, 그건 진압되었대."라고 답했을 뿐이다. 나는 전쟁이 없는 오스트리아에 가 보고 싶었다. 블랙포리스트도 구경하고 하르츠 산맥도 가 보고 싶었다. 하르츠 산맥이 어디 있는지도 모르면서. 카르파티아 산맥에서도 전투가 벌어지고 있었다. 그곳에는 왠지 절대로 가고 싶지가 않았다. 멋있을지도 모르지만 말이다. 전쟁이 끝나면 스페인에도 가고 싶었다. 해가 지고 있었고 열기도 점차 식어 가고 있었다. 나는 저녁 식사 후 캐서린을 만나러 갈 것이다. 지금 그녀가 내 옆에 있었으면 좋겠다. 밀라노에도 같이 갔더라면 좋았을 텐데. 코바 카페에서 식사를 하고 더운 저녁 비아 만초니 거리를 거닐다 운하를 건너 캐서린과 호텔로 가는 거다. 그녀도 승낙할지 모른다. 나를 자신의 죽은 약혼자로 여기며 함께 호텔 앞으로 가면 문지기가 모자를 벗으며 인사를 할 것이다. 나는 호텔 데스크에 가서 열쇠를 받아 그녀가 서 있는 엘리베이터 앞으로 간다. 우리가 오르면 엘리베이터는 층마다 멈추며 매우 천천히 올라간다. 머물 층에 도착하면 종업원이 문을 열고 우리가 나오길 기다릴 것이다. 캐서린이 내리면 나도 내리고 복도를 함께 걷는다. 나는 열쇠로 방문을 열고 들어가서 전화로 데스크에 카프리 비안코 와인을 얼음이 가득 찬 은제 버킷에 담아서 보내 달라고 부탁할 것이다. 조금 있으면 버킷 안에서 얼음이 부딪혀 달그락거리는 소리가 복도에서 들릴 것이고 보이가 문을 두드리면 나는 와인을 문밖에 놔두고 가라고 할 것이다. 날씨가 너무 더워 우리 둘 다 발가벗은 상태일 테니까. 창문은 열려 있고 제비가 호텔 지붕 위를 날아다닌다. 밤이 깊어져 창가로 가면 호텔 위에서 사냥감을 찾아다니던 새끼 박쥐들이 나무 아래 매달려 쉬고 있을 것이다. 우리는 문을 잠그고 와인을 마신다. 더운 날씨 때문에 발가벗은 채 시트 한 장만을 덮고 말이다. 우리는 그렇게 밀라노의 더운 여름밤을 보내며 날이 새도록 사랑을 나눌 것이다. 이게 바로 나의 시나리오이다. 얼른 저녁 식사를 마치고 캐서린을 만나러 가야지.

식당에서는 다들 말이 엄청 많았다. 그날 밤은 술을 마시지 않으면 대화에 껴 주지 않을 것 같은 분위기라서 하는 수 없이 나도 와인을 조금 마셨다. 나는 신부와 아일랜드 대주교(존 아일랜드[John Ireland], 아일랜드 출신. 미 미네소타 주 세인트 폴의 초대 대주교)에 대해 이야기를 나누었다. 듣자하니 아일랜드 대주교는 기품 있는 사람 같았고 그가 당한 부당한 처사에 나도 미국인으로서 책임이 느껴졌다. 나는 처음 듣는 이야기였지만 그냥 아는 척을 했다. 게다가 결국에는 오해로 빚어진 일이라고 열심히 설명하는 신부를 보고 있자니 조금이라도 아는 척을 하는 게 예의에 어긋나지 않을 것 같았다. 나는 대주교의 이름이 아주 멋있다고 생각했다. 미네소타 주와 연결시키면 더욱 그랬다. 미네소타의 아일랜드. 위스콘신의 아일랜드. 미시간의 아일랜드. 더구나 그 이름은 섬을 뜻하는 '아일랜드'의 발음과 같아서 더욱 그럴싸했다. 아니, 그게 아니다. 그것보다는 더 심오해야지. 네, 신부님. 맞습니다, 신부님. 아마도요, 신부님. 아뇨, 신부님. 아마도 그렇겠죠, 신부님. 역시 지식이 넘치십니다, 신부님. 신부는 선량한 사람이었지만 너무 지루했다. 장교들은 성격까지 고약하고 너무 지루했다. 왕도 선량했지만 지루했다. 와인은 맛이 없었지만 지루하지는 않았다. 와인을 마시면 이의 법랑질이 벗겨져 입천장에 들러붙었다.

"그렇게 신부님은 감옥에 갔어요. 신부님 몸에서 3퍼센트 이자 공채가 발견됐거든요. 물론 프랑스에서 일어났던 일이에요. 여기선 절대로 신부님을 체포하지 않았을 거예요. 신부님은 5퍼센트 이자 공채에 대해서는 모든 혐의를 부인했어요. 베지에에서 있었던 일이에요. 제가 거기서 신문 기사를 보고 감옥으로 찾아가서 신부님을 뵙겠다고 했어요. 신부님이 공채를 훔친 게 분명해 보였죠." 로카가 말했다.

"난 자네 말은 하나도 안 믿어." 리날디가 말했다.

"마음대로 하게나. 하지만 난 지금 이 얘기를 여기 계신 우리 신부님을 위해 하는 거야. 알아 두면 나중에 유용할 테니. 신부라면 꼭 알아야 할 얘기지." 로카가 대답했다.

신부가 미소를 지었다. "계속해 보세요. 잘 듣고 있으니."

"물론 공채 중 몇 개는 출처를 알 수 없었지만 신부님은 3퍼센트 이자 공채를 모두 가지고 있었고 지역 채권도 몇 개 가지고 있었어요. 정확히는 기억나지 않지만 아마 그게 맞을 거예요. 그렇게 제가 감옥으로 찾아갔어요. 자, 이제부터가 중요해요. 제가 신부님 감방을 찾아가서 고해성사라도 할 것처럼 입을 뗐어요. '저에게 축복을 주십시오, 신부님. 신부님의 죄를 사하도록.'"

모두가 쓰러지도록 웃음을 터뜨렸다.

"그랬더니 신부님이 뭐라고 하시던가요?" 신부가 물었다. 로카는 신부를 무시하고 내게 방금 한 농담을 설명하기 시작했다. "요점이 뭔지 알겠지?" 이해를 할 수 있다면 굉장히 우스운 농담인 것 같았다. 장교들이 나에게 와인을 더 따라 주었고 나는 샤워 세례를 받은 영국군 사병 이야기를 했다. 그러자 소령이 열한 명의 체코슬로바키아 하사와 한 헝가리 하사의 이야기를 했다. 와인을 몇 잔 더 한 후 나는 어떤 기수가 1페니 동전을 주운 이야기도 했다. 소령은 이탈리아에도 그와 비슷한, 밤에 잠을 못 자는 공작부인에 대한 이야기가 있다고 했다. 그때쯤 신부가 식당을 떠났고 나는 차가운 북서풍이 부는 새벽 5시에 마르세유에 도착한 떠돌이 세일즈맨에 대한 이야기도 했다. 소령은 내가 술을 잘 마신다는 소문을 들었다고 말했다. 나는 사실이 아니라고 대답했다. 소령은 맞다고 우기며 술의 신인 바쿠스의 시신을 걸고 그게 사실인지 아닌지 확인해 보자고 했다. 나는 바쿠스는 안 된다고 했다. 바쿠스는 절대로 안 된다. 소령은 바쿠스여야 한다고 말했다. 결국 나는 바시와 함께 컵이든 잔이든 뭐든 들고 술 시합을 해야 했다. 바시는 이미 자신은 나보다 술을 두 배는 더 마셨으니 불공평하다며 시합을 거절했다. 나는 그건 거짓말이라며, 바쿠스가 있든 없든 필리포 빈센차 바시인지 바시 필리포 빈센차인지는 그날 밤 내내 술을 한 방울도 마시지 않았다고 했다. 그리고 바시에게 정확한 이름이 뭐냐고 물었다. 바시 역시도 내 이름이 페데리코 엔리코냐, 엔리코 페데리코(주인공이자 화자 이름인 프레데릭 헨리를 이탈리아식으로 말한 것)냐고 물었다. 바쿠스는 관두고 술이 센 사람이 이긴 걸로 하자고 말하자 소령은 우리에게 머그잔에 가득 담긴 레드 와인을 내밀었다. 와인을 반쯤 마시자 더 이상 마실 수가 없었다. 가야 할 곳이 기억났으니까.

"바시가 이겼어요. 바시가 저보다 나은 놈이군요. 전 이만 가 볼게요." 내가 말했다.

"저 친구 진짜 가야 해요. 누구랑 만나기로 했거든요. 제가 잘 알죠." 리날디가 말했다.

"난 가 볼게."

"다음에 보지. 자네가 자신 있을 때 다시 붙자고." 바시가 인사하며 내 어깨를 쳤다. 식탁엔 촛불이 켜 있었다. 장교들은 모두 흥겨워 보였다. "저 갑니다, 장교님들." 내가 인사했다.

리날디가 나와 함께 밖으로 나왔다. 문밖에서 그가 말했다. "취해서 병원에 가도 괜찮겠어?"

"나 취한 거 아냐, 리닌(리날디의 애칭). 정말이야."
"커피콩이라도 좀 씹지?"
"됐어."
"내가 좀 가져올게, 꼬맹아. 좀 걷고 있어." 리날디가 볶은 커피콩을 한 움큼 가져왔다. "이거 씹어, 친구. 그리고 신의 가호가 있기를."
"바쿠스 신 말이지." 내가 말했다.
"내가 데려다 주지."
"나 정말 아무렇지도 않아."
우리는 함께 마을을 걸었고 나는 커피콩을 씹었다. 영국 병원으로 이어지는 도로의 대문 앞에서 리날디가 작별 인사를 했다.
"잘 가게. 같이 가겠나?" 내가 물었다.
그가 고개를 저었다. "아니. 난 값싼 취미가 더 좋아."
"커피콩 고마워."
"천만에, 친구. 별것도 아닌데."
나는 도로를 걷기 시작했다. 도로를 따라 서 있는 사이프러스 나무들의 윤곽이 뚜렷하게 보였다. 뒤돌아보니 리날디가 서서 나를 쳐다보고 있었다. 나는 그에게 손을 흔들었다.
나는 병원 접수처 앞에서 캐서린이 내려오길 기다렸다. 누군가가 복도로 내려오고 있었다. 자리에서 일어섰지만 그 사람은 캐서린이 아니었다. 퍼거슨 양이었다.
"안녕하세요." 그녀가 인사했다. "캐서린이 저보고 전해 달랬어요. 오늘 밤은 중위님을 만날 수 없어서 정말 미안하다고요."
"그거 참 유감이네요. 어디 아픈 건 아니죠?"
"몸 상태가 좋지는 않아요."
"제가 걱정한다고 전해 주시겠어요?"
"네, 그럴게요."

"내일은 만나도 괜찮을까요?"

"네, 그럴 거예요."

"정말 고마워요. 잘 자요."

병원 문밖을 나오자 갑자기 허전하고 외로운 느낌이 들었다. 나는 이제까지 그녀를 만나는 걸 대수롭지 않게 여겨 왔다. 술을 마시다가 병원에 오는 것도 잊어버릴 뻔했다. 그런데 막상 그녀를 만날 수 없게 되자 외롭고 공허해졌다.

8

다음 날 오후, 밤이 되면 강 상류에서 공격이 시작되고 우리가 그곳에 구급차 네 대를 몰고 가야 한다는 소식을 들었다. 모두들 강한 자신감을 보이며 전략에 대해 떠들어 댔지만 누구도 자세히 계획을 알지는 못했다. 나는 선두 차에 타고 있다가 영국 병원 앞을 지날 때 운전병에게 멈추라고 말했다. 뒤따르던 차들도 멈추어 섰다. 나는 차에서 내려 다른 차들은 먼저 가라고 하며 이따가 만약 우리가 따라잡지 못하면 코르몬스로 가는 도로의 교차점에서 기다리라고 했다. 나는 병원으로 서둘러 들어가 접수처에 가서 바클리 양을 불러 달라고 말했다.

"지금 근무 중이에요."

"잠시만 볼 수 없을까요?"

직원이 올라가더니 캐서린과 함께 내려왔다.

"몸이 괜찮아졌는지 궁금해서 들렀어요. 근무 중이라기에 내가 따로 부탁을 했어요."

"난 괜찮아요. 어젠 더위 때문에 몸이 견디질 못했나 봐요."

"그만 가 볼게요."
"문 앞에서 배웅해 줄게요."
"정말 괜찮은 거죠?" 내가 병원 밖에서 물었다.
"그래요, 헨리. 오늘 밤에 올 건가요?"
"아뇨. 플라바에서 한바탕 쇼가 벌어질 거예요. 지금 출동하는 거고요."
"쇼라고요?"
"별거 아닐 거예요."
"돌아올 거죠?"
"내일요."
캐서린은 목에서 무언가를 끌러 내 손에 쥐어 주었다. "성 안토니오 목걸이에요. 내일 밤엔 꼭 오세요."
"캐서린은 천주교 신자가 아니잖아요."
"네. 그렇지만 성 안토니오가 아주 유용하다고 들었어요."
"내가 대신 잘 보살필게요. 잘 있어요."
"싫어요. 그런 인사는 하지 마세요."
"알았어요."
"허튼 행동하지 말고 몸조심하세요. 안 돼요, 여기선 키스하면 안 돼요."
"알았어요."
뒤를 돌아보자 캐서린이 계단에 서 있는 게 보였다. 그녀가 손을 흔들었고 나는 손에 키스를 하여 그녀를 향해 들어 올렸다. 그녀가 다시 손을 흔들었다. 나는 병원 밖으로 나와 구급차에 올라탔다. 차가 다시 출발했다. 작고 하얀 금속 캡슐 펜던트 안에 성 안토니오가 들어 있었다. 나는 캡슐을 열어 그것을 꺼내 들었다.
"성 안토니오예요?" 운전병이 물었다.

"그래."

"저도 하나 있어요." 그가 오른손을 핸들에서 떼더니 제복 상의 주머니를 열어 성 안토니오를 꺼냈다.

"이것 봐요."

나는 성 안토니오를 다시 캡슐 안에 집어넣고는 가느다란 금줄과 함께 가슴 주머니에 넣었다.

"목에 안 거세요?"

"응."

"거는 게 좋지 않겠어요? 그러라고 있는 건데."

"그러지." 내가 대답했다. 나는 금줄을 풀어 목에 걸었다. 성 안토니오가 내 제복 밖으로 길게 늘어져 있었다. 나는 제복 상의와 셔츠의 목 단추를 풀어 성 안토니오를 셔츠 안으로 집어넣었다. 차가 움직이자 캡슐에 담긴 성 안토니오가 흔들리는 것이 가슴에 느껴졌다. 하지만 곧 그것이 있다는 사실을 잊어버렸다. 훗날 내가 부상을 당하고 난 후에 그것은 사라져 버렸다. 내가 다녀갔던 응급 치료소 중 한 곳에서 누군가가 주워 갔을 것이다.

우리는 다리를 빠르게 지나갔다. 곧 먼지 사이로 먼저 달리고 있는 구급차들이 보였다. 길은 굽어 있었고 앞에 가는 세 대의 구급차는 아주 조그마해 보였다. 구급차들은 바퀴로 먼지를 내면서 나무를 헤치며 지나가고 있었다. 우리는 그들을 추월해 언덕으로 올라가는 길에서 차를 꺾었다. 호송대에서 선두를 달리는 건 썩 괜찮은 경험이었다. 나는 의자에 편하게 기대어 앉아 마을을 바라보았다. 우리는 강 근처 구릉을 지나고 있었고 높은 지대로 올라가자 북쪽으로 아직 봉우리에 눈이 녹지 않은 고산들이 보였다. 뒤를 돌아보니 차 세 대가 먼지를 피해 서로 멀찌감치 떨어져서 따라오고 있었다. 우리는 빨간색 원통 모자를 쓴 병사들이 길게 줄지어 짐을 실은 노새들과 함께 걸어가고 있는 행렬을 지나쳤다. 그들은 이탈리아 저격 부대였다.

노새 무리를 지나자 길이 텅 비었다. 우리는 언덕을 넘고 긴 비탈을 지나 강의 골짜기로 들어갔다. 길 양옆에는 나무들이 쭉 늘어서 있었고 길 우측으로는 맑고 얕은 강물이 빠르게 흐르고 있었다. 얕고 좁은 강 아래에는 모래와 자갈이 깔려 있었고 강물은 자갈 위에서 벨벳처럼 출렁거렸다.

강둑 근처에 이르자 하늘처럼 새파란 강물이 깊게 고여 있었다. 차도를 피해 옆으로 굽어 있는 강 위의 아치 모양 석교를 지나자 돌로 지은 농장들이 나타났다. 농장의 남쪽 벽에는 배나무들이 길게 서 있었고 밭에는 낮은 돌담이 쳐져 있었다. 길은 골짜기를 따라 한참을 이어졌고 우리는 방향을 틀어 다시 언덕으로 올라가기 시작했다. 가파른 오르막길은 밤나무 숲을 이리저리 통과하더니 마침내 산등성이와 평행을 이루었다. 날씨가 맑은 덕에 숲 너머 아래로 두 나라를 가르고 있는 강이 보였다. 우리는 산봉우리를 따라 거친 군용 도로를 내달렸다.

북쪽에 있는 두 개의 산은 어두운 초록 빛깔을 띠고 있었으며 눈이 덮인 봉우리는 하얗고 아름답게 햇빛에 반짝였다. 산등성이를 따라 더 올라가자 세 번째 산이 보였다. 그 산은 더 높았고 눈에 덮여 새하얀 능선이 들쑥날쑥했다. 그 산들의 한참 뒤에는 형태를 분간할 수 없는 몇 개의 산들이 더 있었다. 전부 오스트리아에 속한 산이었고 우리 것과는 사뭇 모습이 달랐다. 앞을 바라보니 길이 오른쪽으로 부드럽게 꺾여 있었고 아래를 내려다보니 나무들 사이로 뻗은 내리막길이 있었다. 그 길에는 군부대와 트럭, 대포를 끌고 가는 노새들이 있었다. 길가에 붙어서 내려가다 보니 한참 밑으로 강과 침목이 깔린 철도, 철도가 지나가는 오래된 다리가 보였고 강 너머 언덕 아래에는 우리가 공격하게 될 작은 마을의 부서진 집들이 있었다.

산에서 내려와 강을 따라 나 있는 간선도로를 탔을 때에는 해가 거의 저물어 있었다.

9

도로는 붐볐다. 도로 양옆에는 옥수숫대와 지푸라기로 만든 차폐물이 엮여져 있었고 그 위까지 거적을 쳐 두어 마치 서커스장이나 원주민 마을을 들어서는 느낌이었다. 우리는 그 거적이 덮인 터널을 천천히 지나 공터로 나왔다. 그곳은 원래 철도역이 있었던 장소였다. 도로는 강둑보다 낮게 움푹 꺼져 있었고 도로 옆으로는 강둑을 파고 만든 참호마다 보병들이 숨어 있었다. 해가 지고 있었고 도로를 지나가며 둑을 올려다보니 석양 너머 어두워진 반대편 언덕 위에 오스트리아의 감시용 기구가 떠 있었다. 우리는 벽돌 공장 너머에 구급차들을 세웠다. 벽돌 공장의 가마와 깊게 만든 몇 개의 참호가 응급 치료소로 차려져 있었다. 그곳에 내가 잘 아는 군의관 셋이 있었다. 소령은 전투가 시작되면 구급차에 부상병들을 싣고 거적이 덮인 터널을 지나 산 등성이의 간선도로로 가야 한다고 했다. 도로를 가다 보면 초소가 있을 것이고 그곳에서 다른 차들이 부상병들을 후송할 것이라고 했다. 소령은 하나밖에 없는 그 길이 막히지 않기를 바랐다. 그 길은 강 너머에 있는 오스트리아군의 시야에 들어가기 때문에 차폐물이 반드시 필요했다. 벽돌 공장은 강둑에 가려 있어서 소총이나 기관총의 공격으로부터 무사했다. 강 건너에는 부서진 다리가 하나 있었다. 공격이 시작되면 그 위에 다리를 하나 만들 예정이었다. 병사들은 강이 꺾이는 지점의 수심이 얕은 곳으로 건너갈 것이다. 소령은 끝이 위로 올라간 콧수염을 길렀고 덩치가 작았다. 그는 리비아전에도 참전했고 두 개의 휘장을 달고 있었다. 그는 이 전쟁에서 승리를 거두면 나도 휘장을 받게 될 거라고 했다. 나는 나 역시 승리를 바라지만 휘장을 받게 될지는 의문이라고 대답했다. 그에게 의무대가 몸을 숨길 만한 커다란 참호가 있느냐고 묻자 그가 나를 안내할 병사 한 명을 불렀다. 그 병사를 따라 도착한 참호는 아주 근사했다. 운전병들이 참호를 아주 마음에 들어 하는 모습을 보며 나는 그곳에서 나왔다. 내가 돌아오자 소령이 나와 다른 장교 둘에게 술을 권했다. 우리는 화기애애한 분위기 속에서 럼주를 나누어 마셨다. 밖은 점점 어두워지고 있었다. 공격을 언제쯤 할 예정이냐고 묻자 그들은 어두워지면 바로 시작할 거라고 했다. 나는 운전병들이 있는 곳으로 다시 돌아갔다. 그들은 참호에 앉아서 이야기를 나누고 있었는데 내가 들어가자 말소리가 끊겼다. 나는 운전병들에게 마케도니아산 담배를 한 갑씩 나누어 주었다. 마케도니아산 담배는 포장이 단단히 되어 있지 않아서 피우기 전에 끝을 말아야 담뱃잎이 떨어져 나오지 않았다. 마네라가 라이터를 켜 모두에게 돌렸다. 구급차의 라디에이터처럼 생긴 라이터였다. 나는 그들에게 조금 전 소령에게 들은 말을 전했다.

"올 때 초소는 못 봤는데요?" 파시니가 물었다.

"우리가 꺾은 곳에서 건너편으로 가야 있어."

"그 길은 아수라장이 되겠네요." 마네라가 말했다.

"우릴 개처럼 날려 버리겠죠?"

"아마도."

"식사는 어떡합니까, 중위님? 전투가 시작되면 먹지도 못할 텐데요."

"내가 가서 알아보지." 내가 대답했다.

"저흰 여기 있을까요, 아니면 나가서 살펴볼까요?"

"여기 있는 게 나아."

나는 소령이 있는 참호로 돌아갔다. 소령은 식사는 야외 취사장에서 스튜를 받아먹으면 된다고 했다. 식기가 없으면 빌려 주겠다고도 덧붙였다. 나는 그들이 반합을 가지고 있을 거라고 대답하며 다시 운전병들이 기다리는 참호로 돌아가서 취사장이 문을 열면 음식을 먹게 해 주겠다고 말했다. 마네라는 폭격이 시작되기 전에 식사를 할 수 있었으면 좋겠다고 했다. 내가 나가자 그들은 다시 수다를 떨기 시작했다. 그들은 모두 기술공으로 전쟁을 끔찍하게 생각했다.

나는 참호 밖으로 나와 잠시 구급차와 바깥 상황을 살핀 후 다시 들어가 운전병 넷과 함께 자리에 앉았다. 우리는 땅바닥에 앉아 벽에 등을 기대고 담배를 피웠다. 밖은 이제 거의 어두워져 있었다. 참호 안은 따뜻하게 말라 있었다. 나는 비스듬히 기대고 앉아 몸을 쉬었다.

"누가 공격을 하나요?" 가부치가 물었다.

"저격 부대가 하겠지."

"저격 부대 전부가요?"

"아마도."

"본격적으로 공격을 퍼부을 만큼 부대가 크지 않잖아요?"

"아마 진짜 공격으로부터 주의를 돌리기 위한 걸 거야."

"진짜 공격을 누가 하는지 병사들도 알고 있을까요?"

"아마 모를걸."

"당연히 모르지. 알면 공격을 하겠어?" 마네라가 말했다.

"하지 왜 안 해? 저격 부대는 전부 얼간이들이라고." 파시니가 말했다.

"그들은 용감하고 군기도 잘 잡혀 있어." 내가 말했다.

"몸뚱이가 크고 힘은 넘칠지 모르지만 머리는 나빠요."

"키는 수류탄 투척병들이 커." 마네라가 말했다. 물론 농담이었고 모두가 웃었다.

"중위님은 그때 계셨어요? 공격을 하지 않으려고 하는 병사들을 쭉 세워 놓고 열 번째 사람마다 쏴 죽일 때요."

"아니."

"그거 진짜예요. 나중에 줄을 쫙 세워 놓고 열 번째 사람마다 쏴 죽였어요. 헌병이 그랬죠."

"헌병 자식들." 파시니가 그렇게 말하고는 바닥에 침을 뱉었다. "수류탄 투척병은 모두 180센티가 넘지만 공격하는 건 싫어할걸?"

"모두가 공격하기를 거부하면 전쟁이 끝나겠지." 마네라가 말했다.

"수류탄 투척병들은 공격을 거부하는 게 아니라 두려워하는 거야. 좋은 가문에서 자란 사람들이거든."

"홀로 공격에 나선 장교들도 있었다는데?"

"어떤 하사는 공격을 안 하려고 하는 장교 두 명을 쐈대."

"공격에 나선 부대도 있었어."

"그런 부대는 총살 당할 때 안 끌려갔겠지."

"헌병한테 총살 당한 병사 중에 한 명은 우리 마을 출신이었어." 파시니가 말했다. "그는 수류탄 투척병답게 덩치가 좋고 멋졌지. 언제나 로마에서 여자들과 어울려 다녔어. 헌병들과도 언제나 함께 어울려 다녔지." 그가 피식 웃었다. "그런데 지금 그 친구 집 밖에는 총검을 든 방위병들이 보초를 서 있고 아무도 그 친구 가족을 만날 수가 없대. 그 친구 아버지는 시민권도 박탈 당했고 투표권도 잃어버렸어. 그들을 보호해 줄 법은 존재하지 않지. 언제 재산을 빼앗길지도 알 수 없어."

"그 친구 가족에게 그런 일이 일어났기 때문에 다들 할 수 없이 공격에 참여하는 거지."

"아냐. 알프스 산악병이나 근위병, 또 저격병들 몇은 기꺼이 공격할걸?"

"저격병도 도망친 적이 있대. 지금은 그 사실을 잊어버리려고 하지."

"저희가 이런 식으로 대화하도록 놔두실 겁니까, 중위님? 군대 만세!" 파시니가 빈정거리며 말했다.

"나도 잘 알고 있네. 하지만 운전만 잘하고 말만 잘 들으면……." 내가 대답했다.

"그리고 다른 장교들 앞에서 이런 말을 안 하면요?" 마네라가 내 말을 이어받았다.

"우리는 이 전쟁을 끝내야 해. 한쪽에서 전투를 그만둔다고 전쟁이 끝나진 않겠지. 하지만 여기서 그만두면 상황은 더 심각해질 거야." 내가 말했다.

"더 심각해질 수 있겠어요? 전쟁보다 더 심각한 게 있으려고요." 파시니가 진지하게 되물었다.

"포기."

"전 생각이 달라요. 포기가 뭔데요? 집으로 돌아가는 거예요." 파시니가 다시 심각하게 말을 이었다.

"그러면 적군이 쫓아와 집을 빼앗고 자네 누이를 겁탈할 거야."

"아니에요. 모든 병사에게 그렇게 하는 건 불가능해요. 집은 지키면 돼요. 누이도 집 안에 숨겨 두고요."

"자넨 교수형을 당할 거야. 집으로 찾아가 자넬 다시 군인으로 끌고 갈 거야. 그땐 의무대가 아니라 보병대로 보내지겠지."

"그 많은 병사들을 어떻게 다 교수형을 시킵니까?"

"다른 나라에서 우리를 군인으로 만들 순 없어요. 첫 전투에서 모두 달아날 테니까요." 마네라가 말했다.

"체코처럼 말이지."

"자네들은 지금 다른 나라에 지배당하는 게 어떤 건지 몰라서 그런 말을 하는 거야."

"중위님. 중위님 앞이니까 우리가 마음대로 말할 수 있다는 건 알아요. 그렇지만 제 말 좀 들어 보세요. 세상에 전쟁만큼 나쁜 건 없어요. 우리 의무대는 전쟁의 천 분의 일도 알지 못하죠. 하지만 전쟁의 참상을 알고 나면 어떻게 해 보기도 전에 미쳐 버릴 거예요. 어떤 사람들은 그걸 깨닫지 못해요. 상관이 두려워 그러는 사람들도 있겠죠. 그런 사람들 때문에 전쟁이 일어나는 거예요." 파시니가 말했다.

"나도 전쟁이 얼마나 나쁜지 알지만 끝은 내야지."

"끝이란 건 없어요. 전쟁에 끝은 없다고요."

"없긴 왜 없어."

파시니가 고개를 저었다.

"전쟁에 승리란 건 없어요. 우리가 산가브리엘레를 차지하면요? 카르소나 몬팔코네나 트리에스테는 어때요? 그걸 다 가지면 그때는요? 오늘 저 멀리 보이는 오스트리아 진영의 산을 보셨죠? 우리가 그 산들도 모두 차지하게 될까요? 오스트리아가 포기하면 그렇게 되겠죠. 한쪽은 반드시 포기를 해야 해요. 그럼 우리가 포기하는 건 어때요? 그들이 이탈리아로 내려온다고 해도 금방 싫증 나서 자신들의 나라로 돌아갈 거예요. 원래 자신들이 살던 생활 터전이 있으니까요. 그런데도 이렇게 전쟁이 일어나고 있죠."

"말 한번 잘하는군."

"저흰 생각을 하고 책을 읽는 사람들이에요. 농부가 아니라 기술자라고요. 농부라도 전쟁은 지지하지 않아요. 전쟁을 좋아하는 사람은 아무도 없죠."

"나라를 다스리는 지도자들 중에는 멍청해서 절대로 그런 걸 이해하지 못하는 사람들이 있어요. 그래서 우리가 이 전쟁을 겪는 거예요."

"그리고 전쟁으로 돈도 벌지."

"안 그런 사람이 더 많아. 그러기엔 너무 멍청하거든. 얻는 것도 없이 그냥 하는 거야. 멍청하기 때문에." 파시니가 말했다.

"이제 그만하자. 중위님 앞이라도 이건 좀 과한 것 같아." 마네라가 말했다.

"중위님도 좋아하셔. 우리가 중위님을 변화시키자고." 파시니가 말했다.

"그건 나중에 하고 오늘은 이제 그만하자." 마네라가 말했다.

"아직 식사는 멀었나요, 중위님?" 가부치가 물었다.

"내가 나가서 보고 오지." 내가 대답했다. 고르디니가 일어나 나를 따라 밖으로 나왔다.

"제가 뭐 도울 일은 없을까요, 중위님? 뭐라도요." 그는 운전병 넷 중에 제일 조용한 친구였다. "그럼 날 따라와. 가서 보자고."

밖은 이미 어두웠고 산 위에서는 탐조등의 긴 불빛이 움직이고 있었다. 그 탐조등은 아주 컸고 밤에 최전선 바로 뒤쪽 도로에서 가끔씩 마주치는 군용 트럭에 장착되어 있었다. 트럭은 길에서 약간 벗어나 있었다. 장교 하나가 탐조등을 조종하고 있었고 그 옆에서 사병들은 잔뜩 긴장하고 있었다. 우리는 벽돌 공장을 지나 응급 치료소 본부로 갔다. 입구는 초록 나뭇가지로 만든 막이가 쳐져 있었고 어둠 속에서 밤바람이 불어와 햇살에 바짝 마른 나뭇잎을 흔들고 있었다. 치료소 안에는 불이 켜져 있었다. 소령이 상자에 앉아서 전화를 하고 있었다. 군의관 대위 중 한 명이 공격이 한 시간 앞당겨졌다고 했다. 그는 내게 코냑 한 잔을 내밀었다. 나는 벽에 걸린 시간표와 불빛에 반짝이는 의료 장비들, 세면대, 마개가 덮인 물병을 바라보았다. 고르디니는 내 뒤에 서 있었다. 소령이 전화를 끊고 일어났다.

"이제 공격이 시작될 거야. 더 앞당겨졌어." 그가 말했다.

나는 밖을 내다보았다. 밖은 어두웠고 뒷산에서 오스트리아군의 탐조등이 움직이고 있었다. 잠시 정적이 흐르더니 우리 뒤에 있던 포병대가 공격을 시작했다.

"좋았어!" 소령이 외쳤다.

"소령님, 식사 말인데요." 내가 말했다. 소령은 내 말을 듣지 못했다. 내가 다시 말했다.

"아직 안 왔어."

거대한 포탄이 날아와 벽돌 공장 밖에서 터졌다. 포탄 또 하나가 날아와 시끄럽게 터졌고 돌가루가 우두둑 떨어져 내렸다.

"여기 먹을 게 좀 있나요?"

"파스타가 좀 있네." 소령이 대답했다.

"어떤 거라도 좋습니다."

소령이 병사에게 뭐라고 말하자 그가 뒤쪽으로 사라졌다가 금속 그릇에 담긴 식은 마카로니를 가지고 돌아왔다. 나는 그걸 고르디니에게 넘겼다.

"치즈는 없습니까?"

소령이 마지못해 당번병에게 다시 뭐라고 했다. 그가 다시 뒤쪽의 참호로 갔다가 하얀 치즈 4분의 1조각을 들고 돌아왔다.

"정말 감사합니다." 내가 말했다.

"지금은 밖으로 안 나가는 게 좋을걸."

입구 밖에서 무언가가 무너져 내리고 있었다. 그것을 운반한 두 병사 중 하나가 치료소 안으로 고개를 내밀었다.

"데리고 들어오게. 뭐가 문제야? 우리가 나가서 부상자를 데리고 들어올까?" 소령이 말했다.

위생병 두 사람이 부상병의 겨드랑이 밑과 다리를 붙들고 치료소 안으로 들어왔다.

"제복을 잘라." 소령이 말했다.

소령이 핀셋으로 거즈를 들었다. 대위 두 명이 외투를 벗자 소령이 병사에게 외쳤다. "여기서 나가."

"이제 가지." 내가 고르디니에게 말했다.

"포격이 끝나고 나면 나가게." 소령이 어깨 너머로 말했다.

"의무대가 식사를 못 해서요." 내가 대답했다.

"그럼 맘대로 하든가."

우리는 벽돌 공장을 가로질러 뛰었다. 강둑 근처에서 포탄이 터졌다. 그러고 나서 소리도 없이 갑자기 포탄 하나가 날아왔다. 우리는 동시에 납작 몸을 땅에 숙였다. 섬광이 빛나며 포탄이 터졌고 화약 냄새와 부서진 벽돌 조각이 다다닥 떨어지는 소리가 났다. 고르디니가 일어나 참호로 뛰어갔다. 나도 치즈를 쥐고 그를 뒤따라갔다. 치즈의 겉면은 벽돌 조각으로 뒤덮여 있었다. 참호 안에서는 운전병 셋이 벽에 기대고 앉아 담배를 피우고 있었다.

"여기 있어, 이 애국자들." 내가 말했다.

"구급차는 어때요?" 마네라가 물었다.

"괜찮아."

"많이 놀라셨죠?"

"그렇고말고." 내가 대답했다.

나는 칼을 꺼내 펼친 뒤 날을 닦아 흙먼지가 묻은 치즈의 겉면을 잘라 냈다. 가부치가 내게 마카로니 그릇을 건넸다.

"먼저 드세요, 중위님."

"아냐. 바닥에 두고 다 함께 먹자고."

"포크가 없는데요."

"이런 젠장." 내가 영어로 말했다.

나는 치즈를 한 조각씩 잘라 마카로니 위에 올려놓았다.

"앉아서 먹자고." 내가 말했다. 운전병들이 앉더니 먹지 않고 기다렸다. 나는 손가락으로 마카로니를 집었다. 마카로니가 손가락 사이로 삐져나왔다.

"더 높게 드세요, 중위님."

있는 힘껏 손을 들어 올리자 마카로니들이 떨어졌다. 나는 손을 입으로 가져가 마카로니를 후루룩 빨아 먹었다. 그다음 치즈를 한 입 씹어 먹고 와인도 한 잔 마셨다. 와인에서 녹 맛이 났다. 나는 술통을 파시니에게 돌려주었다.

"와인이 상했네요. 너무 오래됐나 봐요. 차에 뒀었는데." 파시니가 말했다.

운전병들은 모두 머리를 그릇에 처박고 먹을 때마다 고개를 젖혀 마카로니를 빨아 먹었다. 나는 마카로니를 또 한 입 가득 먹고 치즈와 와인 한 모금도 들었다. 밖에서 무엇인가가 떨어져 땅이 흔들렸다.

"420밀리미터 화포 아니면 박격포일 거야." 가부치가 말했다.

"산에 420밀리미터 화포는 없네." 내가 말했다.

"적군은 스코다 대형 화포를 갖고 있어요. 그게 떨어진 자국도 본 적 있죠."

"그건 305밀리일걸."

우리는 계속해서 먹었다. 밖에서 기침 소리와 열차 엔진 시동 소리 같은 것이 나더니 포탄이 날아와 또다시 땅이 흔들렸다.

"우리 참호는 너무 얕은 것 같아요." 파시니가 말했다.

"방금 떨어진 건 굉장히 큰 박격포 같군."

"그렇습니다."

나는 치즈 조각을 먹고 와인을 마셨다. 시끄러운 소음 사이로 기침 소리가 나더니, 그다음엔 또 열차 소리처럼 칙칙하는 소리가 들렸다. 그러고는 용광로 문이 휙 열리는 것처럼 섬광이 번쩍였고 굉음과 함께 강풍이 하얗게, 또 빨갛게 변하며 계속 날아왔다. 나는 숨을 쉬려고 했지만 쉬어지지가 않았다. 내 몸뚱이가 통째로 바람을 따라 밖으로, 밖으로 떨어져 나가는 것 같았다. 그렇게 내 몸뚱이가 밖으로 던져진 순간, 죽은 줄로만 알았다. 몸이 떠오르더니 순간 멈춰서 다시 떨어져 내렸다. 숨을 쉴 수 있었고 원래 자리로 돌아와 있었다. 땅이 헤

접어져 있었고 내 눈 앞에는 쪼개진 나무 기둥이 쓰러져 있었다. 충격에 빠져 있는데 누군가의 비명 소리가 들렸다. 누군가가 소리를 지른다고 생각해 일어서려 했으나 몸이 움직여지지 않았다. 강 너머에서 강을 따라 소총과 기관총 소리가 들렸다. 강에서 첨벙하는 소리가 크게 나더니 조명탄이 하늘로 솟아올라 하얗게 빛을 내며 떠다녔고 로켓포도 하늘로 올라가 터졌다. 그 모든 것이 한꺼번에 일어났고 그다음엔 누군가가 근처에서 "어머니! 오, 어머니!"라고 외쳤다. 나는 몸을 당기고 비틀어 드디어 다리를 빼냈고 몸을 돌려 그를 만졌다. 파시니였다. 내가 만지자 그는 소리를 질렀다. 파시니의 다리는 나를 향해 있었고 무릎 위까지 뭉개진 그의 두 다리가 조명탄 빛에 비쳤다. 한쪽 다리는 아예 사라졌고 다른 한쪽은 힘줄과 잘려 나간 바지 천에 겨우 매달려 있었다. 다리는 마치 갓 잘려 나간 도마뱀의 꼬리처럼 움찔움찔 거렸다. 파시니는 자신의 팔을 물며 비명을 질렀다. "오, 어머니, 어머니. 살려 주세요, 마리아님. 살려 주세요, 마리아님. 예수님, 그냥 날 쏴 버리세요. 그리스도여, 날 쏴 버리세요. 어머니, 어머니. 신성하신 마리아님, 날 쏴 주세요. 제발, 제발 멈춰 주세요. 은총하는 마리아님, 멈춰 주세요. 오, 오, 오, 오." 그러다 울먹이며 말했다. "어머니, 어머니." 그러더니 곧 조용해졌다. 그는 여전히 팔을 물고 있었고 끊어진 다리는 꿈틀거리고 있었다.

"들것 가져와!" 나는 두 손을 모아 입에 대고 외쳤다. "들것!" 나는 파시니의 다리에 지혈대를 매기 위해 그에게 가까이 다가가려고 했지만 몸을 움직일 수가 없었다. 다시 시도하자 다리가 약간 움직여졌다. 나는 팔꿈치로 몸을 세워 뒤로 기어갔다. 파시니는 이제 조용해졌다. 나는 그의 옆에 앉아 제복 상의를 열고 내 셔츠 끝을 찢어 내려 했다. 셔츠가 찢어지지 않아서 셔츠의 끝을 이로 물어뜯기 시작했다. 그러다 파시니가 차고 있던 각반이 생각났다. 나는 모직 스타킹을 신고 있었지만 파시니는 각반을 하고 있었다. 운전병들은 모두 각반을 하고 있었다. 그의 한쪽 다리에 감긴 각반을 풀고 있는데 더는 그럴 필요가 없어져 버렸다. 그가 이미 죽은 것이다. 나는 그가 죽었는지 다시 한 번 확인했다. 나머지 운전병 셋을 더 찾아야 했다. 똑바로 앉으려는데 내 머릿속에서 인형의 눈에 달린 추처럼 뭔가가 움직이더니 눈알 뒤쪽을 쳤다. 두 다리와 신발이 피에 젖어 따뜻했다. 그제야 내가 무언가에 맞았구나 싶어서 몸을 숙여 손을 무릎 위에 대 봤다. 무릎이 없었다. 나는 손을 더듬어 정강이 아래쪽에서 무릎을 찾았다. 손을 셔츠에 닦았다. 조명탄 또 하나가 아주 느리게 밑으로 떨어졌다. 나는 내 다리를 쳐다보며 공포에 사로잡혔다. 신이시여, 이곳을 벗어나게 해 주세요. 하지만 아직 병사 셋이 남아 있었다. 총 네 명이었고 파시니는 죽었으니 아직 셋이 여기 있다. 누군가가 내 겨드랑이 밑을 부축하더니 또 다른 한 명이 내 다리를 들었다.

"세 명이 더 있어. 한 명은 죽었고." 내가 말했다.

"저 마네라예요. 들것 운반 병사를 하나도 찾을 수가 없었어요. 좀 어떠십니까, 중위님?"

"고르디니와 가부치는?"

"고르디니는 치료소에서 붕대를 감는 중이에요. 가부치는 중위님 다리를 잡고 있어요. 제 목을 잡으세요, 중위님. 심하게 다치셨나요?"

"다리가 그래. 고르디니는 어떤가?"

"괜찮습니다. 아주 큰 박격포탄이 떨어졌어요."

"파시니는 죽었어."

"네, 압니다."

가까이에서 또 포탄이 터졌고 가부치와 마네라가 몸을 숙이다 나를 떨어뜨렸다. "죄송합니다, 중위님. 제 목을 꽉 잡으세요." 마네라가 말했다.

"또 떨어뜨렸다간 봐."

"놀라서 그랬습니다."

"자네들은 다치지 않았나?"

"저희는 조금씩만 다쳤습니다."

"고르디니는 운전이 가능해?"

"못 할 것 같습니다."

치료소에 도착하기 전에 나는 또 한 번 내팽개쳐졌다.

"이 나쁜 자식들." 내가 말했다.

"죄송합니다, 중위님. 다신 그러지 않겠습니다." 마네라가 말했다.

치료소 밖은 어둠 속에서 부상병들이 진을 치고 있었다. 부상병들이 들것에 실려 치료소를 들락날락했다. 그때마다 커튼 사이로 치료소의 빛이 새어 나왔다. 전사자들은 한쪽에 놓여 있었다. 군의관들이 소매를 어깨까지 걷어 올린 채 움직이고 있었고 얼굴은 백정처럼 벌겋게 달아올라 있었다. 들것을 옮길 병사들이 부족했다. 부상병들 중 몇몇은 시끄럽게 소리를 질렀지만 대부분은 조용했다. 바람이 치료소 문 막이의 나뭇잎을 흔들었고 밤기운은 점점 차가워지고 있었다. 위생병들은 치료소에 부상병을 내려놓고 다시 전장으로 떠나는 것을 계속 반복했다. 치료소에 도착하자 마네라는 바로 군의관 하사를 불렀다. 그가 내 두 다리에 붕대를 맸다. 그가 상처에 가득 붙은 흙먼지 덕분에 출혈이 심하지 않다고 했다. 그는 최대한 빨리 치료를 받도록 해 주겠다고 하며 다시 안으로 들어갔다. 마네라가 고르디니는 운전을 못 한다고 전하며 그의 어깨와 머리에 부상을 입었다고 했다. 처음에는 괜찮았지만 이제는 어깨가 경직되었다고 했다. 그는 벽돌 벽에 기대 앉아 있었다. 마네라와 가부치가 각자 부상병들을 가득 싣고 치료소를 떠났다. 그들은 운전을 해도 괜찮았다. 영국군이 구급차 세 대를 몰고 왔다. 각 구급차마다 병사 두 명씩 배치되어 있었다. 얼굴이 창백해져 아파 보이는 고르디니가 그들 중 한 명을 내게 데려왔다. 영국군이 몸을 숙여 내게 물었다.

“많이 다치셨어요?” 그는 키가 컸고 금속테 안경을 쓰고 있었다.

“다리를 다쳤죠.”

“심각한 게 아니길 빌어야겠네요. 담배 한 대 피우실래요?”

“고마워요.”

“운전병 둘을 잃으셨다면서요?”

“네. 한 친구는 사망했고 당신을 데려온 아까 그 친구는 운전을 못하게 되었죠.”

“운 한번 더럽네요. 저희가 대신 차를 몰아도 될까요?”

“내가 부탁하려던 게 그겁니다.”

“저희가 조심히 몰고 나서 숙소에 다시 갖다 놓도록 하죠. 206번지 맞죠?”

“네.”

“그 주변이 참 아름답더군요. 거기서 뵌 적이 있어요. 미국인이시라고 하던데요.”

“맞습니다.”

“전 영국인입니다.”

“정말요?”

“네, 정말요. 제가 이탈리아인인줄 아셨어요? 저희 부대에 이탈리아인도 몇 있지요.”

“당신에게 제 차를 맡겨도 괜찮겠군요.” 내가 말했다.

“아주 조심히 다룰게요.” 그가 몸을 일으켰다. “이 친구가 중위님에게 절 데려가려고 아주 안간힘을 썼어요.” 그가 고르디니의 어깨를 다독였다. 고르디니가 표정을 일그러뜨리며 미소를 지었다. 영국군이 유창하게 이탈리아어 솜씨를 뽐내기 시작했다. “이제 다 된 것 같군.

자네 중위님도 봤고 우리가 자네 부대의 차도 가져갈 거네. 이제 걱정은 말아." 그가 다시 영어를 했다. "어서 중위님이 치료받을 수 있도록 조치를 취해야겠네요. 제가 의료 담당자를 만나 볼게요. 나중에 저희가 후송해 드리죠."

그가 부상병들 사이로 조심하며 걸어갔다. 치료소의 커튼을 열자 불빛이 세어 나왔고 그가 안으로 들어갔다.

"저분이 중위님을 보살펴 줄 거예요." 고르디니가 말했다.

"자넨 좀 어떤가, 프랑코?"

"전 괜찮습니다." 고르디니가 내 옆에 앉았다. 조금 후에 치료소 커튼이 열렸고 들것 운반 병사 둘이 키 큰 영국군과 함께 나왔다. 그가 병사들과 함께 내게로 다가왔다.

"이분이 미국인 중위님이시네." 그가 이탈리아어로 말했다.

"난 기다리는 게 좋겠네요. 나보다 훨씬 심한 사람도 많아요. 난 괜찮습니다."

"괜찮다니요. 영웅 행세 말아요." 그가 말하더니 다시 이탈리아어로 덧붙였다. "다리를 특히 주의해. 많이 다치셨으니까. 윌슨 대통령(토마스 우드로 윌슨. 미국의 28대 대통령)의 아들이시라고." 병사들이 나를 들어 치료소 안으로 데리고 들어갔다. 치료소 안 모든 침대에서는 수술이 한창이었다. 키 작은 소령이 화난 표정으로 우리를 바라보았다. 그가 나를 알아보고는 핀셋을 흔들었다.

"괜찮은가?"

"괜찮습니다."

"제가 데려왔습니다." 키 큰 영국군이 이탈리아어로 말했다. "미국 대사의 외아들입니다. 치료가 준비될 때까지 여기 있게 해 주세요. 그 다음엔 제가 구급차로 제일 먼저 후송할 겁니다." 그가 내게 몸을 숙였다. "중위님, 부관을 찾아 서류를 준비해 두면 훨씬 더 빨리 일이 진행될 거예요." 그가 커튼 밑으로 몸을 숙여 밖으로 나갔다. 소령이 핀셋을 펼쳐 대야에 떨어뜨렸다. 나는 눈을 굴리며 그의 손을 좇았다. 그는 이제 붕대를 감고 있었다. 그다음에는 병사들이 부상병을 침대에서 내렸다.

"내가 미국 중위를 맡지." 군의관 대위가 말했다. 병사들이 나를 침대로 옮겼다. 침대는 딱딱하고 미끌거렸다. 침대에서는 화학 약품 냄새, 진한 피 냄새 등의 역한 냄새가 올라왔다. 병사들이 내 바지를 벗기자 대위가 부관 하사에게 받아 적도록 했다. "양쪽 허벅지, 양쪽 무릎, 오른쪽 발에 여러 개의 경상. 오른쪽 무릎과 발에 중상. 두상에 열상(그가 손으로 내 머리를 헤집었다. 아프냐고? 죽도록!). 두개골 골절의 가능성. 전투 중 부상. 전투 중 부상이라야 고의로 자해했다고 군사 법원에 끌려갈 일이 없지. 브랜디 한잔 하겠나? 어쩌다 이 꼴이 되었나? 뭘 하다가? 자살 시도라도 한 건가? 파상풍 주사를 놔주게. 다리에 십자 표시도 하고. 고마워. 상처를 손보고 거즈로 덮어 주겠네. 피는 아주 잘 응고되었군."

부관이 서류에서 고개를 들어 물었다. "어떻게 상처를 입으셨죠?"

대위가 다시 물었다. "뭐에 맞았나?"

내가 눈을 감을 채 대답했다. "박격포에요."

대위가 아프게 피부 조각을 벗겨 내며 물었다. "확실한가?"

살이 잘려 나갈 때 배 속이 출렁였지만 똑바로 누워 있으려고 애쓰며 내가 대답했다. "아마도요."

대위가 뭔가 재밌는 걸 찾아냈다는 듯 말했다. "적군의 박격포 파편 조각이야. 괜찮다면 내가 파편 조각들을 좀 자세히 봐도 되겠나? 꼭 필요한 건 아냐. 여길 전부 소독하고……. 아픈가? 다행이군. 나중에 아플 거에 비하면 이건 아무것도 아니네. 진짜 고통은 지금부터야. 이 친구에게 브랜디 한잔 갖다 주게. 충격 때문에 아직 고통을 못 느끼는 거야. 그래도 이만하면 괜찮아. 감염만 안 됐으면 전혀 걱정할 필요 없어. 요즘엔 감염되는 경우도 거의 없네. 머리는 어떤가?"

"죽을 지경이에요!" 내가 소리쳤다.

"브랜디를 너무 많이 마시면 안 되겠군. 두개골 골절이 있다면 염증이 생길 수 있으니까. 지금은 어떤가?"

온몸에 진땀이 흘렀다.

"죽겠다니까요!" 내가 또 소리쳤다.

"골절이 맞는 것 같군. 머리를 붕대로 싸 주겠네. 머리를 흔들지 말게나." 대위는 재빠른 솜씨로 팽팽하고 빈틈없이 붕대를 맸다. "다 됐어. 행운을 빌겠네. 프랑스 만세."

"저 친구는 미국인이야." 또 다른 대위가 말했다.

"자네가 프랑스인이라고 하지 않았어? 불어도 하던데. 전에도 만난 적 있어. 그때도 프랑스인인 줄 알았는데." 대위가 코냑 반 컵을 들이켰다. "중상자들을 데려와. 파상풍 주사도 더 가져오고." 대위가 내게 손 인사를 했다. 병사들이 내 얼굴의 절반까지 담요로 덮은 채 나를 들고 밖으로 나갔다. 부군 하사가 내가 누워 있는 곳으로 와 무릎을 굽히고는 조용히 물었다. "성은요? 이름은요? 계급은요? 출신은요? 부대는요?" 그는 여러 질문을 한번에 했다. "부상당하신 건 정말 유감입니다, 중위님. 빨리 쾌유하시길 빌겠습니다. 영국군 구급차를 불렀어요."

"난 괜찮네. 정말 고마워." 소령이 말했던 고통이 시작되고 있었다. 이 모든 일들이 현실이 아닌 것 같았다. 조금 있자 영국군 구급차가 나타났고 영국군들이 나를 들것으로 옮겨 구급차에 실었다. 내 옆에도 부상병 하나가 누워 있었다. 그는 온 얼굴에 붕대를 감은 채 꼭 인형의 것 같은 코만 내놓고 힘겹게 숨을 쉬고 있었다. 내 위 띠로 고정된 곳으로 들것이 또 들어왔다. 키 큰 영국군이 내려와서 안을 살펴보았다. "살살 운전할게요. 불편하지 않으셨으면 해서요." 차가 흔들리며 시동이 걸리더니 영국군이 앞좌석에 올라타는 게 느껴졌다. 브레이크가 풀리고 클러치가 돌아가며 차가 움직이기 시작했다. 나는 침착하게 누워서 고통을 받아들이기로 했다.

구급차가 길에 들어섰으나 도로 상황이 원만하지 않았다. 가끔 서기도 했고 후진도 하더니 마침내 빠르게 달리기 시작했다. 내 몸 위로 뭔가가 떨어지는 것이 느껴졌다. 처음엔 천천히, 일정한 속도로 똑똑 떨어지더니 이내 주르륵 흘러내리기 시작했다. 나는 영국군을 소리쳐 불렀다. 그가 차를 멈추더니 좌석 뒤의 구멍으로 나를 들여다보았다.

"왜 그러세요?"

"내 위에 있는 부상병에게 출혈이 있어요."

"도착하려면 얼마 안 남았어요. 나 혼자선 들것을 못 내려요." 그가 다시 운전을 시작했다. 피는 계속해서 주르륵 흘러내렸다. 어두워서 피가 어디서 흘러나오는지 알 수가 없었다. 나는 피를 피해 옆으로 누우려고 했다. 내 셔츠는 피에 젖어 뜨끈뜨끈했고 끈적거렸다. 춥기도 하고 다리도 아파서 속이 뒤틀렸다. 얼마가 지나자 피가 흐르는 속도가 느려지며 처음처럼 똑똑 떨어졌다. 내 위의 부상병이 몸을 더 편안히 뉘기 위해 들썩이는 소리를 들을 수 있었다.

"그 병사는 어떤 것 같아요? 거의 다 왔어요." 영국군이 물었다.

"죽은 것 같아요." 내가 대답했다.

이제 피는 아주 느리게 떨어졌다. 해가 저물고 나서 천천히 녹아내리는 고드름처럼. 위로 올라갈수록 차 안은 싸늘해졌다. 산 정상 병원에 도착하자 병사들이 들것을 내리더니 또 다른 들것을 올렸다. 우리는 다시 길을 나섰다.

10

나는 야전 병원에 입원해 있었다. 오후에 누군가가 나를 방문할 거라고 했다. 날은 더웠고 병실에는 파리가 많았다. 내 당번병이 종이를 가늘게 잘라 막대기에 붙여 파리를 쫓는 도구를 만들어 주었다. 나는 파리들이 천장에 앉는 것을 지켜보았다. 당번병이 파리를 쫓다 잠이 들면 파리들이 아래로 내려왔다. 나는 입으로 파리들을 불어 쫓다 결국 손으로 얼굴을 가리고 잠이 들었다. 날씨가 너무 더워 잠에서 깨자 다리가 간지러웠다. 나는 당번병을 깨웠다. 그가 탄산수를 거즈 위에 붓자 침대가 축축이 젖으며 시원해졌다. 깨어 있는 부상병들은 침대 너머로 이야기를 나누었다. 오후는 조용했다. 아침에는 남자 간호사 셋과 군의관 하나가 침대마다 돌며 부상병들을 일으켜 치료실로 데려가 상처를 드레싱했고, 그사이 침대가 새로 정리되어 있었다. 치료실에 가는 건 썩 유쾌한 경험이 아니었다. 나중에야 안 사실인데 부상병이 누워 있어도 침대는 정리할 수 있었다. 당번병이 탄산수를 다 붓자 내 침대는 시원하고 상쾌해졌다. 나는 그에게 내 발바닥의 가려운 부위를 알려 주며 긁어 달라고 했다. 그때 군의관 중 한 명이 리날디를 데리고 들어왔다. 리날디가 아주 빠른 걸음으로 걸어 들어와 침대로 몸을 숙여 내게 뽀뽀를 했다. 그는 장갑을 끼고 있었다.

"어떻게 지냈나, 친구? 몸은 괜찮아? 내가 뭘 가져왔어." 그건 코냑이었다. 당번병이 의자 하나를 가져오자 리날디가 그곳에 앉았다. "그리고 좋은 소식이 있어. 자네가 훈장을 받게 될 거야. 은성 훈장을 주고 싶어 하던데 아마도 동성 훈장을 받게 될 가능성이 더 클 거야."

"나한테 왜?"

"중상을 입었으니까. 영웅적인 행동을 했다는 걸 증명할 수 있으면 은성 훈장도 받을 수 있을 거야. 그게 아니면 동성 훈장을 받을 거고.

어떻게 된 일인지 자세히 말해 봐. 영웅적인 행동을 한 거야?"

"아니. 치즈를 먹다가 날아간 건데?"

"장난치지 말고. 그 전이나 후에 뭔가 영웅적인 행동을 했을 거 아냐. 잘 생각해 보라고."

"그런 거 없었어."

"부상당한 동료를 업고 달린 적은 없었어? 고르디니가 몇 명이나 업고 달렸다던데? 첫 번째 주둔지의 소령은 불가능한 일이라고 했지만 말이야. 어쨌든 그 소령이 표창장에 사인을 했어."

"난 아무도 업은 적 없어. 내 몸도 못 움직였다고."

"그런 건 상관없어."

리날디가 장갑을 벗었다.

"은성 훈장을 받을 방법이 있을 거야. 치료소에서 다른 부상병에게 차례를 양보한 적은 없어?"

"양보하다 말았어."

"어찌됐건 이 상처들을 봐. 자넨 언제나 용감하게 일선으로 나가길 자처하잖아. 게다가 작전도 성공했다고."

"강을 무사히 건너갔어?"

"대성공이야. 거의 천 명 가까이를 포로로 잡았어. 공고문 못 봤어?"

"못 봤어."

"다음에 내가 갖다 줄게. 성공적인 기습이었어."

"잘들 지내?"

"엄청나게. 우리 모두 잘 지내. 모두 자넬 자랑스러워 해. 빨리 있었던 일을 다 말해 봐. 분명 은성 훈장을 받을 수 있을 거야. 어서 말해 보라니까. 전부 다." 리날디가 잠시 멈추더니 생각에 잠겼다. "잘하면 영국 훈장도 받을 수 있을지 몰라. 거기 영국군이 있었잖아. 내가 찾아가서 추천해 줄 수 있냐고 물어볼게. 그가 뭐라도 도움을 줄 거야.

많이 아파? 이 코냑 좀 마셔. 이봐, 코르크 따개 좀 가져와. 맞아, 내가 소장 3미터 적출을 어떻게 해 냈는지 자네가 봤어야 했는데. 끝내 주게 했거든. 〈랜시트〉(영국에서 발행하는 세계에서 가장 저명한 의학지 중의 하나)에 실릴 만한 수술이었지. 난 하루가 다르게 발전하고 있어. 우리 불쌍한 꼬맹이는 기분이 별로지? 코르크 따개는 만들어 오는 거야? 너무나 용감하고 조용히 잘 견뎌서 자네가 아픈 걸 내가 깜빡했네." 그가 장갑으로 침대 끝을 쳤다.

"여기 코르크 따개입니다, 중위님." 당번병이 말했다.

"병을 따고 잔도 좀 가져오게. 마셔, 친구. 다친 머리는 어때? 자네 서류를 봤어. 골절은 없던데. 그 소령은 돼지 백정이나 다름없어. 내가 맡았더라면 이렇게 안 됐을 텐데. 난 누굴 맡든 잘할 수 있어. 매일매일 더 능숙하게 수술하는 법을 배워 나가고 있지. 내가 말이 너무 많지? 중상을 입은 자넬 보니 마음이 아파서 그래. 자, 마시게. 좋은 거야. 15리라나 줬다고. 별 다섯 개짜리야. 여기서 나가면 그 영국군과 만나서 훈장 받을 길을 만들어 볼게."

"그런 식으로 훈장을 막 나눠 줄 것 같아?"

"겸손하기는. 내가 연락 장교를 보내면 영국군과 알아서 할 거야."

"바클리 양은 어때?"

"내가 데리고 올게. 지금 당장 가서 데리고 올게."

"가지 마. 고리치아 소식을 들려 줘. 창루의 여자들은 어떻게 지내?"

"괜찮은 여자들이 없어. 2주째 새로운 여자들이 안 들어와. 그래서 난 이제 거기 안 가. 이건 우리에 대한 모욕이라고. 지금 있는 여자들은 여자가 아니라 오래된 전우야."

"그래서 아예 안 가?"

"새로운 여자가 왔는지만 보러 가는 거야. 가면 전부 다 들러붙어선. 우리랑 친구가 될 때까지 거기서 머물다니. 우리를 모욕하는 거라고."

"창녀들도 전선 주변에 오는 게 싫은가 보지."

"싫긴 누가 싫대? 여자는 널렸는데 관리를 못해서 그래. 후방 참호에 있는 겁쟁이들이 다 끼고 있는 거야."

"불쌍한 리날디. 전쟁터에서 여자도 없이 혼자 쓸쓸히 보내고 있군."

리날디가 코냑 한 잔을 더 따랐다.

"이 정도는 마셔도 괜찮을 거야, 꼬맹이. 어서 받아."

코냑이 목구멍을 타고 내려가며 몸속을 덥혔다. 리날디가 코냑을 또 한 잔 따랐다. 이제 그는 좀 조용해졌다. 리날디가 잔을 높였다. "영광의 상처를 위해. 은성 훈장을 위해. 말해 봐, 친구. 이렇게 더운 날 이러고 누워 있으면 열나지 않아?"

"가끔씩."

"나라면 절대로 못 해. 아마 미쳐 버릴걸?"

"이미 미쳤는걸."

"어서 자네가 돌아왔으면 좋겠어. 밤이면 모험에서 돌아오는 동료도, 약 올릴 동료도, 내게 돈을 꿔 주는 동료도, 피를 나눈 형제도, 룸메이트도 없이 혼자 지낸다고. 왜 이렇게 다친 거야?"

"신부를 놀리면 되잖아."

"신부? 그 신부 놀리는 건 내 담당이 아니잖아. 그건 대위 몫이라고. 난 그 신부 좋아해. 모두가 꿈꾸는 그런 신부상이지. 신부도 병문안을 온다고 했어. 준비도 열심히 하더라고."

"나도 그가 좋아."

"그럴 줄 알았어. 가끔 보면 신부와 자네가 꼭 그런 사이 같다니까. 알지?"

"그런 사이는 무슨."

"정말 그래. 안코나 여단의 제1연대처럼 말이야."

"망할 녀석."

리날디가 일어나 장갑을 꼈다.

"역시 자네를 놀리는 건 재미있어. 자네에겐 신부도 있고 영국 여자도 있지만 사실은 나와 제일 잘 통하지."

"아니야."

"아니긴. 자네에겐 이탈리아인의 피가 흘러. 타오르는 불과 연기 그리고 텅텅 빈 속까지. 미국인처럼 행동하지만 우리야말로 서로를 사랑하는 형제지."

"나 없는 동안 잘 지내고 있어." 내가 말했다.

"바클리 양을 보낼게. 나보단 그녀와 있어야 좋을 테지. 자넨 나보다 순수하고 다정한 남자니까."

"얼른 꺼져."

"자네의 아름답고 차가운 영국 여신을 여기로 보내 줄게. 글쎄, 그런 여자는 숭배하지 않으면 어디에 쓰겠어? 하긴 영국 여자는 그런데밖에 쓸모가 없지."

"자넨 무식하고 입도 더러운 이탈리아 속물이야."

"뭐라고?"

"무식한 이탈리아 멍청이라고."

"멍청이? 그러는 자넨 감정까지도 메마른……."

"넌 무식한 멍청이야." 나는 그가 멍청이라는 말에 열을 내는 것을 보며 계속 말을 이었다. "무식하고 경험도 없는, 그래서 멍청이야."

"그래? 그럼 내가 좋은 여자에 대해 알려 주지. 자네가 꿈꾸는 그 여신들에 대해 말이야. 평생을 정숙히 살아온 여신과 성숙한 여인 사이엔 딱 한 가지 차이점이 있어. 여신을 상대할 때는 괴로움만이 따른다는 거야. 그게 바로 내가 배운 거지." 리날디가 장갑으로 침대를 쳤다. "여신이 그걸 좋아할지 알 방법도 없어."

"화내지 마."

"화내는 거 아니야. 자네를 위해서 알려 주는 거야. 귀찮은 일을 덜어 주려고."

"차이점이 그게 다야?"

"그래. 자네 같은 수많은 천치들이 모르는 사실이지."

"그런 걸 나에게 알려 주다니 정말 고맙군."

"난 이걸로 자네랑 말다툼하지 않을 거야. 자넬 너무 사랑하니까. 하지만 바보짓은 하지 마."

"알았어. 자네처럼 현명하게 행동할게."

"화내지 말고 웃어, 친구. 술도 좀 하고. 난 이제 진짜 가야겠다."

"자넨 좋은 친구야."

"이제야 아는군. 우리는 겉은 달라도 속은 같아. 우리는 전우니까. 나에게 키스를 보내 줘."

"형편없는 녀석."

"아니. 애정이 넘치는 거야."

그가 숨을 몰아쉬며 내게 다가왔다. "잘 있어. 다시 만날 때까지." 그의 숨결이 멀어졌다.

"원하지 않으면 키스는 하지 않을게. 영국 여자는 보내도록 하지. 잘 있어, 친구. 코냑은 침대 밑에 뒀어. 빨리 나으라고."

그가 병실을 나갔다.

11

해질녘이 다 되어서 신부가 찾아왔다. 내가 수프를 다 먹자 병원에서 그릇을 치워 갔고 나는 길게 늘어선 침대들을 바라보다가 창문으로 저녁 바람에 흔들리는 나무 끝을 내다보고 있었다. 저녁 바람이 창문 사이로 들어오면 병실이 좀 시원해졌다. 파리는 천장과 철사에 매달린 전구에 붙어 있었다. 전구는 밤에 방문객이 있거나 무슨 일이 있을 때만 켜졌다. 해가 지고 나서 불을 끄고 있어야 한다는 사실이 어린 시절을 떠올리게 만들었다. 저녁을 먹고 일찍 잠자리에 누운 느낌이었다. 당번병이 내 침대 쪽으로 오더니 멈추었다. 누군가가 그와 함께 서 있었다. 신부였다. 키가 작고 얼굴은 까무잡잡한 그가 부끄러워하며 서 있었다.

"잘 지내셨나요?" 그가 물었다. 그가 침대 옆, 병실 바닥에 가져온 봉투를 놓았다.

"좋아요, 신부님."

신부가 리날디가 앉아 있던 의자에 앉아 창피한 듯이 창밖을 바라보았다. 그의 얼굴이 굉장히 피곤해 보였다.

"조금밖에 못 있어요. 시간이 늦어서요."

"늦긴요. 식당에선 어때요?"

신부가 미소를 지었다. "아직도 전 놀림감이죠. 다행히 모두들 잘 지냅니다." 그의 목소리에서도 피곤함이 묻어 나왔다.

"중위님이 무사해서 정말 다행입니다. 많이 아프지는 않았으면 좋겠네요." 평소답지 않게 피곤한 기색이 역력했다.

"이젠 괜찮아요."

"식당에 중위님이 없으니까 허전하더군요."

"저도 그곳이 그립네요. 식당에서 나누는 대화는 언제나 즐거웠었는데 말이죠."

"제가 몇 가지 챙겨 왔어요." 신부가 봉투를 들었다. "이건 모기장이에요. 이건 베르무트 와인이에요. 베르무트 좋아하세요? 여기 영국 신문도 가져왔어요."

"하나씩 보여 주세요."

신부는 기쁜 표정으로 가져온 것들을 펼쳐 보이기 시작했다. 나는 모기장을 손으로 들어 올렸다. 신부는 베르무트를 들어 내게 보여 준 후 침대 옆 바닥에 놓아두었다. 나는 영국 신문을 집어 창문으로 들어오는 해질녘의 빛으로 머리기사를 읽었다. 〈뉴스 오브 더 월드〉라는 신문이었다.

"다른 신문은 삽화로 된 것들이에요." 신부가 말했다.

"정말 재밌겠네요. 다 어디서 나셨어요?"

"메스트레(이탈리아, 베네치아 북서쪽의 번화한 도시)에서 샀습니다. 더 가져다 드릴게요."

"정말 감사합니다, 신부님. 베르무트 한잔 드시겠어요?"

"괜찮습니다. 중위님 거니까 혼자서 많이 드세요."

"아니요. 한 잔만 하세요."

"알겠습니다. 그럼 다음에 더 가져오죠."

당번병이 잔을 가져오고 병을 땄다. 코르크 마개가 부서지는 바람에 병 입구에 걸린 마개를 안으로 밀어 넣어야만 했다. 신부 얼굴에는 실망한 기색이 역력했지만 그래도 그는 이렇게 말했다. "괜찮습니다. 별거 아닌데요."

"신부님의 건강을 위해서. 건배!"

"중위님의 쾌유를 위해서. 건배!"

그렇게 말하고 신부는 잔을 들었고 우리는 서로를 바라보았다. 평소에 우리는 말도 잘 통하고 좋은 친구 사이였지만 오늘 밤은 그게 잘 되지 않았다.

"무슨 일 있나요? 신부님? 무척 피곤해 보이십니다."

"피곤한 건 맞지만 이유는 모르겠네요."

"더위 때문인가 봐요."

"글쎄요. 아직 봄인데요. 그런데 기분이 가라앉네요."

"전쟁 때문에 지치셨나 봐요."

"그건 아니에요. 하지만 전쟁이 싫은 건 사실입니다."

"저 역시 좋아하지 않습니다." 내가 말했다. 신부가 고개를 젓고는 창밖을 바라보았다.

"중위님은 모르시는군요. 전쟁의 참혹함을요. 절 용서하세요. 부상당한 분 앞에서 이런 말을 하다니."

"실수로 다친 거예요."

"그렇게 부상을 당하고도 여전히 모르세요. 딱 보니 알겠어요. 저도 모르는 건 마찬가지지만 조금씩 느끼고는 있다고요."

"내가 포탄을 맞을 때에도 이런 이야기를 하고 있었어요. 파시니가 열변을 토하고 있었죠."

신부는 잔을 내려놓았다. 그는 다른 생각에 빠져 있었다.

"난 그들을 이해합니다. 그들과 비슷하니까요." 신부가 말했다.

"비슷하긴 해도 다르죠."

"다른 것 같아도 사실은 비슷해요."

"장교들은 아무것도 몰라요."

"아는 장교들도 있어요. 그들 중 일부는 감정이 섬세해서 어느 누구보다도 전쟁의 고통을 많이 느끼죠."

"대부분은 그렇지 않아요."

"이건 지식이나 부를 떠난 문제예요. 파시니 같은 사람들은 지식과 부를 가졌다고 하더라도 장교가 되길 원하지 않을 거예요. 나도 그렇고요."

"신부님은 장교잖아요. 저도 장교고요."

"엄밀히 말하면 난 장교가 아니에요. 중위님은 이탈리아인도 아니잖아요. 중위님은 외국인이라고요. 하지만 중위님은 사병들보다는 장교에 더 가깝지요."

"둘의 차이가 뭐죠?"

"딱 잘라 말하긴 어렵지만 세상엔 전쟁을 일으키는 부류의 사람들이 있어요. 우리나라에도 많이 있죠. 그리고 전쟁을 절대 일으키지 않을 사람들이 있지요."

"그런데 첫 번째 부류가 두 번째 부류에게 전쟁을 강요한다는 건가요?"

"맞습니다."

"그리고 난 그들을 돕고요?"

"중위님은 외국인이니까요. 자기 나라를 사랑하는 것뿐이죠."

"그럼 두 번째 부류가 전쟁을 막을 수 있나요?"

"저도 모르겠습니다."

신부가 또 창밖을 보았다. 나는 신부의 얼굴을 바라보았다.

"그들이 전쟁을 막을 수 있는 기회는 없었을까요?"

"그들에겐 그런 권한이 없습니다. 권한이 생겼다 하더라도 다시 설득당할 테고요."

"그럼 우리에게 희망은 없나요?"

"언제나 희망은 있습니다. 가끔은 그 희망이 무너지기도 하지만요. 언제나 희망을 가지려고 노력하지만 그게 잘 안 될 때도 있습니다."

"전쟁도 언젠가 끝나겠죠."

"저도 그러길 바랍니다."

"그땐 뭘 하실 건가요?"

"가능하다면 아브루치로 돌아가고 싶습니다."

신부의 까무잡잡한 얼굴이 갑자기 밝아졌다.

"고향을 사랑하세요?"

"네. 아주 많이요."

"그럼 돌아가셔야죠."

"그럼 정말 행복할 것 같습니다. 고향에서 하느님을 모시고 살 수 있다면요."

"그리고 존경도 받으시면서요." 내가 덧붙였다.

"네. 존경받는 것도 좋죠."

"맞습니다. 신부님은 존경받을 만한 분이시니까요."

"사실 존경받고 안 받고는 별로 상관없어요. 하지만 제 고향에서는 다들 하느님을 사랑해야 한다고 생각합니다. 저속한 농담거리도 아니고요."

"압니다."

신부가 나를 보더니 미소를 지었다.

"그렇게 말은 하시지만 하느님을 사랑하진 않는군요."

"맞아요."

"조금도 사랑하지 않나요?" 신부가 물었다.

"그래서 가끔 밤이 되면 두렵답니다."

"하느님을 사랑하세요."

"전 사랑이란 걸 안 해요."

"아뇨. 하세요. 중위님이 수많은 밤을 보낸 그곳엔 사랑이 없었어요. 거긴 열정과 욕망뿐이죠. 사랑을 하면 뭔가를 주고 싶고, 희생을 하고 싶고, 우러러보고 싶어집니다."

"저는 사랑 같은 건 하지 않을 겁니다."

"하게 될 겁니다. 전 그렇게 믿어요. 그러면 중위님도 행복해질 거예요."

"전 지금도 행복해요. 행복하지 않았던 적은 한 번도 없었어요."

"그런 행복이 아니에요. 제가 말하는 행복은 겪기 전엔 알지 못하는 그런 행복입니다."

"뭐, 제가 혹시라도 그런 행복을 알게 된다면 신부님께 말씀드리죠."

"제가 너무 오랫동안 말을 해서 이야기가 길어졌네요." 신부는 진심으로 걱정하고 있었다.

"아뇨. 가지 마세요. 그럼 여자를 사랑하는 건요? 제가 어떤 여자를 정말로 사랑한다면 그런 행복을 얻게 될까요?"

"그건 제가 알 수 없습니다. 전 여자를 사랑해 본 적이 없으니까요."

"신부님 어머니는요?"

"맞아요. 어머니는 사랑했죠."

"신부님은 항상 하느님을 사랑하셨나요?"

"어릴 때부터요."

"그렇다면……." 나는 어떤 말을 해야 할지 몰랐다. "신부님은 좋은 청년이군요." 내가 말했다.

"청년이지요. 하지만 중위님은 절 신부님이라고 부르죠."

"그게 예의니까요."

신부가 미소를 지었다.

"이제 정말 가야겠어요. 뭐라도 갖다 드릴까요?" 신부가 기대하는 표정으로 물었다.

"아뇨. 그냥 얘기나 계속하고 싶네요."

"식당 사람들에 안부 전할게요."

"갖다 주신 것들 고맙게 쓰겠습니다."

"별거 아닌데요."

"또 오세요."

"네. 잘 지내세요." 신부가 내 손을 토닥였다.

"다음에 또." 내가 이탈리아어로 말했다.

"다음에 또." 신부가 내 말을 따라 인사했다.

어둑한 병실 침대 발치에 앉아 있던 당번병이 일어나 신부를 밖으로 안내했다. 나는 신부가 참 좋았다. 그래서 그가 곧 고향으로 돌아갈 수 있기를 바랐다. 식당에서 놀림을 받으면서도 태연한 듯 행동했지만 고향에서는 어떨지 궁금했다. 신부의 말에 의하면 고향인 카프라코타 마을 아래로 흐르는 강에는 송어들이 헤엄쳐 다닌다고 했다. 밤에는 피리 부는 게 금지되어 있다고도 했다. 청년들이 여자 친구 집 앞에서 세레나데를 연주할 때도 피리는 불면 안 된다고 했다. 내가 왜냐고 묻자 처녀들이 밤에 피리 소리를 들으면 안 좋기 때문이라고 말했다. 마을에 손님이 찾아오면 농부들은 전부 "선생님."이라고 부르며 모자를 벗는다고 했다. 신부의 부친은 매일 사냥을 나갔고 식사를 하기 위해 농부의 집을 들르면 농부들은 언제나 부친을 반갑게 맞이한다고 했다. 외국인이 사냥을 하려면 전과가 없다는 증명 서류를 제시해야 한다고도 했다. 그란사소탈리아 산에 가면 곰도 볼 수 있었지만 거리가 너무 멀다고 했다.

아퀼라는 멋진 마을이었는데 여름에는 밤이 되면 시원했고 아브루치의 봄은 이탈리아 전 지역을 통틀어 가장 아름답다고 했다. 밤나무 숲을 따라 사냥할 수 있는 가을은 더 아름답다고 했다. 새들도 포도를 따 먹고 살아서 모두 예쁘다고 했다. 점심은 농부들이 언제나 자신들의 집에서 함께 먹는 걸 영광으로 여기기 때문에 따로 싸 갈 필요가 없다고 했다. 나는 신부가 해 준 이야기를 떠올리며 잠이 들었다.

12

길쭉한 병실에는 오른쪽으로 창문들이 있었고 병실 제일 끝에는 치료실로 이어지는 문이 있었다. 내 침대가 놓인 줄은 창문을, 맞은 편 줄은 벽을 바라보고 있었다. 왼쪽으로 돌아누우면 치료실 문이 보였다. 그 반대편에는 가끔 오는 방문객이 드나드는 문이 있었다. 병원에서는 누군가가 죽을 것 같은 낌새가 보이면 침대 주위로 커튼을 쳐 죽는 모습을 보지 못하게 막았다. 커튼 밑으로 군의관과 남자 간호사의 신발과 각반만이 보였다. 가끔씩 사망 직전의 부상병 곁에서 그들이 속삭이는 소리가 들리고 나면 신부가 커튼 밖으로 나왔고 그 후에는 남자 간호사들이 커튼 속으로 들어가 죽은 병사를 담요에 감싸서 들고 나왔다. 그렇게 간호사들이 죽은 병사를 들고 병실 침대 사이로 나가고 나면 누군가가 와 커튼을 접어 가져갔다.

그날 아침, 병동 담당 소령이 찾아와 다음 날 외출을 할 수 있겠느냐고 물었다. 괜찮다고 대답하자 소령은 내일 아침 일찍 나를 후송시키겠다고 했다. 그는 날이 더 더워지기 전에 떠나는 게 나을 거라고 했다.

침대에서 치료실로 옮겨질 때 창밖을 바라보면 정원에 새로 생긴 무덤들이 보이곤 했다. 정원으로 통하는 문밖에 한 병사가 앉아서 정원에 묻힌 군인들의 이름과 계급, 부대를 십자가에 페인트로 그려 넣고 있었다. 그는 병동의 잡일도 거들었는데 남는 시간에 빈 오스트리아 소총 탄약통으로 내게 라이터를 만들어 주기도 했다. 군의관들 역시 매우 친절했고 실력도 뛰어난 것 같았다. 그들은 더 나은 성능의 엑스레이 시설이 있고 수술 후에 물리 치료도 받을 수 있는 밀라노로 하루빨리 나를 보내고 싶어 했다. 나 역시 밀라노로 가고 싶었다. 그들은 부상병들을 최대한 후방으로 보내고 싶어 했다. 공격이 시작되면 침대가 부족할 것이기 때문이었다.

내가 야전 병원을 떠나기 전날 밤 리날디가 고리치아의 소령과 함께 병문안을 왔다. 그들은 내가 밀라노에 있는 갓 지어진 미군 병원으로 후송될 것이라고 했다. 미국 의무대가 밀라노로 더 배치될 예정이었고 그러면 그 병원이 그들과 이탈리아에서 참전 중인 다른 미군들을 책임지게 될 것이라고 했다. 적십자에는 미국인들이 많았다. 미국은 독일에는 전쟁을 선포했지만 오스트리아에는 하지 않고 있었다.

이탈리아인들은 미국이 오스트리아에도 전쟁을 선포할 거라고 확신하고 있었고 미국인이라면 적십자까지도 크게 환영했다. 그들은 내게 윌슨 대통령이 오스트리아에 전쟁을 선포할 것 같냐고 물었고 나는 그럴 날이 머지않았다고 답했다. 나는 미국이 오스트리아에 어떤 감정을 갖고 있었는지 알 수 없었지만 독일에도 전쟁을 선포했으니 오스트리아에도 하는 것이 공정할 것 같았다. 그들은 내게 미국이 터키에도 전쟁을 선포할 것 같냐고 물었는데 나는 그건 가능성이 낮을 것 같다고 대답하며 터키(칠면조)가 미국의 국조이기 때문이라고 농담을 했다. 농담이 잘 전달되지 못한 바람에 그들은 어리둥절해하며 내 말을 믿지 못하는 듯한 표정을 지었다. 나는 결국 미국이 터키에도 전쟁을 선포할 것 같다고 말했다. 그럼 불가리아는? 이미 브랜디 몇 잔을 마신 상태였기에 나는 신에 맹세코 미국이 불가리아에도, 또 일본에도 전쟁을 선포할 것이라고 말했다. 그러자 그들은 일본은 영국과 동맹국이 아니냐고 물었다. 나는 영국은 믿을 만한 족속이 아니라고 했고 일본은 하와이를 노리고 있다고 말했다. 하와이가 어디 있는데? 태평양에. 일본은 왜 하와이를 노려? 사실 노리는 건 아냐. 내가 말했다. 그건 소문에 불과해. 일본은 춤과 산뜻한 맛의 와인을 즐기는 작지만 멋진 나라야. 프랑스처럼. 소령이 말했다. 우리는 프랑스한테서 니스와 사부아를 뺏어 올 거야. 코르시카 섬과 아드리아 해안도 점령할 거야. 리날디가 말했다. 이탈리아는 로마의 영광을 되찾게 될 거야. 소령이 말했다. 난 로마를 안 좋아해요. 내가 말했다. 덥고 벼룩 천지잖아요. 로마를 안 좋아해? 말도 안 돼. 난 로마가 좋아. 로마는 모든 국가의 어머니야. 난 로물루스(로마 전설에 나오는 로마의 건국자)가 테베레 강물을 먹고 자랐단 얘기를 절대 잊지 못할 거야. 뭐라고? 아무것도 아니야. 우리 모두 로마에 가자. 오늘 밤 로마로 떠나서 영영 돌아오지 말자. 로마는 아름다운 도시야. 소령이 말했다. 모든 국가의 어버이죠. 내가 말했다. 로마는 여성 명사야. 리날디가 말했다. 그러니까 아버지는 될 수 없어. 그럼 아버지는 누군데? 성령? 신을 모독하지 마. 모독한 거 아냐. 그냥 질문을 했을 뿐이야. 취했군, 꼬맹이. 내가 누구 때문에 취했는데? 나 때문이지. 소령이 대답했다. 내가 자넬 많이 아껴. 미군이 여기 와 준 것도 고맙고. 그래서 내가 자넬 취하게 만들었어. 있는 힘껏 이탈리아를 도와야죠. 내가 대답했다. 아침이면 떠나는구나, 우리 꼬맹이. 리날디가 말했다. 로마로 말이지. 내가 말했다. 아니, 밀라노지. 밀라노야. 소령이 말했다. 크리스탈 궁전으로. 코바 카페로. 캄파리로. 비피로. 그리고 갈레리아(소령은 이탈리아 밀라노 주변에 있는 명소나 관광지들을 말하고 있음)로. 이 운 좋은 친구 같으니. 그란이탈리아 레스토랑에도 가서 조지에게 돈도 빌릴 거예요. 내가 말했다. 스칼라 오페라 하우스도 가야지. 리날디가 말했다. 거기도 가야 돼. 매일 밤마다. 내가 말했다. 매일 갔다간 전 재산이 거덜 날걸. 소령이 말했다.

거기 표가 진짜 비싸거든. 할아버지 이름 앞으로 일람불 어음을 발급받으면 돼요. 내가 말했다. 뭐? 일람불 어음이요. 할아버지가 돈을 안 내면 제가 감옥에 가는 거죠. 은행에서 일하는 커닝햄 씨가 알아서 해 줄 거예요. 전 일람불 어음으로 먹고 살죠. 세상에 어떤 할아버지가 이탈리아를 위해 목숨 바치고 있는 애국자 손자를 감옥에 보내겠어요? 미국의 가리발디(이탈리아의 혁명자이자 군인인 주세페 가리발디) 장군 만세! 리날디가 말했다. 일람불 어음 만세! 내가 말했다. 우리 여기서 이렇게 떠들면 안 돼. 소령이 말했다. 벌써 몇 번이나 조용히 해 달라고 했다고. 정말 내일 가는 건가, 페데리코? 미군 병원으로 간다니까요. 리날디가 말했다. 아름다운 간호사들에게로요. 야전 병원의 턱수염 난 남자 간호사들 말고요. 알아, 안다고. 소령이 말했다.

나도 페데리코가 미군 병원에 가는 거 알아. 전 남자 간호사들의 턱수염은 상관 안 해요. 내가 말했다. 남자가 턱수염 기르는 게 뭐 어때서요? 소령님도 턱수염 한번 길러 보세요. 방독면이 안 들어갈 거야. 아니에요. 방독면은 어떤 것도 잘 들어가요. 한번은 방독면을 끼고 토한 적도 있어요. 시끄럽게 굴지 마, 꼬맹아. 리날디가 말했다. 자네가 전선에 갔다 온 건 모두가 다 아니까. 아, 이 친구가 떠나 있으면 난 뭘 하고 지내지? 이제 가야겠군. 소령이 말했다. 이러다 눈물이 나오겠어. 잠깐. 놀랄 만한 소식이 있어. 영국 여자 말이야. 누군지 알지? 자네가 매일 밤 병원으로 보러 갔던 그 여자. 그녀도 밀라노로 간대. 다른 간호사 하나랑 그 미군 병원으로 간다더라. 병원에서 아직 미국 간호사들을 못 구해서. 내가 오늘 수간호사랑 이야기를 했는데 전선에 간호사가 너무 많다며 후방으로 좀 분산시킬 거래. 좋냐, 꼬맹아? 좋겠지. 큰 도시에 가서 영국 여자한테 보살핌도 받고. 난 왜 부상을 안 입은 거지? 곧 입게 될 거다. 내가 말했다. 이제 가자고. 소령이 말했다. 술 취해서 소란을 피우니 페데리코가 쉬질 못 하잖아. 가지 마세요. 아냐, 이제 가야 돼. 잘 지내고 다 잘되길 빌겠네. 차우. 차우. 차우. 빨리 돌아와라, 꼬맹아. 리날디가 내게 뽀뽀를 했다. 자네한테 소독약 냄새가 나. 잘 지내, 친구. 잘 가. 소령이 내 어깨를 다독였다. 그들은 살금살금 걸어 병실 밖으로 나갔다. 나는 꽤 취해 있었지만 곧 잠이 들었다.

다음 날 아침 나는 병원을 떠나 48시간이 지나서야 밀라노에 도착했다. 가는 길은 순탄하지 않았다. 열차가 메스트레에 도착하기 직전 한참 동안 대피로에 머물러야 했는데 아이들이 몰려와 열차 안을 들여다보았다. 나는 한 소년에게 코냑 한 병을 사 오라고 시켰다. 조금 있다가 돌아온 아이가 그라파밖에 구할 수 없다고 말했다. 나는 그라파라도 사 오라고 했다. 소년은 그라파를 사 왔고 나는 소년에게 잔돈을 가지라고 했다. 나는 내 옆에 있던 병사와 그라파를 마시고 취해서는 비첸차를 지날 때까지 잠을 잤다. 일어나서는 구급차 바닥에 토했다. 내 옆 병사가 이미 여러 번 토해 놓았었기 때문에 내가 한 건 별 문제가 되지 않았다. 토하고 나자 갈증이 심하게 느껴졌다. 나는 베로나역, 열차 옆 뜰에서 순찰을 하고 있던 군인을 불러 물을 한 잔 받아 마셨다. 나는 취해 있던 또 다른 병사, 제오르제티를 깨워 물을 권했다. 그는 물을 자신의 어깨에 부어 달라고 했고 그다음에 다시 잠이 들었다. 물을 가져다 준 군인은 내가 주는 1페니를 거절하며 과즙이 많은 오렌지 하나를 건네주었다. 나는 오렌지의 과즙을 빨아 먹고 속껍질은 뱉어 냈다. 군인은 화물 열차 주위를 오르내리며 순찰을 했고 잠시 후 열차가 덜컹이며 출발했다.

제 2 부

13

열차는 아침 일찍 밀라노에 도착해 한 화물 조차장에 우리를 내려놓았다. 그곳에서 미군 병원까지는 구급차를 타고 갔다. 들것에 실려 구급차를 타고 가니 지금 어느 마을을 지나가고 있는 것인지 알 수 없었다. 구급차에서 나와 보니 시장이 보였고 한 처녀가 문이 열린 와인 가게 앞을 쓸고 있었다. 상인들은 길에 물을 뿌리고 있었고 마을에서는 이른 아침의 냄새가 났다. 의무대는 나를 내려놓고 병원 안으로 들어가 병원 수위와 함께 나왔다. 그는 회색 콧수염이 나 있었고 수위 모자와 셔츠를 착용하고 있었다. 들것이 엘리베이터 안으로 들어가지 않자 병사들은 나를 들것에서 내려 엘리베이터로 올라가는 게 나을지, 들것 채로 계단을 이용해 올라가는 게 나을지 의논을 했다. 나는 그들이 의논하는 것을 유심히 듣고 있었다. 그들은 엘리베이터로 올라가는 것을 선택하고는 나를 들것에서 내렸다. "조심히. 살살 해 줘." 내가 말했다.

엘리베이터 안이 꽉 차서 다리를 접어야 했기에 무척 고통스러웠다. "다리를 펴 줘." 내가 말했다.

"못 펴요, 중위님. 공간이 없어요." 대답을 한 병사는 자신의 팔로 나를 안고 있었고 나는 그의 목을 감싸고 매달려 있었다. 그의 숨결에서 마늘과 레드 와인 냄새가 섞인 금속성 냄새가 났다.

"가만히 계세요." 다른 병사가 말했다.

"젠장, 어떻게 가만히 있으란 거야?"

"가만히 계셔야 합니다." 내 발을 붙든 병사가 다시 말했다.

엘리베이터의 문과 창살문이 닫히자 수위가 4층 버튼을 눌렀다. 수위가 걱정스러운 표정을 지었다. 엘리베이터가 천천히 올라갔다.

"무겁나?" 내가 마늘 냄새나는 친구에게 물었다.

"아뇨." 그가 대답했다. 하지만 그의 얼굴에는 땀이 흐르고 있었고 끙끙대는 소리도 내고 있었다. 엘리베이터가 계속 올라가더니 멈췄다. 내 발을 잡고 있던 병사가 문을 열어 밖으로 나갔다. 우리는 발코니로 갔다. 발코니에는 놋쇠 손잡이가 달린 문이 여러 개 있었다. 내 발을 담당한 병사가 버튼을 누르자 안에서 벨소리가 났지만 아무도 나오지 않았다. 그러자 수위가 계단으로 올라왔다.

"다들 어디 갔어요?" 병사들이 물었다.

"모르겠네요. 아래층에서 자나 봐요." 수위가 대답했다.

"누구라도 데려와 봐요."

수위가 벨을 누르고 문을 두드린 후, 문을 열고 안으로 들어가더니 안경을 쓴 노부인과 함께 나왔다. 노부인은 간호사 복장을 입고 있었고 느슨하게 묶은 머리카락 중 반은 삐져나와 있었다.

"이해를 못 하겠어요. 난 이탈리아어를 몰라요." 그녀가 말했다.

"내가 영어를 해요. 전 이 병원에 입원하러 왔어요." 내가 말했다.

"아직 준비된 병실이 없어요. 환자를 받는다는 말도 없었고요." 그녀는 머리카락을 묶어 올리며 근시인 듯 나를 빤히 쳐다보았다.

"어느 방이라도 좋으니 이 친구들한테 안내를 좀 해 주세요."

"글쎄요. 지금은 환자를 못 받아요. 아무 병실에나 넣는 것도 안 되고요."

"어떤 곳이든 좋아요." 내가 말했다. 다음엔 수위에게 이탈리아어로 말했다. "빈 병실을 찾아봐요."

"전부 다 비었어요. 중위님이 첫 환자거든요." 수위가 대답했다. 그가 수위 모자를 손에 쥐고 나이 든 간호사를 바라보았다.

"제발 어디에라도 좀 들어갑시다." 다리를 굽히고 있으니 통증이 심해져 뼛속까지 그 고통이 퍼지고 있었다. 수위가 문으로 들어가자 회색 머리 간호사도 그를 따라 들어가더니 서둘러 돌아왔다. "따라오세요." 수위가 말했다. 그들은 긴 복도를 지나 블라인드가 쳐진 병실 안으로 나를 데려갔다. 병실에는 새 가구 냄새가 났고 침대 하나와 거울이 달린 큰 옷장이 하나 있었다. 그들은 나를 침대에 눕혔다.

"시트는 못 갖다 줘요. 보관함 문이 잠겨 있어서요." 간호사가 말했다.

나는 그녀에게는 아무런 대꾸도 하지 않고 수위에게 말을 했다. "내 주머니에 돈이 있어요. 셔츠 주머니에요." 수위가 돈을 꺼냈다. 들것을 들고 온 두 병사는 군모를 손에 쥐고 침대 옆에 서 있었다. "각자 5리라씩 주고 당신도 5리라를 가져가요. 내 서류는 반대편 주머니에 있으니 간호사한테 주세요."

병사들이 거수경례를 하며 고맙다고 인사했다. "잘 가게. 수고가 많았어." 내가 말했다. 그들은 다시 경례를 하고 병실 밖으로 나갔다.

"그 서류에 내 상태와 치료 기록이 적혀 있어요." 내가 간호사에게 말했다.

간호사는 안경 너머로 서류를 읽었다. 서류는 세 장이었고 접혀 있었다. "내가 뭘 해야 하죠. 난 이탈리아어도 모를 뿐더러 의사 선생님의 지시에만 따라야 하는 사람이라고요." 그녀가 울먹이며 서류를 자신의 앞치마 주머니에 집어넣었다. "미국인이세요?" 그녀가 훌쩍거리며 물었다.

"네. 서류는 침대 옆 테이블 위에 두세요."

병실은 어두웠지만 시원했다. 침대에 눕자 반대편에 있는 큰 거울이 보였는데 뭐가 비치는지는 보이지 않았다. 수위가 침대 옆에 서 있었다. 인자하게 생긴 그는 매우 친절했다.

"이제 가셔도 돼요." 내가 수위에게 말했다. "그쪽도요." 간호사에게도 말했다. "이름이 뭐예요?"

"워커입니다."

"가 보세요, 워커 부인. 전 이제 잘게요."

나는 병실에 홀로 남았다. 방은 시원했고 병원 냄새도 나지 않았다. 매트리스는 단단하고 편안했다. 나는 숨도 거의 안 쉬고 가만히 누워서 고통이 덜해진 것에 행복을 느끼고 있었다. 얼마가 지나자 목이 말랐다. 침대 옆 전선과 연결된 벨을 눌러 보았지만 아무도 오지 않았다. 나는 그냥 잠이 들었다.

잠에서 깨어 병실 안을 둘러보았다. 블라인드 사이로 햇빛이 들어오고 있었다. 방에는 큰 옷장과 텅 빈 벽, 그리고 두 개의 의자가 있었다. 더러운 붕대에 감긴 내 다리가 침대 밖으로 불쑥 튀어나와 있었다. 나는 다리를 움직이지 않으려고 애썼다. 여전히 목이 말랐기에 벨을 찾아 버튼을 다시 눌렀다. 곧 문이 열리며 간호사 한 명이 들어왔다. 그녀는 어려 보였고 예뻤다.

"안녕하세요." 내가 인사했다.

"안녕하세요." 그녀가 대답하며 내 침대로 왔다. "아직 의사 선생님과 연락이 안 됐어요. 코모 호수에 가셨거든요. 누구도 환자가 온다는 말을 못 들었어요. 그건 그렇고 어떻게 병원에 오셨죠?"

"부상을 당했습니다. 다리와 발에요. 머리도 아프고요."

"성함은요?"

"헨리요. 프레데릭 헨리."

"씻겨 드릴게요. 의사 선생님이 오실 때까지 상처 부위는 어떻게 할 수가 없겠네요."

"여기에 바클리 양이 있나요?"

"아뇨. 그런 이름을 가진 직원은 없어요."

"내가 들어올 때 울던 여자 분은 누구죠?"

그녀가 웃었다. "워커 부인이에요. 어제 야근이셨는데 주무시고 계셨나 봐요. 누가 올지는 전혀 모르셨죠."

우리가 이야기를 나누는 동안 그녀가 내 옷을 벗겼다. 붕대만 빼고 모든 옷을 다 벗자 그녀가 아주 부드럽고 능숙하게 내 몸을 닦았다. 몸을 닦으니 기분이 무척 좋았다. 머리에도 붕대가 감겨 있었지만 그녀는 붕대를 피해 가며 꼼꼼히 닦았다.

"어디서 부상당하셨어요?"

"플라바 북쪽에 이손초에서요."

"거기가 어디죠?"

"고리치아 북쪽에 있어요."

그녀는 내가 말한 어느 지역도 모르는 게 분명해 보였다.

"지금 많이 아프세요?"

"아뇨. 많이 아프진 않아요."

그녀가 내 입에 체온계를 집어넣었다.

"이탈리아인들은 체온계를 겨드랑이에 집어넣어요." 내가 말했다.

"말하지 마세요."

그녀는 체온계를 내 입에서 꺼내 온도를 확인하고 흔들었다.

"몇 도인가요?"

"알려 드리면 안 돼요."

"말해 줘요."

"정상에 가까워요."

"난 좀처럼 열이 나는 일이 없어요. 그리고 내 다리엔 오래된 철조각이 가득 들어 있어요."

"그게 무슨 말이에요?"

"박격포 파편에 오래된 나사, 또 침대 스프링 조각 등 다양하죠."

그녀가 고개를 저으며 미소를 지었다.

"중위님 다리에 이물질이 들어갔다면 감염이 생겨서 열이 났을 거예요."

"좋아요. 뭐가 나오는지 나중에 보자고요."

그녀는 방을 나가더니 이른 아침에 만났던 그 노간호사와 함께 다시 들어왔다. 나를 침대에 눕힌 채로 두 간호사가 침대 정리를 시작했다. 그건 아주 새로운 광경이었고 놀랄 만한 솜씨이기도 했다.

"이 병원의 관리자는 누구죠?"

"밴 캠픈 양이요."

"여기 간호사가 몇 명이에요?"

"우리 둘이 전부예요."

"더 안 와요?"

"더 올 거예요."

"언제요?"

"글쎄요. 아픈 분이 질문은 참 많이 하시네요."

"난 아프지 않아요. 부상을 당했을 뿐이지요."

침대 정리가 다 끝나자 깨끗하고 판판하게 깔린 요 위에 누워 이불도 덮을 수 있었다. 워커 부인이 나가더니 파자마 상의를 들고 왔다. 그들이 파자마 상의를 입히자 아주 깔끔하게 차려입은 느낌이 들었다.

"정말 친절하시군요." 내가 말했다. 게이지란 성을 가진 그 간호사가 키득거리며 웃었다. "물 한잔 마셔도 될까요?" 내가 물었다.

"물론이죠. 물 드시고 아침 식사를 하시면 돼요."

"아침은 먹고 싶지가 않네요. 블라인드 좀 열어 주시겠어요?"

병실로 희미하게 들어오던 햇빛은 블라인드가 열리자 환하게 쏟아졌다. 발코니 너머로 타일 지붕의 집들과 굴뚝이 보이고 그 뒤로 새파란 하늘에 흰 구름들이 떠 있었다.

"다른 간호사들이 언제 오는지 모르시나요?"

"그건 왜요? 저희가 하는 게 맘에 안 드시나요?"

"아주 맘에 들어요."

"용변 보시겠어요?"

"한번 시도해 볼게요."

그들이 나를 부축해 일어나도록 도왔지만 결국 용변을 보지는 못했다. 나는 침대에 누워 열린 발코니 사이로 밖을 바라보았다.

"의사는 언제 볼 수 있나요?"

"돌아오시면요. 코모 호수로 몇 번이나 연락은 해 봤는데……."

"다른 의사는 없어요?"

"이 병원엔 그분 한 명뿐이에요."

게이지 양이 물 한 병과 컵을 가져왔다. 내가 물을 세 컵 마시고 나자 그들이 방을 나갔다. 나는 얼마 동안 창밖을 바라보다가 다시 잠이 들었다. 점심을 먹고 난 후 오후, 관리자인 밴 캠픈 양이 나를 찾아왔다. 그녀는 나를 싫어하는 눈치였고 나도 그녀가 싫었다. 체구가 작은 그녀는 티를 내지는 않았지만 나를 수상쩍게 여기는 듯했고 자신의 직책을 하찮게 생각하는 것 같았다. 그녀는 내게 아주 많은 질문을 던졌다. 그리고 내가 이탈리아를 위해 싸운다는 것을 다소 불명예스럽게 여기는 것 같았다.

"식사할 때 와인을 마셔도 되나요?" 내가 그녀에게 물었다.

"의사 선생님이 허락하면요."

"그럼 오실 때까지 못 마시나요?"

"당연하죠."

"의사가 오도록 조치는 취하고 있나요?"

"코모 호수로 연락은 계속하고 있어요."

그녀가 나가고 게이지 양이 다시 들어왔다.

"왜 밴 캠픈 양에게 무례하게 구셨어요?" 그녀가 능숙한 솜씨로 나를 돌봐 준 후 물었다.

"그럴 의도는 아니었어요. 하지만 그녀도 날 오만한 태도로 대했어요."

"밴 캠픈 양은 중위님이 오만하고 무례했다던데요?"

"나는 그런 적 없어요. 단지 의사가 없는 이 병원이 이상했을 뿐이에요."

"좀 있으면 오실 거예요. 코모 호수에 몇 번이나 연락을 넣었어요."

"거기는 왜 간 거래요? 수영하러?"

"아뇨. 호수에 진료소를 운영하고 계세요."

"의사를 한 명 더 구하지 그래요?"

"쉿. 조용히 지내고 계시면 곧 돌아오실 거예요."

나는 수위를 불러 그에게 이탈리아어로 와인 가게에서 파는 베르무트 한 병과 키안티 와인 한 병, 그리고 석간을 사 달라고 부탁했다. 그가 나가서 신문에 싸인 와인을 사 들고 왔다. 신문을 벗긴 후 내가 부탁하자 코르크 마개를 따 베르무트와 키안티 와인을 내 침대 밑에 놓아 주었다. 나는 혼자 방에 남아 침대에 누워 신문에 실린 전선 소식과 전사한 장교들의 명단, 그리고 그들이 어떤 훈장을 받았는지를 읽었다. 그러고 나서 침대 아래로 몸을 숙여 베르무트를 집어 들었다. 배 위에 베르무트와 잔을 올려놓고 마셨더니 배에 동그란 자국이 났다.

마을 지붕들 위로 해가 지고 있었다. 나는 원을 그리며 날고 있는 제비들과 지붕 위에서 나는 쏙독새들을 구경하며 와인을 마셨다. 게이지 양이 에그노그 한 잔을 들고 들어왔다. 나는 그녀를 보고 베르무트 병을 침대 반대편으로 내려놓았다.

"밴 캠픈 양이 여기에 셰리 와인을 좀 넣었어요. 그분한테 무례하게 행동하지 마세요. 나이가 어린 것도 아니고 이 병원을 관리하는 큰 책임을 맡은 분이라고요. 워커 부인은 너무 늙어서 별 도움이 안 되거든요." 그녀가 말했다.

"밴 캠픈 양은 좋은 분입니다. 고맙다고 전해 주세요." 내가 말했다.

"바로 가서 저녁을 갖고 올게요."

"괜찮아요. 배가 안 고파요."

그녀가 식판을 가져와 침대 간이 테이블에 올려놓았다. 나는 그녀에게 고맙다는 인사를 한 후 조금 먹었다. 저녁을 먹고 나자 밖이 어두워졌고 하늘에서 움직이는 탐조등의 불빛이 보였다. 불빛을 얼마간 바라보다 잠이 들었다. 나는 깊이 잠이 들었다. 딱 한 번 땀을 흘리며 겁에 질려 깨어나긴 했지만 꿈을 꾸지 않으려 애쓰면서 다시 잠을 청했다. 나는 해가 뜨기 한참 전에 잠에서 깬 닭들이 우는 소리를 들었고 해가 뜰 때까지 그렇게 계속 깨어 있었다. 피곤했던 탓에 날이 완전히 밝았을 때 다시 잠이 들었다.

14

잠에서 깨고 보니 방 안이 햇빛으로 환했다. 순간 전선에 다시 돌아온 것으로 착각해 침대에서 기지개를 펴자 이내 다리가 아파 왔다. 아래를 내려다보니 다리는 아직 더러운 붕대에 싸여 있었다. 그걸 본 후에야 내가 어디에 있는지를 깨달았다. 나는 벨을 향해 손을 뻗어 버튼을 눌렀다. 벨 소리가 복도 끝에서 들렸고 복도를 따라 걸어오는 누군가의 고무 밑창 소리가 났다. 게이지 양이었다. 환한 햇살에서 보니 그녀는 좀 더 나이가 들어 보였고 어제만큼 예쁘지도 않았다.

"안녕하세요. 잠은 잘 주무셨어요?" 그녀가 인사했다.

"네. 물어봐 줘서 고마워요. 이발사 좀 불러 줄 수 있나요?"

"제가 아까 방에 왔었는데 뭘 붙잡고 주무시고 계시더군요."

그녀는 옷장 문을 열어 베르무트 병을 꺼내 들었다. 병은 거의 비어 있었다. "침대 밑에 있던 술도 꺼내서 옷장에 넣었어요. 왜 한잔 달라고 하시지 않으셨어요?"

"안 줄까 봐요."

"오히려 같이 나눠 마셨을 텐데요?"

"당신은 참 상냥해요."

"혼자 술 마시는 거 별로 안 좋아요. 그러지 마세요."

"알겠어요."

"중위님 친구인 바클리 양이 왔어요." 그녀가 말했다.

"정말요?"

"네. 난 그녀가 별로예요."

"곧 좋아하게 될 거예요. 아주 친절하거든요."

그녀는 고개를 저었다. "물론 그렇겠죠. 이쪽으로 조금만 가 보시겠어요? 됐어요. 아침 식사 전에 씻겨 드릴게요." 그녀가 목욕 수건에 비누를 묻혀 따뜻한 물로 씻겨 주었다. "어깨를 올리세요. 됐어요."

"아침 식사 전에 이발사를 불러 줄 수 있나요?"

"수위를 보낼게요." 그녀가 나가더니 다시 돌아와서 말했다. "수위가 이발사를 부르러 갔어요." 그녀는 그러고 나서 가지고 있던 목욕 수건을 대야에 담갔다.

수위가 이발사를 데리고 왔다. 이발사는 오십 정도의 나이에 끝이 위로 솟은 콧수염을 가진 사내였다. 게이지 양이 하던 일을 끝내고 병실 밖으로 나가자 이발사가 내 얼굴에 거품을 묻힌 후 면도를 하기 시작했다. 그는 무척 엄숙한 표정을 지으며 말을 거의 하지 않았다.

"왜 그래요? 뭐 들은 소식이 없나요?" 내가 물었다.

"무슨 소식이요?"

"어떤 소식이든요. 마을에서 일어나는 일 같은 거요."

"지금은 전시 상황입니다. 적들이 곳곳에 깔려 있어서 말조심을 해야 해요."

나는 그를 올려다보았다. "얼굴 움직이지 마세요. 전 아무 말도 하지 않을 거예요." 그는 그렇게 말하고는 계속 면도를 했다.

"도대체 왜 그래요?" 내가 물었다.

"난 이탈리아인이에요. 적과는 내통하지 않을 겁니다."

나는 여기서 포기하는 수밖에 없었다. 그가 제정신이 아니라면 그가 든 면도칼에서 빨리 벗어날수록 더 안전할 테니까. 면도를 하는 중 어느 순간에 그의 얼굴을 자세히 살펴보려고 했더니 그가 이렇게 말했다. "조심해요. 면도날이 날카로우니."

나는 면도가 다 끝난 후 돈을 지불하며 반 리라를 팁으로 주었다. 그러자 그는 돈을 다시 돌려주었다.

"이 돈은 안 받을 거예요. 내가 전선에 있는 건 아니지만 나 역시 이탈리아인입니다."

"이 방에서 얼른 나가요."

"허락만 해 주신다면." 그는 그렇게 말하고 면도칼을 신문에 쌌다. 그는 침대 옆 테이블에 구리 동전 5개를 두고 나갔다. 나는 벨을 눌렀다. 게이지 양이 방으로 들어왔다. "수위 좀 불러 줄래요?"

"알았어요."

수위가 들어왔다. 그는 웃음을 참으려 애쓰고 있었다.
"그 이발사 제정신이 아니죠?"
"아뇨, 중위님. 실수예요. 제 말을 잘못 이해해서 중위님이 오스트리아 장교인 줄 알았대요."
"아. 그랬군요" 내가 대답했다.
"하하하." 수위가 웃음을 터뜨렸다. "정말 웃겼어요. 까딱했으면 그가 중위님을……." 수위가 집게손가락으로 자신의 목을 그었다.
"하하하." 그는 웃음을 멈추려 애를 썼다. "제가 중위님이 오스트리아 사람이 아니라고 말했더니……. 하하하."
"하하하. 그가 내 목을 그었으면 얼마나 웃겼겠어요. 하하하." 내가 쓴웃음을 터뜨렸다.
"아뇨, 중위님. 아니에요. 그는 오스트리아인을 아주 무서워해요. 하하하."
"하하하. 이제 나가 보세요."
수위가 방을 나갔고 복도에서 그의 웃음소리가 들렸다. 누군가가 복도를 내려오는 소리가 들렸다. 병실 문을 쳐다보았더니 캐서린 바클리가 서 있었다.
그녀가 내 침대를 향해 걸어 들어왔다.
"안녕, 헨리." 그녀가 인사했다. 그녀의 생기발랄하고 어려 보이는 모습이 매우 아름답게 느껴졌다. 나는 이렇게 아름다운 사람은 처음 보는 것 같다는 생각을 했다.
"안녕." 내가 인사했다. 그녀를 다시 만나는 순간 나는 사랑에 빠져 버렸다. 내 안의 모든 것이 흔들리고 있었다. 그녀는 문 쪽을 보고 아무도 없는 것을 확인하더니 침대 가장자리에 앉아 나에게 기대어 키스를 했다. 나는 그녀를 품으로 당기며 키스했고 그녀의 심장박동 소리를 들었다.

"정말 다정하군. 여기까지 와 주다니."

"오는 건 힘들지 않았어요. 하지만 이곳에 계속 머무르는 건 어려울지도 몰라요."

"여기 계속 있어 줘요. 당신은 정말 대단한 여자야." 나는 그녀에게 푹 빠져 버렸다. 나는 그녀가 정말 이곳에 있다는 것이 믿기지 않는다는 듯 나는 그녀를 꽉 안았다.

"하지 말아요. 아직 다 낫지 않았잖아요."

"아냐, 다 나았소. 이리 와요."

"안 돼요. 아직 몸이 건강하지 않아요."

"아니, 건강해요. 정말로. 어서."

"날 정말 사랑해요?"

"정말로 사랑하고말고. 당신에게 푹 빠졌어요. 어서 이리로 와요."

"우리의 심장이 뛰는 걸 들어 봐요."

"심장 따윈 관심 없소. 당신만을 원해. 온 정신이 당신에게만 팔려 있다고요."

"정말로 날 사랑하는 거예요?"

"계속 그것만 물어볼 거예요? 어서요. 제발, 캐서린."

"알았어요. 하지만 딱 1분만이에요."

"좋아요. 병실 문을 닫아요."

"안 돼요. 이러면 안 돼요"

"어서요. 말은 그만하고 얼른."

캐서린은 침대 옆 의자에 앉아 있었고 병실 문은 열려 있었다. 격정이 지나가자 어느 때보다 기분이 상쾌했다.

그녀가 물었다. "이제 내가 당신을 사랑하다는 걸 믿겠어요?"

"사랑스러운 캐서린, 여기에 머물러 줘요. 가면 안 돼. 난 당신에게 푹 빠졌다고."

"앞으로 조심해야 돼요. 방금 그건 미친 짓이었어요. 다신 안 돼요."
"밤엔 괜찮지 않을까."
"정말 조심해야 돼요. 다른 사람들도 있다고요."
"알았소."
"꼭 그래야 해요. 다정한 헨리, 날 정말 사랑하죠?"
"그런 건 이제 그만 물어요. 그 질문을 할 때마다 내 기분이 어떤지 알아?"
"그럼 앞으론 조심할게요. 이제 그만 물어보고 가 볼게요, 헨리."
"빨리 다시 와요."
"상황이 되면요."
"잘 가."
"잘 있어요, 내 사랑."
그녀가 나갔다. 나는 정말 그녀와 사랑에 빠지기 싫었다. 어느 누구와도 사랑에 빠지고 싶지 않았다. 하지만 결국 사랑에 취해 버렸고 밀라노에 있는 병원 침대에 누워 온갖 생각에 잠겼다. 어쨌든 기분은 최고였다. 게이지 양이 병실로 들어왔다.
"의사 선생님이 오신대요. 코모 호수에서 연락이 왔어요." 그녀가 말했다.
"언제 온대요?"
"오늘 오후에요."

15

오후까지는 병원이 조용했다. 의사는 마르고 키가 작았다. 그는 말이 별로 없었고 전쟁 때문에 불안해하는 것 같았다. 그는 내 허벅지에 박힌 여러 개의 쇠 파편 조각들을 꺼내면서 불쾌감을 느꼈지만 침착하고 차분하게 행동했다. 그는 '스노'인지 뭔지라고 부르는 국소 마취제를 사용했는데 그 마취제는 피부 조직을 얼려 탐침이나 메스, 핀셋으로 건드려도 통증을 느끼지 않게 해 주는 약품이었다. 나는 마취가 된 부위가 어디인지 정확하게 알 수 있었다. 의사가 한참 동안 상처 부위를 정교하게 살펴보더니 힘겨워하며 엑스레이를 찍는 게 낫겠다고 말했다. 탐침으로 찾으니 만족스럽지 않은 모양이었다.

엑스레이는 마조레 병원에 가서 찍었다. 담당 의사는 한껏 들떠서 쾌활하고 능숙하게 엑스레이를 찍었다. 나는 어깨를 들고 있었기 때문에 기계에 나타난 꽤 큰 이물질까지 직접 볼 수 있었다. 결과는 미군 병원으로 보내질 예정이었다. 의사는 내게 이름, 소속 연대, 진료 소감을 자신의 수첩에 적어 달라고 했다. 그는 내 몸의 이물질들이 볼썽사납고 무시무시하다고 했다. 오스트리아군, 그 나쁜 놈들. 몇 명이나 죽여 봤냐고요? 나는 한 명도 죽이지 않았지만 의사를 기쁘게 해 주려고 꽤 많이 죽여 봤다고 말했다. 나와 함께 온 게이지 양에게 의사가 팔을 두르더니 그녀가 클레오파트라보다 아름답다고 칭찬을 했다. 그녀가 그 말을 알아들었을까? 이집트의 여왕이었던 클레오파트라를. 알아들었고말고. 우리는 구급차를 타고 미군 병원으로 돌아왔다. 한참을 들것에 실려 고생을 한 끝에 마침내 내 병실로 돌아갈 수 있었다. 엑스레이 결과는 그날 오후에 도착했다. 그 의사가 그날 오후에 꼭 결과를 보내 줄 거라고 선언을 하더니 정말 그렇게 했다. 캐서린이 결과를 가져다 내게 보여 주었다. 그녀는 빨간 봉투에 들어 있던 엑스레이 촬영지를 꺼내 빛에 비추었고 우리는 함께 촬영지를 들여다보았다.

"저게 오른쪽 다리예요." 그녀가 그렇게 말하고는 촬영지를 다시 봉투에 집어넣었다. "이건 왼쪽 다리고요."

"그것들은 저쪽으로 치우고 침대로 와요."

"안 돼요. 이거 보여 주려고 잠깐 들른 거예요."

그녀는 병실을 나갔고 나는 누워 있어야 했다. 밀라노의 오후는 더웠고 방 안에만 있는 게 짜증났다. 나는 수위에게 구할 수 있는 모든 신문은 다 구해 오라고 부탁했다.

그가 돌아오기 전, 세 명의 의사가 내 방으로 들어왔다. 나는 수술 경험이 부족한 의사들이 서로 몰려다니며 의견을 구하는 경향이 있다는 것을 잘 알고 있었다. 맹장을 제대로 적출하지 못하는 의사가 편도선을 제대로 적출하지 못하는 의사를 환자에게 추천하는 것이다. 그 세 사람이 바로 그런 의사들이었다.

"이 사람이 그 청년입니다." 섬세한 손을 가진 내 담당 의사가 말했다.

"안녕하세요." 턱수염을 기른 키가 크고 수척한 의사가 인사를 했다. 엑스레이 촬영지가 든 빨간 봉투를 들고 있는 세 번째 의사는 아무 말도 하지 않았다.

"붕대를 풀까?" 턱수염 난 의사가 물었다.

"그래야죠. 붕대를 풀어 주세요, 간호사." 내 주치의가 게이지 양에게 말했다. 게이지 양이 붕대를 풀었다. 나는 내 다리를 내려다보았다. 야전 병원에서 내 다리는 신선하지 않은, 햄버거 스테이크 고기 형상을 하고 있었다. 지금은 상처 표면이 굳고 무릎이 부어서 색이 변했으며 종아리는 푹 꺼져 있었다. 그렇지만 고름은 하나도 없었다.

"아주 깨끗해요. 깨끗하고 좋네요." 내 주치의가 말했다.

"어……." 턱수염 난 의사가 읊조렸다. 세 번째 의사가 내 주치의의 어깨 너머로 쳐다보았다.

"무릎을 움직여 봐요." 턱수염 난 의사가 말했다.

"못 움직이겠어요."

"관절을 검사해 볼까?" 턱수염 난 의사가 물었다. 그는 소매에 세 개의 별과 줄 하나를 달고 있었다. 그렇다면 그는 선임 대위였다.

"그래요." 내 주치의가 말했다. 세 명 중 두 의사가 내 오른쪽 다리를 아주 조심스럽게 붙잡고 굽혔다.

"아파요." 내가 말했다.

"그래. 조금 더 굽혀 봐, 선생."

"이제 그만요. 더는 안 돼요." 내가 말했다.

"부분 관절 손상이야." 선임 대위가 말했다. 그가 똑바로 일어섰다.
"엑스레이를 다시 보여 주겠나, 선생?" 세 번째 의사가 대위에게 촬영지 한 장을 건넸다. "이것 말고 왼쪽 다리."

"그게 왼쪽 다리예요."

"그렇군. 내가 다른 각도에서 보았어." 그는 그 촬영지를 돌려주고 다른 촬영지를 얼마 동안 살펴보았다. "이것 보이나, 선생?" 그가 촬영지에 선명하게 비친 둥근 모양의 이물질을 가리키며 말했다. 그들은 잠시 촬영지를 들여다보았다.

"한 가지 확실한 건, 이게 시간 문제라는 거야. 3개월 아니면 6개월도 걸리겠지." 턱수염 난 선임 대위가 말했다.

"맞아요. 관절액이 재생성되어야 해요."

"그래. 기다리는 수밖엔 없어. 포탄 조각이 포낭에 싸이기 전에 함부로 무릎을 열면 안 돼."

"저도 동의합니다, 선생님."

"6개월 동안 뭐라고요?

"6개월 동안 포탄 조각이 포낭에 싸이길 기다렸다가 무릎을 열어야 안전하다고요."

"난 그 말 못 믿겠어요." 내가 말했다.

"청년은 본인의 무릎을 지키고 싶습니까?"

"아니요." 내가 대답했다.

"뭐라고요?"

"잘라 버리고 거기에 갈고리를 달 거예요."

"갈고리라니 무슨 말이에요?"

"농담하는 거예요." 내 주치의가 대답했다. 그는 내 어깨를 살며시 두드렸다. "당연히 무릎을 지켜야죠. 이 용감한 청년은 은성 훈장을 받게 될 거예요."

"정말 축하합니다." 선임 대위가 그렇게 말하며 내 손을 잡고 악수를 했다. "내 소견은 이래요. 청년 무릎 상태에서는 최소한 6개월 이상을 기다린 후 수술을 하는 것이 안전합니다. 물론 다른 의사의 소견을 듣고 싶다면 그렇게 해도 되고요."

"정말 감사합니다. 대위님의 소견을 존중합니다." 내가 대답했다.

선임 대위가 자신의 시계를 들여다보았다.

"이제 가야겠군. 잘되길 빕니다."

"대위님도요. 감사합니다." 내가 인사했다. 나는 세 번째 의사와 악수를 했다. "바리니 대위입니다, 엔리 중위." 그러고 나서 세 의사는 병실을 나갔다.

"게이지 양." 내가 부르자 게이지 양이 방으로 들어왔다. "의사 선생님께 잠시 방으로 와 달라고 해 줘요."

의사가 모자를 들고 방으로 들어와 침대 옆으로 섰다. "날 불렀나?"

"네. 난 6개월이나 못 기다려요. 선생님은 6개월 동안 침대에 갇혀 지내 본 적이 있으세요?"

"6개월 내내 침대에만 있진 않을 거네. 우선 상처 부위를 햇빛에 노출시켜야 하고 그다음엔 목발을 짚고 다닐 거야."

"6개월 동안 그러다 수술을 한다고요?"

"그게 안전해. 파편 조각이 포낭에 싸이도록 기다려야 하고 관절액도 재생성되어야 하지. 그런 다음에 수술을 하는 게 안전해."

"선생님도 제가 6개월이나 기다려야 한다고 생각하세요?"

"그게 안전한 방법이지."

"아까 그 선임 대위는 누군가요?"

"밀라노에서 아주 유명한 외과 의사야."

"그리고 선임 대위고요. 그렇죠?"

"그래. 하지만 실력이 아주 뛰어나."

"전 선임 대위가 제 다리를 자르도록 놔두지 않을 거예요. 실력이 정말 좋았으면 소령이 되었겠죠. 전 선임 대위가 어떤 지휘인지 안다고요, 선생님."

"실력이 아주 훌륭하신 분이야. 내가 아는 어떤 의사보다 믿을 만하다고."

"다른 의사한테 물어볼 순 없나요?"

"물론 원한다면 가능하지. 하지만 나라면 바렐라 선생의 말을 듣겠네."

"다른 의사를 좀 불러 주시겠어요?"

"발렌티니 선생을 부르도록 하지."

"그분은 누군가요?"

"마조레 병원에서 근무하는 의사야."

"좋습니다. 정말 감사합니다. 전 6개월이나 침대에 못 있어요."

"침대에만 있진 않는다니까. 처음엔 햇볕에 상처를 쬐이고 다음엔 가벼운 운동을 할 거야. 그러고 나서 포낭이 생기면 수술을 하는 거지."

"하지만 전 6개월이나 못 기다려요."

의사가 들고 있던 모자에 자신의 섬세한 손가락을 펼치더니 미소를 지었다. "전선에 돌아가고 싶어서 안달이 났군."

"당연하죠."

"보기 좋군. 숭고한 청년이야." 의사가 그렇게 말하더니 몸을 숙여 아주 조심스레 내 이마에 뽀뽀를 했다. "발렌티니 선생을 부르도록 하지. 걱정하지 말고 침착하게 기다리게. 알았나?"

"술 한잔 하실래요?" 내가 물었다.

"아니, 괜찮네. 난 술 안 해."

"한 잔만 하세요." 나는 수위에게 잔을 가져오라고 하기 위해 벨을 눌렀다.

"아냐. 괜찮아. 가 봐야 해."

"그럼 안녕히 가세요." 내가 인사를 했다.

"잘 있게."

두 시간 후, 발렌티니 선생이 내 방으로 들어왔다. 그는 정신이 좀 없어 보였다. 콧수염 끝이 위로 올라간 그는 소령이었고 까무잡잡하게 탄 얼굴로 연신 웃고 있었다.

"어쩌다 다리가 이 정도까지 되었나?" 그가 물었다. "엑스레이를 좀 보지. 그래, 이거야. 염소만큼 건강해 보이는군. 저 예쁜 처녀는 누군가? 자네 애인이야? 그럴 줄 알았어. 이거 정말 거지 같은 전쟁이지 않나? 이러면 어떤가? 착실한 젊은이 같아 보이는군. 내가 새것보다 더 좋게 고쳐 주지. 방금 아팠어? 물론 아프겠지. 의사들은 고통을 주는 걸 즐기거든. 이제까지 어떤 치료를 받았나? 그런데 저 처녀는 이탈리아어를 모르나? 그럼 배워야지. 정말 예쁘군. 내가 가르쳐 줄 수 있는데. 내가 여기 환자로 들어오면 되려나. 아니지. 출산할 때 드는 비용을 삭감해 주면 어떨까. 저 처녀가 내 말을 알아들었을까? 잘생긴 아들을 자네에게 안겨 줄 거야. 자신을 닮은 금발 미남 아들을 말이야. 그럼 좋을 거야. 정말 미인이야. 물어봐 줘. 나랑 저녁 같이 하겠느냐고. 아냐. 자네 애인을 뺏으면 안 되지. 고마워요. 정말 고마워요, 아가씨. 이제 됐어요."

"이제 다 됐어. 붕대는 풀어 놓도록 해." 그가 내 어깨를 다독였다.

"술 한잔 하실래요, 발렌티니 선생님?"

"술? 좋지. 열 잔도 마실 수 있어. 어딨나?"

"옷장에요. 바클리 양이 가져올 겁니다."

"위하여. 이 처녀를 위하여(발렌티니 군의관은 캐서린을 영국인으로 생각해 'cheerio'라는 영국식 표현을 쓰고 있는데 'cheery oh'라고 잘못 사용하고 있다). 정말 아름다워. 내가 다음에 이거보다 더 좋은 코냑을 갖다 주지." 소령이 콧수염을 매만졌다.

"언제 수술을 할 수 있을까요?"

"내일 아침. 그 전엔 안 돼. 자네 속을 비워야 하거든. 텅텅 비워야 해. 아래층 노부인에게 지침 서류를 맡겨 놓을 거야. 잘 있게. 내일 보자고. 그거보다 좋은 코냑을 가져올게. 편히 쉬어. 내일까지 안녕. 푹 자고 내일 일찍 보지." 소령이 문턱에서 손을 흔들었다. 콧수염이 위로 솟은 그의 갈색 얼굴이 미소를 짓고 있었다. 그는 소령이었기 때문에 상자 속에 별 하나가 들어간 휘장을 소매에 달고 있었다.

16

그날 밤에는 열린 발코니 문을 통해 박쥐가 한 마리 날아 들어왔다. 우리는 그 문밖으로 지붕들 너머의 밤 풍경을 감상하고 있었다. 병실은 마을에서 약하게 전해지는 불빛 말고는 어둠 속에 잠겨 있었다. 박쥐는 겁도 없이 방 안이 마치 바깥인 양 훨훨 날아다니고 있었다. 우리는 누워서 박쥐를 쳐다보았다. 가만히 누워 있었기 때문에 박쥐는 우리가 있는 것도 모르는 것 같았다. 박쥐가 나가고 난 후 우리는 탐조등이 켜지는 것을 지켜보았다. 탐조등 빛은 하늘을 가로질렀고 다시 등이 꺼지자 하늘이 어두워졌다. 밤바람이 불어오고 있었고 옆 건물 지붕에서는 대공포를 든 병사들의 이야기 소리가 들렸다. 날씨가 선선해 그들은 망토를 입고 있었다. 나는 밤에 누가 올라올까 봐 걱정했지만 캐서린은 다들 자고 있어서 괜찮다고 했다. 잠을 자다 중간에 깨니 캐서린이 곁에 없었다. 복도에서 그녀가 걸어오는 소리가 들리더니 병실 문이 열렸다. 캐서린이 들어와서는 아래층에 내려갔더니 모두들 자고 있었다며 안심하라고 했다. 캐서린은 밴 캠픈 양 방의 문밖에 서서 그녀가 자는 소리를 들었다고 했다. 우리는 캐서린이 가져온 크래커를 먹으며 베르무트를 조금 마셨다. 우리 둘 다 무척 배가 고팠다. 캐서린은 아침이면 내가 먹은 걸 모두 세척해야 할 것이라고 했다. 나는 해가 뜰 무렵에 잠이 들었고 다시 일어나 보니 캐서린이 없었다. 깔끔하고 사랑스러운 모습으로 병실로 들어온 그녀는 내 침대에 걸터앉았다. 입에 체온계를 넣고 기다리는 동안 해가 떴고 우리는 지붕의 이슬 냄새와 옆 지붕 병사들의 커피 냄새를 맡았다.

"함께 산책이라도 하고 싶네요. 휠체어가 있다면 내가 밀고 다닐 텐데." 캐서린이 말했다.

"내가 어떻게 휠체어에 앉아?"

"하면 돼요."

"공원에 가서 아침도 먹을 수 있겠군." 나는 문밖을 바라보았다.

"하지만 지금은 당신 친구 발렌티니 선생님을 만날 준비를 해야 돼요."

"그 선생 실력이 대단한 것 같아."

"난 당신만큼 그가 맘에 들진 않아요. 하지만 실력은 아주 좋겠죠."

"침대로 와, 캐서린. 제발." 내가 말했다.

"안 돼요. 어젯밤에 좋은 시간을 보냈잖아요."

"오늘 밤에 근무하면 안 돼?"

"근무할 것 같아요. 하지만 내가 생각나진 않을걸요?"

"생각날걸."

"안 날 거예요. 한 번도 수술 같은 거 해 본 적 없죠? 그러니 알 수가 없죠."

"난 괜찮을 거야."

"아파서 난 안중에도 없을 거예요."

"그럼 지금 같이 있어 줘."

"안 돼요. 당신 서류도 정리하고 수술 준비도 해야 돼요."

"날 사랑한다면 다시 와 줘."

"정말 귀엽군요." 그녀가 내게 키스를 했다. "상태가 좋아요. 당신 체온은 항상 정상이에요. 사랑스러운 체온이에요."

"당신은 모든 것이 사랑스러워."

"아니에요. 당신이야말로 사랑스러운 체온을 가졌고 난 당신 체온이 정말 만족스러워요."

"그럼, 우리 아이들은 모두 체온이 좋겠군."

"우리 아이들은 고약한 체온을 갖게 될 거예요."

"내 수술을 위해 당신이 어떤 것들을 준비해야 되지?"

"별거 없어요. 하지만 기분이 좋진 않네요."

"당신이 안 할 수 있다면 좋을 텐데."

"그래도 되지만 다른 여자가 당신을 만지는 것이 싫거든요. 바보처럼. 그들이 당신을 만질 때마다 화가 치밀어요."

"퍼거슨도?"

"퍼거슨은 특히요. 게이지와 그 누구였죠?"

"워커?"

"네, 워커요. 여기엔 간호사가 너무 많아요. 환자를 더 받든가, 아니면 간호사를 내보내든가 해야 돼요. 벌써 간호사가 네 명이나 된다고요.”

“환자가 더 올 거야. 그러면 간호사도 그만큼 필요하겠지. 병원이 꽤 크잖아.”

“환자가 더 와야 돼요. 나도 보내 버리면 어떡해요? 환자가 없으면 그렇게 될 거라고요.”

“그럼 나도 가야지.”

“바보 같은 말 말아요. 당신은 아직 가면 안 돼요. 하지만 빨리 나아요. 그래서 같이 어디론가 떠나요.”

“그런 다음에는?”

“전쟁도 끝날 거 아니에요. 언젠가는 끝날 테죠.”

“나도 곧 나을 거야. 발렌티니 선생이 날 고쳐 줄 테니.” 내가 말했다.

“그런 콧수염을 달고 있으니 고쳐 주겠죠. 그리고 마취에 들어가면 우리 생각은 하지 말아요. 환자들이 마취약에 취해 있을 때 말이 많아지거든요.”

“그럼 무슨 생각을 할까?”

“아무거나요. 우리 둘 생각만 하지 말아요. 당신 가족 생각도 좋고 심지어 다른 여자 생각도 상관없어요.”

“그건 싫어.”

“그럼 기도를 해요. 그들이 무척 인상 깊어 할 거예요.”

“말을 아예 안 할 수도 있지.”

“맞아요. 종종 그런 환자도 있어요.”

“난 아무 말도 안 할 거야.”

“허풍 떨지 말아요. 부탁이에요. 당신처럼 다정한 사람은 허풍 같은 거 떨지 않아도 돼요.”

“난 한 마디도 하지 않을 거야.”

“정말로 허풍을 떠네. 이러지 말라니까요. 그냥 숨 크게 쉬라고 하면 기도나 시 같은 걸 읊어요. 그럼 보기에도 좋을 거고 나도 당신이 정말 자랑스러울 거예요. 평소에도 항상 자랑스럽긴 하지만요. 당신은 체온도 사랑스럽고 잘 때는 어린 소년처럼 베개를 팔로 꼭 껴안고 있어요. 베개를 나로 생각하면서요. 아니면 다른 여자라던가, 아름다운 이탈리아 여자는 어때요?"

"당신을 생각할 거야."

"당연히 나여야죠. 당신을 정말 사랑해요. 발렌티니 선생도 당신의 다리를 훌륭히 고쳐 줄 거예요. 그 광경을 보진 않아도 되니 다행이네요."

"오늘도 야근할 거야?"

"네. 하지만 난 안중에도 없을 거라니까요."

"두고 보자고."

"자, 이제 안팎으로 모두 깨끗해졌으니까 말해 봐요. 지금까지 몇 명의 여자와 사랑에 빠져 봤나요?"

"아무와도 빠져 본 적 없어."

"나도요?"

"당신은 빼고."

"진짜로 말해 봐요."

"없다니까."

"그럼 몇 명과, 그걸 뭐라고 하지? 관계를 가졌어요?"

"전혀."

"거짓말 말아요."

"정말이야."

"괜찮아요. 계속 거짓말해요. 나도 그걸 원하니까. 그 여자들은 예뻤어요?"

"그런 적 없다니까."

"그러시겠죠. 굉장히 매력적이었나요?"
"난 그런 걸 알 길이 없는걸."
"당신은 내 거예요. 그게 진실이죠. 그리고 당신은 나 말고는 누구와도 관계를 가진 적이 없어요. 혹시나 가졌다 해도 난 상관 안 해요. 난 그들이 두렵지 않아요. 하지만 그들에 대한 말은 하지 말아요. 그런데 창녀는 관계 후 돈 달라는 말을 언제 하나요?"
"난 모르지."
"물론 모르겠죠. 창녀가 사랑한다는 말도 하나요? 그건 말해 줘요. 그건 알고 싶네요."
"하지. 남자가 요구하면."
"남자도 그 말을 하나요? 어서 말해 봐요. 이건 중요한 문제예요."
"남자도 원하면 하겠지."
"당신은 그런 적 없죠? 진짜로 말해 봐요."
"물론 없고말고."
"아닌 것 같은데. 진실을 말해 봐요."
"정말 없다니까." 나는 거짓말을 했다.
"그럴 거예요. 당신이라면 그럴 거예요. 사랑해요."
밖은 지붕 너머로 해가 떠 있었고 성당의 뾰족탑이 햇빛에 빛나고 있었다. 나는 안팎으로 깨끗해진 몸으로 의사를 기다렸다.
"그럼 창녀는 그냥 그렇게 남자가 시키는 대로 말을 하는 거예요?"
"항상 그렇지는 않지."
"난 할 거예요. 난 당신이 원하는 대로 뭐든 다 할 거예요. 그럼 당신이 다른 여자는 쳐다보지도 않겠죠. 그렇죠? 어떤 말이든, 어떤 행동이든 당신이 원하는 대로만 하면 당신 마음에 쏙 들겠죠? 그렇죠?" 캐서린이 행복에 넘치는 표정으로 나를 바라보았다.
"그럼."

"이제 모든 준비가 다 끝났으니 내가 뭘 하면 될까요?"

"다시 침대로 와."

"좋아요. 갈게요."

"오, 사랑스런 나의 캐서린." 내가 말했다.

"봤죠? 시키는 대로 다 한다니까요."

"정말 사랑스러워."

"아직은 내가 좀 서투를 거예요."

"그래도 아름답기만 한걸."

"난 당신이 원한다면 뭐든 좋아요. 더 이상 난 없어요. 당신만을 생각할 거예요."

"사랑스러운 캐서린."

"나 착하죠? 그렇죠? 이제 다른 여자는 관심 없죠?"

"물론이지."

"봐요. 난 착하다니까요. 당신이 원하는 대로 다 해 주잖아요."

17

수술에서 깨 보니 저세상이 아니었다. 죽은 것이 아니라 목이 잠긴 것이었다. 죽을 때처럼이 아니라 화학 약품 때문에 아무 느낌이 없었다. 그다음에는 술에 취한 것과 비슷했다. 구토를 하면 담즙밖에 나오는 것이 없었고 구토 후에도 몸이 개운해지지 않았다. 침대 끝에는 깁스에 있던 파이프 위로 모래주머니가 놓여 있었다. 잠시 후 게이지 양이 들어왔다. "좀 어떠세요?" 그녀가 물었다.

"아까보다는 좀 나아요." 내가 대답했다.

"발렌티니 선생님이 수술을 성공적으로 마치셨어요."

"시간은 얼마나 걸렸나요?"

"두 시간 반이요."

"내가 쓸데없는 말을 하던가요?"

"전혀요. 말하지 마시고 조용히 계세요."

몸이 아팠다. 캐서린이 옳았다. 야근 근무자가 누구인지는 지금 내게 아무런 의미가 없었다.

이제 병원에는 세 명의 환자가 더 들어왔다. 적십자에서 일하다 말라리아에 걸린 조지아 주 출신의 마른 청년, 말라리아와 황달에 걸린 뉴욕 출신의 마르고 착한 청년, 그리고 기념품으로 가져가려고 유산탄과 고성능 폭탄을 혼합한 폭탄의 신관 뚜껑을 풀려다 부상당한 착실한 청년이 그들이었다. 그 유산탄은 오스트리아 군인들이 산에서 사용한 것으로 폭발 후에도 신관 뚜껑을 만지면 터지게 되는 폭탄이었다.

캐서린 바클리는 간호사들 사이에서 인기가 많았는데 야근하는 걸 마다하는 법이 없었기 때문이었다. 말라리아에 걸린 청년들은 챙겨야 할 게 많았지만 신관 뚜껑을 열려고 했던 청년은 우리와 친해져서 밤에는 꼭 필요한 경우가 아니면 벨을 누르는 일이 없었다. 캐서린이 일이 없을 때마다 우리는 함께 시간을 보냈다. 나는 그녀를, 그녀도 나를 무척 사랑했다. 낮에는 잠을 잤고 깨어 있을 때에는 서로에게 쪽지를 써 퍼거슨 양을 통해 전달하곤 했다. 퍼거슨 양은 괜찮은 여자였다. 나는 그녀에 대해 52사단에, 그리고 메소포타미아에 각각 형제가 한 명씩 있다는 것밖에는 알지 못했지만 그녀는 캐서린을 매우 아꼈다.

"우리 결혼식에 와 줄래요, 퍼기(퍼거슨의 애칭)?" 한번은 내가 퍼거슨 양에게 물었다.

"결혼은 못 할 거예요."

"할 거예요."

"아뇨, 못 해요."

"왜요?"

"결혼하기 전에 싸울 테니까요."

"우리는 싸운 적이 없어요."

"조금만 기다려 봐요."

"우리는 안 싸운다고요."

"그럼 죽을 거예요. 싸우거나 죽거나 하겠죠. 다들 그래요. 그러니 결혼은 할 수 없다고요."

내가 그녀의 손을 잡기 위해 다가갔다. "잡지 말아요. 나 우는 거 아니에요. 두 사람은 괜찮을 수도 있겠죠. 하지만 조심해요. 캐서린을 곤경에 빠뜨리지 말라고요. 그랬다간 내가 중위님을 죽여 버릴 거예요." 그녀가 말했다.

"그렇게 할게요."

"그럼 조심하세요. 두 사람은 괜찮길 바라요. 행복하게 지내라고요."

"우리는 잘 맞아요."

"그럼 싸우지 말고 캐서린을 잘 지켜 줘요."

"그럴게요."

"다시 한 번 말하는데 조심해요. 난 캐서린이 전쟁 중에 아기를 낳아 고생하는 걸 보고 싶지 않으니까요."

"당신은 참 좋은 여자예요, 퍼기."

"좋은 여자는 무슨. 아부하지 말아요. 다리는 어때요?"

"괜찮아요."

"머리는요?" 퍼거슨 양이 손가락으로 내 정수리 부분을 만졌다. 정수리는 마치 혈액순환이 끊긴 것처럼 예민해져 있었다. "아무렇지도 않아요."

"머리에 이렇게 혹이 나 있으면 굉장히 불편할 텐데. 아무렇지도 않다고요?"

"네."

"행운이군요. 쪽지는 다 썼어요? 이제 내려갈 거예요."

"여기 있어요." 내가 말했다.

"당분간은 캐서린에게 야근하지 말라고 하세요. 피곤해 보이더라고요."

"알았어요. 그렇게 말할게요."

"내가 야근하려고 하면 캐서린이 막아요. 다른 간호사들은 그런 캐서린을 오히려 반기고요. 그러니 중위님이 좀 쉬라고 해요."

"알겠어요."

"밴 캠픈 양이 그러는데 중위님이 오전엔 종일 잔다면서요?"

"그녀답군요."

"중위님이 캐서린에게 당분간은 야근하지 말라고 말하는 게 좋겠어요."

"나도 그걸 원해요."

"아닌 거 다 알아요. 하지만 그렇게 해 준다면 중위님을 다시 볼 것 같네요."

"그렇게 할게요."

"난 그 말 안 믿어요." 그녀가 쪽지를 가지고 병실을 나갔다. 나는 벨을 눌렀고 얼마 후 게이지 양이 들어왔다.

"왜 부르셨어요?"

"이야기할 게 있어서요. 바클리 양이 얼마간 야근을 안 하는 게 좋지 않을까요? 무척 피곤해 보이던데. 왜 그녀가 야근을 그렇게 많이 하는 거죠?"

게이지 양이 나를 쳐다보았다.

"난 두 사람의 친구예요. 나한테 그런 식으로 말하지 말아요."
"무슨 말이에요?"
"모르는 척 말아요. 할 말은 끝나셨어요?"
"베르무트 마실래요?"
"좋아요. 조금만 마시고 갈게요." 게이지 양이 옷장에서 술병을 꺼내 잔과 함께 들고 왔다.
"당신은 잔으로 마셔요. 난 병째로 마실 테니."
"중위님을 위하여." 게이지 양이 말했다.
"밴 캠픈 양이 내가 오전 내내 자는 거에 대해 뭐라고 하던가요?"
"그냥 수다 떠는 거죠. 중위님이 우리 병원에서 특별 대접을 받는 손님이래요."
"가당찮군요."
"사람이 나쁜 건 아니에요. 그냥 노인이 심술부리는 거죠. 중위님을 싫어하잖아요."
"맞아요."
"난 중위님이 좋아요. 내가 중위님의 친구란 걸 잊지 말아요."
"당신은 정말 다정해요."
"아뇨. 중위님이 다정하다고 생각하는 여자는 따로 있죠. 그래도 난 중위님의 친구예요. 다리는 어때요?"
"괜찮아요."
"다리에 뿌려 줄 차가운 탄산수 좀 가져올게요. 깁스에 싸여 있어서 간지러울 거예요. 날씨도 더우니까요."
"당신은 역시 친절해요."
"많이 간지러워요?"
"아뇨. 괜찮습니다."
"모래주머니를 다시 정리해 줄게요. 난 중위님 친구라고요." 그녀가 몸을 숙였다.

"나도 알아요."

"아뇨, 몰라요. 하지만 언젠간 알게 될 거예요."

캐서린은 사흘간 야근을 하지 않다가 다시 야근을 시작했다. 마치 서로 긴 여행에서 돌아와 다시 만나는 것 같은 느낌이었다.

18

우리는 여름 내내 즐거운 시간을 보냈다. 내가 외출을 할 수 있게 되자 우리는 마차를 타고 공원을 다녔다. 지금도 그 마차가 기억난다. 느리게 달리던 말과 높은 실크 모자를 쓰고 마차 저 앞에 앉아 있던 마부의 뒷모습, 그리고 내 옆에 앉은 캐서린 바클리까지. 어쩌다 서로의 손끝이 닿으면, 그것만으로도 기분이 좋아지곤 했다. 조금 더 지나 내가 목발을 짚을 수 있게 되었을 때에는 갤러리아 쇼핑몰에 있는 비피나 그란이탈리아 레스토랑 야외 테이블에 앉아 저녁 식사를 하기도 했다. 웨이터들은 레스토랑 안팎을 드나들며 주문을 받았고, 쇼핑객들은 우리 앞을 스쳐 지나다녔다. 테이블보 위에는 양초 불빛과 그 그림자가 비치고 있었다. 캐서린과 나는 그란이탈리아 레스토랑을 우리의 단골집으로 정했다. 이후로는 그곳의 급사장인 조지가 항상 우리의 예약을 받았다. 그는 훌륭한 웨이터였고 우리는 행인들과 갤러리아 쇼핑몰의 해질녘 풍경, 그리고 서로를 바라보며 조지가 권하는 대로 식사를 주문했다. 우리는 프레사, 바르베라, 달콤한 화이트 와인 등 여러 와인을 시음해 보았고 마지막에는 얼음이 가득한 버킷에 담겨져 나오는 쌉쌀한 카프리 화이트 와인을 주문했다. 전쟁 때문에 레스토랑에는 와인을 담당하는 웨이터가 따로 있지 않았기에 조지는 내가 프레이사 와인 등에 대해 질문을 하자 부끄러운 듯 미소를 지었다.
"딸기 맛 와인을 생산하는 나라를 상상해 보셨나요?" 그가 말했다.
"그거 괜찮겠네요. 굉장히 맛있을 것 같아요." 캐서린이 대답했다.
"원하시면 갖다 드려 볼게요, 아가씨. 중위님께는 마고 와인을 갖다 드리죠."
"나도 딸기 맛 와인으로 갖다 줘요, 조지."
"중위님, 그러지 않으시는 게 좋을 텐데요. 사실 딸기 맛이라고 할 수도 없어요."
"그건 모르죠. 진짜 딸기 맛이라면 정말 굉장할 거라고요." 캐서린이 대답했다.
"그럼 갖다 드릴게요. 숙녀분께서 다 드시고 나면 병을 치워 가겠습니다."
그건 와인이 아니었다. 조지 말대로 딸기 맛도 아니었다. 우리는 결국 카프리 와인으로 되돌아갔다. 한번은 내가 돈이 모자라서 조지가 100리라를 빌려 준 적도 있었다. "걱정 마세요, 중위님. 저도 그 심정 다 압니다. 남자들이 주머니 사정이 좋지 않을 때 느끼는 그 심정을요. 중위님이든 숙녀분이든 돈이 필요하시면 제가 언제든 빌려 드리겠습니다."
저녁 식사 후에는 갤러리아 쇼핑몰을 거닐었다. 우리는 여러 개의 레스토랑과 셔터가 내려져 있는 가게들을 지나 샌드위치를 파는 작은 상점 앞에서 걸음을 멈추었다. 그곳에서는 손가락 길이밖에 되지 않는 아주 조그맣고 윤기가 흐르는 롤빵으로 햄과 상추 샌드위치, 그리고 안초비 샌드위치를 만들어 팔고 있었다. 밤에 배가 고파지면 우리는 그 샌드위치를 먹곤 했다. 우리는 샌드위치를 사 들고 쇼핑몰 밖 성당 앞에 서 있는 마차에 올라타 병원으로 향했다. 병원 문 앞에 도착하면 수위가 나와 목발을 들고 나를 부축해 주었다. 나는 마부에게 돈을 지불하고 난 뒤 엘리베이터를 타고 위층으로 올라갔다. 캐서린은 간호사들이 거주하는 아래층에서 먼저 내렸고 나는 위층에 내려 목발을 짚고 복도를 지나 내 병실로 들어갔다. 가끔은 옷을 벗고 바로 침대로 들어갔고 가끔은 발코니에 앉아 한쪽 다리를 의자에 올린 채 지붕 위를 날고 있는 제비들을 쳐다보며 캐서린을 기다렸다. 캐서린이 위층으로 올라오면 나는 마치 그녀가 긴 여행을 끝내고 돌아온 것처럼 반가워서 목발을 짚은 채 대야를 들고 그녀가 들어가는 방마다 따라다녔다. 환자가 우리와 친하지 않으면 문밖에서 기다렸고 친하면 방 안으로 따라 들어갔다. 그렇게 그녀가 일을 다 끝내고 나면 우리는 방 바깥의 발코니로 나가 함께 앉아 있었다. 그다음에 나는 침대에 누웠고 캐서린은 환자들이 전부 잠이 들어 더 이상 그녀를 찾지 않겠다 싶으면 내 방으로 들어왔다. 나는 캐서린의 머리를 푸는 것을 좋아했다. 그녀가 침대에 꼼짝도 않고 앉아 있으면 내가 그녀의 머리핀을 하나씩 뽑아 시트에 올려놓았다. 어떤 날은 내가 그렇게 하는 동안 캐서린이 갑자기 몸을 숙여 내게 키스를 퍼붓기도 했다. 머리가 거의 다 풀어지면 나는 여전히 꼼짝 않고 앉아 있는 그녀를 물끄러미 바라보다 마지막 남은 두 개의 핀을 뽑았다. 그녀의 머리카락이 길게 풀어져 내려오고 그녀가 머리를 숙이면 우리는 그녀의 긴 머리카락 안에 갇혔다. 그것은 텐트 속이나 폭포수 뒤에 들어간 기분이었다.

캐서린은 굉장히 아름다운 머리칼을 가지고 있었다. 나는 가끔 침대에 누워 열린 문으로 들어오는 빛을 통해 그녀가 자신의 머리카락을 말아 올리는 것을 지켜보았다. 그녀의 머리카락은 어두운 밤에도 해가 뜨기 직전 빛나는 강물처럼 반짝였다. 그녀는 아름다운 얼굴과 몸을 가지고 있었고 살결도 무척 부드러웠다. 그녀와 함께 누워 있을 때면 나는 그녀의 볼과 이마와 눈 밑과 턱과 목을 손가락 끝으로 어루만지며 이렇게 말했다. "피아노 건반처럼 부드럽군." 그러면 그녀는 자신의 손가락으로 내 턱을 만지며 이렇게 되받아쳤다. "사포만큼 거칠어 피아노 건반에는 어울리지 않는군요."

"그렇게 거칠어?"

"아뇨, 내 사랑. 그냥 장난친 거예요."

밤이면 언제나 사랑이 넘쳤다. 우리는 함께 있을 수 있다는 것만으로도 행복해했다. 틈날 때마다 사랑을 나누며 굉장한 시간을 보내기도 했지만 다른 방에 있을 때에도 서로에게 자신의 생각을 전하려고 했다. 가끔 그 생각이 통할 때도 있었는데 그것은 아마 우리가 항상 같은 생각을 하고 있기 때문인 것 같았다.

우리는 캐서린이 처음 이 병원으로 온 날을 결혼일이라고 여기며 결혼일부터 몇 개월이 지났는지 세기도 했다. 나는 진짜로 결혼을 하고 싶었지만 캐서린은 결혼을 하면 병원에서 자신을 내보낼 것이고 우리가 형식적인 절차만 밟으려고 해도 자신을 감시하며 우리를 떼어 놓을 거라고 했다. 우리는 이탈리아 법에 따라 식을 올려야 했고 그 절차 역시 매우 복잡했다. 나는 우리에게 아이가 생길까 봐 결혼을 하고 싶었지만 서로 결혼한 것으로 여기며 너무 심각하게 생각하지 않았다. 결혼을 하지 않은 상태도 그렇게 나쁘지만은 않았다. 정말로. 어느 날 밤 우리는 결혼에 대해 이야기를 나누었고 캐서린은 이렇게 말했다. "하지만 그들이 날 추방시킬 거예요."

"안 그럴 수도 있어."

"그럴 거예요. 날 고향으로 내쫓을 거고 그럼 우리는 전쟁이 끝나기 전까진 만날 수 없겠죠."

"내가 휴가를 내고 잠시 들르면 돼."

"스코틀랜드까진 휴가 내고 못 와요. 어차피 난 당신을 떠나지도 않을 거고요. 지금 결혼하는 건 누구에게도 이익이 안 돼요. 게다가 우리는 결혼한 거나 마찬가지라고요."

"난 캐서린을 위해서 그러는 거야."

"이제 난 혼자가 아니에요. 내가 당신이에요. 나와 당신을 따로 생각하지 말아요."

"난 여자라면 모두 결혼을 원하는 줄 알았어."

"맞아요. 하지만 난 이미 결혼을 한 거라고요. 나쯤이면 괜찮은 아내 아닌가요?"

"사랑스런 아내지."

"있잖아요. 내가 거의 결혼 직전까지 가 봤다는 거 알고 있죠?"

"그 일에 대해선 듣고 싶지 않아."

"내가 당신만을 사랑한다는 걸 모르겠어요? 과거에 어떤 남자가 날 사랑했는지에 대해선 신경 쓰지 말아요."

"그래도 신경 쓰여."

"난 당신 거예요. 죽은 사람을 질투할 필요는 없다고요."

"안 해. 그냥 듣고 싶지 않을 뿐이야."

"가여운 내 사랑. 나도 당신이 많은 여자들과 경험이 있었다는 걸 알지만 상관하지 않잖아요."

"그냥 우리끼리 어떤 식으로든 결혼할 방법이 없을까? 내가 어떻게 되거나 우리에게 아이가 생기면 어떡해?"

"교회나 정부를 통하지 않으면 결혼할 방법이 없어요. 우리는 그런 거 없이 결혼을 한 거예요. 종교를 갖고 있었다면 그런 게 필요했겠지만 난 종교가 없으니 괜찮아요."

"나한테 성 안토니오 목걸이를 줬잖아."

"그건 행운의 상징이었어요. 누가 준 거죠."

"그럼 캐서린은 겁나는 게 하나도 없어?"

"당신과 헤어지는 거요. 당신이 내 종교예요. 나에겐 당신밖에 없어요."

"알았어. 하지만 결혼이 하고 싶어지면 언제든 말만 해."

"날 못 믿는 것처럼 그렇게 말하지 말아요. 난 정말 정숙한 여자라고요. 지금도 충분히 행복하고 스스로에게 당당한데 남 눈치 볼 것 없잖아요. 당신도 행복하지 않나요?"

"날 버리고 다른 사람에게 갈까 봐 그러지."

"아뇨. 난 그렇게 안 해요. 앞으로 우리는 온갖 끔찍한 일들을 겪게 될 테지만 그것만큼은 걱정할 필요 없어요."

"걱정 안 해. 하지만 내가 이렇게 당신을 사랑하고 있는데 당신은 예전에도 다른 누군가를 이렇게 사랑해 본 적이 있잖아."

"그런데 그는 어떻게 됐죠?"

"죽었지."

"맞아요. 만약 그가 살아 있었더라면 난 당신을 만나지 않았겠죠. 난 당신에게만 충실해요. 내겐 수많은 단점들이 있지만 충실함만큼은 의심할 필요 없어요. 나중엔 지나쳐서 손사래가 쳐질걸요."

"얼마 안 있으면 난 다시 전선으로 돌아가야 해."

"그건 그때 가서 생각하면 돼요. 난 지금 행복하고 우리가 함께 보내는 시간이 정말 즐거워요. 이렇게 행복해 본 적은 정말 오랜만이죠. 당신을 처음 만났을 때 난 거의 미쳐 가고 있었어요. 이미 미쳤을지도 모르죠. 하지만 지금은 이렇게 사랑에 빠져서 행복해요. 그러니 그냥 이 행복을 즐기자고요. 당신도 행복하죠? 마음에 안 드는 행동이 있다면 말해 봐요. 내가 어떻게 하면 즐겁겠어요? 머리라도 풀까요? 게임할래요?"

"그냥, 침대로 와."

"알았어요. 환자 먼저 보고 나서요."

19

여름은 그런 식으로 지나갔다. 많은 것이 생각나지는 않지만 날이 더웠고 이탈리아의 승리 기사가 많이 났다는 것은 기억한다. 내 건강 상태는 매우 훌륭해 다리도 빨리 회복이 되었다. 목발을 짚은 지 얼마 지나지 않아 지팡이만으로 걸어 다닐 수 있게 되었다. 그 후에는 마조레 병원에 가서 물리 치료를 시작했다. 무릎을 구부리는 연습부터 거울이 붙어 있는 상자에서 하는 자외선 찜질 치료, 그리고 마사지와 목욕 치료까지 받았다. 오후에는 그렇게 마조레 병원에서 물리 치료를 받았고 치료가 끝나고 나면 카페에 들러서 술을 한잔하며 신문을 읽었다. 나는 밀라노 시내를 구경하는 대신 카페에서 곧장 미군 병원으로 향했다. 나의 관심사는 오직 캐서린뿐이었고 그녀와 함께 있지 않을 때는 달리 하는 일 없이 시간을 흘려보냈다. 오전에는 내내 잠만 잤고 오후에는 가끔씩 경마장에 들렀다. 그러고 나서는 물리 치료를 받으러 갔다. 가끔은 영국인과 미국인들을 위한 사교 클럽에 들러 깊숙하고 푹신한 가죽 의자에 앉아 창문 앞에서 잡지를 보기도 했다. 병원에서는 내가 목발을 짚지 않게 되자 캐서린과 함께 외출하는 것을 금지했다. 부축이 필요 없는 환자가 간호사를 대동하고 다니는 게 부적절해 보였기 때문이다. 그래서 우리는 오후에는 거의 떨어져 지냈다. 그래도 가끔씩 퍼거슨 양이 따라오는 날에는 밖에서 저녁 식사를 할 수 있었다. 밴 캠픈 양은 캐서린이 일을 많이 거들었기 때문에 우리가 친하게 지내도 뭐라고 하지는 않았다. 그녀는 호감을 가지고 캐서린을 대했는데 그건 캐서린이 귀한 가문 출신이라고 여겼기 때문이었다. 그녀는 가문을 매우 중요시했고 자신 역시 좋은 가문 출신이었다. 병원이 바빠져 일에 정신이 팔린 그녀가 느슨해진 것도 이유였다. 여름날은 푹푹 쪘다. 밀라노에는 아는 사람도 많았지만 오후 일과가 끝나면 언제나 병원으로 돌아오기에 여념이 없었다. 전선은 카르소까지 뻗어 나가 플라바를 넘어 오스트리아와 헝가리 군대를 진압시켰고 바인시차 고원도 점령하려 하고 있었다. 서쪽에서는 전세가 불리한 것 같았다. 전쟁은 앞으로도 한참 동안 계속될 것 같았다. 미군도 참전했지만 충분한 군력을 확보해 전투에 내보낼 만큼 훈련을 시키려면 족히 1년은 걸릴 것 같았다. 내년에는 상황이 더 안 좋아질 것이다. 어쩌면 좋아질 수도 있겠지. 이탈리아군은 너무 많은 병사들을 투입하고 있었기에 나중에는 어떻게 될지 걱정스러웠다. 바인시차 고원과 산가브리엘레 산을 다 점령한다 해도 남은 산이 훨씬 많았다. 나도 그 산들을 보았기 때문에 알고 있었다. 가면 갈수록 더 높은 산들이 오스트리아를 지키고 있었다. 카르소에서는 공격을 해 나가고 있지만 바다 옆은 늪 천지였다. 나폴레옹이라면 평야에서 쳐들어갔을 것이다. 우리처럼 산에서 우물쭈물하진 않았겠지. 평야에서 오스트리아군이 내려올 때까지 기다렸다가 베로나 근처에서 모조리 날려 버렸을 것이다. 그러나 서쪽은 평야인데도 공격하지 못하고 있었다. 어쩌면 어느 편도 이기지 못한 채 전쟁은 끝없이 이어질지도 모른다. 어쩌면 이 전쟁이 또 다른 백년전쟁이 될지도 모른다. 나는 신문을 신문 걸이에 꽂아 놓고 클럽을 나왔다. 계단을 조심히 내려와 만조니 거리를 걸어 올라갔다. 그란 호텔 밖에서 마이어스 씨와 그의 부인이 마차에서 내리고 있었다. 그들은 경마장에서 돌아오는 길이었다. 가슴이 큰 부인은 검은 공단 옷을 입고 있었고 키가 작고 늙은 마이어스 씨는 흰색 콧수염을 달고 지팡이를 짚은 채 평발처럼 걷고 있었다.

"반가워요." 부인이 악수를 했다. "안녕하신가." 마이어스 씨도 내게 인사를 했다.

"경마는 어땠나요?"

"좋았어요. 참 재밌더라고요. 난 세 번이나 이겼어요."

"마이어스 씨는요?" 내가 마이어스 씨에게 물었다.

"괜찮았어. 한 번을 이겼지."

"난 이 양반이 어느 말에 거는지 전혀 몰라요. 절대 말을 안 해 준다니까." 마이어스 부인이 말했다.

"그럭저럭 하는 거지." 마이어스 씨가 정중하게 대답했다. "자네도 한번 해 봐." 마이어스 씨와 이야기를 나누고 있으면 나를 쳐다보고 있지 않거나 다른 사람으로 착각하는 듯하다는 생각이 들었다.

"그럴게요." 내가 대답했다.

"내가 언제 병원에 찾아갈게요. 우리 아들들에게 갖다 줄 것이 있어요. 전부 다 우리 아들 같아. 귀한 우리 아들들이지."

"다들 반가워할 겁니다."

"우리 귀한 아들들. 젊은이도 내 아들 같아요."

"전 이제 가 볼게요." 내가 말했다.

"병사들한테 안부 좀 전해 줘요. 가져다줄 게 많아. 고급 포도주랑 케이크도 있어요."

"안녕히 가세요. 다들 무척 반가워할 거예요." 내가 인사했다.

"잘 가게." 마이어스 씨가 인사했다. "갤러리아에 한번 와. 내 테이블이 어디 있는지 알지? 매일 오후마다 거기 있네." 나는 길을 걸어 올라갔다. 코바 카페에 들러 캐서린에게 뭘 좀 사다 주고 싶었다. 나는 카페에서 초콜릿 한 상자를 샀고 여자 직원이 포장을 할 동안 바에 들렀다. 바에는 영국인 두 명과 조종사 몇이 앉아 있었다. 나는 혼자 마티니를 마시고는 술값을 지불한 후 밖의 계산대에서 초콜릿을 찾아 병원으로 향했다. 스칼라 극장에서 위쪽으로 올라가다 보니 작은 술집 밖에 내가 아는 사람들이 모여 있었다. 부영사 한 명과 성악을 공부하는 두 친구, 그리고 샌프란시스코에서 온 이탈리아인으로 이탈리아군에 입대한 에토레 모레티까지. 나는 그들과 함께 술을 마셨다. 성악 공부 중인 친구 중 하나는 원래 이름이 랠프 시먼스였는데 '엔리코 델크레도'라는 예명으로 활동을 했다. 나는 그의 성악 실력이 어느 정도인지는 몰랐지만 그는 항상 뭔가 큰 이벤트를 진행 중인 듯했다. 그는 뚱뚱했고 꼭 건초열에 걸린 것처럼 입과 코 주변이 지저분했다. 그는 피아첸차에서 열린 무대에서 토스카를 공연해 큰 성공을 거두는 멋진 경험을 했다고 했다.

"자네는 내 노래를 들어 볼 기회가 없었지?" 그가 말했다.

"밀라노에선 언제 공연을 안 하나?"

"가을에 스칼라 극장에서 공연을 할 거야."

"보나마나 관객들이 의자를 집어던지겠군. 모데나에서 이 친구가 노래를 부르는데 관객들이 의자를 던졌다는 소리 들었어?" 에토레가 말했다.

"그런 거짓말은 집어치워."

"관객들이 의자를 집어던졌다니까. 내가 직접 봤어. 난 의자 여섯 개를 던졌지." 에토레가 말했다.

"프리스코(샌프란시스코를 낮춰 부르는 말)에서 온 이탈리아 촌놈 주제에."

"저 친구는 이탈리아어 발음도 제대로 할 줄 몰라. 가는 곳마다 사람들이 의자를 던진다니까." 에토레가 말했다.

"피아첸차는 북부 이탈리아에서 가장 노래하기 힘든 극장이야. 정말이야. 거기서 노래하기란 정말 어려워." 또 다른 성악가 친구가 말했다. 그 친구의 원래 이름은 에드거 손더스로 '에두아르도 조반니'라는 예명을 사용했다.

"거기선 사람들이 어떻게 의자를 던지는지 한번 보고 싶군. 자네의 이탈리아 발음은 정말 아니야." 에토레가 말했다.

"저 친구 미쳤나 봐. 계속 의자 던지는 이야기밖에 안 해." 에드거 손더스가 말했다.

"너희 둘이 노래를 부를 때마다 사람들이 하는 행동이 그러니까. 그런데도 미국에 돌아가면 스칼라 극장에서 성황리에 공연을 마쳤다고 자랑을 하겠지. 한 소절도 부르기 전에 야유를 받을 텐데 말이야." 에토레가 말했다.

"난 이번 공연을 꼭 할 거야. 10월에 스칼라에서 토스카를 부를 거라고." 시먼스가 말했다.

"그곳에 나랑 같이 갈 거지, 맥? 우리가 쟤들을 사람들로부터 보호해 줘야 한다고." 에토레가 부영사에게 말했다.

"미군들이 보호해 주러 갈지도 모르지. 한 잔 더 할래, 시먼스? 손더스는?" 부영사가 답하며 물었다. "그러지." 손더스가 대답했다.

"자네가 은성 훈장을 받을 거란 소식을 들었어. 어떻게 해서 받게 된 거야?" 에토레가 내게 물었다.

"나도 몰라. 받는 것도 확실한 건 아냐."

"받을 거야. 훈장만 보면 코바 카페의 여자들이 얼마나 좋아하는지. 자네가 이백 명의 오스트리아 병사를 죽였거나 참호 하나를 혼자서 점령한 걸로 알 거라고. 내가 훈장을 많이 받아 봐서 잘 알아."

"몇 개나 있는데?" 부영사가 물었다.

"종류별로 다 있어. 저 친구 때문에 전쟁이 돌아가는 거나 다름없다니까." 시먼스가 말했다.

"동은 두 개, 은은 세 개. 그런데 그중에 하나만 서류로 받았어." 에토레가 말했다.

"다른 건 왜 못 받았어?" 시먼스가 물었다.

"작전이 실패했거든. 작전이 실패하면 훈장 수여를 연기해." 에토레가 대답했다.

"부상은 몇 번 당해 봤어, 에토레?"

"중상은 세 번. 여기 휘장 세 개 보이지?" 에토레가 소매를 이리저리 돌렸다. 어깨에서 20센티 정도 아래 소매에 검은 바탕의 은색 줄 세 개가 나란히 꿰매져 있었다.

"자네도 하나 받았잖아. 받으면 정말 좋다니까. 훈장보단 이게 더 좋아. 정말이야, 친구. 세 개나 받는 건 엄청난 거라고. 병원에 세 달 입원해 있을 정도로 부상을 입을 때마다 하나씩 받으니 말이야." 에토레가 내게 말했다.

"자넨 어디에 부상을 입었어, 에토레?" 부영사가 물었다.

에토레가 소매를 걷었다. "여기." 그가 깊고 반질반질한 분홍색 흉터를 보여 주었다. "여기 다리에도. 각반 때문에 보여 주진 못해. 그리고 발에도 있어. 발에 죽은 뼈가 있는데 냄새가 고약해. 매일 아침마다 뼛조각을 떼 내면 냄새가 나지."

"뭐에 맞은 거야?" 시먼스가 물었다.

"수류탄에. 그 감자 으깨는 기구처럼 생긴 거 알지? 그게 내 발 한쪽 면을 모두 날려 버렸어. 자네도 그 감자 으깨는 기구처럼 생긴 수류탄을 알지?" 그가 내게 물었다.

"물론 알지."

"난 그 개자식이 나한테 그걸 던지는 걸 봤어. 난 자빠졌고 죽을 줄로만 알았지. 알고 보니 그 빌어먹을 수류탄이 텅 비어 있었던 거야. 얼른 그 개자식을 소총으로 쐈지. 난 적들이 내가 장교인 걸 알 수 없도록 언제나 소총을 지니고 다니거든."

"그놈 표정이 어땠어?" 시먼스가 물었다.

"그 수류탄이 그놈이 가진 전부였어. 무슨 생각으로 그걸 내게 던졌는지. 아마도 그런 수류탄을 항상 던져 보고 싶었던 걸 거야. 이런 전쟁은 처음 겪어 봤겠지. 난 그 개자식을 보기 좋게 날려 버렸어."

"총으로 쏠 때 그놈 표정이 어땠어?" 시먼스가 또 물었다.

"내가 그걸 어떻게 알아? 난 그놈 배를 쐈어. 머리를 조준했다간 놓칠 것 같았거든."

"자넨 장교를 얼마 동안 했지?" 내가 에토레에게 물었다.

"2년 동안. 곧 대위로 진급돼. 자넨 언제 중위가 됐나?"

"이제 3년째야."

"자넨 이탈리아어를 더 배워야 대위가 될 수 있어. 말은 곧잘 하지만 읽거나 쓰는 건 좀 모자라거든. 대위가 되고 싶으면 더 배우도록 해. 왜 미군에는 입대하지 않은 거야?" 에토레가 말했다.

"어쩌면 가게 될지도 몰라."

"나도 미군에 가고 싶다. 미군 대위는 얼마 받는댔지, 맥?"

"정확히는 나도 몰라. 250달러 정도일거야."

"맙소사. 250달러면 별걸 다 할 수 있겠지. 자네도 어서 그냥 미군으로 옮겨 가, 프레드(프레데릭의 애칭). 내 자리도 좀 알아봐 주고."

"알겠어."

"난 이탈리아어로 중대를 지휘하니까 영어로도 빨리 배울 수 있을 거야."

"그럼 장군도 할 수 있겠네." 시먼스가 말했다.

"아냐. 난 장군을 할 만한 실력은 안 돼. 장군이 되려면 엄청 똑똑해야 하거든. 자네들은 전쟁이 뭐 별거냐고 생각하겠지만 내가 보기에 자네들은 상병이 될 만한 머리도 안 된다고."

"난 줘도 안 해." 시먼스가 대꾸했다.

"너희 병역 기피자들을 한데 모으면 겨우 될 수도 있으려나. 자네 둘이 내 소대에 들어오면 정말 볼만할 텐데. 거기에 맥까지 합치면. 맥 자네는 내 당번병을 하면 되겠어."

"자넨 훌륭한 친구지만 군국주의자 같아." 맥이 말했다.

"난 이 전쟁이 끝나기 전에 대령까지 가 볼 거야." 에토레가 말했다.

"그 전에 죽겠지."

"난 안 죽어." 에토레가 소매에 달린 별들을 엄지와 검지로 만졌다. "내가 지금 하는 거 보여? 우리는 누군가가 죽음에 대한 말을 하면 이렇게 별을 만지곤 하지."

"이제 가자, 시먼스." 손더스가 일어나며 말했다.

"알았어."

"잘 가. 나도 가야겠어." 내가 인사를 했다. 술집에 걸린 시계를 보니 5시 45분이었다. "차우, 에토레."

"차우, 프레드. 은성 휘장을 받게 됐다니 정말 멋져." 에토레가 답인사를 했다.

"못 받을지도 몰라."

"받을 테니 걱정 마, 프레드. 받을 수 있다고 내가 들었어."

"또 보자고. 안녕. 몸 조심해, 에토레."

"내 걱정은 마. 난 술도 안 마시고 몸을 함부로 굴리지도 않아. 술꾼도 아니고 창녀 꽁무니를 쫓아다니지도 않지. 난 자신을 잘 살핀다고."

"안녕. 대위가 될 거라니 기쁘군." 내가 인사했다.

"난 진급 없이도 이미 대위야. 내가 세운 훈공을 봐. 세 개의 별과 교차된 검, 그 위의 왕관까지. 그게 바로 나라고."

"행운을 빌어."

"자네도. 전선에는 언제 돌아와?"

"곧."

"그럼 그때 보자고."

"잘 지내."

"잘 가고 몸 조심해."

나는 뒷길로 걸어갔다. 뒷길은 병원까지 가는 지름길로 통했다. 에토레는 스물세 살이었다. 그는 샌프란시스코의 삼촌 집에서 자랐는데 토리노에 사는 부모님을 방문했을 때 전쟁이 터진 것이었다. 그에게는 자신과 함께 미국의 삼촌 집으로 건너간 여동생이 하나 있었다. 그 여동생은 올해, 사범학교를 졸업할 예정이었다. 그는 영웅의 표본이었지만 만나는 모든 사람을 지루하게 만들었다. 캐서린도 그를 못 견뎌했다.

"이 병원에도 영웅들이 많아요. 하지만요, 대개는 그 사람보다 훨씬 조용하다고요." 캐서린이 말했다.

"난 괜찮던데."

"나도 그가 거만하지 않고 날 지루해 죽을 정도로 만들지만 않는다면 상관 안 했을 거예요."

"지루하긴 하지."

"그렇게 말해 주니 고맙지만 그러지 않아도 돼요. 전선에선 그런 사람이 꼭 필요하니까요. 하지만 난 그런 남잔 딱 질색이에요."

"나도 알아."

"안다니 정말 다행이네요. 나도 그를 좋아하고 싶지만 정말 너무너무 끔찍한 사람이라고요."

"오늘은 자기가 대위가 될 거라고 말했어."

"잘 됐네요. 기뻐하겠군요."

"캐서린은 내가 진급했으면 하고 바라지 않아?"

"아뇨. 난 그냥 당신이 우리가 좋은 레스토랑에 갈 수 있는 계급까지만 올라가면 만족해요."

"내가 지금 그런 계급인데?"

"당신 계급은 훌륭해요. 난 다른 계급은 필요 없어요. 그런 건 괜히 사람을 거만하게만 만들죠. 오, 내 사랑. 당신이 거만하지 않아 정말 다행이에요. 만약 거만했더라도 결혼은 했겠지만 그래도 그렇지 않은 남편을 둬서 무척 마음이 놓여요."

우리는 발코니에서 조용히 이야기를 나누었다. 달이 떠 있었지만 마을에 안개가 껴서 보이지 않았다. 잠시 후 보슬비가 내리기 시작해 우리는 안으로 들어갔다. 조금 더 지나자 장대비가 내리기 시작했다. 장대비가 시원하게 병원 지붕을 내리쳤다. 나는 자리에서 일어나 문에 서서 비가 안으로 들이치나 지켜보다가 그대로 문을 열어 두었다.

"또 누구 만났어요?" 캐서린이 물었다.

"마이어스 씨 부부."

"그 부부 좀 이상한 것 같아요."

"고향에서라면 그는 감옥에 가야 할 사람이야. 그냥 이곳에서 죽으라고 내버려 둔 것 같아."

"그런데 밀라노에서 행복하게 평생을 살고 있죠."

"얼마나 행복할까?"

"감옥에 있다 나왔으니 무척 행복하겠죠."

"마이어스 부인이 병원으로 뭘 좀 가져올 거래."

"항상 좋은 것만 갖다 주던데. 오늘도 당신은 부인의 귀한 아들이었어요?"

"그중 하나였지."

"다들 그녀의 귀한 아들이군요. 그녀는 딸보다 아들을 더 좋아하는 것 같아요. 비 오는 소리 좀 들어 봐요."

"세차게 내리네."

"날 언제까지나 사랑할 거죠?"

"그럼."

"비가 저렇게 세게 내려도요?"

"당연하지."

"다행이군요. 난 비가 무섭거든요."

"왜?" 잠이 쏟아졌다. 밖에서는 비가 계속 내리고 있었다.

"글쎄요. 난 언제나 비가 무서웠어요."

"난 비가 좋아."

"빗속에서 걷는 건 좋지만 비 자체는 좋아지지가 않네요."

"난 당신을 언제나 사랑할 거야."

"난 당신을 비가 오나 눈이 오나 우박이 치나 변함없이 사랑할 거예요. 또 어떤 게 있지?"

"몰라. 나 지금 졸려."

"그럼 자요. 그리고 나는 날씨가 어떻든 언제나 당신을 사랑할 거예요."

"비를 진짜로 무서워하는 건 아니지?"

"당신과 함께라면 괜찮아요."

"왜 비가 무서워?"

"모르겠어요."

"말해 봐."

"그만 물어봐요."

"어서 말해 봐."

"싫어요."

"말해 보라니까."

"알겠어요. 난 비가 무서워요. 왜냐면 가끔 빗속에서 죽어 있는 내 모습을 보거든요."

"그럴 수가."

"그리고 가끔은 당신이 죽은 모습도 봐요."

"그건 그럴싸하군."

"아니에요. 내가 당신을 지켜 줄 거예요. 난 확신할 수 있어요. 하지만 나 자신은 지킬 수 있을지 잘 모르겠네요."

"이제 그만해. 오늘 밤은 당신이 스코틀랜드 사람처럼 미치지 않았으면 좋겠어. 같이 있을 시간도 얼마 안 남았잖아."

"맞아요. 하지만 난 스코틀랜드인이고 미치기도 했어요. 그래도 그만할게요. 다 헛소리니까요."

"맞아. 다 헛소리야."

"다 헛소리예요. 그래야만 하죠. 난 비가 무섭지 않다. 난 비가 무섭지 않다. 아니야, 무서워." 그녀가 울음을 터뜨렸다. 그녀를 다독이자 곧 울음을 그쳤다. 밖에서는 계속 비가 내리고 있었다.

20

어느 날 오후에 우리는 퍼거슨 양과 함께 경마장을 찾았다. 유산탄 신관 뚜껑을 열려다 눈에 부상을 입은 크로웰 로저스도 함께였다. 점심을 먹고 난 뒤 캐서린과 퍼거슨은 옷을 갈아입으러 갔고 그사이 크로웰과 나는 그의 방 침대에 앉아 경마 신문에 실린 경주마들의 전적과 예상 결과를 살펴보았다. 크로웰은 머리에 붕대를 감고 있었고 경마에 별로 관심도 없었지만 달리 할 만한 게 없었기에 항상 경마 신문을 보며 모든 경기에 통달하고 있었다. 그는 경주마들의 실력이 형편없으며 그런 말들뿐이라고 했다. 마이어스 씨는 크로웰을 좋아했고 그에게 경마 팁을 알려 주기도 했다. 마이어스 씨는 거의 매번 우승마를 맞추었지만 배당금이 낮아지기 때문에 팁을 알려 주는 것을 싫어했다. 경기는 매우 불공정했다. 다른 곳에서 실격된 선수들이 이탈리아로 몰려와 경주를 하고 있었다. 마이어스 씨의 팁이 정확하긴 했지만 그에게 팁을 알려 달라고 하기가 부담스러웠다. 아무런 응답을 안 할 때도 있었고 알려 줄 때마다 그가 속상해하는 게 확연히 드러났기 때문이었다. 하지만 그는 무슨 이유에서인지 우리에게 꼭 알려 줘야 한다는 생각을 갖고 있었고 그나마 크로웰에게 알려 주는 건 덜 싫어했다. 크로웰은 양쪽 눈을 모두 다쳤는데 한쪽 눈은 그 정도가 심했다. 그래서 눈에 문제가 있었던 마이어스 씨가 크로웰을 좋아했는지도 모르겠다. 그는 자신이 찍은 말을 부인에게는 절대로 알려 주지 않았다. 마이어스 부인은 지는 경우가 대부분이었지만 결과에 상관없이 언제나 말이 많았다.

우리 넷은 천장이 뚫린 마차를 타고 산시로 경마장으로 향했다. 날씨가 좋았다. 우리는 공원을 지나 전차 선로를 따라 흙먼지가 자욱한 마을 밖으로 나갔다. 철책을 두른 빌라들과 나무들이 우거진 넓은 정원이 딸린 별장이 있었으며 수로에는 물이 흘렀고 잎들이 먼지에 덮인 녹색 채소밭이 있었다. 들판 너머로는 여러 농가와 무성한 나무들과 관개용 수로가 있는 농장과 북쪽의 산이 보였다. 경마장에는 많은 마차들이 입장을 하고 있었다. 우리는 제복을 입고 있었기 때문에 입장권 없이 그냥 들어갈 수 있었다. 우리는 마차에서 내려 경마 프로그램 표를 산 후 트랙을 지나 반반하고 두터운 잔디밭을 넘어 말 대기소로 갔다. 나무로 된 낡은 특별 관람석 아래는 마구간 근처로 마권 매표소가 줄지어 있었고 트랙 안으로는 펜스를 따라 군인들이 서 있었다. 대기소는 사람들로 북적였고 그들은 특별 관람석 뒤, 나무 아래에서 원을 그리며 말을 걷게 했다. 우리가 아는 사람도 몇 명이 보였다. 우리는 퍼거슨과 캐서린에게 의자를 갖다 주고 말을 구경했다.

말들은 마부를 따라 고개를 숙인 채 한 마리씩 계속해서 원을 돌고 있었다. 크로웰은 자줏빛이 도는 검은색 말이 지나가자 털을 염색한 게 틀림없다고 말했다. 그 말을 살펴보니 정말 그런 것 같기도 했다. 그 말은 안장을 올리라는 벨이 울리기 직전에야 겨우 나왔다. 마부 팔에 있는 번호로 프로그램 표를 찾아봤더니 자팔라크란 이름의 거세

된 흑마로 소개되어 있었다. 이 경기는 1,000리라 이상의 상금이 걸려 있는 경기에서 이겨 본 적이 없는 말들이 출전하는 경기였다. 캐서린은 자팔라크가 염색한 게 맞는 것 같다고 했고 퍼거슨은 잘 모르겠다고 했다. 나도 의심이 가긴 했다. 우리는 모두 자팔라크에게 걸기로 하고 100리라씩을 걸었다. 배당률을 보니 서른다섯 배로 돈을 돌려준다고 되어 있었다. 크로웰이 가서 마권을 사 오는 사이 우리는 기수들이 말을 타고 한 번씩 더 원을 돈 후 나무 밑을 지나 트랙의 출발 지점으로 느리게 뛰어가는 것을 지켜보았다.

우리는 경주를 보기 위해 특별 관람석으로 올라갔다. 그 당시에 산 시로 경마장에는 출발문이 없었기 때문에 출발 담당자가 직접 모든 말들을 일렬로 세웠다. 트랙이 저 아래 있어서 말들이 아주 작아 보였다. 출발 담당자가 긴 채찍을 세게 내리치자 말들이 달리기 시작했다. 자팔라크가 선두로 앞선 채 다른 말들과 우리 앞을 지나갔고 커브에서는 점점 더 무리에서 앞서 나갔다. 나는 좌석 끝에 앉아서 쌍안경으로 경주를 지켜보았다. 우리 기수는 말의 속도를 늦추려 했으나 그러지 못하고 있었다. 커브를 돌아 직선 코스로 들어섰을 때 자팔라크는 다른 말보다 15마신이나 앞서 있었다. 자팔라크는 결승점을 지난 후에도 커브 지점까지 계속 달려갔다.

"대단하지 않았어요? 우리는 3,000리라도 넘는 돈을 받게 됐어요. 아주 훌륭한 말인가 봐요." 캐서린이 말했다.

"돈을 받기 전에 말의 염색물이 빠지지만 않았으면 좋겠네요." 크로웰이 말했다.

"정말 멋진 말인 것 같아요. 마이어스 씨도 저 말을 찍었을까 궁금하네요." 캐서린이 말했다.

"우승 말을 찍으셨어요?" 내가 마이어스 씨에게 물었다. 그가 고개를 끄덕였다.

"나는 아니에요. 젊은이들은 어느 말을 찍었나요?" 마이어스 부인이 말했다.

"자팔라크요."

"정말? 배당률이 서른다섯 배나 돼!"

"말의 털 색깔이 맘에 들어서 찍었어요."

"나는 싫었어요. 아파 보였거든요. 다들 그 말을 찍지 말라고 하더라고요."

"어차피 얼마 못 받아." 마이어스 씨가 말했다.

"배당표엔 서른다섯 배로 준다고 되어 있는데요?" 내가 말했다.

"얼마 못 받는다니까. 마지막에 걔네가 돈을 많이 걸었어."

"누구요?"

"켐튼이랑 그 일당. 나중에 봐봐. 두 배도 못 받을걸."

"그럼 3,000리라를 못 받겠네요. 여기 경마는 정말 불공정해요!" 캐서린이 말했다.

"그럼 200리라를 받겠네요."

"고작 200리라라니요. 남는 것도 없잖아요. 3,000리라를 받을 줄 알았는데."

"너무 불공정해서 넌더리가 나네요." 퍼거슨이 말했다.

"맞아요. 하지만 불공정하지 않았다면 우리가 그 말을 찍지도 않았겠죠. 그래도 난 3,000리라가 받고 싶어요." 캐서린이 대답했다.

"내려가서 술 한잔 하며 얼마나 주나 보자고요." 크로웰이 말했다. 우리는 배당금을 게시하는 곳으로 갔다. 벨이 울리자 자팔라크 이름 뒤에 '18.50'이라는 숫자가 올라왔다. 그건 건 돈의 두 배도 못 받는다는 뜻이었다.

우리는 특별 관람석 아래에 위치한 술집에 가서 각자 위스키 소다를 시켰다. 그곳에서 알고 지내는 이탈리아인 두 명과 맥애덤스 부영사를 만났고 그들과 함께 캐서린과 퍼거슨이 있는 곳으로 갔다. 이탈리아인들은 매너가 무척 좋았고 맥애덤스는 우리가 다시 마권을 사러 내려간 사이 캐서린과 이야기를 나누었다. 마이어스 씨는 배당금 표시기 근처에 서 있었다.

"마이어스 씨에게 어떤 말에 걸었는지 한번 물어봐." 내가 크로웰에게 말했다.

"어디에 거셨어요, 마이어스 씨?" 크로웰이 물었다. 마이어스 씨는 프로그램 표를 꺼내더니 연필로 5번을 가리켰다.

"저희도 그 말에 걸어도 될까요?" 크로웰이 물었다.

"그렇게 해. 하지만 내가 알려 줬다고 아내에게 말하지 마."

"술 한잔 하실래요?" 내가 물었다.

"괜찮아. 난 술은 전혀 안 해."

우리는 5번 말이 우승하는 데에 100리라, 우승권 안에 드는 데에 100리라를 걸고 위스키 소다를 또 한 잔씩 마셨다. 나는 기분이 좋았다. 이탈리아인 서너 명을 더 만났고 함께 술을 마셨다. 그러고 나서 우리는 캐서린과 퍼거슨에게로 돌아갔다. 이 이탈리아인들 역시 아까 만난 이탈리아인들만큼 매너가 굉장히 좋았다. 얼마가 지나고 아무도 자리에 앉아 있을 수 없는 지경이 되자 나는 마권을 캐서린에게 건네주었다.

"어떤 말이에요?"

"몰라. 마이어스 씨가 찍은 말이야."

"말 이름도 몰라요?"

"프로그램 표를 보면 나와 있을 거야. 5번이라고 했던가?"

"마이어스 씨를 엄청나게 신뢰하는군요." 캐서린이 말했다. 5번 말은 우승을 했지만 배당금은 하나도 없었다. 마이어스 씨는 화가 나 있었다.

“200리라나 부었더니 겨우 20리라를 더 받았지 뭐야. 10리라를 걸면 12리라를 주고. 관두는 게 낫지. 마누라는 20리라나 잃었다고.” 그가 말했다. “나도 같이 내려갈래요.” 캐서린이 내게 말했다. 이탈리아인들도 모두 일어섰다. 우리는 아래층 대기소로 향했다.

“경마 재밌어요?” 캐서린이 물었다.

“응. 그런 대로.”

“나도 괜찮은 것 같아요. 하지만 저 사람들이랑은 도저히 못 어울리겠어요.”

“몇 명 만나지도 않았는데.”

“맞아요. 하지만 마이어스 씨랑 또 그 아내와 딸들을 데려온 은행원은…….”

“내 일람불 어음을 교환해 주는 사람이야.” 내가 말했다.

“알아요. 하지만 다른 사람도 얼마든지 교환해 줄 수 있잖아요. 그리고 마지막에 온 그 네 남자들도 최악이었어요.”

“그럼 여기서 펜스 너머로 경기를 보자.”

“그거 좋겠네요. 그리고 이번엔 마이어스 씨가 찍지 않는, 처음 보는 말로 걸어 봐요.”

“좋아.”

우리는 ‘나에게 빛을’이라는 이름의 말에게 돈을 걸었고 그 말은 다섯 말 중에 네 번째로 들어왔다. 우리는 펜스에 기대 말들이 발굽을 힘차게 밟으며 달리는 것을 구경했다. 저 멀리 산이, 나무와 들판 너머로 밀라노가 보였다.

“이제 기분이 훨씬 상쾌해졌어요.” 캐서린이 말했다. 말들이 문을 지나 땀을 흘리며 다시 돌아오고 있었고 기수들은 말을 진정시키며 나무 아래로 데려간 뒤 말에서 내렸다.

“술 한잔 안 할래요? 여기서 마시면서 구경해요.”

"내가 사 올게." 내가 말했다.

"갖다 달라고 하면 돼요." 캐서린이 말했다. 그녀가 손을 들자 마구간 옆 파고다 술집에서 종업원이 나왔다. 우리는 둥근 철제 테이블에 앉았다.

"우리 둘만 있는 게 더 좋지 않아요?"

"당연하지." 내가 대답했다.

"저 사람들과 함께 있으면 너무 외로워져요."

"여기 정말 멋있어." 내가 말했다.

"네. 경마장이 참 예뻐요."

"참 좋아."

"나 때문에 괜히 여기 끌려왔죠? 당신이 원한다면 언제든지 다시 돌아가도 좋아요."

"아니야. 여기서 술을 마시자. 그러고 나서 아래로 내려가 물웅덩이 장애물 경마하는 데로 구경을 가자." 내가 말했다.

"당신은 내게 너무 잘해 주는군요." 캐서린이 말했다.

우리는 둘만의 시간을 얼마 동안 가진 뒤 다시 즐거운 마음으로 다른 사람들을 만나러 갔다. 유쾌한 시간이었다.

21

9월이 되자 밤이 쌀쌀해졌고 낮에도 선선한 기운이 돌았다. 공원의 나뭇잎들도 붉게 물들어 여름이 갔다는 걸 느낄 수 있었다. 전선의 상황은 매우 안 좋아 산가브리엘레를 차지하지 못한 상태였다. 바인시차 고원에서의 전투는 이미 끝이 났고 9월 중순이 되자 산가브리엘레에서도 전투가 거의 끝나 가고 있었다. 이탈리아는 결국 산가브리엘레를 차지하지 못했다. 에토레도 전선으로 돌아갔고 경주마들도 모두 로마로 실려 가 경마도 더 이상 열리지 않았다. 크로웰도 미국으로 돌아가기 위해 로마로 떠났다. 마을에서는 전쟁에 반대하는 시위가 두 번이나 있었고 토리노에서도 심각한 시위가 벌어졌다. 클럽에 있던 영국인 소령은 이탈리아가 바인시차 고원과 산가브리엘레에서 15만 명의 병사를 잃었고 카르소에서도 4만 명의 병사를 잃었다고 했다. 우리는 함께 술을 마셨고 그는 이야기를 계속했다. 그는 이곳에서의 올해 전투는 다 끝났다며 이탈리아군이 감당하지 못할 욕심을 냈다고 했다. 플랑드르 공격도 상황이 안 좋다고 했다. 이번 가을처럼 많은 병사가 희생된다면 연합국들도 1년 안에 망할 것이라고도 했다. 우리는 다 망했지만 그걸 모르는 한 괜찮을 거라고 했다. 우리는 궁지에 몰려 있었지만 그걸 깨닫지 못하는 한 괜찮을 거야. 자신들이 망했다는 걸 가장 늦게 깨닫는 나라가 전쟁에서 이기는 거지. 우리는 술을 또 한 잔 했다. 내가 누구의 참모였냐고? 나는 아니었지만 그는 참모였다. 그건 모두 의미 없는 것들이었지만. 우리는 아무도 없는 클럽의 큰 가죽 소파에 앉아 있었다. 그는 고르게 윤을 낸 무광 가죽 부츠를 신고 있었다. 고급스러운 부츠였다. 모든 게 의미 없는 것들이야. 이탈리아군은 사단과 군사 인력에 대해서만 생각해. 모두들 사단에 대해 티격태격하다가 정작 사단을 갖게 되면 죽게 내버려 둔다네. 그들은 모두 망했어. 독일군이 승리하고 있어. 그들이야말로 진짜 군인들이지. 옛날 게르만족이야말로 진짜 군인들이었으니까. 하지만 그들도 망했어. 우리 전부 다 망한 거야. 나는 러시아에 대해 물어보았다. 그는 러시아도 망한 지 오래라고 했다. 나도 얼마 지나지 않아 러시아가 망했단 걸 깨달을 거라고 했다. 오스트리아도 궁지에 몰려 있어. 독일 놈들을 영입하면 승리할지도 모르지. 이번 가을에 오스트리아가 공격해 올 거라고 생각했냐고? 당연하지. 이탈리아는 망했어. 그건 모두가 다 아는 사실이지. 독일 놈들이 트렌티노를 지나 비첸차 역의 철로를 끊고 오면 이탈리아는 끝나는 것이야. 그들은 1916년에도 그런 식으로 왔었어요. 내가 말했다. 독일이랑 같이 온 건 아니었어. 같이 왔었어요. 내가 말했다. 하지만 이번엔 그렇게 안 할 거야. 그가 말했다. 너무 단순하니까. 뭔가 복잡한 걸 시도했다가 제대로 망신당할 거야. 전 가 봐야겠어요. 내가 말했다. 나는 병원으로 돌아가야 했다. "잘 가게." 그가 인사를 했다. 그러고는 유쾌하게 말했다. "행운을 빌겠네!" 그의 그런 유쾌함은 그가 쏟아낸 비관적인 세계관과 무척 대조되는 것이었다.

나는 이발소에 들러 면도를 하고 병원으로 돌아갔다. 내 다리는 이제 오래 서 있어도 아무렇지 않을 만큼 좋아졌다. 나는 사흘 전부터 검사를 받고 있는 중이었다. 아직 마조레 병원에서 받아야 할 치료가 남아 있었다. 나는 골목길을 따라 절룩거리지 않고 걷는 연습을 했다. 상점이 즐비한 아치 천장 골목길에서 한 노인이 두 처녀의 실루엣을 따라 종이를 자르고 있었다. 나는 걸음을 멈추고 그들을 구경했다. 두 처녀는 포즈를 취하고 있었고 노인은 고개를 한쪽으로 기울인 채 그들을 쳐다봐 가며 재빠르게 종이를 싹둑싹둑 잘라 내고 있었다. 처녀들이 키득키득거렸다. 노인은 완성된 실루엣 초상화를 내게 한번 보여 주더니 흰 종이에 그걸 붙여 처녀들에게 건넸다.

"처녀들이 예쁘죠? 중위님도 하나 하실래요?" 노인이 말했다.

처녀들은 자신들의 초상화를 보고 웃으며 자리를 떴다. 얼굴이 예뻤다. 둘 중 한 명은 병원 맞은 편 와인 가게에서 일하는 처녀였다.

"그러죠." 내가 대답했다.

"모자를 벗으세요."

"아뇨. 쓰고 해 주세요."

"그럼 별로 안 예쁠 텐데요. 하지만 더 군인답긴 하겠네요." 노인의 표정이 밝아졌다.

그는 내 실루엣 스케치를 검은 종이에 대고 싹둑싹둑 잘라 내더니 두 종이를 분리해 검은 종이 실루엣을 카드에 붙여 내게 건넸다.

"얼마죠?"

"괜찮습니다. 그냥 만들어 드리는 거예요." 노인이 손을 저었다.

"받으세요. 내가 즐거운 구경 했어요." 내가 구리 동전 몇 개를 꺼냈다.

"아뇨. 나도 즐거운 시간이었어요. 애인한테 주세요."

"그럼 다시 만날 때까지 잘 지내세요."

"다시 만날 때까지."

나는 다시 병원으로 향했다. 병원에 공문 한 통과 다른 편지 몇 통이 도착해 있었다. 공문에는 3주 동안의 요양 휴가 후에 다시 전선으로 돌아오라는 내용이 적혀 있었다. 나는 편지를 꼼꼼하게 읽었다. 돌아가야 할 시간이 다가오고 있었다. 요양 휴가는 치료가 끝난 뒤 10월 4일부터 시작된다. 3주면 21일이다. 그럼 10월 25일이 된다. 나는 병원에다 잠시 들를 데가 있다고 말한 후 위쪽 길로 올라가 레스토랑에서 저녁을 먹으며 편지들과 〈코리에레 델라 세라〉지를 읽었다. 할아버지는 편지에 가족들의 안부와 애국심 가득한 격려 인사를 전했고, 200달러어치 어음과 신문 기사 몇 개도 잘라서 보내 주셨다. 고리치아에서 신부가 보내온 지루한 내용의 편지도 있었고, 알고 지냈던 한 친구는 자신이 프랑스 공군에 입대해 거친 사내들과 한패가 되었다는 소식도 전해 왔다. 리날디는 언제까지 밀라노에서 숨어 지낼 거냐며 내 소식을 물었고 축음기판도 사 오라며 리스트까지 적어 보냈다. 나는 저녁을 먹으며 키안티 와인 작은 병을 함께 마셨고 저녁 식사 후에는 커피와 코냑 한 잔도 마셨다. 신문을 다 읽고 편지들을 주머니 속에 넣은 후 테이블 위에 팁과 신문을 두고 레스토랑을 나왔다. 나는 병원으로 돌아와서 파자마와 가운으로 옷을 갈아입고 발코니 문의 커튼을 닫은 후 침대에 앉아 마이어스 부인이 자신의 아들들에게 갖다 준 물건 보따리에서 보스턴 신문을 집어 들어 읽기 시작했다. 아메리칸리그에서는 시카고 화이트삭스가, 내셔널리그에서는 뉴욕 자이언트가 선두를 달리고 있었다. 그 당시에 베이브 루스는 보스턴 레드삭스에서 투수로 달리고 있었다. 신문에는 지루한 지역 뉴스만 가득했고 전선 소식도 모두 지나간 것들뿐이었다. 미국에 대한 소식은 신병훈련소에 대한 것이 다였다. 나는 내가 그곳에 있지 않다는 것에 안도했다. 야구 소식이 그나마 읽을거리였지만 여러 개의 신문을 함께 읽다 보니 나중에는 그마저도 지루해졌다. 게다가 시기적절한 뉴스도 아니었다. 하지만 나는 잠시 동안 그 뉴스를 그냥 보기로 했다. 나는 궁금해졌다. 미국이 정말 전쟁에 관심을 갖고 있는가? 야구 경기는 접을 수 있을까? 아마 그러지 않을 것이다. 밀라노에서는 여전히 경마가 계속되었고 전쟁은 최악으로 치닫고 있었다. 프랑스에서는 경마가 중단되었다. 우리 말 자팔라크가 바로 프랑스산이었다. 캐서린은 9시까지 근무가 없었다. 나는 그녀가 근무를 시작하며 복도를 지나가는 소리를 들었다. 한번은 복도를 지나가는 것도 보았다. 그녀가 여러 번 다른 방들을 들른 후 마침내 내 방으로 들어왔다.

"늦었죠? 할 일이 많았어요. 몸은 어때요?"

나는 그녀에게 공문과 요양 휴가에 대해 말했다.

"잘 됐네요. 어디 가고 싶어요?"

"아무 데도 가고 싶지 않아. 난 여기 있을 거야."

"바보 같긴. 당신이 고르면 나도 따라갈게요."

"어떻게 따라가?"

"글쎄요. 방법이 있겠죠."

"역시 당신은 대단해."

"대단하긴요. 이런 절박한 상황에선 누구나 방법을 찾는 법이죠."

"그게 무슨 말이야?"

"아무것도 아니에요. 그냥 한때는 참 어려워 보였던 것들이 별게 아닌 게 될 수도 있는 것 같아서요."

"그렇게 쉬운 건 아닐 거야."

"아니에요. 필요하다면 난 당신과 함께 그냥 떠날 거예요. 하지만 그럴 지경까지는 오지 않을 거예요."

"어디로 갈까?"

"어디든 상관없어요. 당신만 좋다면 어디든 좋아요. 아는 사람이 하나도 없는 곳으로요."

"어디든 상관없어?"

"네. 어디든 좋아요."

그녀는 좀 언짢아 보였고 긴장한 듯했다.

"왜 그래, 캐서린?"

"아무것도 아니에요. 난 괜찮아요."

"그렇지 않은 것 같은데."

"아뇨. 정말 아무것도 아니에요."

"아닌 것 같아. 말해 봐, 캐서린. 나한텐 어떤 말을 해도 괜찮아."

"아니에요."

"어서 말하라니까."

"안 해요. 당신이 슬퍼하거나 걱정하는 게 싫어요."

"안 그럴게."

"정말요? 난 괜찮지만 당신이 걱정할까 봐요."

"당신이 괜찮다면 나도 괜찮아."

"그래도 말하고 싶지 않아요."

"말해, 어서."

"꼭 그래야 하나요?"

"응."

"나 아기를 가졌어요. 거의 3개월째에요. 걱정 안 할 거죠? 제발 걱정하지 말아요. 걱정할 필요 없어요."

"알았어."

"괜찮은 거예요?"

"물론이지."

"할 건 다 해 봤어요. 이것저것 다 먹어 봤는데도 소용없었어요."

"난 걱정 안 해."

"나도 어쩔 수 없었어요. 난 걱정하지 않는데 당신도 걱정하거나 기분 상하지 않았으면 좋겠어요."

"난 오히려 당신이 걱정이야."

"바로 그거예요. 내 걱정 같은 거 하지 말라고요. 다들 아이를 갖잖아요. 세상엔 아이들 천지라고요. 이건 자연의 이치예요."

"당신은 정말 훌륭한 여자야."

"아니에요. 하지만 걱정만은 하지 말아요. 최대한 당신에게 피해가 가지 않도록 할게요. 이미 피해를 줬지만요. 하지만 지금까진 문제없던 거죠? 전혀 눈치도 못 챘잖아요."

"그래, 몰랐어."

"앞으로도 계속 그럴 거예요. 그러니 걱정 말아요. 지금도 걱정을 하고 있군요. 그러지 마요. 지금 당장 멈춰요. 술 한잔 줄까요? 술 마시면 항상 기분이 좋아지잖아요."

"괜찮아. 나 지금 기분 좋아. 당신은 정말 훌륭해."

"난 훌륭하지 않아요. 하지만 당신이 우리가 갈 장소만 고르면 내가 모든 걸 알아서 할게요. 10월이니까 날씨도 좋을 거예요. 우리는 즐거운 시간을 보내게 될 거예요. 그리고 당신이 전선에 가 있는 동안 매일 편지를 쓸게요."

"당신은 어디에 있을 거야?"

"아직은 모르겠어요. 하지만 멋진 곳으로 잘 알아볼게요."

우리는 잠시 말없이 조용히 있었다. 캐서린은 침대에 앉아 있었고 나는 그녀를 바라보았다. 우리는 서로를 만지지 않았다. 우리는 누가 방으로 들어온 것처럼 어색하게 떨어져 있었다. 그녀가 손을 뻗어 내 손을 잡았다.

"화난 거 아니죠?"

"물론이지."

"덫에 걸린 것 같지도 않고요?"

"조금은 그래. 하지만 당신 때문은 아니야."

"나 때문이냐고 물은 게 아니에요. 바보처럼 그것도 몰라요? 그냥 그런 느낌이 조금이라도 드느냐고요?"

"생물학적으론 항상 그런 느낌이 들지."

그녀는 몸을 움직이거나 손을 빼지도 않았지만 저 먼 곳으로 떠난 듯했다.

"'항상' 그렇다고요?"

"미안해."

"괜찮아요. 하지만 나도 아이를 가지거나 누군가를 사랑해 본 게 처음이에요. 당신이 원하는 대로 행동하려고 노력했고요. 그런데 당신은 그런 식으로 말을 하는군요."

"내 혀를 자르고 싶군." 내가 말했다.

"오, 내 사랑!" 그녀가 먼 곳에서 다시 돌아왔다. "난 신경 쓰지 말아요." 우리는 다시 함께가 되었고 어색함도 사라졌다. "우리는 정말로 함께니까 일부러 오해를 만들어선 안 돼요."

"맞아."

"하지만 사람들은 그렇잖아요. 서로를 사랑하면서도 일부러 오해를 만들고 싸우고, 그렇게 갑자기 남이 되어 버리죠."

"우리는 싸우지 않을 거야."

"그래요. 우리에겐 서로밖에 없고 그 외엔 모두 남인데 우리 사이가 틀어지면 세상이 우릴 무너뜨릴 거예요."

"그럴 순 없어. 그러기엔 당신이 너무 용감하니까. 용감한 사람에겐 어떤 일도 생기지 않아."

"하지만 죽긴 하죠."

"그것도 딱 한 번뿐이야."

"글쎄요. 누가 그런 말을 했죠?"

"'겁쟁이는 천 번의 죽음을 맞지만 용감한 자는 한 번을 죽는다.'라는 말?"

"그래요. 그런데 누가 말한 거죠?"

"모르겠어."

"겁쟁이가 한 말 일거예요. 그는 겁쟁이에 대해선 많은 걸 알고 있었지만 용감한 자에 대해선 아무것도 모르고 있어요. 용감한 자는 영리하면 이천 번도 죽어요. 그저 그걸 입 밖에 내지 않을 뿐이죠." 그녀가 말했다.

"난 모르겠네. 용감한 사람은 어떤 생각을 하고 있는지 읽기가 어려워."

"맞아요. 그게 용감한 사람들의 방식이죠."

"그 분야의 권위자 같군."

"맞아요. 그런 말을 들을 만도 하죠."

"당신은 용감해."

"아니에요. 하지만 용감해지고는 싶어요."

"난 용감하지 않아. 난 내가 어떤 사람인지 알아. 여기에 오래 있어 보니 알겠어. 난 타율이 2할 3푼밖에 되지 않고 자신의 한계가 그거란 걸 아는 야구 선수 같아."

"2할 3푼이요? 정말 놀라운데요?"

"아니야. 그 정도면 2류 선수 실력밖에 안 돼."

"그래도 선수잖아요." 그녀가 나를 토닥였다.

"우리 둘 다 자만한 것 같아. 하지만 당신은 정말 용감해."

"그러고 싶지만 아니에요."

"우리 둘 다 용감해. 그리고 난 술을 마시면 더 용감해지지."

"우리는 멋진 사람들이에요." 캐서린이 그렇게 말하고는 옷장으로 가서 코냑과 잔을 가져왔다. "한잔 마셔요. 착하게 굴었으니까요."

"별로 마시고 싶지 않아."

"그래도 한잔해요."

"알았어." 나는 코냑을 잔의 3분의 1까지 따라 단숨에 들이켰다.

"그것 참 대단하군요. 브랜디가 영웅들을 위한 술이란 건 알지만 지나치게 마시는 건 안 돼요."

"전쟁이 끝나면 어디서 살지?"

"양로원에서 살게 되겠죠. 난 3년 동안 애처럼 전쟁이 크리스마스에 끝나길 기대했어요. 하지만 지금은 우리 아들이 해군 소령이 될 때까지로 보고 있어요."

"장군이 될지도 모르지."

"이 전쟁이 백 년 전쟁이 된다면 두 개 다 해 볼 수도 있겠네요."

"당신은 한잔 안 할래?"

"안 해요. 술을 마시면 당신은 언제나 행복해지지만 난 어지럽기만 해요."

"브랜디는 마셔 본 적 없어?"

"네. 난 아주 구식 아내거든요."

나는 바닥에서 병을 집어 올려 또 한 잔을 따랐다.

"난 당신 동료들 좀 보고 와야겠어요. 내가 올 때까지 신문을 보든가 해요."

"꼭 가야 돼?"

"그럼 나중에 갈까요?"

"아니야, 다녀와."

"곧 돌아올게요."

"그때까지 신문이나 읽을게." 내가 대답했다.

22

그날 밤 기온이 떨어지더니 다음 날 비가 내렸다. 마조레 병원에서 치료를 마치고 돌아오는 길에 비가 억수같이 쏟아졌고 우리 병원에 도착했을 때에는 온몸이 젖어 있었다. 내 방으로 올라가 발코니를 내다보니 비가 세차게 내리고 바람이 유리문을 흔들었다. 나는 옷을 갈아입고 브랜디를 마셨다. 브랜디 맛이 영 별로였다. 밤이 되자 몸이 아팠고 아침 식사를 하고 나니 속이 메슥거렸다.

"틀림없네요. 여기 눈의 흰자위를 봐요, 간호사." 의사가 말했다.

게이지 양이 내 눈을 쳐다보더니 거울을 보여 주었다. 흰자위가 노랗게 변해 있었다. 내가 황달에 걸린 것이었다. 2주 동안 황달로 고생했다. 결국 캐서린과 나는 요양 휴가를 떠나지 못했다. 우리는 마조레 호수가 보이는 도시인 팔란차로 가려고 했었다. 그곳은 가을이 되면 단풍이 예쁘게 드는 곳이었다. 산책로도 많고 호수에서 송어 낚시도 할 수 있었다. 팔란차는 스트레사만큼 북적이지도 않기 때문에 아주 좋은 시간을 보낼 수 있었을 것이다. 스트레사는 밀라노에서 가기가 쉬워 항상 많은 사람들이 찾는 곳이었다. 팔란차에는 괜찮은 마을도 하나 있었고 어부들이 사는 섬으로 배를 타고 나갈 수도 있었으며 가장 큰 섬에는 레스토랑도 있었다. 하지만 우리는 갈 수가 없었다.

하루는 황달로 앓으며 침대에 누워 있는데 밴 캠픈 양이 들어와 옷장 문을 열더니 그 안에 들어 있던 빈 술병들을 발견했다. 나는 그동안 수위에게 빈 술병을 여러 번 내려보내 버리게 했는데 그것을 본 그녀가 남은 술병을 찾기 위해 올라온 것이었다. 옷장에는 베르무트가 거의 대부분을 차지하고 있었고 그 외에도 마르살라, 카프리, 키안티, 그리고 코냑이 몇 병 있었다.

수위는 베르무트가 담겨 있었던 큰 병들과 짚으로 싸인 키안티 병은 내다 버렸고 브랜디 병은 아직 버리지 않고 있었다. 밴 캠픈 양이 찾은 건 브랜디 병과 퀴멜이 담겨 있는 곰 모양의 병이었다. 곰 모양 술병은 그녀를 더욱 화나게 만들었다. 그녀는 술병을 집어 들었다. 곰은 앞발은 올린 채 뒷다리를 접고 앉아 있었고 머리 부분에는 코르크가 꽂혀 있었으며 아랫부분에는 술이 흘러 끈적하게 굳어 있었다. 나는 웃음을 터뜨렸다.

"그건 퀴멜이에요. 그 곰 모양 병에 담겨 나오는 퀴멜이 최고급이죠. 러시아산이에요." 내가 말했다.

"저건 전부 브랜디 병들이죠?" 밴 캠픈 양이 물었다.

"잘 안 보이는데 아마 그럴 거예요."

"언제부터 이랬던 거죠?"

"내가 사서 직접 가져온 것들이에요. 이탈리아 장교들이 자주 찾아오기 때문에 대접하기 위해 마련해 둔 거죠."

"본인은 마신 적이 없고요?" 그녀가 물었다.

"나도 좀 마셨어요."

"브랜디라. 브랜디 열한 병과 저 곰술."

"퀴멜이에요."

"버릴 사람을 올려 보내죠. 빈 병은 저게 다죠?"
"지금으로서는요."
"황달에 걸렸다고 안쓰러운 마음을 가졌었는데 괜한 짓이었군요."
"고마워요."
"전선에 돌아가기 싫어하는 마음은 이해해요. 하지만 알코올 중독으로 황달에 걸리는 것보다 더 기발한 아이디어를 생각해 낼 순 없었나요?"
"뭐로 황달에 걸린다고요?"
"알코올 중독이요. 못 들은 척하지 말아요." 나는 아무 말도 하지 않았다. "다른 방법을 찾아내지 못한다면 황달이 다 낫자마자 전선으로 돌아가야 할 거예요. 스스로 자초한 병이니 요양 휴가는 받을 수 없겠군요."
"그래요?"
"당연하죠."
"밴 캠픈 양은 황달에 걸려 본 적이 있습니까?"
"아뇨. 하지만 걸린 사람은 수도 없이 봤었죠."
"그럼 그 사람들이 황달에 걸린 걸 즐거워하던가요?"
"전선에 가는 것보단 좋은가 보죠."
"밴 캠픈 양은 자신의 고환을 발로 차 불구가 되려고 하는 남자를 보신 적이 있나요?"
밴 캠픈 양이 내 질문에 동문서답을 했다. 그렇게 하지 않으면 방을 나가는 수밖에 없었다.
그녀는 오랫동안 나를 싫어해 왔기 때문에 지금 같은 절호의 기회를 버리고 나가 버리는 일은 하지 않을 것이다.
"난 자해상으로 전선을 벗어나려는 병사들을 아주 많이 봤어요."
"내가 물어본 건 그게 아니에요. 나도 자해상을 입은 병사들은 봤어요. 내가 물은 건 자신의 고환을 차 불구가 되려고 하는 병사를 본 적이 있냐는 거였어요. 왜냐면 황달 때문에 느끼는 고통이 그 정도거든요. 아마 거의 모든 여자들은 그런 고통을 겪어 보지 못할 겁니다. 그래서 황달에 걸려 본 적이 있냐고 물어본 겁니다. 왜냐면…….” 밴 캠픈 양이 방을 나갔다. 조금 있자 게이지 양이 들어왔다.

“밴 캠픈 양에게 뭐라고 하신 거예요? 붉으락푸르락하던데.”

“고통의 정도를 비교하고 있었어요. 난 그녀가 한 번도 출산을 경험해 보지 않았다고 말하려고…….”

“제정신이 아니시군요. 중위님 머리채를 잡으려 들 거예요.”

“이미 잡혔어요. 내 요양 휴가도 취소해 버렸고 날 군사 법원에 세울지도 몰라요. 그러고도 남을 여자죠.”

“중위님을 처음부터 싫어했으니까요. 금방은 무슨 얘길 한 거예요?”

“내가 술을 퍼마시고 황달에 걸려서 전선에 안 가려고 한 거래요.”

“나 참! 내가 중위님은 술 근처에도 안 갔다고 말할게요. 다른 간호사들도 그렇게 할 거예요.”

“이미 술병을 찾았어요.”

“제가 그 병들 치우라고 수백 번이나 말씀 드렸었잖아요. 지금은 어디 있어요?”

“옷장에요.”

“큰 가방 있어요?”

“아뇨. 저 배낭에 넣으면 돼요.”

게이지 양이 배낭에 술병들을 챙겨 넣었다. “제가 수위한테 줄게요.” 그녀가 그렇게 말하고는 나가려고 했다.

“잠깐만요.” 밴 캠픈 양이 들어왔다. “이 병들은 내가 가져가죠.” 그녀가 수위와 함께 서 있었다. “들어 주세요.” 그녀가 말했다. “보고할 때 의사 선생님께 보여 드릴 거예요.”

그녀가 복도로 걸어갔다. 수위는 배낭을 들고 있었다. 그 속에 무엇이 들어 있는지 그도 잘 알고 있었다.

요양 휴가는 잃어버렸지만 다른 일은 일어나지 않았다.

23

전선으로 돌아가던 날 밤, 나는 토리노에서 오는 열차의 좌석을 맡아 달라고 수위를 보냈다. 자정에 떠나는 그 열차는 토리노에서 재정비를 한 후 밤 10시 반 경에 밀라노에 도착해 출발 전까지 역에 머물러 있었다. 자리를 확보하려면 그 열차가 들어올 때 역에 나가 있어야 했다. 수위는 한때 양장점에서 일했었던, 휴가를 나온 기관총 사수 친구를 역으로 데리고 갈 예정이었고, 둘이 같이 나가면 좌석 하나쯤은 문제없다고 확신했다. 나는 그들에게 표값을 주고 내 가방을 부탁하며 큰 배낭과 두 개의 잡낭을 맡겼다.

나는 5시경에 병원에 인사를 하고 길을 나섰다. 수위는 자신의 숙소로 내 가방을 옮겼고 나는 그에게 자정이 되기 조금 전에 역에 도착하겠다고 말했다. 그의 부인은 나를 '도련님'이라고 부르며 울먹였다. 그녀가 눈물을 닦고 악수를 건네더니 다시 울기 시작했다. 내가 그녀의 등을 토닥이자 그녀가 다시 울음을 터뜨렸다. 그녀는 이제까지 내 물품들을 고쳐 준 땅딸막하고 환한 인상의 백발 노부인이었다. 우는 그녀의 얼굴이 자글자글하게 갈라졌다. 나는 길모퉁이로 내려가 와인 가게 안에서 창밖을 바라보며 캐서린을 기다렸다. 밖은 어둡고 추웠으며 안개가 자욱했다. 나는 커피와 그라파값을 지불하고 가로등 아래로 지나다니는 사람들을 창밖으로 바라보고 있었다. 캐서린이 나타나자 나는 창문을 두드렸다. 그녀가 나를 발견하고는 미소를 지었다. 나는 그녀를 맞으러 가게 밖으로 나갔다. 캐서린은 감청색 망토를 입고 중절모를 쓰고 있었다. 우리는 함께 길을 따라 걸었다. 와인 가게들을 지나 시장 광장을 가로질러 길의 위쪽까지 올라간 후 아치 모양의 길을 지나 대성당 앞 광장까지 왔다. 광장에는 전차로가 놓여 있었고 그 너머에는 안개에 젖은 흰색 대성당이 있었다. 우리는 전차로를 넘어갔다. 왼편에는 상점들의 불이 켜져 있었고 갤러리아 쇼핑몰로 들어가는 입구가 있었다. 광장에는 안개가 껴 있었다. 대성당 가까이로 다가가자 그곳이 무척 거대하게 느껴졌다. 성당의 돌담은 젖어 있었다.

"안으로 들어갈까?"

"아뇨." 캐서린이 대답했다. 우리는 성당을 따라 계속 걸었다. 우리 앞으로 대성당 부벽 그림자 아래에 한 군인이 애인과 서 있었고 우리는 그들을 지나쳤다. 그들은 부벽에 기대 가까이 붙어 있었고 여자는 군인의 망토를 걸치고 있었다.

"우리 모습과 비슷하네." 내가 말했다.

"우리와 비슷한 이들은 아무도 없어요." 캐서린이 대답했다. 그건 좋은 뜻으로 말한 것이 아니었다.

"저 연인은 어디 갈 데가 있었으면 좋겠군."

"갈 데가 있으면 뭐하나요."

"글쎄. 누구든지 갈 곳이 있는 게 좋지 않을까."

"대성당에 가면 되겠네요." 캐서린이 대답했다. 우리는 대성당을 지나 광장 끝까지 걸어간 후 뒤돌아 다시 대성당을 쳐다보았다. 안개에 가린 대성당은 멋있었다. 우리는 가죽 제품을 파는 가게 앞으로 갔다. 가게 쇼윈도에는 승마 부츠와 가죽 배낭, 그리고 스키 부츠가 진열되어 있었다. 배낭은 중앙에, 승마 부츠는 이쪽에, 스키 부츠는 저쪽에 각각 놓여 있었다. 어두운 색의 가죽은 오래된 안장처럼 부드럽게 윤이 났다. 전깃불 빛에 무광 가죽이 윤이 나는 것처럼 보였다.

"언제 한번 스키 타러 가자."

"두 달 후면 스위스 뮈렌에서 스키를 탈 수 있어요." 캐서린이 말했다.

"그럼 거기로 가지."

"좋아요." 그녀가 답했다. 우리는 다른 상점들을 지나 골목길로 들어섰다.

"이 길은 처음이에요."

"병원을 갈 때마다 지나던 길이야." 내가 말했다. 골목길이 좁아서 우리는 오른쪽으로 붙어 서서 걸었다. 안개를 헤치며 많은 사람들이 지나가고 있었다. 상점 쇼윈도마다 모두 불이 켜져 있었다. 우리는 치즈가 잔뜩 쌓여 있는 쇼윈도를 구경했다. 나는 무기를 파는 상점 앞에서 걸음을 멈추었다.

"잠깐만 들어가자. 총을 한 자루 사야 하거든."

"어떤 총이요?"

"권총." 우리는 가게 안으로 들어갔다. 나는 벨트를 풀어 계산대에 빈 권총집과 함께 올려놓았다. 계산대 맞은편에 있던 두 여직원이 권총 몇 개를 꺼내 왔다.

"여기에 맞아야 해요." 내가 권총집을 열며 말했다. 그 회색 가죽 권총집은 마을에서 쓰려고 중고로 구입한 것이었다.

"이 권총들 괜찮은 것 같아요?" 캐서린이 물었다.

"다 비슷비슷하네. 이거 좀 쏴 볼 수 있을까요?" 내가 여직원에게 물었다.

"쏴 볼 수 있는 곳이 없어요. 하지만 성능이 무척 좋아요. 빗나가는 법이 없죠."

나는 방아쇠를 당겨 보고 격철도 뒤로 당겨 보았다. 용수철이 좀 빽

빽하긴 했지만 부드럽게 작동되는 듯했다. 나는 겨냥을 한 후 다시 방아쇠를 당겨 보았다.

"중고품이에요. 명사수였던 한 장교님의 것이었죠."

"여기서 판 겁니까?"

"네."

"그게 어떻게 다시 여기로 온 거죠?"

"그분 당번병이 가져왔어요."

"어쩌면 내 권총도 여기 있을지 모르겠군요. 얼마죠?"

"50리라요. 아주 싼 거예요."

"알았어요. 탄약 클립 두 개와 탄약 한 상자도 주세요."

직원이 계산대 아래서 탄약을 꺼냈다.

"검은 필요 없으세요? 중고 검이 몇 개 있는데 아주 싸게 드릴게요."

"난 전선에 갈 거라서요." 내가 말했다.

"아, 그럼 검은 필요 없으시겠군요." 그녀가 대답했다.

나는 탄약과 권총값을 지불하고 탄창을 채워 권총 속에 집어넣은 뒤 권총집에 총을 끼워 넣었다. 클립 두 개에도 탄약을 채워 권총집에 달린 주머니에 넣은 후 벨트에 찼다. 권총을 다니 허리가 무거웠다. 정규 권총을 사면 더 좋을 거라는 생각이 들었다. 그러면 언제나 탄약을 쉽게 구할 수 있었으니까.

"이제 완전 무장이야. 꼭 해야 하는 일이었어. 병원에 실려 올 때 전에 있던 권총을 누가 가져갔거든." 내가 말했다.

"권총 성능이 좋았으면 좋겠네요." 캐서린이 대답했다.

"다른 건 필요 없으세요?" 직원이 물었다.

"다 된 것 같네요."

"권총 끈도 있어요." 직원이 말했다.

"아까 봤어요." 그녀는 물건을 더 팔고 싶어 하는 것 같았다.

"호각은 필요 없으세요?"

"괜찮을 것 같아요."

우리는 여직원과 인사를 하고 보도로 나왔다. 캐서린이 창문 안을 쳐다보자 여직원이 우리를 보고 고개를 숙여 인사를 했다.

"저 나무에 박힌 작은 거울들은 뭐죠?"

"새를 유인하는 데 쓰는 거야. 들판에서 거울을 빙글빙글 돌리면 종달새들이 그걸 보고 날아오지. 그때 이탈리아인들이 새를 쏘는 거야."

"기발한 민족이군요. 미국에선 종달새 사냥 같은 거 안 하죠?"

"한다고 할 순 없지."

우리는 길을 건너 반대편으로 걷기 시작했다.

"이제는 기분이 좀 나아졌어요. 아까 와인 가게 앞에서 만났을 때에는 기분이 최악이었거든요." 캐서린이 말했다.

"우리는 언제나 함께 있으면 기분이 좋아지잖아."

"우리는 언제나 함께 할 거예요."

"맞아. 비록 오늘 자정이 되면 떠나지만."

"그건 생각하지 말아요."

우리는 계속 길을 걸었다. 안개 때문에 불빛이 노랗게 보였다.

"피곤하지 않아요?" 캐서린이 물었다.

"당신은 어때?"

"난 괜찮아요. 걸으니까 재밌어요."

"하지만 너무 오래 걷진 말자고."

"그래요."

우리는 보도를 돌아 불빛이 없는 길로 들어섰다. 나는 걸음을 멈추고 캐서린에게 키스를 했다. 키스를 하고 있는데 그녀의 손이 내 어깨에 느껴졌다. 그녀는 내 망토를 펼쳐 자신의 몸을 감쌌고 우리는 함께 망토 속에 파묻혔다. 우리는 높은 담에 기대어 잠시 서 있었다.

"다른 데로 가자." 내가 말했다.

"좋아요." 캐서린이 대답했다. 우리는 운하 옆 큰 길이 나올 때까지 걸었다. 맞은편에는 벽돌담과 건물들이 있었다. 길 아래로는 전차가 다리를 지나고 있었다.

"저 다리에서 마차를 잡을 수 있을 거야." 내가 말했다. 우리는 다리 위, 안개 속에서 마차를 기다렸다. 집으로 가는 사람들로 가득한 전차가 몇 번을 지나갔다. 그러고 나서 마차 한 대가 나타났지만 이미 누군가가 타고 있었다. 안개가 어느새 비로 변했다.

"걸어갈까요, 전차를 기다릴까요?" 캐서린이 물었다.

"마차가 올 거야. 여기로 다니거든." 내가 대답했다.

"저기 오네요." 그녀가 말했다.

마부가 말을 멈추고 미터기의 철제 표지판을 내렸다. 마차의 지붕은 펼쳐져 있었고 빗방울이 마부의 코트에 떨어져 있었다. 그의 높은 실크 모자가 비에 젖어 반짝이고 있었다. 우리는 뒷자리에 함께 앉았고 마차의 지붕이 닫히자 어둠에 가려졌다.

"마부한테 어디로 가자고 했어요?"

"역으로. 역 맞은편에 있는 호텔로 가려고."

"이대로 가도 돼요? 짐도 안 가지고요?"

"응." 내가 대답했다.

빗속에서 역까지 가는 길은 멀고도 멀었다.

"저녁은 안 먹어요? 나중에 배고플 것 같아요." 캐서린이 물었다.

"호텔 방에서 먹을 거야."

"난 입을 옷도 없어요. 잠옷조차 없다고요."

"하나 사면 돼." 나는 마부를 불렀다.

"만초니 거리로 갑시다." 마부가 고개를 끄덕이더니 다음 모퉁이에서 좌회전을 했다. 큰길이 나오자 캐서린은 가게를 찾았다.

"저기예요." 그녀가 외쳤다. 나는 마부에게 멈추라고 했고 캐서린은 마차에서 내려 인도를 지나 가게 안으로 들어갔다. 나는 마차 안에서 등을 기대고 캐서린을 기다렸다. 비가 계속 내렸고 젖은 거리의 냄새와 빗속에서 콧김을 내뿜고 있는 말 냄새가 풍겼다. 캐서린이 가게 봉투를 들고 마차로 돌아오자 우리는 다시 출발했다.

"사치를 좀 부렸어요. 아주 고급이에요."

호텔에 도착하자 캐서린에게는 마차에서 기다리라고 하고 혼자 호텔로 들어가 지배인을 만났다. 방이 많이 남아 있었다. 나는 다시 마차로 돌아가 마부에게 돈을 지불하고 캐서린과 호텔 안으로 들어갔다. 셔츠를 입은 작은 소년이 캐서린의 봉투를 들어 주었다. 지배인이 고개를 숙인 채 우리를 엘리베이터로 안내했다. 호텔은 온통 빨간색 벨벳 천과 황동으로 장식되어 있었다. 지배인은 우리와 함께 엘리베이터를 탔다.

"선생님과 숙녀분께서는 방에서 저녁 식사를 하실 건가요?"

"네. 메뉴를 올려 보내 주겠어요?" 내가 물었다.

"특별식이 준비되어 있습니다. 새 고기나 수플레 같은 것은 어떠세요?"

엘리베이터는 각층마다 철커덕거리며 3층까지 올라갔다.

"새 고기는 어떤 게 있죠?"

"꿩이나 멧도요가 있습니다."

"멧도요로 하죠." 내가 말했다. 우리는 복도를 걸어갔다. 카펫은 닳아 있었고 방이 여러 개 있었다. 지배인이 그중 한 곳 앞에서 멈추더니 문을 열었다.

"여깁니다. 멋진 방이죠."

셔츠를 입은 작은 소년이 방 가운데에 놓인 테이블 위에 봉투를 올려놓았다. 지배인은 커튼을 열었다.

"밖에 안개가 많이 꼈네요." 그가 말했다. 방은 빨간 벨벳 천으로 꾸며져 있었다. 거울이 많았고 두 개의 의자가 놓여 있었다. 큰 침대에는 공단 침대보가 깔려 있었다. 화장실로 통하는 문도 보였다.

"메뉴를 올려 보내도록 하겠습니다." 지배인이 말했다. 그는 고개 숙여 인사를 하고 방을 나갔다.

나는 창가로 가서 밖을 한번 내다보고는 줄을 당겨 두꺼운 벨벳 커튼을 닫았다. 캐서린은 침대에 앉아 반짝이는 유리로 된 샹들리에 등을 바라보고 있었다. 그녀가 모자를 벗자 불빛 아래에 그녀의 머리카락이 반짝였다. 그녀가 거울 하나에 자신의 모습을 비춰 보더니 두 손을 머리에 갖다 댔다. 다른 세 개의 거울에서도 그녀의 모습이 보였다. 그녀는 슬퍼 보였다. 그녀는 자신의 망토가 침대에 떨어지도록 내버려 두었다.

"왜 그래, 내 사랑?"

"창녀가 된 것 같은 기분이 들어서요." 그녀가 대답했다. 나는 창가로 가 커튼을 열고 밖을 바라보았다. 그녀가 이런 반응을 보일 줄은 꿈에도 생각하지 못했다.

"당신은 창녀가 아니야."

"알아요. 하지만 왠지 그런 기분이 들어요." 그녀의 목소리는 건조하고 생기가 없었다.

"가장 좋은 호텔로 고른 건데." 내가 말했다. 나는 계속 창밖을 보았다. 광장 너머 역에서 불빛이 반짝이고 있었다. 거리에는 마차가 다니고 있었고 공원의 나무들도 보였다. 호텔의 불빛은 젖은 도로를 비추고 있었다. 나는 생각했다. 젠장, 지금 꼭 이런 언쟁을 해야 하나?

"여기로 와 봐요." 캐서린이 말했다. 그녀의 목소리에 다시 생기가 돌았다. "어서요. 내가 다시 착한 여자가 됐어요." 나는 고개를 돌려 침대를 쳐다보았다. 캐서린이 웃고 있었다.

나는 침대로 가 캐서린 옆에 앉은 후에 그녀에게 키스를 했다.

"당신은 나의 착한 여자야."

"당연히 당신의 여자죠." 그녀가 대답했다.

저녁을 먹고 나자 기분이 좋아졌다. 무척 행복한 기분마저 들었다. 호텔 방이 꼭 우리 집처럼 느껴졌다. 병원의 내 병실이 그랬던 것처럼 이 방도 우리 집이 된 것이다.

캐서린은 저녁을 먹는 동안 내 제복 상의를 어깨에 걸치고 있었다. 매우 배가 고팠던 터라 저녁은 꿀맛이었다. 우리는 카프리 와인 한 병과 생테스테프 와인 한 병도 마셨다. 덕분에 그녀의 기분이 한층 좋아졌다. 와인은 내가 거의 다 마셨고 캐서린은 조금만 마셨다. 우리는 저녁으로 감자 수플레와 밤 퓌레드를 곁들인 멧도요 고기와 샐러드, 그리고 디저트로 자바이오네(계란 노른자, 설탕, 마르살라 와인을 등을 넣어 만든 이탈리아 디저트)를 먹었다.

"방이 좋네요. 참 예뻐요. 밀라노에 있을 동안 자주 와 볼 걸 그랬네요." 캐서린이 말했다.

"방이 좀 희한하지만 좋은 것 같긴 해."

"나쁜 짓을 하니까 정말 신나요. 나쁜 짓을 하는 사람들은 취향도 좋나 봐요. 저 멋진 빨강색 벨벳 천 좀 봐요. 정말 눈에 확 띄어요. 또 저 거울들도 멋지고요."

"당신은 사랑스러워."

"아침에 이런 방에서 잠을 깨면 어떤 기분일까요? 정말 훌륭한 방이에요." 나는 생테스테프 한 잔을 또 따랐다.

"우리는 진짜 나쁜 짓은 해 본 적이 없었어요. 우리가 한 것들은 다 너무 순수하고 단순한 것들뿐이었어요. 나쁜 짓은 해 본 적이 없죠." 캐서린이 말했다.

"당신은 훌륭한 여자야."

"난 배고픔만 면하면 괜찮아지는 것 같아요. 매일 배고픈 것만 생각하죠."

"당신은 멋지고 단순한 여자지." 내가 말했다.

"네. 난 단순한 여자예요. 당신 말고는 아무도 그걸 이해해 주지 않았죠."

"당신을 처음 만난 날, 난 오후 내내 당신과 카부르 호텔을 가면 어떨까만을 생각했어."

"정말 뻔뻔하군요. 여기가 카부르 호텔은 아니죠?"

"그럼, 아니지. 거긴 고급 호텔이라 우리는 들어가지도 못할 거야."

"언젠간 갈 수 있을 거예요. 바로 이런 게 우리 둘의 다른 점이에요. 난 그때 그런 생각은 할 줄을 몰랐었지만요."

"전혀 안 했어?"

"조금은 했죠." 그녀가 대답했다.

"정말 사랑스러워."

나는 와인을 또 한 잔 따랐다.

"난 정말 단순한 여자예요." 캐서린이 말했다.

"처음엔 그렇게 생각하지 않았어. 당신이 정신이 나간 게 아닐까 했지."

"그땐 진짜 좀 그랬어요. 하지만 심각한 정도는 아니었죠. 나 때문에 혹시 혼란스러웠나요?"

"와인은 훌륭한 음료야. 나쁜 일은 모두 잊게 해 주지." 내가 말했다.

"맞아요. 하지만 우리 아빠에게 심한 통풍을 안겨 주기도 했죠."

"지금 살아 계셔?"

"네. 그런데 통풍이 있으세요. 아빠 만날 걱정은 하지 않아도 돼요. 당신 아버지는요?"

"안 계셔. 새아버지만 있어."

"내가 그분을 맘에 들어 할까요?"

"그분을 만날 걱정은 할 필요 없어."

"우리는 함께 있으면 언제나 즐거워요. 난 이제 다른 것에는 아무런 관심도 없어요. 당신과 결혼한 것만으로도 무척 행복하거든요." 캐서린이 말했다.

보이가 방으로 올라와 식기들을 치워 갔다. 얼마 후 우리는 가만히 앉아 빗소리를 들었다. 호텔 밖 길가에서 자동차가 경적을 울렸다.

"하지만 난 등 뒤에서 항상 듣는다.
시간의 날개 달린 전차가 서둘러 달리는 소리를."

내가 읊었다.

"나 그 시 알아요. 마벌의 시죠. 그런데 그건 남자와 살지 않으려는 어떤 여자에 대한 시잖아요." 캐서린이 말했다.

순간 정신이 번쩍 들은 나는 현실을 걱정하기 시작했다.

"아기는 어디서 낳을 거야?"

"모르겠어요. 최대한 좋은 곳을 찾아봐야죠."

"어떻게 찾으려고?"

"최대한 노력해 봐야죠. 걱정 마요. 이 전쟁이 끝나기 전에 우리는 아기를 몇이나 더 낳을지도 모른다고요."

"갈 시간이 거의 다 됐어."

"알아요. 당신이 원한다면 빨리 가도 돼요."

"아냐."

"그럼 걱정하지 말아요. 지금까진 괜찮아 놓고 왜 이제 와서 걱정을 해요?"

"걱정 안 할게. 편지는 얼마나 자주 쓸 거야?"

"매일요. 군에서 편지를 검열하나요?"
"영어를 잘 몰라서 상관없을 거야."
"아주 헷갈리게 쓸게요." 캐서린이 말했다.
"너무 헷갈리게 쓰진 마."
"그래요. 조금만."
"이제 가야겠어."
"알았어요."
"이렇게 멋진 우리 집을 떠나기가 싫군."
"나도요."
"하지만 가야 해."
"어차피 우리는 한 집에서 오랫동안 생활해 본 적도 없잖아요."
"나중에는 그렇게 될 거야."
"당신이 전선에서 돌아오면 멋진 집을 마련해 놓을게요."
"가자마자 바로 돌아올지도 모르지."
"발만 살짝 다쳐서 돌아올 거예요."
"아니면 귓불이나."
"안 돼요. 귀는 이대로가 좋아요."
"내 발은 싫고?"
"발은 이미 다쳤으니까요."
"이제 가야 해, 내 사랑. 진짜로."
"알았어요. 먼저 나가요."

24

우리는 엘리베이터 대신 계단으로 내려갔다. 계단의 카펫 역시 닳아 있었다. 저녁 값은 음식이 방으로 올라왔을 때 이미 지불을 했다. 저녁을 가지고 올라왔던 보이가 호텔 문 근처 의자에 앉아 있었다. 그가 우리를 보더니 벌떡 일어나 고개를 숙여 인사했다. 나는 그와 함께 협실로 들어가 방값을 계산했다. 지배인이 아까는 날 친구로 여긴다며 선불을 거절했지만 퇴근을 할 때는 내가 방값을 안 내고 도망갈까 봐 보이에게 문을 지키라고 한 것이다. 그런 일이 자주 있는 모양이었다. 친구 사이에서도 말이다. 전시에는 모두가 다 서로의 친구였다.

나는 보이에게 마차를 불러 달라고 했다. 그는 내가 들고 있던 캐서린의 잠옷 봉투를 받아 들고 우산을 펴 밖으로 나갔다. 창밖으로 그가 빗속에서 길을 건너는 게 보였다. 우리는 협실에 서서 창밖을 바라보았다.

"기분이 어때, 캣(캐서린의 애칭)?"

"졸려요."

"난 속이 텅 비었어. 배가 고픈 것 같아."

"먹을 건 있어요?"

"응. 잡낭에 있어."

마차가 오고 있었다. 마차가 멈췄고 말은 빗속에서 머리를 떨구고 있었다. 웨이터가 마차에서 내리더니 우산을 쓰고 호텔로 걸어왔다. 우리는 문 앞에서 그를 기다렸다가 다시 그와 함께 우산을 쓰고 젖은 거리로 나가 모퉁이에 서 있는 마차로 다가갔다. 도랑에서는 빗물이 흐르고 있었다.

"마차 안에 봉투를 넣어 뒀어요." 보이가 말했다. 그는 우리가 마차 안으로 들어갈 때까지 우산을 들고 서 있었다. 나는 그에게 팁을 건넸다.

"감사합니다. 즐거운 여행 되세요." 그가 인사를 했다. 마부가 고삐를 당기자 말이 걷기 시작했다. 보이가 우산을 쓰고 뒤돌아 호텔로 향했다. 우리는 길을 내려가다 좌회전한 후 다시 오른쪽으로 돌아 역 앞에 도착했다. 역에는 두 명의 헌병이 겨우 비를 피하며 불빛 아래에 서 있었다. 불빛에 그들의 모자가 빛났다. 빗물도 역의 불빛에 투명하게 비치고 있었다. 수위가 대합실에서 어깨를 움츠린 채 나왔다.

"나올 필요 없어요. 괜찮으니까 들어가요." 내가 말했다.

그는 다시 아치 모양의 대합실로 들어갔다. 나는 캐서린을 마주 보았다. 그녀의 얼굴이 마차 지붕에 가려 어두웠다.

"이제 작별 인사를 해야겠네요."

"나도 계속 타고 가면 안 될까?"

"안 돼요."

"잘 가, 캣."

"당신이 마부에게 병원 길을 알려 줄래요?"

"그러지."

나는 마부에게 병원 주소와 가는 방법을 알려 주었다. 그가 고개를 끄덕였다.

"안녕. 부디 당신과 아기 몸을 잘 살펴."

"잘 가요, 내 사랑."

"갈게." 나는 인사를 하고 빗속으로 걸어 나왔다. 마차가 출발했다. 몸을 빼 밖을 바라보는 캐서린의 얼굴이 불빛에 비쳤다. 그녀는 미소를 지으며 손을 흔들었다. 마차가 길을 올라가자 캐서린이 손가락으로 대합실 쪽을 가리켰다. 돌아다 보니 텅 빈 대합실에 헌병 두 명밖에 보이지 않았다. 그제야 나에게 비를 피해 대합실로 들어가라는 말이란 것을 알았다. 나는 대합실로 들어가 서서 마차가 모퉁이를 돌아가는 것을 지켜보았다. 나는 역을 지나 승강장으로 내려갔다.

수위가 승강장에서 나를 찾고 있었다. 나는 그를 따라 열차 안으로 들어갔다. 붐비는 열차 안을 헤집고 복도를 따라 문 안으로 들어가니 병원 수위 친구인 기관총 사수가 꽉 찬 객실 안 구석 자리에 앉아 있었다. 내 배낭과 잡낭이 그의 머리 위 짐칸에 놓여 있었다. 객실 밖 통로에는 많은 승객들이 서 있었다. 내가 수위와 객실로 들어가자 다들 우리를 쳐다보았다. 열차 안은 사람들로 넘쳐났고 모두가 짜증 섞인 표정이었다. 기관총 사수가 나에게 자리를 비켜 주려 일어서는데 누군가가 내 어깨를 두드렸다. 뒤를 돌아보니 턱에 길게 붉은 흉터가 있는 키가 매우 크고 수척한 포병대 대위가 서 있었다. 그는 통로에서 객실 문의 유리창을 통해 안을 바라보고 있다 들어온 것이었다.

"뭡니까?" 나는 뒤를 돌아 그를 마주했다. 그는 나보다 키가 컸으나 모자챙에 가려진 얼굴은 무척 야위어 있었다. 턱의 흉터는 금방 아물었는지 반질거렸다. 객실 안의 모든 승객이 나를 바라보고 있었다.

"그러면 안 되죠. 병사에게 자리를 맡게 하다니." 그가 말했다.

"이미 해 버렸는걸요."

침을 삼키는 그의 목젖이 올라갔다 내려왔다. 기관총 사수는 내 자리 앞에 멀뚱히 서 있었다. 다른 청년들은 유리창을 통해 안을 보고 있었다. 객실이 조용해졌다.

"당신에게는 그럴 권리가 없어요. 난 이곳에 당신보다 두 시간이나 전에 왔소."

"그래서 원하는 게 뭡니까?"

"그 자리요."

"이건 내 자리입니다."

객실의 전 승객이 내게 불만을 갖고 있다는 게 느껴졌다. 하지만 그들을 탓할 수는 없었다. 대위의 말이 맞았으니까. 그래도 나는 자리를 포기하고 싶지 않았다. 객실은 여전히 조용했다.

에라, 모르겠다.

"앉으시죠, 대위님." 내가 말했다. 기관총 사수가 비켜섰고 키 큰 대위가 자리에 앉았다. 그가 나를 쳐다보았다. 그 역시도 마음이 상한 표정이었다. 그래도 이젠 자리에 앉았으니. “내 짐들을 가져와요.” 내가 기관총 사수에게 말했다. 우리는 통로로 나갔다. 열차는 붐볐고 자리가 빌 가능성도 전혀 없어 보였다. 나는 수위와 사수에게 각각 10리라씩을 주었다. 그들은 기차에서 내려 승강장으로 나가 기차 안을 둘러보았다. 하지만 빈자리는 없었다.

“브레시아에서 내리는 사람이 있을 거예요.” 수위가 말했다.

“거기선 사람들이 더 탈 거야.” 기관총 사수가 말했다. 나는 그들에게 작별 인사를 하며 악수를 건넸고 그들은 나에게 미안해하며 역을 떠났다. 열차가 출발했지만 승객들은 모두 통로에 서 있었다. 나는 멀어지는 역사와 승강장의 불빛을 바라보았다. 계속해서 비가 내렸고 곧 열차의 창문에 뿌옇게 김이 서려 밖이 보이지 않았다. 나중에 나는 통로 바닥에 드러누워 잠을 잤다. 그 전에 우선 돈과 공문이 든 지갑을 바짓가랑이 사이에 집어넣었다. 그리고 밤새도록 잠을 잤다. 브레시아와 베로나 역에서 사람들이 더 탈 때 잠깐 깼지만 곧바로 다시 잠이 들었다. 나는 잡낭 하나는 머리를 뉘는데 썼고 다른 하나는 팔로 감싸 안았다. 배낭도 몸에 닿게 놓아두었다. 승객들은 나를 밟지 않도록 조심해서 다녀야 했다. 통로 바닥은 누워 자는 승객들로 가득했다. 자지 않는 사람들은 창문 커튼 봉을 잡거나 문에 기대어 서 있었다. 열차는 가는 동안 내내 붐볐다.

제 3 부

25

가을이 되자 나무들은 앙상하게 가지만 남아 있었고 거리는 진흙탕으로 변해 있었다. 나는 군용 트럭을 타고 우디네에서 고리치아로 향했다. 다른 군용 트럭들을 여러 번 지나치고 나서야 마을이 보이기 시작했다. 뽕나무 잎이 다 떨어져 들판은 휑하게 비어 있었다. 길게 늘어진 가로수 길에는 젖은 낙엽들이 굴러다녔고, 그 길에서 병사들이 길가를 따라 떨어져 있는 부서진 돌무더기들을 주워 바퀴 자국을 막고 있었다. 마을에는 안개가 자욱해 산도 보이지 않았다. 강을 건널 때 보니 수위가 제법 높았다. 산에 비가 많이 내려서 그런 것이었다. 공장들과 집들과 빌라 건물들을 지나 마을에 들어섰다. 그동안의 공격으로 전보다 더 많은 집들이 부서져 있었다. 좁은 길에 들어섰을 때 영국 적십자 구급차 한 대를 지나쳤는데 모자를 쓰고 있는 운전병의 마른 얼굴은 까맣게 타 있었다. 모르는 사람이었다. 나는 읍장이 사는 저택 앞의 넓은 광장에서 내렸다. 나는 운전병이 건네주는 배낭을 메고 잡낭 두 개를 흔들거리며 우리 숙소를 향해 걸어갔다. 환영 인사를 받을 것 같은 분위기가 아니었다.

나는 숙소를 바라보며 나무들이 서 있는 축축한 자갈 차도를 걸어갔다. 창문은 모두 닫혀 있었지만 문은 열려 있었다. 안으로 들어가니 소령이 지도들과 타이핑된 여러 장의 문서가 벽에 붙어 있는 빈 방, 테이블에 앉아 있었다.

"자네군! 몸은 좀 어때?" 소령은 더 늙고 살이 빠져 있었다.

"좋습니다." 내가 대답했다. "전황은 어떻습니까?"

"다 끝났어. 짐을 두고 앉아 보게." 나는 배낭과 잡낭을 바닥에 내려놓고 모자를 그 위에 벗어 놓았다. 그리고 벽 근처에 있는 의자를 테이블 앞으로 가져가 앉았다.

"여름은 그야말로 최악이었어. 이제 몸은 다 나았나?" 소령이 말했다.

"네."

"훈장은 받았고?"

"네. 받았습니다. 감사합니다."

"어디 보자고."

나는 망토를 열어 그에게 휘장 두 개를 보여 주었다.

"상자에 들은 훈장은 받았나?"

"아뇨. 서류만요."

"훈장도 나중에 보내 줄 거야. 만들려면 시간이 걸리니까."

"저는 뭘 하면 될까요?"

"구급차들은 다 나가고 없어. 카포레토에 여섯 대가 가 있어. 자네 카포레토를 아나?"

"네." 내가 대답했다. 그곳은 골짜기에 종탑이 있는 작고 하얀 마을이었다. 그 깨끗하고 작은 마을의 광장에는 멋들어진 분수도 하나 있었다.

"의무대는 거기서 일하고 있어. 부상병들이 많거든. 이제 전투는 끝난 거나 다름없어."

"다른 구급차는요?"

"산에 두 대가 가 있고 네 대는 아직 바인시차 고원에 있어. 나머지 두 대는 제3부대와 함께 카르소에 나가 있다네."

"제가 뭘 하면 될까요?"

"바인시차 고원에 가서 통솔을 하게. 지노가 한참 동안 거기에 가 있네. 바인시차에 한 번도 가 본 적 없지?"

"네."

"상황이 무척 안 좋아. 구급차 세 대가 날아갔어."

"소식 들었어요."

"그래. 리날디가 자네에게 편지를 썼지."

"리날디는 어디 있습니까?"

"마을 병원에서 근무해. 여름과 가을을 그곳에서 지냈지."

"그렇군요."

"그동안 정말 안 좋았어. 들으면 못 믿을 거야. 가끔은 자네가 그때 부상당한 게 다행이라고 생각한다니까."

"저도 알아요."

"내년에는 더 안 좋아질 거야. 어쩌면 지금 다시 공격을 해 올지도 몰라. 그렇다고들 말은 하지만 지금은 이미 늦어서 불가능할 거야. 오면서 강을 봤지?"

"네. 수위가 벌써 굉장히 높아졌던데요?"

"이렇게 비가 오는데 무슨 공격을 하겠어? 곧 있으면 눈도 올 거야. 미군에선 어떻게 되어 가고 있나? 자네 말고도 더 올까?"

"지금 천만 명의 병사가 훈련 중이에요."

"우리 군에도 일부가 오면 좋을 테지만 프랑스 놈들이 다 데려가겠지. 우리나라까지는 오는 법이 없어. 좋아, 그럼 자넨 오늘 밤 여기서 묵고 내일 소형차를 타고 바인시차에 가서 지노를 데리고 오게. 길을 아는 병사와 같이 가도록 해. 도착하면 지노가 모든 걸 다 설명해 줄 거야. 아직도 놈들이 포탄을 쏘고 있긴 하지만 사실상 전투는 끝났다네. 바인시차 구경도 좀 하라고."

"그러고 싶네요. 다시 소령님을 만나게 돼서 좋습니다."

그가 미소를 지었다. "그렇게 말해 주다니 기분이 좋군. 난 이 전쟁이 정말 지긋지긋해. 내가 만약 자네처럼 떠나 있었다면 난 돌아오지 않았을 거야."

"그렇게 안 좋습니까?"

"그래. 앞으로 더 나빠질 거야. 이제 씻고 리날디나 만나러 가게."

나는 소령의 방을 나와 내 짐을 들고 위층으로 올라갔다. 리날디는 방에 없었지만 그의 물건들은 그대로였다. 나는 침대에 앉아 각반을 풀고 오른쪽 군화를 벗었다. 그러고 나서 침대에 누웠다. 피곤이 몰려오며 오른쪽 발이 아팠다. 한쪽 군화만 벗고 누워 있는 게 바보처럼 느껴져 다시 일어나 앉아 왼쪽 군화도 벗어 바닥에 던져 놓았다. 그리고 다시 침대 위에 누웠다. 창문이 닫혀 있어서 방 안 공기가 답답했지만 또 일어나 창문을 열기에는 몸이 너무 지쳐 있었다. 내 물건이 방구석에 쌓여 있었다. 밖이 어두워지고 있었다. 나는 침대에 누워 캐서린을 생각하며 리날디를 기다렸다. 밤에 잠들기 전에만 캐서린을 생각하려 했지만 지금은 몸도 지치고 할 일도 없었기에 그냥 그녀 생각을 하며 누워 있었다. 그때 리날디가 방으로 들어왔다. 그는 변한 게 하나도 없었다. 전보다 조금 더 야윈 것 같기도 했다.

"우리 꼬맹이." 그가 외쳤다. 나는 일어나 앉았다. 그가 다가와 침대에 앉더니 팔로 나는 감싸 안았다. "정말 오랜만이군." 그가 내 등을 힘껏 내리쳤고 나는 그의 양쪽 팔을 붙잡았다.

"이봐, 친구. 무릎 좀 보자고."

"바지를 벗어야 하는데."

"그럼 벗어. 우린 친구잖아. 밀라노에서 어떻게 고쳐 놓았는지 보고 싶네." 나는 일어나서 바지를 벗고 무릎 보호대를 풀었다. 리날디가 바닥에 앉아 조심스럽게 내 무릎을 앞뒤로 굽혀 보았다. 흉터를 만져 보기도 하고 두 엄지손가락을 모아 무릎에 대고 나머지 손가락으로 조심스럽게 흔들어 보기도 했다.

"관절 접합은 다 한 거야?"

"응."

"너를 전선으로 다시 보내다니 불법이야. 아직 접합이 덜 됐다고."

"그래도 예전보다 훨씬 나아진 거야. 처음엔 판때기 마냥 뻣뻣했어."

리날디가 무릎을 더 구부렸다. 나는 그의 손을 쳐다보았다. 섬세한 손길이 의사다웠다. 그의 정수리가 보였다. 반짝이는 머리카락 사이로 가지런하게 가르마가 나 있었다. 그가 갑자기 내 무릎을 너무 많이 구부렸다.

"아!" 내가 소리쳤다.

"아직 물리 치료를 더 해야 돼." 리날디가 말했다.

"전보다는 낫다니까."

"나도 알아, 친구. 이 분야는 내가 너보다 한 수 위라고." 리날디가 일어서더니 침대에 앉았다. "무릎 수술 자체는 잘된 것 같네." 그는 이제 무릎에서 다른 화제로 넘어갔다. "그동안 있었던 일들을 다 말해 봐."

"할 것도 없어. 그냥 조용히 지냈거든."

"유부남 표시 내는군. 자네 왜 그래?"

"아무것도 아냐. 자넨 왜 그래?"

"이 전쟁 때문에 미치겠어. 우울증에 걸릴 지경이라고." 리날디가 자신의 무릎에 손을 포갰다.

"저런." 내가 대답했다.

"뭐가? 나라고 감정이 없겠어?"

"아니. 잘 지낸 것 같아 보였거든 얘기 좀 해 봐."

"여름, 가을 내내 수술만 했어. 죽어라 일만 했지. 내가 모든 일을 다 해야 해. 어려운 수술도 모두 내 차지지. 난 정말 뛰어난 의사가 되어 가고 있다고."

"다행이군."

"생각할 시간도 없어. 오직 수술에만 전념하지."

"그렇군."

"하지만 이제 다 끝났어. 이젠 수술도 안 하고 기분도 거지 같아. 이 전쟁이 정말 싫어. 자네도 내 맘 알겠지. 이제 자네가 내 기분을 상쾌하게 해 줄 차례야. 축음기판은 사 왔어?"

"응."

마분지 상자 속, 종이에 싸인 축음기판이 내 배낭 안에 들어 있었다. 나는 너무 피곤해서 그것들을 가지러 갈 수가 없었다.

"몸 상태가 별로야, 우리 꼬맹이?"

"최악이야."

"이 전쟁이야말로 정말 최악이야. 일어나. 술에 취해서 기분 좀 내자고. 그런 다음 창루에 가자. 그럼 기분이 좋아질 거야." 리날디가 말했다.

"난 황달이 나은 지 얼마 되지 않았어. 그래서 술 마시면 안 돼."

"우리 꼬맹이가 변했어. 황달 좀 앓았다고 심각하게 변해 버렸군. 이 전쟁은 정말 끔찍해. 우리가 어쩌다 이런 전쟁을 시작한 걸까?"

"술 몇 잔은 괜찮아. 하지만 취할 때까지 마시지는 않을 거야."

리날디가 방 끝 세면대로 걸어가 잔 두 개와 코냑 한 병을 꺼내 왔다.

"오스트리아산 코냑이야. 별 일곱 개짜리지. 산가브리엘레에 가서 이것만 잔뜩 챙겨 왔어." 그가 말했다.

"자네도 갔었나?"

"아니. 난 아무 데도 안 갔어. 여기 박혀서 수술만 했지. 이거 봐, 친구. 자네가 쓰던 양치용 물컵이야. 이 물컵을 보며 자네 생각을 했어."

"그래서 그걸로 양치질도 열심히 했어?"

"아냐. 내 컵은 따로 있어. 나는 이 컵을 보며 창루에 다녀온 다음 날 아침이면 아스피린을 먹으며 창녀에게 욕을 퍼붓고는 전날 밤의 기억을 양치질과 함께 지우려는 자네를 떠올리곤 했어. 이 컵을 보면 언제나 칫솔로 양심을 닦아 내는 자네가 생각났다고." 리날디가 침대로 왔다. "나한테 뽀뽀 한번 해 주고 '난 심각하지 않다.'라고 말해 봐."

"난 자네한테 절대 뽀뽀는 안 해. 이 짐승 같은 자식."

"그래. 자넨 착실한 미국 신사야. 잘 알고 있지. 항상 양심을 지키며 살지. 난 자네가 창루의 향기를 양치로 닦아 낼 때까지 얼마든지 기다려 줄 수 있어."

"코냑이나 따라."

우리는 잔을 부딪친 후 코냑을 들이켰다. 리날디가 나를 보고 웃었다.

"내가 너를 취하게 만든 뒤 네 간을 튼튼한 이탈리아 청년의 것과 맞바꿔 널 다시 남자로 태어나게 해 주겠어."

나는 잔에 코냑을 더 따랐다. 밖은 어두워져 있었다. 나는 코냑 잔을 들고 창가로 가 창문을 열었다. 어느덧 비가 그쳐 있었다. 밖은 아까보다 더 추웠고 나무들 사이에는 안개가 껴 있었다.

"밖에다 코냑 버리면 안 돼. 마시기 싫으면 나한테 줘." 리날디가 말했다.

"자네 거나 양껏 마시라고." 내가 말했다. 리날디를 다시 만나니 좋았다. 2년 동안 줄기차게 나를 놀려 댔지만 나는 그런 그가 좋았다. 우리는 통하는 게 많았다.

"자네 결혼은 했나?" 그가 침대에서 물었다. 나는 창문 옆 벽에 기대 서 있었다.

"아직."

"사랑에 빠진 거야?"

"응."

"그 영국 여자랑?"

"응."

"불쌍한 우리 꼬맹이. 그 여자가 너한테 잘해 줘?"

"물론이지."

"내 말은 육체적으로 잘 해 주냐고?"

"닥쳐."

"안 그래도 그럴 거야. 난 사려 깊은 남자니까. 그럼 그녀가……"

"리닌, 부탁인데 좀 닥쳐. 내 친구로 남고 싶으면 말이야."

"난 네 친구가 되고 싶진 않아. 우린 이미 친구인걸!"

"그럼 그 입 좀 다물라고."

"알았어."

나는 침대로 가 리날디 옆에 앉았다. 그는 잔을 들고 바닥을 바라보고 있었다.

"내 마음 알지, 리닌?"

"물론이지. 난 평생 동안 신성한 주제를 무수히 봐 왔어. 하지만 자네와는 그런 것에 대해 대화할 기회가 거의 없었지. 자네에게도 신성한 것들이 있겠지?" 그가 바닥을 보며 말했다.

"자네는?"

"난 없어."

"하나도?"

"응."

"그럼 자네 엄마나 여형제에 대해 아무렇게나 말해도 돼?"

"거기다 자네 여형제도 더 해서." 리날디가 재빨리 받아쳤다. 우리는 함께 웃었다.

"이 능구렁이 같은 녀석." 내가 말했다.

"내가 널 질투하나 봐." 리날디가 말했다.

"질투는 무슨."

"그런 뜻이 아니라 다른 의미로 말이야. 자네 주위에는 결혼한 친구가 있나?"

"그럼." 내가 대답했다.

"난 없어. 부부가 서로 사랑하며 사는 그런 친구는 없어."

"왜 그렇지?"

"그런 친구들은 날 싫어해."

"왜 싫어하는데?"

"난 뱀이거든. 이성의 뱀."

"너 헷갈리는구나. 사과가 이성이야."

"아니, 뱀이 맞아." 그가 신나서 말했다.

"자넨 깊게 생각 안 할 때가 좋아." 내가 말했다.

"사랑해, 친구. 내가 위대한 이탈리아 사상가가 되려고 할 때마다 훼방을 놓는구나. 난 네가 모르는 수많은 것들을 알고 있어. 넌 절대 알지 못하지."

"그래, 어련하겠어?"

"하지만 네가 더 나은 삶을 살게 될 거야. 비록 후회가 따른다고 해도 말이야."

"과연, 그럴까?"

"물론이지. 그게 사실이야. 지금도 봐. 난 일할 때만 행복하잖아." 리날디가 또 바닥을 쳐다보았다.

"점점 나아질 거야."

"아냐. 내가 일 외에 좋아하는 건 딱 두 가지야. 하나는 일에 나쁜 거고 다른 하나는 30분이나 15분 안에 끝나는 거야. 가끔은 더 빨리도 끝나기도 하지."

"가끔은 그것보다도 훨씬 더 빨리 끝날 때도 있고."

"나도 실력이 늘었다네, 친구. 자넨 잘 모르겠지만. 어쨌든 나한테는 그 두 가지 일밖에 없어."

"다른 것도 얻을 날이 올 거야."

"천만에. 우리는 아무것도 얻지 못 해. 우리는 새로 배우거나 얻는 것 없이 태어날 때 이미 모든 걸 다 갖고 태어나는 거야. 자네가 라틴계 민족이 아닌 걸 다행으로 여겨."

"라틴계 민족이란 건 존재하지 않아. 라틴계적인 사고방식이 있을 뿐이지. 자신들의 단점들도 자랑스러워하는 사고방식." 리날디가 고개를 들고 웃었다.

"이제 그만두자고, 친구. 생각을 너무 많이 해서 피곤해." 그는 방에 들어올 때부터 피곤한 표정이었다. "이제 저녁 먹을 시간이 다 됐어. 네가 돌아오니 기분이 좋다. 자네는 나의 가장 친한 친구이자 나의 전우야."

"전우들은 언제 식사해?" 내가 물었다.

"지금 곧. 네 간을 위해서 한 잔씩 더 하자."

"성 바오로처럼."

"정확하게 좀 알아. 그건 위를 위한 와인이야. 네 위를 위해 와인을 마시는 거지."

"그게 어떤 와인이건 무엇을 위한 것이던, 좌우간 위하여!"

"네 애인을 위하여." 리날디가 그렇게 말하고는 잔을 들었다.

"좋아."

"네 애인에 관해서는 절대로 더러운 농담은 하지 않을게."

"너무 네 자신을 속박하지 마."

그가 코냑을 마시고 나서 말했다. "난 순수한 사람이야. 너처럼, 이 친구야. 나도 영국 여자를 얻을 거야. 사실 그 여자는 너보다 내가 먼저 알았지만 나보다 키가 좀 컸거든. 키 큰 여자는 누나로 삼는 거야." 그가 누군가의 말을 인용했다.

"자넨 예쁘고 순수한 마음을 지녔어." 내가 말했다.

"그렇지? 그래서 사람들이 날 '순수한 리날도'라고 부르는 거야."

"'저속한 리날도'겠지."

"그만해. 내 마음이 순수할 때 얼른 내려가서 식사하자."

나는 몸을 씻고 머리를 빗은 후 아래층으로 내려갔다. 리날디는 약간 취해 있었다. 식당에는 아직 식사가 준비 중이었다.

"내가 술병을 들고 올게." 리날디가 그렇게 말하고는 위층으로 올라갔다. 내가 식탁에 앉자 리날디가 술병을 들고 와서 우리 둘의 잔에 코냑 반 병씩을 부었다.

"너무 많아." 그렇게 말하고 나는 식탁 위에 놓인 램프에 잔을 비추어 보았다.

"빈속이라 괜찮아. 술이란 참 신기해. 위를 확실히 태워 버리지. 자네에게 이보다 더 나쁜 건 없어."

"괜찮아."

"나날이 스스로를 망가뜨리는 거야. 위를 상하게 하고 손도 떨게 만들지. 외과 의사에겐 안성맞춤이라고."

"나한테도 추천할 만해?"

"내 온 마음을 담아 권하는 거야. 술만 한 게 또 있을까. 어서 마셔, 친구. 이제 몸이 아프기만을 기다리면 돼."

나는 반잔을 쭉 들이켰다. 복도에서 당번병이 소리치는 게 들렸다.
"수프요! 수프가 준비됐어요!"

소령이 식당으로 들어와 우리에게 고개를 끄덕이며 인사를 하고 자리에 앉았다. 식탁 앞에 앉은 그는 더욱 작아 보였다.

"다들 모였나?" 소령이 물었다. 당번병이 수프 그릇을 내려놓더니 한 국자를 가득 덜었다.

"다 모였어요. 신부님만 빼고요. 페데리코가 온 걸 알면 오시겠죠." 리날디가 답했다.

"신부님은 어디 계신가요?" 내가 물었다.

"307부대에 계시네." 소령이 대답했다. 소령은 수프를 먹느라 정신이 없었다. 그가 끝이 올라간 자신의 회색 콧수염을 꼼꼼히 닦으며 말했다. "곧 오실 거야. 그곳에 전화를 걸어 자네가 돌아왔다고 말해 두었어."

"한때는 식당이 시끌벅적했었는데요." 내가 말했다.

"그래. 지금은 조용해졌지." 소령이 말했다.

"제가 시끄럽게 할게요." 리날디가 말했다.

"와인 좀 마시게, 엔리코." 소령이 말하며 내 잔을 채웠다. 스파게티가 도착했고 우리는 정신없이 먹기 시작했다. 스파게티를 다 먹자 신부가 식당에 들어섰다. 그는 키가 작고 까무잡잡한, 예전 모습 그대로였다. 나는 자리에서 일어나 그와 악수를 했다. 그가 내 어깨에 손을 얹었다.

"소식을 듣자마자 왔습니다." 신부가 말했다.

"앉으세요. 늦으셨네요." 소령이 말했다.

"안녕하세요, 신부님." 리날디가 영어로 신부에게 인사를 했다. 그 인사는 영어를 조금밖에 할 줄 모르는 신부를 놀리기 위해 대위가 하던 것을 따라 한 것이었다. "안녕하세요, 리날도." 신부가 답했다. 당번병이 수프를 가져왔지만 신부는 스파게티만 먹겠다고 했다.

"몸은 좀 어떠세요?" 신부가 내게 물었다.

"괜찮아요. 그동안 어떻게 지내셨나요?" 내가 물었다.

"와인 좀 드세요, 신부님. 위를 위해 와인을 마시세요. 성 바오로가 한 말인 거 아시죠?" 리날디가 말했다.

"네, 압니다." 신부가 공손하게 대답했다. 리날디가 신부의 잔을 채웠다.

"성 바오로 말인데요." 리날디가 말했다. "그 사람이 모든 문제의 시작인 것 같아요." 신부가 나를 보고 미소를 지었다. 이제 더 이상 신부는 그런 놀림에 흔들리지 않는 것 같았다.

"성 바오로가 말이죠. 그는 원래 술꾼에 여자만 밝히는 사람이었어요. 그런데 지겨워지니까 그런 게 나쁘다고 하기 시작한 거예요. 혼자서 재미 볼 건 다 보고 우리는 그러지 못하도록 규칙을 만든 거예요. 그치, 페데리코?"

소령이 미소를 지었다. 우리는 이제 고기 스튜를 먹고 있었다.

"난 해가 지고 난 후에는 성인에 관해 언급하지 않아." 내가 말했다. 신부가 스튜에서 고개를 들어 내게 미소를 지었다.

"저것 봐라. 신부님한테 붙었네. 예전에 신부님을 놀리던 사람들은 다 어디로 간 거예요? 카발칸티는요? 브룬디는요? 체사레는요? 난 이제 아무런 도움 없이 혼자서 신부님을 놀려야 하는 거예요?" 리날디가 말했다.

"훌륭하신 분을 건드리지 말게." 소령이 말했다.

"물론 훌륭하시죠. 하지만 그래도 신부잖아요. 난 이 식당을 예전처럼 즐겁게 만들려는 것뿐이에요. 페데리코를 행복하게 만들어 주고 싶다고요. 이게 다 신부님 때문입니다!" 리날디가 말했다.

소령이 리날디를 쳐다보고는 그가 취했다는 것을 눈치챘다. 리날디의 야윈 얼굴은 창백했고 그의 검은 머리카락은 창백한 이마와 대조되어 더욱 까맣게 보였다.

"괜찮아요, 리날도. 괜찮아요." 신부가 말했다.

"신부님도 지겹고 이 빌어먹을 전쟁도 지겨워요." 리날디가 의자에 기대앉았다.

"리날디가 스트레스를 많이 받아서 지쳐 있어." 소령이 내게 말했다. 그가 고기를 다 먹고 빵 조각으로 그레이비소스를 닦아 먹었다.

"될 대로 되라지!" 리날디가 식탁을 향해 소리쳤다. "이 전쟁도 다 집어치워요." 그는 반항심 가득한 얼굴로 주위를 둘러보았다. 눈은 초점이 풀려 있었고 얼굴은 창백했다.

"그래. 빌어먹을 전쟁은 꺼져 버리라지." 내가 말했다.

"아냐, 아냐. 넌 못해. 못하고말고. 절대로 못해. 넌 메마르고 감정도 없이 텅 비었어. 네 안에는 아무것도 없다고. 단 하나도 없어. 난 내가 언제 일을 그만둘지 알아." 리날디가 말했다.

신부가 고개를 저었다. 당번병이 스튜 접시를 가져갔다.

"고기는 왜 먹는 거예요? 오늘 금요일(로마 카톨릭에서는 전통적으로 금요일에 고기를 먹지 않는다)인거 모르세요?" 리날디가 신부에게 몸을 돌렸다.

"오늘은 목요일이에요." 신부가 말했다.

"거짓말 마세요. 오늘은 금요일이에요. 신부님은 지금 주님의 육신을 먹고 있는 거예요. 이건 신의 고기라고요. 나도 알아요. 오스트리아 병사의 시체인 거. 신부님은 지금 그걸 먹고 있는 거라고요."

"흰 살코기는 장교의 것이지." 내가 농담을 받아쳤다.

리날디가 웃었다. 그가 자신의 잔을 채웠다.

"난 상관 마. 지금 좀 미쳤으니까." 그가 말했다.

"휴가라도 다녀오세요." 신부가 말했다.

소령이 신부에게 고개를 흔들어 보였다. 리날디가 신부를 쳐다보았다.

"제가 휴가를 다녀와야 한다고요?"

소령이 신부에게 또다시 고개를 흔들었다. 리날디는 신부만 쳐다보고 있었다.

"원하신다면요. 싫으시면 안 가셔도 되고요." 신부가 말했다.

"꺼져 버려요. 모두들 날 없애려고 해요. 매일 밤마다요. 그래도 난 싸우죠. 내가 만약 그것에 걸렸다면요? 다들 걸린 걸 가지고 우선……." 리날디가 강연자라도 된 것처럼 계속 말을 이었다. "작은 여드름으로 시작되죠. 그다음에 어깨 사이에 발진이 생겨요. 그걸로 끝이에요. 우리는 수은만 믿을 수밖에 없죠."

"아니면 살바르산(당시 쓰이던 매독 치료약)이나." 소령이 은근슬쩍 끼어들었다.

"그것도 수은 제품이죠. 저는 그 두 개에 대해 잘 알아요. 우리 신부님은 절대 안 걸릴 거예요. 우리 꼬맹이는 걸리겠지만. 그건 일종의 산재죠. 단순한 산재일 뿐이에요." 리날디는 이제 무척 고무된 듯했다.

당번병이 감미료와 커피를 가져왔다. 디저트는 검은 빵 푸딩 같은 것 위에 진득한 소스가 뿌려진 것이었다. 램프가 타고 있었다. 램프의 검은 연기가 굴뚝 위로 올라가고 있었다.

"초 두 개를 가져오고 램프는 가져가게." 소령이 말했다. 당번병이 불이 붙여진 초 두 개를 각각 접시에 세워 가져왔고 램프는 불을 꺼서 가져갔다. 리날디는 이제 조용해졌다. 그는 이제 진정된 것 같았다. 우리는 더 이야기를 나누다가 커피를 마신 후 다 같이 복도로 나왔다.

"자네는 신부님이랑 이야기해. 난 마을에 가 봐야 해." 리날디가 말했다. "갈게요, 신부님."

"잘 가요, 리날도." 신부가 인사했다.

"나중에 보자, 프레디." 리날디가 인사했다.

"그래. 일찍 들어와." 그는 내 말에 인상을 찌푸리며 문밖으로 나갔다. 소령이 우리와 함께 서 있었다. "리날디가 일에 시달려서 많이 힘들어하는군. 자기도 매독에 걸렸다고 생각하나 봐. 내가 보기엔 아닌 것 같은데 확실히 알 수는 없지. 본인이 직접 치료를 할 테니까. 난 이만 가 보지. 엔리코 자네는 내일 해가 뜨기 전에 떠날 거지?"

"네."

"그럼 미리 인사하지. 행운을 비네. 페두치가 자네를 깨워 함께 갈 거야."

"안녕히 주무세요, 소령님."

"그래. 오스트리아가 또 공격해 온다는데 난 안 믿어. 아니길 빌어야지. 공격을 해도 여긴 괜찮을 거야. 지노가 다 말해 줄 거네. 이젠 전화가 잘 돼."

"자주 연락하겠습니다."

"그래. 잘 자게. 리날디가 브랜디를 너무 많이 마시면 막아 주게."

"그러겠습니다."

"가세요, 신부님."

"주무세요, 소령님."

소령이 방으로 들어갔다.

26

나는 문가로 가서 밖을 내다보았다. 비는 그쳤지만 여전히 안개가 자욱했다.

"위층으로 갈까요?" 내가 신부에게 물었다.

"잠깐 있다가 가야 해요."

"올라가시죠."

우리는 계단을 올라가 내 방으로 들어갔다. 나는 리날디 침대에 누웠다. 신부는 당번병이 준비해 둔 내 간이 침대에 앉았다. 방은 어두웠다.

"그래서 몸은 정말 어때요?"

"난 괜찮아요. 오늘 밤은 좀 피곤하지만요."

"나도요. 별 이유도 없는데 말이죠."

"전쟁은 어떻게 될까요?"

"곧 끝날 것 같아요. 왠지 그런 느낌이 들어요."

"어째서요?"

"소령님 보셨죠? 부드러워졌잖아요. 지금 많은 사람들이 그래요."

"나도 그렇게 느꼈어요." 내가 말했다.

"여름은 정말 최악이었어요." 신부가 말했다. 그는 내가 떠날 때보다 태도에 더 확신감이 생겨 있었다. "그동안 어땠는지 말해도 못 믿을 거예요. 물론 직접 경험을 해 보셨으니 상상은 할 수 있겠죠. 많은 사람들이 이번 여름에 전쟁의 참상을 깨닫게 됐어요. 절대 그걸 깨닫지 못 할 거라고 생각했던 장교들도 지금은 깨달았지요."

"이제 어떻게 될까요?" 내가 손으로 담요를 쓰다듬었다.

"나도 잘은 모르지만 전쟁이 계속될 것 같진 않아요."

"그럼 어떻게 될까요?"

"싸움을 멈추겠지요."

"누가요?"

"양쪽 다요."

"나도 그러길 빌어요." 내가 말했다.

"중위님 생각은 다른가요?"

"양쪽이 동시에 싸움을 그만두진 않을 것 같네요."

"그렇긴 하겠죠. 그건 너무 지나친 기대겠죠. 하지만 병사들의 변화된 모습을 보고 있으면 전쟁이 계속될 것 같지는 않아요."

"이번 여름에는 누가 이겼나요?"

"어느 쪽도 이기지 않았어요."

"오스트리아가 이긴 거예요. 산가브리엘레도 뺏기지 않았으니까. 이겼으니 그들은 전투를 그만두지 않을 거예요." 내가 말했다.

"그들도 우리처럼 느끼고 있다면 그만둘 수도 있어요. 우리는 똑같은 경험을 하고 있잖아요."

"이기는 편은 절대 그만두지 않아요."

"날 힘 빠지게 만드는 말이군요."

"그냥 전 제 생각을 말하는 것뿐이에요."

"그럼 중위님은 이 전쟁이 끝없이 계속될 거라고 생각하나요? 아무 일도 일어나지 않고요?"

"글쎄요. 전 그저 오스트리아군이 승리를 거뒀는데 물러서진 않을 것 같다는 말이에요. 패배는 곧 기독교인이 된다는 걸 의미하니까요."

"오스트리아인들도 기독교인입니다. 보스니아인들만 빼면요."

"제가 말한 기독교인이란 건 예수님처럼 된다는 말이었어요."

신부는 말이 없었다.

"우리는 지금 패배를 겪었기 때문에 부드러워진 거예요. 베드로가 감람산에서 예수님을 구했더라면 어떻게 됐겠어요?"

"그래도 모든 것이 똑같았을 거예요."

"전 그렇게 생각하지 않아요." 내가 말했다.

"중위님 때문에 정말 힘이 빠져요. 난 무슨 일이 일어날 거라고 믿고 있고 그렇게 빌고 있어요. 조만간 일어날 겁니다."

"그럴 수도 있겠죠. 하지만 그 일은 우리에게만 일어날 거예요. 오스트리아군도 우리처럼 느낀다면 더할 나위 없이 좋겠죠. 그러나 그들은 우리를 물리쳤어요. 우리와는 반대의 감정을 느낄 거라고요."

"그건 많은 병사들이 한동안 느낀 감정입니다. 졌기 때문에 느끼는 것이 아니에요."

"그들은 이미 처음부터 진 거예요. 자신들의 농장에서 군대로 끌려왔을 때부터 진 거라고요. 그래서 농부들이 현명한 겁니다. 처음부터 이미 졌으니까요. 권력을 맛보았더라면 그렇게 현명하진 못했을 겁니다."

신부는 아무 말도 하지 않고 생각에 잠겨 있었다.

"정말 슬퍼지는군요. 이래서 제가 이런 것들에 대해 생각하지 않는 거예요. 그런데도 말을 시작하면 머릿속에서 생각했던 것들이 저절로 튀어나와요." 내가 말했다.

"나는 뭔가를 바라고 있습니다."

"패배를요?"

"아뇨. 그보다 더 나은 것이요."

"그보다 더 나은 것은 없어요. 승리만 제외하고요. 승리가 오히려 더 나쁠 수도 있고요."

"저도 오랫동안 승리를 바라왔습니다."

"저도요."

"헌데 지금은 모르겠네요."

"승리 아니면 패배예요."

"난 이제 승리도 바라지 않아요."

"저도요. 하지만 패배도 싫어요. 그게 더 나을 수도 있겠지만요."

"그럼 무엇을 바랍니까?"

"잠이요." 내가 그렇게 대답하자 신부가 일어났다.

"내가 너무 오래 있었던 것 같네요. 하지만 대화할 수 있어서 좋았습니다."

"저도 오랜만에 신부님과 이야기 나눌 수 있어서 좋았어요. 잠을 바란다는 건 농담이었어요."

우리는 일어나 어둠 속에서 악수를 했다.

"난 이제 307부대에 지내요." 그가 말했다.

"전 내일 아침 일찍 초소로 가요."

"돌아오시면 다시 만나요."

"산책도 하고 대화도 나눠요." 나는 신부를 방문 앞까지 배웅했다.

"내려오실 필요 없어요. 돌아오셔서 정말 반갑습니다. 물론 중위님에겐 안 좋은 일이지만요." 그가 내 어깨에 손을 얹었다.

"전 괜찮아요. 안녕히 가세요."

"주무세요. 차우!"

"차우!" 나는 깊은 잠에 빠졌다.

27

리날디가 방으로 들어오는 소리에 나는 잠에서 깼다. 그는 말이 없었고 나는 다시 잠이 들었다. 나는 동이 트기 전에 일어나 옷을 입고 초소로 향했다. 리날디는 내가 떠날 때까지도 잠을 자고 있었다.

나는 바인시차 고원을 가 보는 게 처음이었다. 오스트리아 병사들이 밟았던 길을 다시 걷는다는 것이 이상하게 느껴졌다. 더군다나 그 길 너머 강 지점은 내가 부상을 입었던 곳이기도 했기 때문이다. 새로 트인 가파른 길에는 트럭들이 많이 다니고 있었다. 평평하게 쭉 뻗은 길 앞으로 안개에 싸인 숲과 가파른 언덕들이 보였다. 갑작스럽게 점령을 한 탓인지 숲은 망가진 곳이 거의 없었다. 그 앞으로 언덕에 가려지지 않은 길 양쪽과 위로는 차폐물이 덮여 있었다. 길은 망가진 마을로 이어졌다. 전선은 그 너머에 있었다. 마을 주위를 포병대가 포위하고 있었다. 가옥들은 심하게 부서져 있었지만 그 외의 것들은 무척 잘 정돈되어 있었고 곳곳에 표시판도 있었다. 우리는 지노를 발견했다. 그가 우리에게 커피를 가져다 주었다. 그 후에는 그의 안내에 따라 여러 사람들을 소개받으며 초소들을 둘러보았다. 지노는 영국 의무대가 바인시차 한참 밑에 있는 라브네에서 일하고 있다고 전했다. 그는 영국 의무대를 굉장히 존경했다. 아직 어느 정도 포탄 공격이 있긴 하지만 부상자는 많지 않다고 했다. 우기가 시작되었으니 많은 병사들이 병에 걸릴 것이라고도 했다. 오스트리아가 공격을 한다고는 했지만 그는 그 말을 믿지 않았다. 우리도 공격을 해야 했지만 병사들이 새로 투입되지 않는 걸 보면 우리 쪽에서도 공격을 취소한 것 같다고 했다. 고원에는 식량이 턱없이 부족했기 때문에 그는 얼른 고리치아에 가서 배부르게 식사를 하고 싶어 했다. 그는 내게 저녁으로 뭘 먹었냐고 물었다. 내가 메뉴들을 하나씩 말하자 부러워했다. 그는 특히 돌체(디저트로 먹는 음식 중 하나)에 감명 깊어했다. 자세한 설명도 없이 그냥 돌체라고만 했을 뿐인데 그는 그것을 빵 푸딩 이상의 고급스러운 것이라고 여기는 듯했다.

그가 자신이 어디로 가게 될지 아느냐고 물었고 나는 잘은 모르지만 카포레토에도 구급차 몇 대가 가 있다고 대답했다. 그는 거기로 가게 되면 좋을 것 같다고 말했다. 카포레토는 자그마하지만 멋진 동네고 그는 마을 뒤의 고산을 마음에 들어 한다고 했다. 그는 착실한 청년이었고 모두가 그를 좋아하는 듯했다. 그는 실패로 돌아간 산가브리엘레와 롬 공격은 그야말로 지옥이나 다름없었다고 했다. 테르노바 능선을 따라 나 있는 숲에서 엄청난 규모의 오스트리아 포병대가 밤만 되면 길을 사정없이 폭격한다고 했다. 그중에서도 그는 해군의 함포에 가장 넌더리를 쳤다. 함포의 탄도가 수평이라 나도 볼 수 있을 거라고 했다. 함포는 포성이 울리는 것과 거의 동시에 날아오는 포탄이 관찰된다고 했다. 대개는 두 발을 한 번에 쏘는데 한 발을 쏜 후 바로 다음에 나머지 한 발을 쏜다면서 포탄 잔해의 크기도 엄청나다고 했다. 그는 내게 일정하게 톱니 모양으로 갈라진, 30센티가 조금 넘는 포탄 잔해 조각 하나를 보여 주었다. 그것은 배빗 합금인 것 같았다.

"효과는 별로인 것 같은데 날아올 때 보면 무섭기는 해요. 꼭 날 응시하고 달려오는 것 같거든요. 포성이 나면 바로 동시에 포탄 날아오는 모습이 보이고 곧 터지죠. 죽을 만큼 무섭다고 느낀다면 부상을 입지 않아도 충분한 가치가 있는 거예요."

이제 전선 너머에는 크로아티아군과 마자르 군인들이 있다고 했다. 이탈리아군은 아직 공격 태세를 취하고 있었다. 하지만 그곳에는 오스트리아군의 공격에 대항할 변변한 철조망이나 참호 하나도 제대로 세워져 있지 않았다. 고원 위로 솟은 낮은 산들은 참호를 구축하기에 안성맞춤이었지만 그 역시 준비되지 않고 있었다. 지노는 내게 바인시차 고원이 어떤 곳일 걸로 상상했냐고 물었다.

나는 고원이라고 해서 평지가 더 많을 것이라고 생각했고, 이렇게 망가져 있을 줄은 몰랐다고 대답했다.

"높은 건 맞지만 평지는 아니죠." 그가 말했다.

우리는 그가 지내는 집의 지하실로 돌아왔다. 나는 그에게 꼭대기가 평평하고 조금 파여 있는 산등성이가 작은 산들이 늘어서 있는 곳보다 진을 치기에 더 용이하고 실용적일 것이라고 했다. 또 산 위에서 공격하는 것이 평지보다 더 어려울 것도 없을 거라고 반박했다. "그것도 산 나름이에요. 산가브리엘레를 보세요." 지노가 말했다.

"알아. 하지만 오스트리아군이 진땀을 뺐던 곳은 산꼭대기가 평평한 곳이었어. 정상까지는 손쉽게 올라갔다고."

"그렇게 쉽진 않았어요." 그가 말했다.

"그래. 하지만 그건 특별한 경우였어. 거긴 산이라기보다는 요새에 가까웠으니까. 오스트리아군들은 몇 년 동안 그곳을 요새로 만들고 있었어." 나는 전략상으로, 이동이 용이해야 하는 전쟁 상황에서는 우회하기 쉬운 작은 산들이 늘어서 있는 곳을 전선 방어막으로 삼는 것은 가치 없는 일이라고 말한 것이었다. 산이란 것은 이동에 방해만 될 뿐이었다. 또 아래에 있는 목표물을 쏠 때는 언제나 조준 지점을 넘어가기 마련이기도 했다. 만약 측면에서 공격을 당한다면 최정예 부대는 가장 높은 산으로 몰려가게 될 것이다. 나는 산악전을 탐탁치 않게 여겼다. 그동안 그것에 대해 많이 생각을 해 봤어. 내가 말했다. 한쪽이 산 하나를 빼앗고 반대쪽이 또 산 하나를 빼앗는다. 하지만 그러다 본격적으로 전투가 시작되면 다들 산 아래로 내려오지.

만일 전선이 산악 지대였다면 어쩌시려고요? 그가 물었다.

아직 그것까지는 생각 안 해 봤어. 내가 대답했고 우리는 함께 웃었다. "하지만 옛날에 오스트리아군은 항상 베로나 근처의 사변형의 요새에서 당했어. 평야로 내려왔다가 습격을 당하곤 했었지."

"그렇군요. 하지만 그들은 프랑스군이었잖아요. 다른 나라에서 싸울 때 군사적 문제가 더 명쾌하게 해결되는 것 같아요." 지노가 대답했다.

"맞아. 자신의 나라에서 싸우면 그렇게 이성적으로 머리가 돌아가지 않지."

"러시아인들이 나폴레옹을 함정에 빠뜨릴 때 그렇게 했어요."

"그렇지. 하지만 러시아는 땅덩어리가 컸으니까. 이탈리아에서 나폴레옹을 잡으려고 후퇴했다간 브린디시까지 밀려날 거야."

"끔찍한 곳이죠. 거기 가 보신 적 있으세요?"

"머문 적은 없어."

“전 애국자이지만 브린디시나 타란토 같은 도시는 좋아할 수가 없어요.” 지노가 말했다.

“바인시차는 좋아하나?” 내가 물었다.

“거긴 신성한 곳이잖아요. 하지만 감자 농사를 더 했으면 좋겠어요. 우리가 여기 왔을 때 오스트리아인들이 재배했던 감자밭이 있었거든요.”

“식량이 많이 부족한 건가?”

“제 경우에는 항상 배부르게 먹지 못했어요. 하지만 그건 제 식성이 워낙 좋아서이고, 그래도 굶지는 않죠. 식사 수준은 보통이에요. 전선에 나가 있는 연대는 꽤 좋은 대접을 받지만 나머지 병사들은 그렇지 못해요. 어딘가 문제가 있는 것 같아요. 식량이 충분해야 정상인데 말이죠.”

“상어 같은 놈들이 어디로 내다 팔고 있나 보군.”

“네. 최전방 대대는 최대한 대로 많이 배식을 받고 있는데 후방은 굉장히 부족해요. 숲에 숨어서 오스트리아인들이 심어 둔 감자와 밤을 먹을 정도니까요. 더 잘 먹어야 하는데 말이죠. 몸집들이 보통이라야죠. 숨겨 놓은 식량이 많을 거예요. 군인들이 배가 고파서 어떻게 전투를 하겠어요. 중위님은 그런 것 때문에 병사들의 마음가짐이 달라지는 걸 느껴 보신 적 있으신가요?”

“물론이지. 그런 것이 승리를 보장하는 것은 아니지만 얼마든지 패배할 수 있게는 해.”

“패배에 대해서는 말하지 마세요. 이제까지도 지겹게 들었으니까요. 비록 결과는 좋지 않았지만 여름 동안 고생했던 게 허사가 되도록 내버려 둘 수는 없잖아요.”

나는 아무 말도 하지 않았다. 나는 신성, 영광, 희생 등의 허사가 되곤 하는 단어를 들으면 언제나 몸이 움츠러들었다. 가끔은 고함을 질러야 말소리가 들리는 빗속에서도 우리는 이런 단어들을 종종 듣곤 했다. 오랫동안 덕지덕지 붙어 있는 선언문에서도 곧잘 볼 수 있었다. 하지만 그중 어떤 것들도 신성한 것은 없었다. 영광스럽다고 하는 것들도 알고 보면 그렇지 않은 것들이었고, 희생은 시카고의 가축 도살장에서 일어나는 일과 다를 바 없는 것이었다. 고기를 먹지 않고 묻는다는 것만 빼면 말이다. 많은 사람들이 듣기 거북한 실체가 없는 단어를 여기저기서 사용하다 보니 마침내 조금이라도 실존하는 것이라고는 지명밖에 남지 않게 되었다. 지명과 더불어 특정 숫자나 날짜만이 어떤 의미를 가질 수 있는 유일한 것이 된 것이다. 영광이나 명예, 용기, 신성함 같은 추상적 단어들은 마을의 명확한 이름이나 번지수, 강의 이름, 연대 넘버, 또는 날짜 옆에서 허상에 불과한 것이었다. 지노는 애국자였다. 그래서 내가 절대 쓰지 않는 말들을 가끔 사용했지만 그는 착실한 청년이었다. 나는 그가 그렇게라도 애국자 노릇을 하는 것을 이해할 수 있었다. 그는 타고난 애국자였다. 지노는 페두치와 함께 차를 타고 다시 고리치아로 돌아갔다.

그날은 종일 폭풍우가 내리쳤다. 바람과 함께 비가 세차게 몰아쳤고 사방에 진흙탕물이 고였다. 부서진 가옥들의 회벽은 시커멓게 젖어 들었다. 늦은 오후가 되자 비가 그쳤다. 2번 초소에서 바깥을 바라보니 가을을 맞은 벌거숭이 마을은 비에 젖어 있었다. 언덕 너머로는 구름이 떠 있었으며 길에 씌워져 있는 짚으로 된 차폐물에서는 빗물이 떨어지고 있었다. 해질녘이 되어서야 해가 나더니 산등성이 너머의 벌거벗은 숲을 잠시 비추고는 이내 사라져 버렸다. 그 숲에는 오스트리아군 대포가 진을 치고 있었지만 그중 몇 개만이 발사되었다. 갑자기 전선 근처의 부서진 농가 위 하늘로 둥그런 유산탄 연기구름들이 떠올랐다. 그 몽실몽실한 구름들의 중앙은 유백색으로 빛나고 있었다. 섬광이 번쩍이더니 포성이 들렸고, 연기 구름이 바람에 흐트러졌다. 부서진 가옥들의 잔해에도, 초소가 있었던 부서진 집 옆 길가에도 유산탄 파편이 많이 떨어져 있었다. 하지만 그 이후로는 더 이상 오스트리아군이 초소 근처를 향해 포탄을 날리지 않았다. 우리는 구급차 두 대에 부상병들을 싣고 젖은 차폐물로 가려진 도로를 달렸다. 차폐물의 갈라진 틈 사이로 해질녘의 빛이 새어 들어오고 있었다. 언덕 뒤의 텅 빈 도로로 나오려고 하는데 해가 졌다. 그 길을 달리다 코너를 돌아 차폐물로 가려진 네모난 아치형 터널로 들어가자 다시 비가 내리기 시작했다.

밤이 되자 바람이 세차게 불었고 새벽 3시 무렵 폭우가 쏟아지며 포격이 시작되었다. 크로아티아군이 산의 초원을 넘고 숲을 가로질러 전선으로 쳐들어왔다. 그들은 어둠 속 폭우가 내리는 와중에도 공격을 해 왔지만 제2전선의 놀란 병사들의 역습 때문에 다시 밀려났다. 빗속에서 계속 포격이 일어났고 전선을 따라 기관총과 소총이 발사되었다. 그들은 다시 공격해 오지 않았고 전선은 조용해졌다. 폭풍우가 내리치는 가운데 북쪽 저 먼 곳에서 크게 울리는 포격 소리만이 들렸다.

부상병들이 초소로 몰려오기 시작했다. 몇몇은 들것에 실려, 몇몇은 걸어서, 그리고 몇몇은 동료의 등에 업힌 채 들판을 가로질러 왔다. 그들은 비에 흠뻑 젖어 있었고 겁에 질려 있었다. 우리는 초소 지하실에서 올라오는 대로 들것에 실린 병사들을 구급차 두 대에 실었다. 내가 구급차 두 대의 문을 닫고 잠그는 순간 내 얼굴을 때리던 비가 눈으로 바뀌어 내리기 시작했다. 진눈깨비는 많이, 그리고 빠르게 내렸다.

날이 밝자 폭풍은 여전했지만 눈은 그쳐 있었다. 눈은 젖은 땅에 닿는 순간 다 녹아 버렸고 이제는 다시 비로 바뀌었다. 날이 밝고 얼마 안 돼 또 적군이 공격을 해 왔지만 또 밀려났다. 다시 공격이 있을까 봐 하루 종일 전전긍긍했지만 해가 질 때까지 아무 일도 일어나지 않왔다. 포격은 오스트리아군의 대포가 집중되어 있는 나무가 우거진 산등성이 남쪽에서 시작되고 있었다. 우리는 포격을 걱정했지만 다행히 우리 쪽으로는 날아오지 않았다. 날이 어두워지고 있었다. 대포는 마을 뒤 들판에서 발사되고 있었는데 저 멀리로 날아가는 포탄 소리는 아늑하게까지 들렸다.

우리는 남쪽에서 일어난 적군의 공격이 실패로 돌아갔다는 소식을 들었다. 그날 밤 적군의 공격은 없었지만 북쪽 전선이 뚫렸다는 소식이 전해졌다. 밤에는 후퇴할 준비를 하라는 이야기까지 들려왔다. 초소에 있던 대위가 여단에서 들은 걸 내게 말해 준 것이었다. 하지만 조금 후에 다시 그 소식이 오보였다면서, 바인시차 전선은 어떠한 경우에도 지켜야 한다는 명령을 받았다고 전화가 걸려 왔다. 북쪽 전선이 뚫린 건 어떻게 된 거냐고 대위에게 묻자 그는 오스트리아군이 카포레토로 향하는 제27사단을 밀고 들어왔다고 했다. 북쪽에서는 하루 종일 격렬한 전투가 일어났던 것이다.

"그 멍청한 녀석들이 진짜 공격을 당한 거면 우리도 망한 거야." 대위가 말했다.

"독일군이 치고 들어올 거야." 군의관 장교 한 명이 말했다. 독일군은 두려움의 대상이었고 우리는 그들과는 엮이는 것은 어떻게든 피하고 싶었다.

"독일군의 15개 사단이 쳐들어와 우리를 끝장내 버릴 거야." 군의관 장교가 말했다.

"여단에서는 이곳을 꼭 지키라고 했어. 심하게 뚫린 건 아니라고, 마조레 산부터 산맥을 가로지르는 전선을 지키면 된다고 했어."

"여단에서는 어디서 명령을 받는 거죠?"

"사단에서."

"후퇴하라는 것도 사단에서 나온 말이겠군요."

"우리는 군단에 소속된 사람들이지만 여기서는 대위님의 지시에 따르고 있습니다. 그러니 대위님이 후퇴하라고 하면 그럴 겁니다. 하지만 정확하게 지시를 받고 명령을 내려 주십시오."

"여기를 지키라는 게 명령이야. 여기서 부상병들을 실어 치료 후송소로 옮기게."

"저희는 가끔 후송소의 부상병들을 데리고 야전 병원으로 가기도 합니다. 그러니 말씀해 주십시오. 저는 후퇴를 경험해 본 적이 없습니다. 만약 그런 일이 발생하면 어떻게 그 많은 부상자들을 대피시킵니까?" 내가 물었다.

"전부는 못 시키지. 최대한 싣고 나머지는 버리고 가야 돼."

"구급차에는 뭘 실어야 하나요?"

"병원 장비."

"알겠습니다." 내가 대답했다.

다음 날 밤 후퇴가 시작되었다. 독일군과 오스트리아군이 북쪽을 뚫고 산골짜기를 따라 치비달레와 우디네로 오고 있다고 했다. 후퇴는 비가 오는 가운데 음울한 분위기 속에서 질서 정연하게 이루어졌다. 밤중에 붐비는 도로를 따라 서서히 나아가면서 빗속에서 행진하는 부대와 대포, 마차를 끄는 말과 노새, 트럭들을 앞질렀다. 모두가 전선에서 멀어지고 있었다. 진군할 때 그랬던 것처럼 별다른 소동은 일어나지 않았다.

그날 밤 우리는 고원에서 가장 훼손이 적은 마을에 세워진 야전 병원에서 부상병들을 옮겨 플라바에 있는 강의 하류로 데려갔다. 다음 날에는 하루 종일 비를 맞으며 플라바에 있는 병원과 치료 후송소의 부상병들을 대피시켰다. 비는 하염없이 내렸다. 바인시차 고원에 있던 군인들은 가을비를 맞으며 고원을 내려와 그해 봄, 엄청난 승리를 거두었던 그 강을 다시 건넜다. 우리는 그다음 날 오후가 되어서야 고리치아에 도착했다. 비는 그쳐 있었고 마을에는 인기척이 거의 없었다. 도로로 들어서자 군인 전용 창루에 있던 창녀들이 트럭에 타고 있는 모습이 보였다. 모자와 코트 차림의 창녀 일곱 명이 작은 옷가방을 들고 있었다. 그중 둘은 울고 있었다. 두툼한 입술과 검은 눈동자가 눈에 띄는 다른 한 명이 우리를 보고 웃으며 혀를 위아래로 날름거렸다.

나는 차를 멈추고 창루로 걸어가 여주인에게 말을 걸었다. 그녀는 장교 전용 창루의 애들은 아침 일찍 떠났다고 말했다. 어디로 갔냐고 묻자 코넬리아노로 갔다고 답했다. 트럭이 출발했다. 두툼한 입술을 가진 처녀가 또 우리에게 혀를 내밀었다. 여주인은 손을 흔들었다. 창녀 둘은 계속 울고 있었다. 다른 창녀들은 흥미로운 표정으로 마을을 내다보았다. 나는 다시 차를 탔다.

"우리도 저들과 같이 가면 가는 길이 아주 즐거울 거예요." 보넬로가 말했다.

"저들 없이도 즐거울 거야." 내가 말했다.

"끔찍할 거예요."

"내 말이 그 말이야." 내가 말했다. 우리는 숙소로 차를 몰았다.

"거친 녀석들이 창녀들 위에 올라타는 것을 보고 싶네요."

"그들이 그럴 것 같아?"

"물론이죠. 제2군에서는 저 여주인을 모르는 사람이 없어요."

우리는 숙소 밖에 도착했다.

"그들은 그녀를 수녀원장이라고 불러요. 창녀들은 새로 왔지만 여주인은 모두가 잘 알죠. 창녀들은 후퇴 직전에 데려온 건가 봐요." 보넬로가 말했다.

"그럼 거친 녀석들에게 크게 당하겠군."

"그럼요. 저도 공짜로 창녀들과 놀고 싶어요. 저 집은 화대도 너무 비싸잖아요. 정부가 우리를 갈취하는 거라고요."

"차를 갖고 나가서 정비병들에게 점검하라고 해. 오일도 갈고 차동 장치도 살펴봐. 기름을 가득 채운 뒤 잠이나 좀 자 두라고."

"네, 중위님."

숙소는 비어 있었다. 리날디는 야전 병원을 철수하면서 함께 떠났다. 소령도 병원 대원들과 함께 간부용 차량을 타고 떠나 버렸다. 창문에는 현관에 쌓여 있는 장비들을 구급차에 싣고 포르데노네로 가라는 쪽지가 붙어 있었다. 정비병들도 이미 떠나고 없었다. 나는 차고로 다시 나갔다. 내가 차고에 있는 동안 구급차 두 대가 더 들어왔고 운전병들이 차에서 내렸다. 다시 비가 쏟아지기 시작했다.

"플라바에서 여기로 오는 길에 너무 졸려서 세 번이나 졸았어요. 저희가 뭘 하면 될까요, 중위님?" 피아니가 말했다.

"오일을 갈고 기름칠도 하고 기름도 가득 채워서 숙소 앞에다 세워 놓게. 그러고 숙소에 남아 있는 잡동사니들을 차에 실어."

"그런 후에 출발하나요?"

"아니. 세 시간만 자자고."

"천만다행이네요. 너무 졸려서 운전하기 힘들 것 같거든요." 보넬로가 말했다.

"자네 차는 어떤가, 아이모?" 내가 물었다.

"괜찮습니다."

"정비복 하나 갖다 줘. 내가 오일 가는 걸 돕지."

"아닙니다, 중위님. 할 것도 없는데요. 중위님은 가셔서 짐이나 챙기세요."

"짐은 벌써 다 챙겼어. 난 가서 식당에 남아 있는 물건들을 가져올게. 정비 끝난 차들은 앞에다 세워 놔."

그들은 구급차들을 숙소 앞에 세웠고 우리는 함께 현관에 쌓여 있는 병원 장비들을 차에 실었다. 장비들을 다 실은 구급차 세 대가 나무 아래 차도에 나란히 줄을 서서 비를 맞고 있었다. 우리는 숙소 안으로 들어갔다.

"부엌에 불을 때서 옷가지를 말려." 내가 말했다.

"전 옷 젖은 건 상관없어요. 잠만 자면 돼요." 피아니가 말했다.

"전 소령님 방에서 잘래요. 영감님이 자던 곳에서요." 보넬로가 말했다.

"난 어디서 자건 상관없어." 피아니가 말했다.

"여긴 침대가 두 개야." 내가 소령 방의 문을 열며 말했다.

"그 방은 한 번도 본 적이 없어요." 보넬로가 말했다.

"생선 얼굴처럼 생긴 영감의 방이었어." 피아니가 말했다.

"너희 둘은 여기서 자. 내가 깨우지."

"중위님이 너무 많이 주무시면 오스트리아군이 저흴 깨울 거예요." 보넬로가 말했다.

"많이 안 잘 거야. 아이모는 어디 있나?"

"부엌에 있어요."

"이제 자." 내가 말했다.

"그럴게요. 하루 종일 앉아서 머리를 꾸벅이며 졸았다니까요." 피아니가 말했다.

"부츠 벗어. 늙은 생선 얼굴의 침대잖아." 보넬로가 말했다.

"생선 얼굴 따위는 난 상관없어." 피아니가 침대에 누웠다. 그는 진흙 묻은 부츠를 앞으로 바르게 뻗으며 한쪽 팔에 머리를 올렸다. 나는 부엌으로 갔다. 아이모가 난로에 불을 지펴 주전자를 올려놓고 있었다.

"파스타 좀 만들려고요. 일어나면 배고플 거 아녜요." 그가 말했다.

"자넨 잠이 안 오나, 바르톨롬메오?"

"별로 안 졸려요. 물이 끓으면 그대로 두면 돼요. 불은 저절로 줄어

들 거예요."

"잠 좀 자 두는 게 좋을 거야. 치즈와 쇠고기 통조림을 먹으면 돼."

"파스타가 더 낫죠. 저 두 무정부주의자들에겐 뜨거운 음식이 좋아요. 중위님도 어서 주무세요."

"소령 방에 침대가 있네."

"중위님이 거기서 주무세요."

"아냐. 난 위층 내 방에서 잘 거야. 술 한잔 하겠나, 바르톨롬메오?"

"출발할 때요. 지금 마시면 정신만 어지러울 것 같네요."

"세 시간 후에 일어나서 내가 안 보이면 깨워 주겠나?"

"전 시계가 없어요."

"소령 방에 시계가 걸려 있어."

"알겠습니다."

나는 식당과 복도를 지나고 대리석 계단을 올라가 리날디와 같이 쓰던 내 방으로 갔다. 밖에는 다시 비가 오고 있었다. 나는 창가로 가 밖을 바라보았다. 날이 저물고 있었고 나무 아래 줄 서 있는 구급차 세 대가 보였다. 나뭇잎에서 빗물이 떨어지고 있었다. 날은 추웠고 나뭇가지마다 빗방울이 달려 있었다. 나는 리날디의 침대로 가서 누웠다. 그리고 잠이 오길 기다렸다.

우리는 출발 전에 부엌에서 식사를 했다. 아이모가 양파와 통조림에 든 쇠고기를 잘게 썰어 만든 스파게티를 준비했다. 우리는 식탁에 둘러앉아 숙소 지하실에 남아 있던 와인 두 병과 함께 식사를 했다. 밖은 어두웠고 비가 계속 내렸다. 피아니가 무척 졸린 표정으로 식탁 앞에 앉아 있었다.

"난 전진하는 것보다 후퇴가 더 좋아. 후퇴하니까 바르베라를 마시게 됐잖아."

"지금이야 그렇지. 내일은 빗물을 마시게 될 것이다." 아이모가 말했다.

"내일은 우디네에 가 있을 거야. 그땐 샴페인을 마시겠지. 거기는 병역 기피자들이 모여 있는 곳이야. 눈을 뜨라고, 피아니! 우리는 내일 우디네에서 샴페인을 마시게 될 거야!"

"깨어 있었어." 피아니가 대답했다. 그는 자신의 접시에 스파게티와 통조림 고기를 담았다. "토마토소스는 없더냐, 바르토(아이모의 애칭)?"

"찾아봤는데 없었어." 아이모가 대답했다.

"우리는 우디네에서 샴페인을 마실 거다." 보넬로가 말했다. 그가 잔에 투명한 바르베라 레드 와인을 따랐다.

"우디네에 가기 전에 마시게 될지도 몰라." 피아니가 말했다.

"충분히 드셨습니까, 중위님?" 아이모가 물었다.

"충분히 먹었네. 와인 병을 주게, 바르톨롬메오."

"구급차마다 한 병씩 싣고 갈 수 있습니다." 아이모가 말했다.

"잠은 좀 잤나?"

"전 원래 잠이 없어요. 조금만 자도 충분합니다."

"내일 아마도 우리는 잠을……." 피아니가 말을 하다 말았다.

"난 여왕과 잘 거야." 보넬로가 말했다. 그는 자신의 농담에 내가 어떤 반응을 보일까 기다리고 있었다.

"넌 여왕과 잘……." 피아니가 졸며 말했다.

"그건 반역죄예요, 중위님. 그렇죠?" 보넬로가 말했다.

"관두게. 와인이 들어가니 정말 못 봐 주겠군." 내가 말했다. 밖에서는 비가 세차게 내리고 있었다. 나는 내 시계를 보았다. 9시 반이었다.

"이제 가야겠군." 나는 그렇게 말하고 자리에서 일어났다.

"누구 차에 타실 건가요, 중위님?" 보넬로가 물었다.

"아이모 차에. 그다음엔 자네, 그다음엔 피아니. 우리는 코르몬스로

가는 도로로 향할 거야."

"저 졸 것 같아요." 피아니가 말했다.

"알았어. 그럼 자네랑 타지. 다음에 보넬로, 다음에 아이모."

"그게 제일 좋은 것 같아요. 왜냐면 전 지금 엄청 졸리거든요." 피아니가 말했다.

"내가 먼저 운전할 테니 자넨 좀 자."

"아니에요. 옆에 깨워 줄 사람만 있다면 운전할 수 있어요."

"내가 깨워 주지. 불을 꺼, 바르토."

"켜 놔도 괜찮을 거예요. 어차피 여긴 이제 안 쓸 테니까요." 보넬로가 말했다.

"내 방에 작은 자물쇠 트렁크가 있어. 가지고 내려오겠나, 피아니?" 내가 말했다.

"그럴게요. 가자, 알도(보넬로의 애칭)." 피아니가 보넬로와 복도로 걸어갔다. 조금 있자 계단 올라가는 소리가 들렸다.

"이 마을 참 좋은 곳이었어요." 바르톨롬메오 아이모가 말했다. 그는 자신의 배낭에 와인 두 병과 치즈 반 토막을 집어넣었다. "다신 이런 곳에서 살지 못할 거예요. 저희는 어디로 후퇴하게 될까요, 중위님?"

"탈리아멘토 강 너머라고 하던데. 병원과 부대는 포르데노네에 위치할 거라고 하더군."

"여기가 포르데노네보다 좋아요."

"난 포르데노네는 잘 몰라. 지나가기만 했어."

"거긴 별로예요." 아이모가 말했다.

28

마을을 빠져나가면서 보니 중심가에 줄지어 있는 부대와 대포 외에는 남은 것 없이 텅 빈 어둠 속에 비만 내리고 있었다. 다른 도로에서 여러 트럭과 수레들이 간선도로로 진입하고 있었다. 제혁소를 지나 간선도로로 나오자 부대와 자동차, 마차, 대포가 넓게 행렬을 지어 천천히 움직이고 있었다. 우리는 빗속에서 천천히, 그리고 계속해서 달렸다. 우리 차의 라디에이터 뚜껑은 젖은 천막에 싸인 짐이 높게 실려 있는 앞 트럭 후미판에 거의 닿아 있었다. 그 트럭이 갑자기 멈추자 모든 대열이 함께 멈추어 버렸다. 트럭이 다시 움직이고 조금 가다가 또 다시 멈추었다. 나는 차에서 내려 트럭과 수레와 젖은 말의 목 사이를 지나 앞으로 걸어갔다. 줄은 훨씬 앞에서부터 막혀 있었다. 나는 도로를 벗어나 도랑에 놓인 발판을 건너 들판을 따라 걸었다. 들판을 가로질러 앞으로 더 걸어가니 빗속 나무 사이로 멈춰 있는 대열이 보였다. 1.5킬로미터 정도 떨어진 막힌 길 저 앞에서 조금 움직이고 있는 부대 행렬이 보였지만 그래도 대열은 움직이지 않고 있었다. 나는 다시 차로 돌아왔다. 어쩌면 우디네까지 계속 막혀 있을지도 모를 일이었다. 피아니는 운전대에 엎드려 자고 있었다. 나도 내 자리에서 자리를 잡고 잠을 자기 시작했다. 몇 시간이 지난 후 우리 앞의 트럭이 시동을 거는 소리에 잠을 깼다. 나는 피아니를 깨웠고 우리는 몇 미터를 가다 멈추기를 계속 반복했다. 비는 줄기차게 내리고 있었다.

밤이 되자 행렬은 다시 한 번 멈추어 섰고 꿈쩍도 하지 않았다. 나는 차에서 내려 아이모와 보넬로를 살피러 갔다. 보넬로의 차에는 공병 하사 두 명이 타고 있었다. 내가 다가가자 그들의 몸이 경직되었다.

"다리에서 뭘 고치다 부대를 놓쳤다기에 제가 태워 줬어요." 보넬로가 말했다.

"허락해 주십시오, 중위님."

"허락하겠네." 내가 말했다.

"중위님은 미국 분이셔. 누구라도 기꺼이 태워 주실 분이지." 보넬로가 말했다.

공병 중 한 명이 미소를 지었다. 다른 한 명은 보넬로에게 내가 북미에서 온 이탈리아인인지 남미에서 온 이탈리아인인지를 물었다.

"이탈리아인이 아니야. 미국 사람이라니까."

공병들은 공손하게 굴었지만 그 말을 믿지 않았다. 나는 그들을 두고 아이모에게로 갔다. 그는 소녀 두 명을 태우고 구석에 기대앉아 담배를 피우고 있었다.

"바르토, 바르토." 내가 그를 불렀다. 그가 웃었다.

"말 좀 시켜 보세요, 중위님. 전 못 알아듣겠어요. 저기!" 아이모가 부드럽게 소녀의 허벅지를 움켜쥐었다. 소녀가 숄로 몸을 꽉 감싸더니 그의 손을 치웠다. "저기! 중위님께 네 이름과 왜 여기 있는 건지 말해 봐."

소녀가 나를 매섭게 째려보았다. 다른 소녀는 눈을 내리깔았다. 나를 째려보던 소녀가 전혀 알아들을 수 없는 사투리로 뭐라 말을 했다. 통통하고 까무잡잡한 소녀는 열여섯 살쯤 되어 보였다.

"동생인가?" 내가 그렇게 말하며 다른 소녀를 가리켰다.

그녀가 고개를 끄덕이며 미소를 지었다.

"알았어." 나는 그렇게 말하고 그녀의 무릎을 다독였다. 그러자 그녀가 잔뜩 굳어서 저쪽으로 피했다. 그녀의 여동생은 계속 시선을 피하고 있었다. 그녀는 한 살 정도 어려 보였다. 아이모가 언니의 허벅지에 손을 올리자 그녀가 얼른 손을 치웠다. 아이모는 소녀를 보며 웃었다.

"좋은 사람." 아이모가 자신을 가리키며 말했다. "좋은 사람." 그는 이번에는 나를 가리켰다. "걱정하지 마." 그녀가 아이모를 째려보았다. 자매는 마치 두 마리의 들새 같았다.

"나를 좋아하지도 않으면서 왜 내 차에 탄 걸까요?" 아이모가 물었다. "제가 손짓하자마자 부리나케 차로 올라탔다고요." 그가 소녀에게 몸을 돌리며 말했다. "걱정 마. 섹스하자고 안 할 거야. 여기서 어떻게 할 수 있겠어?" 소녀는 그의 상스러운 말을 알아들었는지 공포에 가득 찬 표정으로 그를 바라보았다. 그녀는 숄을 꽉 감싸 안았다. "차가 이렇게 꽉 찼잖아. 섹스하자고 안 해. 할 장소도 없어." 소녀는 아이모가 섹스라고 말할 때마다 조금씩 몸이 굳어졌다. 그러더니 아이모를 쳐다보면서 울기 시작했다. 그녀의 입술이 떨렸고 통통한 볼 아래로 눈물이 떨어졌다. 그녀의 동생은 계속 눈을 깐 채 언니의 손을 꽉 잡고 붙어 앉아 있었다. 계속 매서운 표정을 짓고 있던 언니가 흐느끼기 시작했다.

"제가 겁을 줬나 봐요. 그럴 생각은 아니었는데." 아이모가 말했다.

그는 배낭에서 치즈를 꺼내 두 조각을 잘라 냈다. "자, 그만 울어."

언니는 고개를 저으며 계속 울었지만 동생은 치즈를 받더니 먹기 시작했다. 잠시 후 동생이 언니에게도 나머지 치즈 한 조각을 건넸고 둘은, 그렇게 치즈를 먹었다. 언니는 아직도 조금씩 흐느끼고 있었다.

"조금 있으면 진정할 거예요." 아이모가 말했다.

아이모는 갑자기 생각이 떠오른 듯 소녀에게 물었다. "처녀야?" 그녀는 고개를 힘차게 끄덕였다. "너도?" 그가 동생에게 물었다. 두 소녀는 함께 고개를 끄덕였고 언니는 사투리로 뭔가를 말했다.

"괜찮아. 괜찮아." 아이모가 말했다.

두 소녀는 기분이 한결 나아진 모양이었다.

나는 구석에 앉아 있는 아이모와 그 소녀들을 놔두고 피아니에게로 돌아갔다. 차들이 서 있는 줄은 여전히 움직이지 않았지만 부대 행렬은 옆에서 계속 전진해 나가고 있었다. 비는 계속 세차게 내리고 있었고 나는 정체의 이유가 배선이 젖어 있는 차들 때문은 아닐까라는 생각을 했다. 어쩌면 그보다는 말과 운전병들이 잠을 자고 있기 때문일지도 몰랐다. 그러나 잠든 사람이 없어도 도시에서는 교통이 정체될 수 있었다. 그건 마차와 자동차의 공동 책임이었다. 둘은 서로에게 전혀 도움이 되지 않았다. 농부의 수레 역시 도움이 안 되는 건 마찬가지였다. 바르토와 함께 있는 두 소녀는 참 착했다. 이런 아수라장은 그런 소녀들이 있을 곳이 아니었다. 그녀들은 진짜 처녀들이었다. 아마 신앙심도 무척 깊을 것이다. 이 전쟁이 없었다면 지금쯤 우리는 모두 침대에서 편안히 자고 있을 테지. 나는 침대에 머리를 뉘고 있을 것이다. 신혼집에서. 긴장해서 몸이 잔뜩 굳은 채로. 캐서린은 지금 담요도 깔고 이불도 덮은 채 편안히 자고 있겠지. 어느 쪽으로 누워 자고 있을까? 어쩌면 깨어 있을지도 모른다. 아니면 누워서 내 생각을 하고 있을까? 불어라, 서풍아, 불어라. 그렇게 거친 폭풍우가 몰려왔다. 밤 내내 폭풍우가 쳤다. 쉴 새 없이 내렸다. 저걸 봐. 맙소사, 내 사랑을 안고 다시 침대에 들 수 있었으면. 내 사랑, 캐서린. 어쩌면 내 사랑스러운 캐서린이 비가 되어 내릴지 모른다. 다시 그녀를 보내 주세요. 그렇게 우리는 바람에 갇혔고 가는 비는 바람을 막지 못했다. "잘 자, 캐서린. 편히 자야 해. 불편하면 반대편으로 누워, 내 사랑. 찬물 좀 갖다 줄까. 조금만 지나면 해가 뜰 거야. 그럼 지금보단 나을 거야. 아이 때문에 굉장히 힘들지? 그래도 잠을 청해 봐요, 내 사랑." 내가 크게 외쳤다.

나는 계속 자고 있었어요. 그녀가 말했다. 잠꼬대를 하던데 괜찮아요?

정말 당신이야?

그럼요. 나는 떠나지 않아요. 전쟁도 우리 둘을 막진 못 해요.

당신은 정말 사랑스럽고 예뻐. 밤중에 날 떠나지 않을 거지?

그럴 일은 절대 없어요. 나는 항상 여기 있을 거예요. 당신이 원할 때 언제든 갈게요.

"줄이 다시 움직여요." 피아니가 말했다.

"내가 졸았나 보군." 시계를 보니 새벽 3시였다. 나는 의자 뒤로 손을 뻗어 바르베라 병을 집었다.

"잠꼬대가 심하시던데요?" 피아니가 말했다.

"영어로 꿈을 꿨어." 내가 말했다.

어느새 비가 약해졌고 우리는 다시 움직이기 시작했다. 해가 뜨기 전에 또 한 번 멈추었고 날이 밝은 후에는 나지막한 오르막길에 서 있었다. 꽉 막힌 줄이 저 앞에까지 이어져 있었고 보병대만이 유유히 길을 빠져나가고 있었다. 다시 줄이 움직이고 있었지만 낮에도 속도가 이렇게 더딘 것을 보면 어떻게든 간선도로를 빠져나가 마을의 들판을 가로질러야 우디네에 도착할 수 있을 것 같았다.

밤이 되자 많은 농부들이 가재도구가 가득 실린 수레를 끌고 대열에 합류했다. 수레에는 매트리스 사이에 낀 거울이 삐져나와 하늘을 비추었고 닭과 오리는 수레와 연결한 줄에 묶여 있었다. 앞쪽에는 비를 맞으며 재봉틀을 수레에 싣고 가는 농부도 있었다. 수레에는 가장 값어치 있는 물건들만 실려 있었다. 어떤 수레에는 여자들이 비를 피해 몸을 움츠리고 있었고 수레 옆에 찰싹 달라붙어 걸어가는 농부들도 있었다. 대열에는 마차 아래로 걸어가는 개들도 등장했다. 도로는 진흙탕 투성이였고 길가의 도랑에는 빗물이 높게 차올랐다. 길가를 따라 서 있는 나무들 뒤의 들판은 비에 흠뻑 젖고 질척거려서 차로 건너가는 것은 어려울 것 같았다. 나는 차에서 내려 앞으로 걸어가며 마을 들판으로 빠질 수 있는 샛길이 있을지 살펴보았다. 샛길은 많았지만 들판으로 통하는 길이라야 했다. 그 샛길들이 기억나지 않았다. 간선도로에서는 언제나 그냥 앞만 보고 내달렸기 때문에 그 길이 그 길 같았다. 그런데 지금은 알맞은 샛길을 찾아야만 했다. 오스트리아군이 어디에 있을지, 어떤 상황이 벌어지고 있는지 아무도 아는 사람이 없었지만 비가 멈추고 비행기가 날아와 대열을 공격하면 이대로 끝이란 게 명백했다. 몇 명이 트럭에서 내려 도망치거나 말 몇 마리만 죽는다고 해도 전체 도로가 완전히 멈춰 버릴 터였다.

이제 빗줄기는 약해졌고 곧 날이 갤 것 같기도 했다. 나는 길가를 따라 계속 앞으로 걸어갔고 드디어 두 들판 사이로 나무 울타리가 양옆에 서 있는, 북쪽으로 가는 샛길을 하나 발견했다. 그 길로 가면 되겠다 싶어 얼른 차로 달려갔다. 나는 피아니에게 샛길로 빠지자고 말했고 보넬로와 아이모에게도 같은 말을 전하러 갔다.

"막다른 길이면 다시 돌아와서 대열에 합류하면 돼." 내가 말했다.

"이 친구들은 어쩌죠?" 보넬로가 옆에 앉은 두 공병들을 가리키며 물었다. 면도는 하지 않았지만 이른 아침에 보니 제법 군인다운 행세였다.

"차를 밀 때 도움이 될 거야." 내가 말했다. 나는 아이모한테도 들판을 건널 거라고 말했다.

"이 처녀 친구들은요?" 아이모가 물었다. 두 소녀는 자고 있었다.

"별로 필요가 없을 텐데. 차를 밀 사람이 있어야 해." 내가 말했다.

"그런 사람들은 차 뒤에 태우면 돼요. 뒤에 공간이 있거든요." 아이모가 답했다.

"네가 원한다면 그렇게 해. 등이 쩍 벌어진 사람으로 골라." 내가 말했다.

"저격병을 태우면 되겠네요. 그 친구들 등이 제일 넓거든요. 군대에서 그런 걸 재잖아요. 중위님은 어떻게 생각하세요?"

"좋아. 몸은 좀 어떤가?"

"괜찮습니다. 그런데 배가 많이 고프네요."

"샛길로 가다 보면 먹을 곳이 있을 거야."

"다리는 어떠세요, 중위님?"

"괜찮아." 내가 대답했다. 차 계단에 올라서서 앞을 쳐다보니 피아니의 차가 샛길로 들어가 움직이는 모습이 앙상한 나무 울타리 사이로 보였다. 보넬로도 돌아서 피아니를 따라갔고 파아니는 선두로 나아갔다. 우리도 두 구급차를 따라 울타리 사이의 좁은 샛길을 달렸다. 길을 달리다 보니 농가 하나가 나왔다. 피아니와 보넬로가 그 농가에 차를 세웠다. 낮고 긴 담장이 쳐진 농가의 문에는 포도 넝쿨이 감긴 격자무늬 울타리가 세워져 있었고 마당에는 우물이 있었다. 피아니가 라디에이터에 우물물을 채웠다. 너무 오랫동안 저속 기어로 달렸더니 물이 다 말라 버린 것이다. 농가에는 아무도 없었다. 샛길을 내려다보니 농가가 들판보다 약간 솟아 있어서 마을이 한눈에 들어왔다. 샛길과 울타리, 들판과 후퇴 대열이 움직이는 간선도로를 따라 서 있는 나무들이 모두 보였다. 두 공병이 농가 안을 기웃거렸다. 소녀들은 잠에서 깨어 마당과 우물이 있는 농가 앞에 서 있는 큰 구급차 두 대와 우물가에 서 있는 운전병 세 명을 의아한 눈초리로 바라보았다. 공병 하나가 농가 안에서 시계를 하나 가지고 나왔다.

"도로 갖다 놓게." 내가 말했다. 그는 나를 한번 보더니 농가 안으로 들어가 빈손으로 다시 나왔다.

"자네 친구는 어딨나?" 내가 물었다.

"변소에 갔습니다." 그가 구급차로 올라탔다. 우리가 버리고 갈까 봐 겁을 내고 있었다.

"아침은요, 중위님? 뭐라도 먹어요. 얼마 안 걸릴 거예요." 보넬로가 제안했다.

"이 길을 가다 보면 어디든 나올 것 같나?"

"물론이죠."

"알았어. 그럼 먹자고." 피아니와 보넬로가 농가 안으로 들어갔다.

"가자." 아이모가 소녀들에게 말하며 손을 내밀었다. 언니가 고개를 저었다. 안으로는 절대 들어가지 않겠다는 표정이었다. 둘은 뒤에서 우리를 쳐다보기만 했다.

"까다로운 애들이에요." 아이모가 말했다. 우리는 다 같이 농가로 들어갔다. 농가는 넓고 어두웠으며 한참 동안 비워 둔 듯했다. 보넬로와 피아니가 부엌으로 들어갔다.

"먹을 것도 없네요. 전부 다 챙겨 갔나 봐요." 피아니가 말했다.

보넬로가 묵직한 부엌 식탁 위에서 큰 치즈를 얇게 썰었다.

"치즈는 어디에 있던 거야?"

"지하실에. 피아니가 와인과 사과도 챙겨 왔어."

"아침 식사로 딱이네."

피아니가 엮은 버들가지에 싸인 와인 병의 나무 코르크 마개를 뽑아 구리 팬에 와인을 가득 따랐다.

"냄새는 괜찮네. 컵 좀 찾아봐, 바르토." 피아니가 말했다.

공병 둘이 들어왔다.

"치즈 좀 먹게, 공병 친구들." 보넬로가 말했다.

"저희는 이제 가야 할 것 같아요." 공병 하나가 치즈와 와인을 먹으며 말했다.

"갈 거야. 걱정 마." 보넬로가 말했다.

"군인은 배가 든든해야 일을 할 수 있네." 내가 말했다.

"네?" 공병이 다시 물었다.

"먹어 두는 게 좋다고."

"네. 하지만 시간을 아껴야 하니까요."

"저 자식들 벌써 뭘 먹어 뒀나 봐요." 피아니가 말했다. 공병들이 피아니를 쳐다보았다. 그들은 우리들을 싫어하는 듯했다.

"길을 아십니까?" 공병 하나가 내게 물었다.

"아니." 내가 대답했다. 둘은 서로를 쳐다보았다.

"지금 떠나는 게 좋을 것 같습니다." 공병이 말했다.

"곧 출발할 거야." 대답을 하며 나는 레드 와인 한 컵을 또 마셨다. 치즈와 사과를 먹은 후에 마시니 와인 맛이 무척 좋았다.

"치즈는 잘 챙겨." 나는 그렇게 말하고 밖으로 나갔다. 보넬로가 큰 와인 병을 들고 따라 나왔다.

"병이 너무 크잖아." 내가 말했다. 보넬로가 후회하는 듯이 병을 쳐다보았다.

"그런 것 같아요. 다들 물통을 줘 봐." 그가 물통을 와인으로 채웠다. 와인이 넘쳐 마당 포석에 흐르기도 했다. 그는 와인을 다 채우고 나서 병을 농가 문 바로 안에 놓아두었다.

"오스트리아군이 문을 부수지 않고도 병을 찾을 수 있을 거예요." 그가 말했다.

"이제 가지. 피아니와 내가 먼저 출발한다." 공병 둘은 벌써 보넬로의 차에 올라타 있었다. 소녀들은 치즈와 사과를 먹고 있었고 아이모는 담배를 피우고 있었다. 우리는 좁은 길을 따라 달렸다. 나는 뒤를 돌아 따라오는 두 구급차와 농가를 바라보았다. 농가는 낮고 멋진 단단한 석조 건물이었고 우물의 철제 마감도 매우 훌륭했다. 길은 좁았고 진흙 투성이였으며 양쪽에 높은 울타리가 쳐져 있었다. 뒤에서는 보넬로와 아이모가 바싹 붙어 쫓아오고 있었다.

29

정오에 우리는 최대한으로 어림잡아 우디네에서 10킬로미터 정도 떨어진 곳에서 진흙 길에 잠겨 버렸다. 비는 오전에 그쳤다. 우리는 세 번, 비행기들이 날아와 머리 위로 지나가는 것을 보았다. 비행기들은 왼쪽으로 멀리 날아갔고 간선도로에 폭탄을 터뜨렸다. 우리는 복잡하게 얽혀 있는 샛길을 겨우 지나고 막혀 있는 길에서 뒤돌아 나오는 것을 반복해 간신히 우디네 근처까지 갈 수 있었다. 하지만 지금 또다시 막다른 길에서 후진을 하다 아이모의 차가 길가 진흙 속으로 빠진 것이다. 바퀴는 나가려고 하면 할수록 점점 더 깊이 빠져들었고, 결국 차동 장치까지 진흙 속으로 들어가 버렸다. 이제부터는 바퀴 앞의 진흙을 파내고 나뭇가지를 집어넣어 사슬을 건 다음 다시 차가 올라올 때까지 미는 수밖에 없었다. 우리는 모두 차에서 내려 아이모의 차 주위로 모였다. 공병 둘이 차를 보더니 바퀴를 유심히 살폈다. 그러고는 아무 말 없이 길을 내려가기 시작했다. 나는 그들을 따라갔다.

"뭐해! 나뭇가지 좀 꺾어 와." 내가 말했다.

"저흰 가야 해요." 공병 하나가 대답했다.

"어서 나뭇가지를 꺾어 오란 말이야."

"저희는 가야 합니다." 한 명이 대답했고 다른 한 명은 말이 없었다. 그들은 어서 떠나고 싶어 하며 나를 쳐다보지도 않았다.

"명령이다. 차로 돌아와서 나뭇가지를 꺾어 와." 내가 이렇게 말하자 한 명이 뒤돌아섰다. "저희는 갈 거예요. 조금 있으면 도로가 차단될 거라고요. 그리고 중위님은 저희에게 명령할 수 없습니다. 직속상관도 아니잖아요."

"명령한다. 나뭇가지를 꺾어 와." 그들은 몸을 돌려 길을 내려갔다.

"멈춰." 그들은 대답 없이 계속 양쪽에 울타리가 쳐진 진흙 길을 내려갔다. "명령한다. 멈춰." 내가 소리쳤다. 그들이 더 빨리 걷기 시작했다. 나는 권총집을 열어 총을 꺼냈고 말수가 많던 한 공병을 향해 총을 발사했다. 총알이 빗나갔고 그들은 뛰기 시작했다. 나는 세 방을 쏜 후 한 명을 맞췄다. 다른 한 명은 울타리를 사이로 사라져 버렸다. 나는 울타리 너머 들판을 가로질러 달리는 그를 발견하고 또 총을 발사했다. 그러자 총알이 떨어졌고 총에서 찰깍 소리가 났다. 고개를 들어 보니 그가 이미 저 멀리까지 도망을 가 버렸다. 그는 들판 저 너머에서 머리를 움츠린 채 달리고 있었다. 빈 탄창을 채우는데 보넬로가 나타났다.

"제가 마무리할게요." 그가 말했다. 나는 그에게 권총을 건넸다. 그는 길바닥에 얼굴을 묻고 쓰러진 공병에게로 다가갔다. 보넬로는 몸을 숙여 쓰러진 공병의 머리에 권총을 갖다 대고 방아쇠를 당겼다. 권총은 발사되지 않았다.

"격철을 당겨야지." 내가 말했다. 그는 격철을 당기고 두 방을 쏜 후 공병의 다리를 잡아 길가 울타리 옆으로 끌고 갔다. 그는 다시 돌아와 내게 권총을 건넸다.

"개자식." 그가 욕을 하며 공병 하사 쪽을 쳐다보았다. "제가 쏘는 거 보셨죠, 중위님?"

"얼른 나뭇가지를 모아야 해. 다른 한 명은 완전 빗나갔나?"

"그런 것 같습니다. 권총으로 쏘기엔 너무 멀었어요." 아이모가 대답했다.

"더러운 개자식." 피아니가 말했다. 우리는 모두 나뭇가지를 꺾기 시작했다. 차에 있는 물건도 모두 내렸다. 보넬로가 바퀴 앞의 진흙을 팠다. 다 되자 아이모가 차의 시동을 걸었다. 바퀴는 나뭇가지와 진흙을 밀어내며 헛돌았다. 보넬로와 내가 몸의 관절이 우두둑거릴 때까지 차를 밀었지만 차는 꿈쩍도 하지 않았다.

"차를 앞뒤로 운전해 봐, 바르토." 내가 말했다.

그가 기어를 후진으로 했다 다시 전진을 했다. 그러나 바퀴는 더 깊이 빠지기만 했다. 다시 차동 장치가 진흙 속으로 파묻혔고 바퀴는 우리가 파낸 구덩이 속에서만 신나게 돌아갔다. 나는 몸을 세웠다.

"밧줄로 해 보자." 내가 말했다.
"소용없을 것 같아요, 중위님. 똑바로 당길 수도 없잖아요."
"시도는 해 봐야지. 그것 말고는 방법이 없어." 내가 말했다.
피아니와 보넬로의 차는 좁은 길에서 겨우 조금 앞으로 나아갈 수 있었다. 우리는 두 차를 함께 밧줄로 묶어 당겼다. 그러나 바퀴는 그 자리에서 옆으로 조금 움직이더니 꿈쩍도 하지 않았다.
"소용없군. 그만두자." 내가 외쳤다.
피아니와 보넬로가 차에서 내려 모였고 아이모도 차에서 내렸다. 소녀들은 35미터 가량 떨어진 곳의 돌담에 앉아 있었다.
"어떻게 하죠, 중위님?" 보넬로가 물었다.
"진흙을 파서 나뭇가지로 다시 시도해 보자." 내가 대답했다. 나는 길 아래쪽을 내려다보았다. 내 잘못이었다. 내가 그들을 여기까지 이끌고 온 것이다. 해는 구름 뒤에 숨어 거의 보이지 않았고 공병의 사체는 울타리 옆에 누워 있었다.
"저 녀석의 코트와 망토를 밑에 깔아 봐." 나의 말에 보넬로가 공병의 옷을 가지러 갔다. 나는 나뭇가지를 꺾었고 아이모와 피아니는 바퀴 앞과 옆의 진흙을 파냈다. 나는 망토를 반으로 찢어 진흙 속 바퀴 아래 깔고 바퀴가 걸리도록 나뭇가지를 쌓았다. 준비가 다 끝나자 아이모가 차에 타 시동을 걸었다. 바퀴가 돌아가자 우리는 차를 밀고 또 밀었다. 하지만 아무런 소용이 없었다.
"완전 실패로군. 차에서 필요한 물건들을 다 꺼내, 바르토." 내가 말했다.
아이모와 보넬로가 차에 올라타 치즈와 와인 두 병, 그리고 자신의 망토를 꺼냈다. 보넬로는 운전석에 앉아서 공병의 코트를 뒤지고 있었다.
"코트는 버리는 게 좋을 거야. 바르토 차에 타고 온 여자애들은 어쩌지?" 내가 물었다.

"뒤에 태우면 될 것 같아요. 우디네까지 얼마 남지도 않았으니까요." 피아니가 말했다.

나는 구급차 뒷문을 열었다.

"자, 차에 타." 내가 말하자 두 소녀는 차로 올라타 구석에 앉았다. 소녀들은 내가 총을 쏜 걸 모르는 듯했다. 나는 뒤를 돌아보았다. 공병이 더러운 긴팔 내의를 입고 누워 있었다. 나는 피아니와 차에 올라탔다. 우리는 다시 출발했다. 들판을 가로지를 예정이었다. 들판에 들어서자 나는 차에서 내려 앞으로 걸어갔다. 들판만 지나면 반대편에 도로가 있었지만 들판이 온통 진흙탕이라 차로는 지나갈 수가 없었다. 간신히 들판을 달리던 차는 결국 바퀴의 반이 진흙에 잠겨 버렸다. 우리는 차를 들판에 버려 두고 우디네를 향해 걷기 시작했다.

우리는 간선도로로 향하는 도로에 도착했다. 나는 두 소녀에게 그 도로를 가리키며 말했다.

"저기로 가. 그럼 사람들을 만날 거야." 그들이 나를 쳐다보았다. 나는 지갑을 꺼내 그들에게 각각 10리라짜리 지폐를 건넸다. 나는 도로를 가리키며 말했다. "저기로 내려가. 저쪽에 있어 친구들이! 가족들이!"

그들은 내 말을 알아듣지는 못했지만 지폐를 손에 꼭 쥐고 길 아래로 내려갔다. 그들은 내가 돈을 다시 빼앗아 갈까 봐 겁이 나는 듯 뒤를 돌아보았다. 나는 소녀들이 길을 내려가는 모습을 지켜보았다. 그들은 숄을 꼭 덮어쓰고 겁먹은 표정으로 우리를 바라보았다. 운전병들이 웃었다.

"제가 저 길로 가면 저한테는 얼마 주실래요, 중위님?" 보넬로가 물었다.

"걔들끼리 있는 것보단 사람들이 많은데서 적군에게 잡히는 게 나을 거야." 내가 대답했다.

"200리라를 주신다면 전 오스트리아를 향해 곧장 걸어갈게요." 보넬로가 말했다.

"놈들한테 돈을 다 빼앗길 거야." 피아니가 말했다.

"전쟁이 끝날 수도 있어." 아이모가 말했다. 우리는 서둘러 길을 걸었다. 구름 사이로 해가 모습을 보이기 시작했다. 길가에는 뽕나무가 서 있었다. 나무들 사이로 들판에 빠진 채 서 있는 우리의 커다란 구급차 두 대가 보였다. 피아니도 나를 따라 뒤를 돌아다보았다.

"저 차들을 꺼내려면 도로를 새로 하나 만들어야겠네요." 피아니가 말했다.

"이럴 때 자전거가 있다면 정말 좋을 텐데." 보넬로가 말했다.

"미국인들도 자전거 많이 타요?" 아이모가 물었다.

"예전엔 그랬지."

"이탈리아에서는 자전거가 최고예요. 모두가 반기죠." 아이모가 말했다.

"정말 자전거가 있었으면 좋겠어. 난 걷는 체질이 아니란 말이야." 보넬로가 말했다.

"금방 들린 건 포격 소리인가?" 내가 물었다. 저 멀리서 포격 소리가 들리는 듯했다.

"모르겠어요." 아이모가 대답을 하고는 주의 깊게 들었다.

"맞는 것 같은데." 내가 말했다.

"포격이 시작되면 기병대가 가장 먼저 나타날 거예요." 피아니가 말했다.

"그놈들은 기병대가 없을 텐데."

"그러면 천만다행이죠. 빌어먹을 기병대의 창에 찔리긴 싫거든요." 보넬로가 말했다.

"아까 그 공병은 확실히 쏘신 건가요?" 피아니가 말했다. 우리는 빠르게 걷고 있었다.

"내가 마무리했어. 이 전쟁에서 누굴 죽여 본 건 오늘이 처음이야. 예전부터 하사 놈을 꼭 한번 죽여 보고 싶었거든." 보넬로가 말했다.

"이미 쓰러져 있었잖아. 뛰어가는 놈을 쏜 것도 아니면서." 피아니가 말했다.

"어쨌든. 난 오늘을 영원히 기억할 거야. 그 공병 자식을 죽인 날을."

"고해성사할 때는 뭐라고 할 거야?" 아이모가 물었다.

"신부님, 저에게 축복을 주십시오. 제가 공병 하사를 죽였습니다." 모두가 웃었다.

"쟨 무정부주의자예요. 교회도 안 나간다니까요." 피아니가 말했다.

"너도 무정부주의자잖아." 보넬로가 말했다.

"정말 그런가?" 내가 물었다.

"아니에요, 중위님. 저흰 사회주의자예요. 이몰라 출신이거든요."

"가 보신 적 없으세요?"

"없어."

"진짜 끝내주는 곳이에요. 전쟁 끝나면 한번 들르세요. 저희가 좋은 구경시켜 드릴게요."

"이몰라 주민들을 모두 사회주의자인가?"

"전부 다요."

"동네가 좋아?"

"아주 아름다워요. 그런 동네는 처음 보실걸요."

"어떻게 사회주의자가 된 거지?"

"그냥 전부 다 그래요. 처음부터 그랬죠."

"꼭 한번 오세요, 중위님. 중위님도 사회주의자로 변신시켜 드릴게요."

길은 왼쪽으로 굽어 있었고 작은 언덕이 하나 있었다. 돌담 너머로는 사과 농장이 있었다. 언덕 위로 올라가자 운전병들의 대화가 끊겼다. 우리는 다 함께 시간에 쫓겨 빠르게 걸었다.

30

얼마 동안 걸으니 강이 하나 나왔다. 다리로 향하는 길에는 버려진 트럭과 수레들이 길게 늘어져 있었다. 그곳에는 아무도 없었다. 강은 수위가 높았고 아치형 석교는 중간 부분이 폭파되어 흐르는 흙탕물 아래로 떨어져 있었다. 우리는 강을 지날 곳을 찾으며 둑을 따라 걸었다. 앞을 보니 철교가 있었고 그곳에서 강을 지날 수 있을 것 같았다. 길은 진흙으로 축축했다. 군대는 어디에도 보이지 않았고 버려진 트럭과 비품들뿐이었다. 강둑을 계속 걸었지만 젖은 덤불과 진흙탕 길뿐 아무도, 아무것도 없었다. 둑을 따라 계속 걷다 보니 마침내 철교가 보였다.

"정말 멋지네요." 아이모가 말했다. 평상시에는 말라 있는 강바닥을 가로질러 평범하게 생긴 철교 하나가 길게 놓여 있었다.

"놈들이 또 폭격을 하기 전에 어서 건너자고." 내가 말했다.

"폭격할 사람이 있을까요? 다 가고 없는데요." 피아니가 말했다.

"지뢰가 박혀 있을지 몰라. 중위님이 앞장서세요." 보넬로가 말했다.

"저 무정부주의자 놈 좀 보게. 네가 먼저 가." 아이모가 말했다.

"내가 먼저 가지. 한 사람 지나가는 걸로 지뢰가 터지진 않을 거야." 내가 말했다.

"저것 봐. 저런 게 지능이란 거야. 너희는 왜 지능도 없냐, 이 무정부주의자 놈들아?" 피아니가 말했다.

"내가 지능이 있었다면 이런 데 오지도 않았겠지." 보넬로가 말했다.

"맞는 말인 것 같네요, 중위님." 아이모가 말했다.

"맞는 말이군." 내가 대답했다. 철교에 거의 도착했을 무렵 하늘이 다시 어두워지더니 비가 조금씩 내리기 시작했다. 다리는 길고 튼튼해 보였다. 우리는 둑 위로 올라갔다.

"한 번에 한 명씩 건너." 그렇게 말하고 나는 다리를 건너기 시작했다. 나는 침목과 난간을 살피며 지뢰선이나 지뢰의 흔적들을 찾았지만 아무것도 발견하지 못했다. 침목 사이 갈라진 틈으로 흙탕물이 빠르게 흐르는 것이 보였다. 젖은 시골길 너머로 우디네에 비가 내리고 있었다. 다리를 건너고 뒤를 돌아보니 강 위쪽으로 다리가 또 하나 있었다. 그때 노란 진흙색 자동차가 그 다리를 건넜다. 다리 난간이 높아서 차가 보이다 말다 했다. 하지만 운전수와 조수석에 앉은 사람, 그리고 뒷좌석에 있는 두 남자의 머리는 볼 수 있었다. 그들은 모두 독일 군모를 쓰고 있었다. 자동차는 다리를 지나 나무와 버려진 차들 뒤로 사라졌다. 나는 다리를 건너고 있는 아이모와 나머지 둘에게 서두르라고 손짓을 했다. 나는 다리에서 내려와 둑 옆에 웅크리고 앉았다. 아이모도 내 옆으로 왔다.

"차를 봤나?" 내가 물었다.

"아뇨. 저흰 중위님만 보고 있었어요."

"강 위쪽 다리에서 독일군 간부용 차가 지나갔어."

"간부용 차요?"

"그래."

"하느님 맙소사."

나머지 둘도 다리를 건너왔고 우리는 모두 둑 옆 진흙탕 위에서 웅크리고 앉아 다리의 난간과 가로수, 도랑, 그리고 길을 샅샅이 살폈다.

"길이 차단된 걸까요, 중위님?"

"모르겠어. 내가 아는 건 독일군 장교용 차가 저 다리를 지났다는 거야."

"속이 울렁거리지 않으세요, 중위님? 머릿속이 복잡하거나요."

"쓸데없는 소리하지 마, 보넬로."

"한잔하실래요? 길도 막혔는데 술이나 한잔해요." 피아니가 말했다. 그는 물통을 뽑아 마개를 열었다.

"저기 봐! 저것 좀 봐!" 아이모가 말하며 길을 가리켰다. 석교 위로 독일군의 군모가 움직이고 있었다. 그들은 몸을 앞으로 숙여 유령처럼 미끄러지듯 움직이고 있었다. 다리를 지나자 그들의 모습이 뚜렷이 보였다. 자전거 부대였다. 처음 두 병사의 얼굴이 보였다. 얼굴이 불그스름한 게 혈색이 좋아 보였다. 그들은 이마와 옆얼굴이 푹 덮이게 군모를 쓰고 있었다. 자전거 몸통에는 카빈총이 묶여 있었고 벨트에는 점착 폭탄이 달려 있었다. 군모와 회색 제복은 젖어 있었다. 그들은 앞과 양옆을 살피며 자전거를 몰고 있었다. 처음에는 둘이 가더니 그다음에는 넷이, 그다음에는 또 둘이, 그러고는 열둘 정도가, 그 뒤에 또 열둘이, 마지막에는 하나가 지나갔다. 그들은 말을 하지 않았다. 어차피 했더라도 강물 소리 때문에 들리지 않았을 것이다. 그들은 길 위로 사라졌다.

"하느님 맙소사." 아이모가 말했다.

"독일군이야. 오스트리아군이 아니라고." 피아니가 말했다.

"왜 아무도 저들을 막지 않는 거지? 왜 아무도 다리를 폭파시키지 않는 거야? 이 둑을 따라 기관총이 준비되어 있어야 할 거 아니야?" 내가 말했다.

"저희도 그걸 묻고 싶습니다." 보넬로가 말했다.

나는 매우 화가 났다.

"대체 이게 뭐야? 저 밑의 작은 다리는 폭파해 놓고 여기 간선도로의 다리는 내버려 두다니. 다들 어디로 간 거야? 저놈들을 막으려고 노력은 하고 있는 거야?"

"저희도 그걸 알고 싶습니다." 보넬로가 다시 말했다. 나는 입을 다물었다. 그런 건 내 임무가 아니었다. 내가 할 일은 포르데노네로 구급차 세 대를 가져가는 것이었다. 하지만 나는 그 임무에 실패했다. 이제는 포르데노네로 가는 것에만 집중을 해야 할 것이다. 어쩌면 우디네까지도 못 갈지 모른다. 당연히 못 가겠지. 그냥 진정하고 잡히거나 총에 쏘이지만 않기를 바라자.

"물통 열지 않았나?" 내가 피아니에게 물었다. 그가 내게 물통을 건넸다. 나는 와인을 꿀꺽꿀꺽 마셨다. "이제 출발하자고. 하지만 서두를 필요는 없어. 뭐 좀 먹을까?"

"이런 곳에서요?" 보넬로가 말했다.

"알았어. 그럼 계속 가자고."

"이쪽으로 가는 게 모습이 안 보여서 좋겠죠?"

"위로 가는 게 낫겠어. 놈들도 이 다리를 따라올 수 있으니까. 우리가 안 보는 사이 놈들이 위로 올라가면 안 되지."

우리는 철로를 따라 걸었다. 양쪽에는 젖은 평야가 펼쳐져 있었다. 평야 너머 앞쪽에는 우디네 언덕이 있었고 언덕 위로 천장이 날아간 성이 보였다. 종탑과 시계탑도 보였다. 들판에는 뽕나무가 많았다. 앞을 보니 다리의 난간이 부서져 있었다. 침목도 뜯겨진 채 둑 아래 내던져져 있었다.

"내려가! 내려가!" 아이모가 외쳤다. 우리는 둑 옆으로 뛰어내렸다. 또 다른 자전거 부대가 길을 지나고 있었다. 나는 살짝 고개를 내밀어 그들이 지나가는 것을 지켜보았다.

"우리를 보고도 그냥 지나갔어요." 아이모가 말했다.

"위로 가면 놈들한테 당하겠어요, 중위님." 보넬로가 말했다.

"놈들은 우리에게 관심 없어. 다른 걸 쫓고 있는 거야. 그들이 갑자기 우릴 덮치면 그게 더 위험할 거야." 내가 말했다.

"이쪽으로 쭉 숨어서 가는 게 더 낫겠어요." 보넬로가 말했다.

"그러든지. 우리는 철길을 따라 걸을 테니까."

"우디네까지 갈 수 있을까요?" 아이모가 물었다.

"물론이지. 아직 많이 몰려오지는 않았어. 어두우니까 갈 수 있을 거야."

"아까 그 간부용 차는 왜 거기 있었을까요?"

"그건 신만이 아시겠지." 내가 말했다. 우리는 계속 철로를 따라 걸었다. 보넬로가 둑의 진흙탕 속에서 걷는 게 지겨웠는지 우리가 걷고 있는 곳으로 올라왔다. 이제 철로는 간선도로에서 멀어져 남쪽으로 굽어 있었고 도로에서 뭐가 지나고 있는지 볼 수 없었다. 우리는 운하 위를 지나는 폭파된 짧은 다리의 남은 부분으로 기어 올라가 다리를 건넜다. 앞쪽에서 총소리가 났다.

우리는 운하 건너편에 놓인 기찻길에 올라섰다. 기찻길은 낮은 들판을 가로질러 마을로 곧장 향하고 있었다. 앞에는 또 다른 기찻길이 보였다. 북쪽으로는 자전거 부대를 목격했던 간선도로가 있었고 남쪽으로는 들판을 가로지르는 작은 갈림길에 양쪽으로 굵은 나무들이 서 있었다. 남쪽으로 가로질러 마을을 돈 후 캄포포르미오로 나가 탈리아멘토 강으로 향하는 간선도로를 타는 게 좋을 것 같았다. 우디네 너머의 샛길로 계속 간다면 후퇴 대열을 피해 갈 수 있을 것이다. 분명 평야를 가로지르는 샛길이 많은 것으로 알고 있었다. 나는 둑 아래로 내려갔다.

"가자." 내가 말했다. 우리는 샛길로 빠진 후 우디네 남쪽으로 갈 예정이었다. 모두 둑 아래로 내려와 걷기 시작했다. 그때 옆길 쪽에서 총알이 날아와 둑의 진흙 속에 박혔다.

"다시 올라가!" 나는 소리친 후 진흙 위를 미끄러져 둑 위로 올라갔다. 운전병들은 내 앞에 있었다. 나는 최대한 빨리 둑 위로 기어 올라갔다. 무성한 덤불 속에서 총알 두 발이 더 날아왔고 기찻길을 건너던 아이모가 움찔하더니 앞으로 쓰러졌다. 우리는 그를 반대편으로 끌어간 후 몸을 뒤집었다. "머리 쪽을 높여야 해." 내가 말했다. 피아니가 아이모의 몸을 돌렸다. 아이모는 발을 내리막길로 뻗은 채 불규칙적으로 피를 토해 내며 둑 옆 진흙탕 위에 누워 있었다. 우리 셋은 비를 맞으며 쪼그리고 앉아 그를 에워싸고 있었다. 총알은 아이모의 목 뒤 아래를 관통해 오른쪽 눈 아래로 나왔다. 내가 양쪽 구멍을 막고 있는 동안 그는 숨을 멈추었다. 피아니는 아이모의 머리를 내려 눕히고 구급 붕대로 그의 얼굴을 닦더니 이내 닦는 걸 멈추었다.

"나쁜 새끼들." 그가 말했다.

"독일군이 아냐. 저기에 그들이 있을 리 없어." 내가 말했다.

"이탈리아군이군요." 피아니가 경멸의 의미를 가득 담고 '이탈리아니!'라고 외쳤다. 보넬로는 아무 말이 없었다. 그는 아이모를 쳐다보지도 못하고 옆에 그냥 앉아 있었다. 피아니가 둑 아래로 굴러간 아이모의 군모를 주워 와 그의 얼굴을 덮었다. 그리고 아이모의 물통을 빼냈다.

"와인 마실래?" 피아니가 물통을 보넬로에게 건넸다.

"아니." 보넬로는 내게 물통을 건넸다. "철로 위에 있었으면 우리도 아이모처럼 됐을 거예요."

"아냐. 우리가 들판을 건너고 있어서 그런 거야." 내가 대답했다.

보넬로가 고개를 저었다. "아이모가 죽었어요. 다음엔 누가 죽을까요, 중위님? 이젠 어디로 가야 하죠?" 보넬로가 말했다.

"총을 쏜 건 이탈리아군이었어. 독일군이 아니었다고." 내가 말했다.

"독일군이었다면 우릴 모두 죽였을 거야." 보넬로가 말했다.

"이젠 독일군보다 이탈리아군이 더 위험해. 후위대는 겁이 많아서 보이는 대로 쏘거든. 하지만 독일군은 자신들의 표적을 잘 알고 있지." 내가 말했다.

"중위님 말이 맞아요." 보넬로가 말했다.

"이제 어디로 가죠?" 피아니가 물었다.

"어두워질 때까지 어디 가서 좀 숨어 있자. 남쪽으로 갈 수만 있다면 그다음엔 안전할 거야."

"저놈들은 자신들이 총을 쏜 게 옳았다는 걸 증명하려고 우리 모두를 죽이려 들 거예요. 전 그런 위험을 감수하기 싫어요." 보넬로가 말했다.

"최대한 우디네와 가까운 곳으로 가서 숨어 있자고. 그 후에 날이 지면 다시 출발하는 거야."

"그럼 가요." 보넬로가 말했다. 우리는 둑의 북쪽 방향으로 내려갔다. 뒤를 돌아보니 아이모가 둑 모퉁이 진흙 위에 누워 있었다. 그는 무척 작아 보였고 두 팔이 양옆으로 놓여 있었다. 각반으로 싼 다리와 진흙 투성이가 된 군화는 가지런히 모여 있었고 군모가 그의 얼굴을 덮고 있었다. 딱 시체의 모습이었다. 비가 내리고 있었다. 그는 내가 아꼈던 사람들 중에 한 명이었다. 내 주머니에는 그의 신분증명서가 들어 있었다. 그의 가족들에게 편지를 쓸 생각이었다. 들판 너머에 농가가 하나 있었다. 농가에는 나무들이 둘러싸여 있었고 농가 맞은편에는 농장 건물들이 있었다. 농가 2층에는 기둥 위에 발코니가 세워져 있었다.

"서로 조금씩 떨어져서 걷자. 내가 앞장설게." 그렇게 말한 후 나는 농가를 향해 걸어갔다. 들판으로 길이 나 있었다.

들판을 걷고 있는데 누군가가 농가의 나무 뒤나 가옥에서 우리에게 총을 쏠 것 같은 느낌이 들었다. 나는 농가를 향해 계속 걸어갔고 농가가 점점 더 선명하게 보이기 시작했다. 2층의 발코니는 헛간으로 이어져 있었고 기둥 사이로 건초가 튀어나와 있었다. 뜰에는 석조 바닥이 깔려 있었고 나무들 아래로 빗물이 떨어지고 있었다. 크지만 비어 있는 이륜수레 한 대가 손잡이가 위로 향한 채 비를 맞고 있었다. 나는 뜰을 지나 발코니 아래로 들어가 비를 피했다. 농가의 문은 열려 있었고 나는 안으로 들어갔다. 보넬로와 피아니도 나를 따라 들어왔다. 농가 안은 어두웠다. 부엌으로 들어갔더니 뚜껑이 열려 있는 큰 난로에 재가 남아 있었다. 그 위에 냄비 여러 개가 걸려 있었고 안은 텅 비어 있었다. 부엌을 살펴보았지만 먹을 것은 하나도 없었다.

"헛간에 숨어 있어야겠군. 먹을 것을 좀 찾아서 그리로 오겠나, 피아니?" 내가 말했다.

"그러죠." 피아니가 말했다.

"저도 같이 찾을게요." 보넬로가 말했다.

"그래. 난 올라가서 헛간을 살펴보지." 나는 아래층 외양간에서 돌계단을 찾았다. 외양간은 비가 오는데도 건조하고 쾌적했다. 소들은 농가 사람들이 대피할 때 데리고 간 모양이었다. 헛간에는 건초가 반만 차 있었다. 천장에 창문이 두 개 있었는데 하나는 판자로 덮여 있었고 다른 하나는 북쪽으로 좁게 나 있었다. 헛간에는 건초를 소들에게 내려 줄 수 있는 장치도 되어 있었다. 1층 빈 공간까지 기둥이 교차되어 있어서 수레가 들어오면 건초를 헛간으로 올릴 수도 있었다. 천장에서는 비 내리는 소리가 요란했다. 나는 건초 냄새를 맡으며 바싹 마른 가축의 똥 냄새가 나는 외양간으로 내려갔다. 우리는 남쪽을 향하고 있는 헛간의 판자 사이로 밖을 감시할 수 있었다. 반대편 창문으로는 북쪽의 들판을 볼 수 있었다. 여기 있는 것을 들켜서 계단으로 못 내려갈 경우에는 그 창문들 밖으로 도망치거나 건초 내리는 곳으로 내려가면 되었다. 헛간은 굉장히 컸고 누가 온다 싶으면 건초 더미 안으로 숨을 수 있었다. 숨기 적절한 곳이었다. 공격만 당하지 않았어도 우리는 남쪽으로 향할 수 있었다. 그놈들은 분명 독일군은 아니었을 것이다. 독일군은 북쪽에서 쳐들어와 치비달레로 내려가는 중이었기 때문이다. 남쪽으로 왔을 리가 없었다. 이제는 이탈리아군이 독일군보다 더 위험했다. 겁이 나면 눈에 보이는 대로 다 쏘기 때문이다. 어젯밤 후퇴할 때 우리는 상당수의 독일 병사들이 이탈리아 군복을 입고 북쪽에서 대열에 섞여 내려온다는 말을 들었다. 나는 그 말을 믿지 않았다. 전쟁에서는 언제나 그런 종류의 소문이 돈다. 적군들은 항상 그런 헛소문을 퍼뜨리곤 했다. 독일군을 혼란시키기 위해 독일 군복을 입고 독일로 가는 병사는 한 번도 본 적이 없었다. 그런 병사가 있었을는지도 모르지만 꽤 어려운 일일 것이다. 독일군이 그런 짓을 했을 리도, 그렇게 할 필요도 없을 것이다. 그렇게 혼란을 줘서 뭐하려고? 오히려 혼란을 준 건 넘치는 군인의 수에 비해 턱없이 부족한 도로였다. 하물며 독일군도 아니고 누구도 명령을 내리지 않았는데 그들은 독일군 대신 우리를 쐈다. 그들이 아이모를 죽였다. 향기가 좋은 건초에 싸여 헛간에 누워 있으니 그동안의 세월들이 모두 잊히는 듯했다. 어렸을 적 우리는 헛간에 누워 수다를 떨며 헛간 벽 높은 곳에 나 있는 세모난 창에 앉은 참새들을 공기총으로 쏘곤 했었다. 이제 그 헛간은 사라졌고 어느 해에 솔송나무를 다 베어 내 그 자리에는 나무 밑동과 말라 버린 나무의 잎가지들, 그리고 분홍색 잡초 꽃들만 남게 되었다. 다시는 옛날로 돌아갈 수 없다. 앞으로 나아가지 않으면 무슨 소용이겠는가? 밀라노로 돌아갈 수도 없다. 그곳으로 돌아가 봤자 뭘 하겠는가? 우디네가 위치한 북쪽에서 총소리가 들려왔다. 기관총 소리였다. 대포 소리는 나지 않았다. 그나마 다행이었다. 분명 길을 따라 몇몇 부대가 지키고 있을 것이다. 어슴푸레한 헛간 아래를 내려다보니 피아니가 건초를 운반해 오는 곳에 서 있었다. 그는 긴 소시지 하나와, 무언가가 담긴 항아리, 그리고 와인 두 병을 팔 사이에 끼고 있었다.

"올라와. 거기 계단이 있어." 그렇게 말한 후 나도 아래로 내려가 그것들을 같이 들고 올라와야 한다는 걸 깨달았다. 나는 건초 속에 파묻혀 정신이 희미해져 있었다. 거의 잠들기 직전이었다.

"보넬로는?" 내가 물었다.

"좀 있다 말씀드릴게요." 피아니가 말했다. 우리는 계단을 올라가 건초 위에 들고 온 것들을 내려놓았다. 피아니가 코르크 마개뽑이가 달린 칼을 꺼내 와인 병의 코르크 마개를 뽑았다.

"봉랍이 되어 있네요. 품질이 좋은 와인인가 봐요." 피아니가 그렇게 말을 한 후 씩 웃었다.

"보넬로는 어디 있지?" 내가 물었다.

피아니가 나를 쳐다보았다.

"달아났어요, 중위님. 포로가 되는 게 나을 거라면서요."

나는 아무 말도 하지 않았다.

"죽을까 봐 두려웠나 봐요."

나는 와인 병을 들고 아무 대답도 하지 않았다.

"어차피 저흰 이 전쟁을 지지하지도 않아요."

"자넨 왜 같이 안 갔나?" 내가 물었다.

"중위님을 혼자 내버려 두고 갈 순 없잖아요."

"어디로 갔지?"

"저도 모르겠습니다. 그냥 달아나 버렸어요."

"알았어. 그럼 소시지를 잘라 봐."

피아니가 어슴푸레한 빛 아래에서 나를 쳐다보았다.

"방금 말하면서 다 잘랐어요." 그가 말했다. 우리는 건초더미에 둘러싸여 소시지를 먹으며 와인을 마셨다. 그건 분명 결혼식을 위해 아껴 둔 와인일 것이다. 너무 오래되어 색이 변하고 있었다.

"자넨 이 창문으로 감시해. 난 저 창으로 감시할 테니."

우리는 각자 와인 한 병씩을 마시고 있었고 나는 내 와인을 들고 창가로 가 건초 위에 누워 좁은 창문 너머 젖은 시골 마을로 시선을 돌렸다. 내가 창밖으로 뭘 발견하길 기대했는지는 기억이 나지 않지만 보이는 거라고는 들판과 앙상한 뽕나무, 그리고 쏟아지는 비가 다였다. 와인을 마셔도 기분이 좋아지지 않았다. 너무 오랫동안 보관해 둔 와인이라 원래의 향과 색이 사라져 있었다. 나는 밖이 어두워지는 것을 지켜보았다. 어둠은 굉장히 빠르게 찾아왔다. 비가 내리는 캄캄한 밤이 될 것 같았다. 어차피 밖이 어두워 아무것도 보이지 않았으므로 나는 피아니 곁으로 갔다. 그는 누워서 자고 있었다. 나는 그를 깨우지 않은 채 얼마 동안 그냥 옆에 앉아 있었다. 덩치가 큰 피아니는 잠을 곤히 자고 있었다. 얼마 후 그를 깨워 다시 길을 나섰다.

그날 밤은 무척 이상했다. 내가 어떤 일이 벌어질 거라고 생각했는지는 모르겠다. 죽음? 어둠 속에서 총소리를 피해 달리는 것? 하지만 그런 일들은 전혀 일어나지 않았다. 우리는 독일 부대가 지나가는 동안 간선도로를 따라 나 있는 도랑 너머에서 납작하게 엎드려 누워 있다가 그들이 다 지나간 후 다시 도로를 건너 계속 북쪽으로 걸었다. 우리는 빗속에서 두 번이나 꽤 가까이 독일군과 마주쳤지만 그들은 우리를 보지 못했다. 북쪽을 향해 마을을 지나가는 동안에는 이탈리아군을 하나도 만나지 못했지만 얼마 후에 주요 후퇴 대열을 만나 밤내내 탈리아멘토 강을 향해 걸어갔다. 나는 그때까지 후퇴 규모가 어느 정도로 거대했는지 깨닫지 못했다. 그건 군대뿐만 아니라 전 주민의 대이동이었다. 우리는 밤새 걸었다. 하지만 차로 가는 것보다는 한결 빨랐다. 다리가 아프고 피곤했지만 이동 속도는 빨랐다. 보넬로가 포로로 끌려가겠다고 선택한 것은 정말 어리석은 생각 같았다. 위험한 것도 전혀 없었는데 말이다. 우리는 아무런 사고 없이 두 나라의 군대를 지나왔다. 아이모만 죽지 않았더라면 어떤 위험도 느끼지 못했을 것이다. 기찻길을 지나갈 때도 시야에 훤히 노출되는 곳을 지나 왔지만 누구도 우리를 건드리지 않았다. 아이모의 죽음은 갑작스럽고 어처구니없는 것이었다. 나는 보넬로가 어디로 갔을지 궁금했다.

"괜찮으세요, 중위님?" 피아니가 물었다. 우리는 차들과 군대로 붐비는 도로의 옆을 따라 걷고 있었다.

"그래."

"전 이제 걷는 게 지겹습니다."

"그래도 이젠 걷기만 하면 되잖아. 걱정은 안 해도 되는 거지."

"보넬로는 멍청한 녀석이에요."

"멍청한 녀석이 맞고말고."

"녀석을 어떻게 하실 겁니까?"

"모르겠어."

"그냥 포로로 잡혔다고 하시면 안 되나요?"

"잘 모르겠어."

"전쟁이 계속되면 녀석 가족에게 불똥이 튈 겁니다."

"계속은 안 돼. 이제 집에 가는 거야. 전쟁은 끝났어." 옆에 있던 한 군인이 말했다.

"모두가 집으로 가는 거지."

"우리는 이제 집에 가는 거야."

"어서 가요, 중위님." 피아니가 말했다. 그는 그들을 지나치고 싶어 했다.

"중위? 누가 중위인데? 장교들을 해치우자! 장교들은 끝장이야!"

피아니가 내 팔을 잡아끌었다. "이제부터 이름으로 부르는 게 좋겠네요. 저들이 문제를 일으킬지도 몰라요. 장교도 몇 명 쏴 죽였다니까요." 우리는 서둘러 그들을 스쳐 갔다.

"보넬로 가족에게 피해가 가도록 보고하진 않을 거야." 나는 아까 하던 대화를 다시 시작했다.

"전쟁이 끝났다면 상관없겠지만 제가 보기엔 끝난 게 아닌 것 같아요. 이대로 그냥 끝날 리가 없다고요." 피아니가 말했다.

"그건 곧 알게 되겠지." 내가 대답했다.

"전 전쟁이 끝났다고 안 믿어요. 다들 그렇게 생각하지만 전 아니에요."

"평화여, 영원하라! 우리는 이제 집으로 간다!" 군인 하나가 큰 소리로 외쳤다.

"모두 집으로 갈 수 있다면 좋겠죠. 중위님도 그러고 싶으시죠?" 피아니가 말했다.

"그래."

"하지만 우리는 절대 집에 못 돌아가요. 전쟁은 아직 끝나지 않았다고요."

"우리는 집으로 돌아간다!" 군인 하나가 또 외쳤다.

"저들이 소총을 버리고 있어요. 행진을 하며 소총을 벗어 버리고 있어요. 그러곤 저렇게 소리를 치는군요."

"소총은 갖고 있어야 할 텐데."

"소총을 버리면 적군이 싸움을 걸지 않을 거라고 생각하나 봐요."

비가 내리는 어둠 속에서 도로 옆을 걸으며 보니 아직 많은 군인들이 소총을 지니고 있었다. 그들의 망토 위로 소총이 삐죽이 나와 있었다.

"넌 어느 여단이야?" 한 장교가 소리쳤다.

"평화 여단이요. 평화 여단!" 누군가가 소리쳐 대답했다. 장교는 답이 없었다.

"저 사람이 뭐라고 하는 거야? 장교는 뭐래?"

"장교를 끝내 버려라. 평화 만세!"

"어서 가요." 피아니가 말했다. 우리는 차 대열 사이에 버려진 영국 구급차 두 대를 지나쳤다.

"고리치아에서 본 차들이에요." 피아니가 말했다.

"우리보다 앞섰군."

"더 일찍 출발했으니까요."

"운전병들은 어디로 간 거지?"

"저 앞 어딘가에 있겠죠."

"독일군은 우디네 외곽에 머물러 있어. 이 사람들은 모두 강을 건널 거고." 내가 말했다.

"네. 그래서 제가 전쟁이 끝나지 않았다고 생각하는 거예요." 피아니가 말했다.

"독일군이 치고 올라올 수도 있었는데 왜 그러지 않은 걸까?" 내가 물었다.

"글쎄요. 전 이런 전쟁에 대해선 아는 게 하나도 없어요."

"이동 수단을 기다리고 있는 건가 봐."

"저야 모르죠." 피아니가 말했다. 그는 다른 병사들과 함께 있을 때는 입이 무척 거칠었는데 지금은 굉장히 온순해져 있었다.

"자네 결혼했나?"

"저 결혼한 거 아시잖아요."

"그래서 포로로 끌려가길 원하지 않은 건가?"

"그것도 한 이유죠. 중위님은요?"

"안 했어."

"보넬로도 안 했어요."

"결혼했느냐 안 했느냐로 남자를 판단할 수는 없어. 하지만 결혼한 남자라면 아내에게로 돌아가고 싶을 거야." 내가 말했다. 나도 아내에 대해 이야기해 보고 싶었다.

"맞아요."

"발은 어때?"

"제법 아픕니다."

우리는 날이 밝기 직전 탈리아멘토 강둑에 도착했고 범람한 강물을 따라 모든 후퇴 행렬이 지나고 있는 다리로 내려갔다.

"이 강에서 적을 막아 낼 수 있을 텐데요." 피아니가 말했다. 어둠 속에서 보니 강물이 더 높아 보였다. 출렁거리는 강물은 폭도 넓었다. 나무로 된 다리는 길이가 약 1.2킬로미터 정도 되었고, 평소에는 다리 한참 아래로 돌이 가득한 넓은 강바닥에서 조르르 흐르던 강물이 지금은 다리 바로 아래까지 올라와 있었다. 우리는 강둑을 따라 걸어 다리를 건너고 있는 대열로 합류했다. 나는 빗속에서 붐비는 대열에 끼여 바로 앞에 가는 탄약 상자를 실은 마차를 마주한 채 걸었다. 1미터 조금 아래로 강물이 출렁이는 다리를 천천히 건너다 옆으로 고개를 내밀어 강을 쳐다보았다. 이제 내 마음대로 쉴 수도 없어서 몸이 매우 힘들었다. 강을 건너는 건 조금도 재미있지 않았다. 나는 낮에 적군의 비행기가 공격을 해 오면 어떻게 될까 궁금해졌다.

"피아니." 내가 그를 불렀다.

"저 여깄어요, 중위님." 그는 대열에서 좀 앞서 가고 있었다. 대열에는 아무도 말하는 사람이 없었다. 모두 빨리 다리를 건너는 것에만 온 신경을 쏟고 있었다. 어느새 우리는 다리를 거의 다 건너가고 있었다. 다리 끝을 보니 장교들과 헌병들이 손전등을 들고 양쪽에 서 있었다. 지평선을 배경으로 그들의 실루엣이 경계져 있었다. 그들에게 점점 가까이 다가가고 있는데 장교 하나가 대열에 있는 청년 한 명을 가리켰다. 헌병 한 명이 그 청년을 쫓아가 팔을 붙잡아 끌고 나왔다. 헌병은 청년을 길가에 세웠다. 우리는 그들과 거의 마주한 곳까지 와 있었다. 장교들은 대열의 모든 사람들을 유심히 살펴보고 있었고 때때로 자기들끼리 뭔가를 속삭이다 앞으로 나아가 누군가의 얼굴을 손전등으로 비추기도 했다. 우리가 그들과 마주하기 바로 전 누군가가 또 대열에서 끌려 나갔다. 그는 중령이었다. 그의 소매에 달린 상자 속의 별들이 손전등 빛에 비추어졌다. 그는 회색 머리에 키가 작고 뚱뚱했다. 헌병은 장교들이 나란히 서 있는 뒤로 그를 끌었다. 우리가 그들과 마주하자 장교 한두 명이 나를 쳐다보더니 그중 하나가 나를 가리킨 후 헌병에게 뭔가를 말했다. 그 헌병이 대열을 뚫고 다가오더니 내 멱살을 잡았다.

"당신 뭐야? 무슨 짓이야?" 내가 소리치며 그의 얼굴을 쳤다. 모자 아래로 그의 얼굴이 보였다. 끝이 올라간 콧수염과 볼 아래로 흐르는 피가 보였다. 다른 헌병 하나가 우리를 향해 뛰어왔다.

"뭐하는 거냐고?" 내가 외쳤다. 그는 대답하지 않고 나를 붙잡을 기회만 살피고 있었다. 나는 권총을 빼내려고 손을 뒤로 했다.

"장교는 건드리면 안 되는 거 몰라?"

나중에 온 헌병이 뒤에서 나를 붙잡고 내 팔을 비틀어 올렸다. 내가 팔을 풀며 뒤로 돌았더니 그가 내 목을 졸랐다. 나는 그의 정강이를 걷어찬 후 왼쪽 무릎으로 사타구니를 공격했다.

"저항하면 총으로 쏴 버려." 누군가가 외쳤다.

"지금 뭘 하자는 거지?" 소리를 치려고 했지만 나의 목소리는 제대로 나오지 않았다. 그들이 나를 길가로 데려갔다.

"저항하면 쏴 버려. 저 뒤로 끌고 가." 장교가 말했다.

"당신은 누구지?"

"알게 될 거야."

"누구냐고?"

"헌병이다." 또 다른 장교가 대답했다.

"이 병사 녀석들에게 날 붙잡으라고 시키는 대신 당신이 직접 나에게 나와 달라고 명령하면 될 것을."

아무도 대답이 없었다. 그럴 필요가 없었던 것이다. 그들은 헌병이었으니까.

"다른 놈들과 함께 뒤로 데려가. 이탈리아어 억양도 이상하군." 장교가 말했다.

"이상한 건 너도 마찬가지야, 이 죽일 놈." 내가 말했다.

"다른 놈들과 함께 어서 데려가." 장교가 말했다. 그들은 장교들 뒤에 있는 길 아래의 강둑 옆 들판으로 나를 데려갔다. 그쪽으로 걸어가고 있는데 총이 발사됐다. 소총에서 불꽃이 터졌고 총성이 울렸다. 우리는 들판으로 갔다. 그곳에는 이미 네 명의 장교가 끌려와 있었다. 그들 앞에는 남자 한 명이 헌병 둘 사이에 서 있었다. 헌병들이 끌려온 장교들 주위를 에워싸고 있었다. 또 다른 헌병 넷은 심문 중인 장교들 가까이에서 카빈총을 들고 서 있었다. 그 헌병들은 모두 챙이 넓은 모자를 쓰고 있었다. 나를 들판으로 끌고온 헌병 둘이 심문을 기다리고 있는 장교들 안으로 나를 밀어 넣었다. 나는 장교들이 심문 중인 남자를 보았다. 그는 아까 대열에서 끌려 나온 뚱뚱하고 키 작은 회색 머리 중령이었다. 심문 중인 이탈리아 장교들은 총을 쏘기만 했지 총구 앞에는 서 본 적 없는 차갑고 계산적이며 통솔력이 뛰어난 사람들이었다.

"여단은?"

중령이 대답했다.

"연대는?"

중령이 대답했다.

"왜 연대와 같이 있지 않는 거지?"

중령이 대답했다.

"장교는 본인의 연대와 함께 있어야 한다는 걸 모르나?"

중령은 또 대답했다.

그게 다였다. 또 다른 장교가 말했다.

"바로 너 같은 놈들 때문에 야만인들이 신성한 우리 모국 땅에 침범한 거야."

"뭐라고?" 중령이 말했다.

"너 같은 반역자들 때문에 승리의 기쁨을 맛보지 못하는 거라고."

"당신은 후퇴를 해 본 적 있나?" 중령이 물었다.

"이탈리아군은 후퇴 같은 건 안 해."

우리는 빗속에 서서 그 대화를 들었다. 우리는 장교들을 마주하고 있었고 체포된 중령은 우리 앞에서 조금 옆으로 빗겨 서 있었다.

"날 쏠 거면 심문은 그만하고 바로 그냥 쏴 버려. 멍청한 질문들은 그만두고." 중령은 그렇게 말하고 십자가를 그었다. 장교들이 모여서 뭐라고 상의를 하더니 그중 하나가 종이에 뭔가를 적었다.

"본인의 연대를 이탈했기에 그를 총살에 처한다." 그가 말했다.

헌병 둘이 중령을 강둑으로 데려갔다. 늙은 중령은 모자를 벗고 비를 맞으며 헌병에 이끌려 갔다. 그가 총에 맞는 것을 직접 보지는 못했지만 총소리는 들었다. 그들은 또 다른 장교를 심문하기 시작했다. 이 장교 역시 자신의 연대를 벗어나 있었다. 변명은 통하지 않았다. 심문하던 장교가 종이에 적힌 글을 읽자 그는 울기 시작했다. 그를 총살하는 동안 또 다른 장교가 심문을 받기 시작했다. 그들은 한 장교를 심문하는 동안 앞 차례에 심문했던 장교를 데려가 총살하는 것을 계속 반복했다. 그렇게 해야 끌려온 장교들이 빠져나갈 틈을 찾을 수 없기 때문인 듯했다. 나는 심문 받기를 기다려야 할지, 아니면 당장 도망이라도 가야 할지 판단이 서지 않았다. 보나마나 그들은 나를 이탈리아 군복을 입은 독일군으로 생각할 터였다. 그들의 정신세계가 어떻게 돌아가는지 알 수 있었다. 물론 그들에게 정신이란 게 있고 그

것이 잘 작용을 한다면 말이다. 그들은 모두 젊은 청년들이었고 고국을 지키고 싶어 했다. 제2군은 탈리아멘토 강 너머에서 재배정 중이었다. 그들은 연대에서 이탈한 소령 이상의 장교들을 사살하고 있었다. 그들은 또 이탈리아 군복을 착용한 독일 선동자들을 단번에 해치우고 있었다. 그들은 철모를 쓰고 있었다. 우리 중에는 두 명만이 철모를 쓰고 있었다. 헌병은 몇몇만 철모를 쓰고 나머지는 챙 넓은 모자를 쓰고 있었다. 그래서 우리는 헌병들을 비행기라고 불렀다. 우리는 빗속에서 한 명씩 끌려 나가 심문을 받은 후 총살을 당했다. 지금까지는 심문 받은 모든 장교들이 총에 맞았다. 심문자들 본인들은 한 번도 그 위험을 느껴 보지 못했던 죽음을 처리하는 것에 있어서 대단한 초연함과 굳은 정의감을 가지고 전념을 다해 임했다. 그들은 이제 어느 전방 연대의 대령을 심문하고 있었다. 그사이 장교 세 명이 더 끌려왔다.

"저 대령의 연대는 어디지?"

나는 헌병들을 쳐다보았다. 그들은 새로 온 장교들을 보고 있었다. 다른 이들은 대령을 보고 있었다. 나는 몸을 숙이고 두 장교 사이를 밀치고 나가 강을 향해 달렸다. 강가에서 미끄러지면서 나는 그대로 물을 튀기며 강 속으로 빠졌다. 강물이 무척 차가웠지만 물속에서 최대한 버텼다. 물살이 소용돌이치고 있었지만 참을 수 있는 최대한의 한계점에 다다를 때까지 물속에 들어가 있었다. 그리고 물 위로 떠오르자마자 숨만 내쉬고 다시 바로 들어갔다. 옷이며 군화가 무거워서 물속에 가라앉아 있는 것은 쉬웠다. 두 번째 물 위로 올라왔을 때 앞쪽에 통나무 하나가 보여 얼른 다가가 한 손으로 통나무를 잡았다. 나는 머리를 통나무 뒤에 숨긴 채 앞을 내다볼 생각조차 하지 않았다. 나는 강둑을 보기가 싫었다. 내가 강으로 뛰어갈 때도, 처음 물 위로 올라왔을 때도 총성이 들렸다. 물 밖으로 올라오기 바로 직전에도 들렸다. 이제는 더 이상 총성이 들리지 않았다. 나는 물살에 흔들거리는 통나무를 한 손으로 꼭 잡았다. 강둑을 바라보았다. 물살이 무척 빠른 것 같았다. 강물에는 나무토막들이 많이 떠다니고 있었다. 강물은 무척 차가웠다. 수면 위로 덤불이 섬처럼 떠 있었다. 나는 두 손으로 통나무를 잡고 강물을 따라 흘러갔다. 이제 강둑은 보이지 않았다.

31

물살이 빠르면 강 속에 얼마나 길게 있었는지 알 수가 없다. 꽤 길게 있었다고 생각했는데 사실은 굉장히 짧은 시간일 수도 있다. 강물은 깊고 차가웠다. 강물이 불어날 때 둑에서 떠내려온 온갖 것들이 물 위를 떠다녔다. 다행히 나는 몸을 의지할 수 있는 묵직한 통나무를 발견해 그 위에 턱을 올린 채 양손을 최대한 편안하게 나무에 얹고 얼음장 같은 강물을 떠내려갔다. 몸에 쥐가 날까 걱정이 되어서 어서 강둑에 닿고 싶었다. 강물은 길게 곡선을 그리며 흘러갔다. 날이 어느 정도 밝아 오자 강가를 따라 덤불들이 보였다. 앞으로 덤불이 무성한 섬이 있었고 물은 강가로 흘러가고 있었다. 나는 군화와 옷을 벗고 강가로 헤엄쳐 갈까 고민도 했지만 그러지 않기로 했다. 어떻게든 강가에 도착해야 한다는 생각뿐이었지만 맨발로 땅을 밟으면 여러모로 좋지 않을 것 같았다. 어떻게든 메스트레까지는 가야 했기 때문이다.

강가가 가까워지다 다시 휙 멀어졌고 그러다 다시 가까워졌다. 이제는 물살도 약해졌고 강가에도 매우 근접해져 있었다. 버드나무 덤불의 가지들이 보였다. 통나무가 천천히 돌며 강둑을 등지게 되었을 때야 내가 소용돌이 속에 있다는 것을 깨달았다. 물살은 계속 천천히 돌았고 무척 가까이에서 강둑이 다시 눈앞에 나타났다. 한 손으로는 통나무를 잡고 반대쪽 손발로는 물을 헤치며 강둑으로 헤엄을 치려

했지만 전혀 몸이 나아가지 않았다. 소용돌이 밖으로 밀려 나갈까 봐 겁이 난 나는 한 손으로 통나무를 잡은 채 발을 접었다 다시 강둑 쪽으로 힘차게 뻗었다. 덤불이 다시 보였지만 아무리 힘차게 수영을 해도 물살은 나를 강둑 멀리 밀어냈다. 그때서야 군화 때문에 물에 잠길 수도 있겠다는 생각이 들었지만 허우적거리며 물살을 가로질렀다. 고개를 들자 다시 강둑이 가까워지고 있었다. 나는 무거운 군화를 신고 겁에 질려 계속 발헤엄을 쳐 드디어 강둑에 다다를 수 있었다. 나는 버드나무 가지를 잡았다. 땅 위로 올라갈 힘은 없었지만 이제는 안전하다는 것을 알았다. 통나무가 있어서 익사할 거라는 생각은 전혀 들지 않았다. 너무 힘을 써서 몸이 축 늘어졌고 배와 가슴이 아팠다. 나는 잠시 가지를 붙잡고 쉬었다. 통증이 사라지고 난 후에는 버드나무 덤불을 꼭 안고 다시 휴식을 취했다. 그러고 나서야 물 밖으로 기어 나와 덤불을 헤집고 강둑 위로 올라섰다. 해는 절반만 나와 있었고 강둑에는 아무도 보이지 않았다. 나는 둑 위에 엎드려 강물 소리와 빗소리를 들었다.

잠시 후 자리에서 일어나 둑을 따라 걷기 시작했다. 라티사나까지는 강을 건널 수 있는 다리가 없었다. 나는 내가 산비토 맞은편에 있을지도 모른다는 생각이 들었다. 나는 이제 뭘 해야 할지를 생각하기 시작했다. 앞에는 도랑물이 강으로 흐르고 있었다. 나는 도랑을 향해 걸었다. 아직까지는 아무도 보이지 않았다. 도랑의 둑 옆으로 나 있는 덤불 옆에 앉아 군화를 벗어 물을 빼냈다. 코트도 벗어 젖은 서류와 돈이 든 지갑을 안주머니에서 꺼낸 후 코트에서 물을 짜냈다. 바지도 벗어 물을 짜냈고 셔츠와 속옷도 그렇게 했다. 내 몸을 찰싹찰싹 때리고 문지른 후에 다시 옷을 입었다. 군모는 어디 갔는지 없었다.

코트를 입기 전 나는 소매에서 별을 잘라 내 돈과 함께 안주머니에 넣었다. 돈은 젖긴 했어도 다행히 상한 곳이 없었다. 돈을 세어 보니

3,000리라가 조금 넘었다. 옷은 불쾌하고 축축하게 젖어 있었다. 나는 혈액 순환을 돕기 위해 팔을 찰싹찰싹 때렸다. 모직 내의를 입고 있었기 때문에 계속 몸을 움직이기만 한다면 감기에 걸릴 일은 없을 거라고 생각했다. 아까 헌병들에게 권총을 빼앗긴 탓에 비게 된 권총집은 코트 안으로 찼다. 망토도 없이 비까지 맞고 있으니 너무 추웠다. 나는 운하 둑을 따라 걷기 시작했다. 대낮의 마을은 어두침침하고 음울하게 젖어 있었다. 들판도 휑하게 젖어 있었다. 저 멀리에는 종탑이 우뚝 서 있었다. 도로로 들어서니 앞에 길을 따라 내려오는 부대가 보였다. 길을 따라 다리를 절룩거리며 걸었고 그들은 나를 보고도 아무런 신경을 쓰지 않았다. 그들은 기관총 파병대였고 강을 향해 올라가는 중이었다. 나는 계속 길을 걸었다.

그날 나는 베네치아 평야를 가로질러 갔다. 지대가 낮은 그곳은 비 때문에 더욱 평평해져 있었다. 바닷가 근처라 바닷물이 흘러 들어온 늪지가 많았고 도로는 몇 개밖에 없었다. 모든 도로는 강 하구에서 바다까지 이어져 있었고 평야를 넘어가려면 운하 옆 도로를 지나가야 했다. 나는 북에서 남까지 평야를 지나고 기찻길 두 개와 여러 개의 도로를 넘어 마침내 도로 끝에 있는 늪지 옆 기찻길에 다다랐다. 높고 튼튼한 둑과 지반이 받쳐져 있는 그 복선 철로는 베니스에서 트리에스테로 가는 주요 선로였다. 기찻길 저편으로는 작은 정차역에 서 있는 보초병들이 보였다. 기찻길 위쪽으로는 다리 하나가 늪지로 흘러가는 개울 위에 놓여 있었다. 그 다리에도 보초병 한 명이 있었다. 아까 북쪽으로 들판을 건널 때 기차 한 대가 이 철로를 지나가는 것을 보았다. 기차는 평평한 들판을 가로질러 길게 지나가고 있었고 나는 그게 포르토그루아로에서 오는 기차인가 생각했다. 나는 보초병들을 쳐다보다 둑 아래로 몸을 눕혀 양쪽을 살폈다. 다리에 있던 병사가 내가 숨은 기찻길 쪽으로 올라오더니 다시 되돌아 다리로 내려갔다. 누워 있으니 배가 고팠지만 계속 기차를 기다렸다. 아까 그 기차는 굉장히 길어서 속도도 매우 느렸다. 그런 기차라면 올라탈 수 있을 것 같았다. 기차 타기는 글렀다고 포기하려는 순간 기차 하나가 오고 있었다. 똑바로 다가오는 기차가 시야에서 점점 커졌다. 나는 다리의 보초병을 보았다. 다리 근처를 걷고 있었지만 철로 반대편에 있어서 기차가 지나가면 나를 보지 못할 것 같았다. 기차가 점점 더 가까이 다가오고 있었다. 기차는 열심히 달리는 중이었다. 칸도 굉장히 많았다. 기차에도 분명 보초병들이 있을 터였다. 나는 그들이 어디에 있을까 열심히 살펴보았지만 너무 멀어서 잘 보이지가 않았다. 기차는 이제 내가 누운 곳에 거의 다다랐다. 힘차게 김을 뿜으며 똑바로 기차가 다가왔고 기관사가 보였다. 나는 일어나 기차로 가까이 다가갔다. 보초병들이 보고 있다면 기차 옆에 서 있어야 의심을 덜 받을 것 같았다. 문이 닫힌 화물칸 몇 개가 지나갔다. 그다음에는 곤돌라라고 불리는 낮고 천장이 뚫린 화물 차량이 다가오고 있었다. 차의 천장은 천막으로 덮여 있었다. 나는 그 차가 거의 다 지나갈 때까지 서 있다 점프를 해 후미 손잡이를 잡고 기차로 올라간 후 곤돌라와 그 뒤의 높은 화물차 사이 아래로 기어 내려갔다. 아무도 나를 보지 못한 것 같았다. 나는 손잡이를 꽉 잡고 두 차량 연결 부분에 발을 놓은 채 몸을 낮게 쭈그리고 앉았다. 기차가 다리 맞은편에 거의 다다랐을 때 그제야 그곳에 있던 보초병 생각이 났다. 기차가 지나가자 그가 나를 쳐다보았다. 그는 어린 소년이었고 자신의 머리에 맞지 않는 너무 큰 군모를 쓰고 있었다. 그를 경멸의 눈초리로 쏘아보자 그가 시선을 돌렸다. 아마 나를 기차 관계자라고 생각했을 것이다.

기차가 다리를 지나친 후에도 그는 여전히 불편한 기색으로 지나가는 기차를 지켜보았다. 나는 몸을 구부려 천막이 어떻게 고정되어 있는지를 살폈다. 천막 모서리에는 동그랗게 쇠고리 구멍이 뚫려 있였고 그곳으로 밧줄이 묶여 있었다. 나는 칼을 꺼내 밧줄을 끊고 한쪽 팔을 집어넣었다. 천막 안에는 비에 젖어 팽팽해진 단단한 무언가가 수북이 쌓여 있었다. 고개를 들어 앞을 쳐다 보니 보초병이 보였지만 그는 앞을 보고 있었다. 나는 손잡이를 놓고 천막 안으로 기어 들어갔다. 그러던 중 어딘가에 부딪쳐 순식간에 이마가 심하게 부어올랐고 얼굴까지 피가 흘러내렸지만 그냥 들어가 엎드렸다. 그다음 몸을 돌려 천막을 다시 고정시켰다.

천막 안에는 총 더미가 쌓여 있었다. 새로 기름칠한 냄새도 났다. 나는 누워서 천막에 떨어지는 빗소리와 기차가 덜컹거리는 소리를 들었다. 천막 사이로는 빛이 새어 들어오고 있었다. 나는 누워서 총들을 바라보았다. 총들은 캔버스 천 가방 안에 들어 있었다. 분명 제3군에서 전선으로 보내는 것일 것이다. 이마의 혹은 더 부어올랐고 나는 출혈이라도 멈추기 위해 가만히 누워 피가 응고되길 기다렸다. 그런 후 상처 부분만 제외하고 말라붙은 피를 떼어 냈다. 전혀 아프지 않았다. 손수건이 없었기 때문에 손을 더듬으며 천막에서 떨어지는 빗방울을 묻혀 마른 피를 떼어 낸 부분을 씻은 후 코트 소매로 물기를 닦아 냈다. 괜한 것으로 관심 받는 건 좋지 않을 것 같았다. 나는 기차가 메스트레에 도착해서 사람들이 총을 옮기기 전에 빠져나가야 했다. 그들은 두 눈을 부릅뜨고 이 총들을 찾을 테니까 말이다. 나는 몹시 배가 고팠다.

32

나는 천막이 덮인 무개화차 바닥에 총들과 함께 누워 있었고 몸이 젖어 추운데다 배까지 고팠다. 나는 몸을 뒤집어 배를 바닥에 대고 머리는 팔에 얹었다. 무릎이 좀 뻑뻑하긴 했지만 지금까진 꽤 상태가 괜찮았다. 발렌티니 선생이 잘 고친 것 같았다. 이 무릎으로 후퇴하는 동안 반은 걸었고 탈리아멘토 강도 헤엄쳤으니 말이다. 그가 훌륭하게 고친 것이다. 반대편 무릎은 그래도 내 원래 무릎이었다. 수술을 받고 나면 더 이상 그 부위는 자신의 것이 아닌 게 된다. 내 머리와 배는 아직 내 것이었다. 배는 허기가 져서 난리가 난 듯 안에서 꿈틀거렸다. 머리 역시 내 것이었지만 쓸모가 없었다. 생각은 할 줄 모르고 기억만 조금 해내는 것이 다였다.

캐서린은 기억이 났다. 하지만 다시 그녀를 볼 수 없을지도 모르는 상황에서 계속 그녀를 떠올린다면 아마 나는 미쳐 버릴 것이다. 그래서 조금씩만 떠올렸다. 천막에서는 빛이 새어 들어오는, 천천히, 덜컹거리며 달리는 기차 바닥에서 캐서린과 함께 누워 있는 상상만 조금 했다. 나는 그렇게 천천히 흔들리는 기차 안에서 축축한 옷을 입고 혼자 외롭게 누워 너무 오랫동안 만나지 못했던 그녀를 느낌으로 떠올렸다. 그것은 딱딱한 기차 바닥만큼 힘겨운 것이었다.

비록 천막 아래가 꽤 편안하고 총에 둘러싸여 있는 것이 즐겁다 하더라도 무개화차의 바닥이나 기름칠한 금속 냄새가 나는 캔버스 천 가방에 든 총들, 그리고 비가 새는 천막을 좋아하는 것은 불가능했다. 하지만 냉정하게 생각해 이젠 여기 있다고 상상하는 것조차 힘든 누군가를 사랑하는 것은 어렵지 않았다. 사실 그건 냉정하다기보다는 공허하지만 당연한 사실이겠지. 나는 한 나라의 군대는 후퇴하고 다른 나라의 군대는 전진하는 것을 지켜보며 지금, 배를 깔고 엎드려 그 사실을 공허하게 받아들이고 있다. 나는 화재로 자신의 매장에 있던 모든 제품들을 잃어버린 백화점의 매니저처럼 내 구급차와 운전병들을 잃었다. 하지만 보험도 들지 않았으니 나는 자유였다. 어떤 책임도 질 필요가 없었다. 백화점에 화재가 났는데 매니저가 평소처럼 이상한 억양으로 말을 한다고 해서 그를 쐈다면 다시 백화점이 문을 열었다 해도 그는 그 백화점 대신 다른 직장을 찾아 떠날 것이다. 다른 직장을 찾을 수 있거나 경찰이 그를 체포하지 않을 경우에는 말이다.

그렇게 내 책임은 분노와 함께 강으로 쓸려 내려갔다. 물론 헌병이 내 목덜미를 잡았을 때 이미 책임감은 버렸다. 나는 겉모습에 신경을 많이 쓰는 사람이 아니었지만 제복은 벗어 버리고 싶었다. 별을 떼어 낸 것은 편리함을 위해서였다. 명예 때문은 아니었다. 나는 그들을 미워하지 않는다. 이미 초연해진 상태였다. 나는 그들에게 행운만을 빌었다. 착한 병사들도, 용감한 병사들도, 침착한 병사들도, 그리고 현명한 병사들도 모두 행운을 누릴 자격이 있었다. 하지만 그건 더 이상 내가 신경 쓸 일이 아니었다. 나는 그저 이놈의 기차가 한시라도 빨리 메스트레에 도착해 식사를 해결하고 생각은 그만했으면 했다. 정말 생각은 그만하고 싶었다.

피아니는 그들이 나를 쐈다고 떠벌리고 다닐 거다. 그들은 자신들이 쏜 장교들의 옷을 뒤져 증명 서류를 챙겨 간다. 내 증명 서류는 챙기지 못했으니 내가 익사라도 했다고 말할 것이다. 미국에는 뭐라고 알릴까? 부상이나 다른 이유를 대겠지. 정말 배가 고파 죽을 것 같았다. 고리치아의 신부는 어떻게 됐을지 궁금했다. 그리고 리날디도. 그는 아마 포르데노네에 있을 것이다. 더 뒤로 후퇴하지 않았다면 말이다. 어쨌든 이젠 다시 그를 못 보겠지. 함께 지냈던 누구도 다시는 못 보겠지. 이제 그때와는 안녕이다. 리날디는 매독에 걸린 게 아닐 것이다. 걸렸다 해도 재빨리 치료하면 괜찮다고들 했다. 그래도 리날디는 걱정할 것이다. 나라도 걱정할 것이다. 안 그럴 사람이 있겠나.

나는 생각에 소질이 있는 사람이 아니다. 나는 먹는 데 소질이 있는 사람이었다. 그렇고말고. 먹고 마시고 캐서린과 자고. 어쩌면 오늘 밤 그럴 수도 있다. 아니, 그건 불가능하겠지. 내일 밤은 가능할 수도 있다. 근사한 식사와 이불. 그리고 다시는 캐서린과 헤어지지 않는 거다.

거기 가서도 서둘러야 할 것이다. 그녀는 나와 함께 떠날 게 틀림없다. 분명 그럴 것이다. 어디로 가야 할까? 생각을 좀 해 봐야겠다. 날이 어두워지고 있었다. 나는 누워서 우리가 어디로 가야 할지 생각해 보았다. 많은 곳이 떠올랐다.

제 4 부

33

날이 밝기 전, 이른 새벽에 기차의 속도가 느려졌고 밀라노 역에 들어서자 나는 얼른 기차에서 뛰어내렸다. 나는 철로를 가로질러 어느 건물 사이로 들어간 후 길로 나왔다. 한 와인 상점이 열려 있어서 나는 그곳으로 들어가 커피를 마셨다. 금방 쓸어 낸 먼지, 커피 잔에 꽂혀 있는 스푼들, 와인 잔에서 흐른 동그란 물 자국에서 이른 새벽의 냄새가 났다. 가게 주인은 바 뒤에 있었고 군인 두 명이 테이블에 앉아 있었다. 나는 바에 서서 커피 한 잔을 마시며 빵 한 조각을 먹었다. 커피는 우유를 넣어서 회색빛이 났다. 나는 위에 뜬 우유 거품을 빵 조각으로 걷어 냈다. 주인이 나를 바라보았다.

"그라파 한 잔 드시겠소?"

"괜찮습니다."

"내가 사겠소. 전선은 어떻습니까?" 그가 그렇게 말하고는 그라파를 작은 잔에 따라 내 쪽으로 밀었다.

"나야 모르죠."

"저 친구들은 취했나 봅니다." 그가 군인 두 명이 있는 쪽으로 손을 가리키며 말했다. 정말 그래 보였다. 그들은 취해 있었다.

"어서 말해 봐요. 전선은 어때요?"

"난 모른다니까요."

"저 건물 쪽에서 내려오는 거 봤어요. 기차에서 내린 거잖아요."

"후퇴 대열이 엄청나요."

"신문에서 봤어요. 어떻게 된 거죠? 전쟁이 끝난 건가요?"

"아닐 겁니다."

그는 짧은 병에 담긴 그라파를 잔에 채웠다. "지금 곤경에 처해 있는 거라면 내가 도와주겠소."

"그런 거 아닙니다."

"여기서 지내도 돼요."

"어디서 묵죠?"

"이 건물에서요. 많이들 있답니다. 중위님 같은 분들이 다 여기서 묵죠."

"곤경에 처한 사람들이 많습니까?"

"곤경이란 게 어떤 것이냐에 따라 다르겠죠. 남미 분이세요?"

"아뇨."

"스페인어를 하시나요?"

"조금요."

그가 바의 테이블을 닦았다.

"지금은 이 나라를 벗어나기 어려워요. 하지만 불가능한 건 아니죠."

"나는 그럴 생각이 없습니다."

"원하시는 만큼 여기 계세요. 그럼 제가 어떤 사람인지 아시게 될 겁니다."

"난 오늘 아침에 떠나야 해요. 하지만 여기 주소를 기억했다가 필요하면 오겠습니다."

그가 고개를 저었다. "그렇게 말씀하시는 것을 보니 다시 안 오시겠군요. 큰 곤경에 처하신 줄 알았는데요."

"난 곤경에 처하지 않았거든요. 하지만 친구의 선심은 소중하게 여깁니다."

나는 커피값으로 10리라 지폐를 테이블에 올려놓았다.

"나와 같이 그라파 한잔 마셔요." 내가 말했다.

"괜찮습니다."

"어서 한잔 들어요."

그가 그라파 두 잔을 따랐다.

"기억하세요. 여기로 꼭 오세요. 다른 사람에게 가면 안 됩니다. 이곳이라면 안전해요." 그가 말했다.

"알겠습니다."

"정말이죠?"

"네."

그는 정말 진지했다. "그럼 한 가지 말씀드리죠. 그 코트는 벗도록 해요."

"왜요?"

"양쪽 소매에 별 떼어 낸 자국이 선명히 남아 있잖아요. 색이 다르다고요."

나는 아무 말도 하지 않았다.

"서류가 없으시면 제가 드릴게요."

"무슨 서류요?"

"휴가 서류요."

"그런 건 필요 없어요. 나도 서류는 있습니다."

"좋아요. 하지만 필요한 서류가 있으면 제가 뭐든지 구해다 드릴게요."

"그런 걸 하는 데는 돈이 얼마나 들죠?"

"종류에 따라 달라요. 가격은 괜찮은 편이에요."

"지금은 필요 없어요."

그가 어깨를 으쓱했다.

"난 괜찮다고요." 내가 말했다.

내가 가게를 나가는데 그가 말했다. "제가 중위님 친구란 걸 잊지 말아요."

"네."

"곧 봬요." 그가 말했다.

"알겠어요." 내가 말했다.

나는 밖으로 나가 헌병들이 있는 역을 피해 어느 작은 공원 모퉁이에서 마차를 잡아탄 후 운전사에게 병원 주소를 알려 주었다. 병원에 도착해 수위의 숙소로 갔다. 그의 아내가 나를 반기며 안았고 수위는 악수를 건넸다.

"돌아오셨군요. 안전하게요."

"네."

"아침은 드셨어요?"

"네."

"어떠세요, 중위님? 괜찮으세요?" 부인이 물었다.

"괜찮아요."

"저희랑 아침 드시겠어요?"

"아뇨, 괜찮습니다. 바클리 양이 지금 병원에 있나요?"

"바클리 양이요?"

"영국 여자 간호사요."

"중위님 애인이요." 부인이 그렇게 말하며 미소를 짓고 내 팔을 쓰다듬었다.

"아뇨. 떠났어요." 수위가 말했다.

심장이 내려앉았다. "확실해요? 키 크고 젊은 금발의 영국 간호사 말이에요."

"확실해요. 스트레사로 갔어요."

"언제 갔죠?"

"이틀 전에 다른 영국 간호사와 함께 갔어요."

"알았어요. 그럼 내 부탁 좀 들어줘요. 날 보았다고 누구한테도 이야기하지 말아요. 약속해요."

"아무에게도 말하지 않을게요." 수위가 대답했다.

나는 그에게 10리라짜리 지폐를 건넸다. 그는 지폐를 밀어냈다.

"약속해요. 아무한테도 말 안 할거예요. 돈은 필요 없어요."

"또 저희가 뭘 하면 될까요, 중위님?" 부인이 물었다.

"그 약속만 지켜 주면 됩니다." 내가 대답했다.

"입은 닫혔어요. 또 필요한 게 있으시면 말씀하세요." 수위가 말했다.

"네. 잘 있어요. 또 만나요."

그들은 문간에 서서 나를 배웅했다.

나는 마차를 탄 후 운전사에게 성악을 공부하던 친구인 시먼스의 주소를 알려 주었다.

시먼스는 포르타 마젠타 방향에 있는 한적한 교외에서 살고 있었다. 내가 도착했을 때 그는 아직 잠에 취해 있었다.

"정말 빨리도 일어나는군, 헨리." 그가 말했다.

"이른 기차를 타고 왔어."

"후퇴한다는 건 뭐야? 자네도 전선에 있었나? 담배 한 대 피울래? 테이블 위 통 안에 있어." 그의 큰 방에는 벽 옆에는 침대가, 구석에는 피아노가, 그리고 옷장과 테이블이 있었다. 나는 침대 옆 의자에 앉았다. 시먼스는 베개를 세워 앉아 담배를 피웠다.

"나 큰일 났어, 심(시먼스의 애칭)." 내가 말했다.

"나도. 난 항상 그래. 담배 안 필래?"

"안 피워. 스위스에 가려면 절차가 어떻게 돼?"

"자네가? 이탈리아에서 출국을 못하게 할 텐데."

"그래. 나도 알아. 그럼 스위스에서는 어떻게 나올까?"

"자네를 억류하겠지."

"그건 알지. 스위스에 가는 절차나 말해 봐."

"별거 없어. 간단해. 아무 곳이나 갈 수 있어. 그냥 보고 같은 것만 하면 될 거야. 왜? 경찰에게 쫓기기라도 하는 거야?"

"아직은 확실치 않아."

"말하기 싫으면 안 해도 돼. 하지만 흥미진진한 얘기이긴 하겠네. 여긴 아무 일도 없어. 나는 피아첸차에서 제대로 망했지."

"그거 정말 안됐군."

"그래. 정말 최악이었어. 잘 부르긴 했는데 말이야. 여기 리리코 극장에서 다시 시도해 볼 거야."

"나도 가 보고 싶군."

"말이라도 고마워. 지금 상황이 정말 안 좋은 거야?"

"잘 모르겠어."

"말하기 싫으면 하지 마. 그나저나 전선에서는 왜 도망친 거야?"

"질렸거든."

"잘 생각했어. 난 자네가 분별력 있는 친구란 걸 알았어. 내가 뭐라도 도와줄까?"

"엄청 바쁘잖아."

"전혀 안 바빠, 친구. 조금도. 내가 뭐라도 도와줄게."

"자네 나랑 옷 치수가 비슷하지? 나가서 사복을 하나 사다 주겠어? 내 사복은 전부 로마에 있거든."

"맞아. 거기서 산 적이 있었지? 그런 더러운 곳에서 어떻게 살게 된 거야?"

"건축가가 되고 싶었거든."

"거기서 무슨 건축가가 돼? 옷 사지 마. 내 옷을 입으면 되지. 내가 잘 골라 줄게. 아주 멋있을 거야. 저기 옷 방이 있어. 거기 옷장에서 아무거나 골라 봐. 옷 살 생각은 하지 마."

"사는 게 나을 것 같은데."

"친구, 내 옷을 주는 게 나가서 새로 사는 것보다 편해서 그래. 여권은 있어? 여권 없으면 멀리 못 갈 거야."

"있어. 아직 갖고 있어."

"그럼 어서 옷을 입고 아름다운 스위스로 출발해."

"그렇게 간단한 게 아냐. 스트레사에 먼저 들러야 해."

"좋았어. 그럼 보트로 노를 저어 가면 되겠네. 성악 공부만 아니면 나도 같이 가는 건데. 하지만 나도 언젠가 갈 거야."

"거기서 요들을 불러 봐."

"그럴 수도 있지. 난 정말 요들을 부를 수 있어. 희한하게도 말이야."

"물론 부를 수 있겠지."

그가 침대에 누워 담배를 피웠다.

"너무 장담은 하지 마. 하지만 정말 잘 불러. 진짜 웃기는 노래지만 부를 순 있어. 재밌거든. 들어 봐." 그가 목에 핏줄을 세우며 '아프리카나'를 목청껏 불렀다. "난 정말 소질이 있어. 청중들이 좋아하지는 않아도 말이야." 나는 창밖을 바라보았다. "난 내려가서 마차를 보내고 올게."

"올라와서 같이 아침이나 먹자, 친구." 그는 침대에서 일어나 똑바로 서서 숨을 깊게 쉬고 스트레칭을 시작했다. 나는 아래층으로 내려가 마부에게 돈을 지불하고 돌려보냈다.

34

사복을 입으니 가면무도회에 나가는 기분이 들었다. 군복을 오랫동안 입어서 사복의 느낌을 잊어버린 것이다. 바지도 무척 헐렁하게 느껴졌다. 나는 밀라노 역에서 스트레사로 가는 기차표를 샀다. 새 모자도 샀다. 시먼스의 모자가 내 머리에 맞지 않았기 때문이다. 하지만 옷은 괜찮았다. 옷에서는 담배 냄새가 났다. 기차 객실에 들어가 자리에 앉은 후 창문을 쳐다보니 새로 산 모자에 비해 옷이 무척 낡게 느껴졌다. 창밖에 보이는 젖은 롬바르디아 지방의 풍경처럼 나도 슬퍼졌다. 객실 안에는 나에게는 전혀 관심도 없는 비행사 몇 명이 있었다. 그들은 내 시선을 피했으며 내 또래의 일반인에게 매우 경멸스러운 태도를 취했다. 그래도 나는 모욕감을 느끼지 않았다. 예전 같았으면 나도 그들을 무시하며 싸움을 걸었을 텐데 말이다. 비행사들은 갈라라테에서 내렸고 나는 혼자 남게 되어서 다행스러웠다. 신문을 가지고 있었지만 전쟁에 대한 기사는 보고 싶지 않아서 읽지 않았다. 나는 전쟁에 대해 잊어버리고 싶었다. 전쟁에 대해서는 전부 잊을 작정이었다. 나는 지독한 외로움을 느꼈으나 기차가 스트레사에 도착하자 기뻤다.

역에 호텔 수위들이 나와 있을 걸로 기대했지만 아무도 없었다. 관광 철이 지난 지 한참이라 그런지 아무도 기차를 맞으러 나오지 않았다. 나는 셔츠 두 장만 든, 매우 가벼운 시먼스의 가방을 들고 기차에서 내려 다시 기차가 떠날 동안 비를 피해 역사 지붕 아래 서 있었다. 나는 역에서 한 남자를 발견하고는 어느 호텔이 문을 열었는지 물어보았다. 그는 '그란 호텔 & 데 일 보로메'가 문을 열었고 몇 개 작은 호텔은 사계절 내내 영업을 한다고 했다. 나는 가방을 들고 비를 맞으며 '일 보로메'로 향했다. 마차 하나가 길을 따라 내려오고 있어서 나는 마부에게 손을 흔들었다. 마차를 타고 가는 게 좋을 것 같았다. 큰 호텔 입구로 마차가 들어가자 수위가 우산을 들고 나와 공손하게 맞았다.

나는 좋은 방을 골랐다. 굉장히 크고 밝은, 창밖으로 호수가 보이는 방이었다. 지금은 구름이 호수를 덮고 있었지만 해가 비치면 무척 아름다울 것 같았다. 나는 아내가 올 거라고 말했다. 방에는 새틴 침대보가 덮인 큰 2인용 침대가 있었다. 그 호텔은 무척 고급스러웠다. 나는 긴 복도를 지나 넓은 계단을 내려간 후 여러 방들을 지나 바로 향했다. 이곳 바텐더는 전부터 알고 지내던 사이였다. 나는 높은 스툴에 앉아 짭짤한 아몬드와 감자 칩을 먹었다. 마티니는 시원하고 깔끔했다.

"사복을 입고 여기서 뭐하세요?" 바텐더가 두 번째 마티니를 만든 후 물었다.

"휴가 중이에요. 요양 휴가죠."

"여긴 이제 아무도 안 와요. 뭐 하러 호텔을 열어 놨는지도 모르겠어요."

"낚시 좀 했어요?"

"괜찮은 놈들을 몇 마리 잡았어요. 이맘때면 그런 놈들이 많이 잡히죠."

"내가 보낸 담배는 잘 받았어요?"

"네. 제가 보낸 카드는 받으셨나요?"

나는 웃었다. 사실 나는 담배를 구할 수 없었다. 그는 파이프로 피우는 미국산 담배 가루를 갖고 싶어 했는데 세관에 걸렸는지 친척이 담뱃가루를 보내길 중단했는지 나에게 도착하지 않았던 것이다.

"또 구해 보도록 할게요. 혹시 이곳에 영국 여자 둘이 다니는 거 본 적 있어요? 그저께 왔어요."

"이 호텔에는 없었어요."

"간호사예요."

"간호사 두 명은 본 적 있어요. 잠시만요. 그럼 제가 어디 있는지 알아볼게요."

"둘 중 한 명이 내 아내예요. 아내를 만나러 여기 왔어요."

"그럼, 다른 한 명은 제 아내예요."

"농담이 아니에요."

"아이코 제가 실수했네요." 그가 어디론가 가더니 꽤 오랫동안 돌아오지 않았다. 나는 올리브와 아몬드, 감자 칩을 먹으며 바 너머 거울로 사복을 입은 내 모습을 바라보았다. 바텐더가 다시 돌아왔다. "역 근처에 있는 작은 호텔에 묵고 있대요." 그가 말했다.

"샌드위치 좀 줄 수 있습니까?"

"전화로 갖다 달라고 할게요. 호텔에는 손님이 없어서 아무런 재료가 없다는 거 아시죠?"

"정말 손님이 하나도 없어요?"

"몇 명 계시긴 해요."

샌드위치가 도착했고 나는 샌드위치 세 개와 마티니 두 잔을 더 마셨다. 그렇게 시원하고 깔끔한 맛의 마티니는 처음이었다. 마치 새로운 것에 눈을 뜬 기분이었다. 이때까지 나는 지겹도록 레드 와인과 빵, 치즈, 질 낮은 커피, 그라파만을 먹었었다. 나는 황동 장식과 거울이 달린 멋들어진 마호가니 목재 바를 앞에 두고 높은 스툴에 앉아 아무 생각도 하지 않았다. 바텐더가 내가 질문을 몇 가지 했다.

"전쟁에 대해선 묻지 말아요." 내가 말했다. 전쟁은 저 멀리서 일어나고 있었다. 어쩌면 이제 끝났을지도 모른다. 이곳에서는 전투가 일어나지 않았다. 그러다 깨달았다. 나에게는 이미 전쟁이 끝났다는 것을. 하지만 정말로 끝났다는 느낌은 들지 않았다. 대신 학교 수업을 빠뜨리고 지금 학교에서는 무슨 일이 일어날까 상상하고 있는 학생이 된 듯한 기분이었다.

내가 호텔에 도착했을 때 캐서린과 헬렌 퍼거슨은 저녁 식사 중이었다. 나는 복도에 서서 식탁에 앉아 있는 둘을 바라보았다. 캐서린의 얼굴은 저쪽을 보고 있었고 나는 그녀의 이마 선과 뺨, 사랑스러운 목과 어깨를 눈으로 훑었다. 퍼거슨이 이야기를 하고 있었다. 내가 식당으로 들어가자 그녀가 말을 멈추었다.

"세상에." 그녀가 말했다.

"안녕." 내가 말했다.

"세상에, 당신이군요!" 캐서린이 외쳤다. 그녀의 얼굴이 환해졌다. 너무나 기뻐서 믿기지 않는다는 표정이었다. 나는 그녀에게 키스를 했다. 캐서린은 얼굴을 붉혔고 나는 식탁 앞에 앉았다.

"정말 믿기지가 않는군요. 여기서 뭐하는 거예요? 식사는 했어요?" 퍼거슨이 물었다.

"아뇨." 우리에게 다가온 여종업원에게 나는 식사를 주문했다. 캐서린은 행복한 표정으로 내게서 잠시도 눈을 떼지 않았다.

"사복 입고 뭐하는 거예요?" 퍼거슨이 물었다.

"입각했어요."

"중위님은 지금 궁지에 빠져 있다고요."

"진정해요, 퍼기. 기분 좀 띄워 봐요."

"중위님을 보니 진정할 수가 없네요. 캐서린에게 그런 짓을 해 놓고. 난 중위님을 보고 기뻐할 수가 없어요."

캐서린이 내게 미소를 지으며 식탁 아래로 내 발을 톡톡 건드렸다.

"나는 괜찮아요, 퍼기. 다 내가 저지른 일인걸요."

"난 중위님을 못 쳐다보겠어. 야비한 이탈리아식 속임수를 써서 너를 망쳐 놨잖아. 미국인이 이탈리아인보다 더 나쁘다고." 퍼거슨이 말했다.

"스코틀랜드인들은 고결하고요." 캐서린이 말했다.

"그런 말이 아니야. 난 중위님의 이탈리아식 야비함을 말하는 거지."

"내가 야비해요, 퍼기?"

"네. 야비한 것보다 더하죠. 마치 뱀 같아요. 이탈리아 군복을 입고 목에는 망토를 두른 뱀이요."

"지금은 이탈리아 군복을 안 입고 있는데요."

"그게 바로 중위님의 야비함을 보여 주는 또 하나의 예죠. 여름 내내 사랑을 나누고 캐서린에게 아이를 안겨 주더니 이젠 도망칠 속셈이군요."

내가 캐서린에게 미소를 짓자 그녀도 내게 미소를 보내왔다.

"우리는 같이 도망칠 거예요." 캐서린이 말했다.

"둘이 정말 똑같아요. 난 네가 창피해, 캐서린 바클리. 넌 수치심도, 존엄성도 없어. 저 사람만큼 야비하다고." 퍼거슨이 말했다.

"그러지 마요, 퍼기." 캐서린이 퍼거슨의 손을 쓰다듬었다. "날 모욕하지 말아요. 우리가 서로 좋아한다는 거 알잖아요."

"이 손 치워." 퍼거슨이 말했다. 그녀의 얼굴이 붉어졌다. "네가 조금이라도 수치심을 느꼈다면 이렇게는 안 됐을 거야. 하지만 넌 임신을 하고도 모든 걸 농담처럼 받아들이면서 저 뱀 같은 사람이 돌아오니 좋다고 실실거리기만 하잖아. 넌 자존감도, 감정도 없어." 퍼거슨이 울기 시작했다. 캐서린이 퍼거슨 쪽으로 가서 그녀를 감싸 안았다. 퍼거슨을 달래 주는 캐서린의 몸은 전과 전혀 달라져 있지 않았다.

"난 상관 안 해. 정말 끔찍해." 퍼거슨이 흐느꼈다.

"이제 그만, 퍼기. 부끄러움을 느낄게요. 그러니 울지 말아요, 퍼기.

그만 울어요, 퍼기." 캐서린이 그녀를 계속 달랬다.

"나 우는 거 아냐." 퍼거슨이 흐느꼈다. "우는 거 아니라고. 하지만 네가 처한 이 끔찍한 상황을 생각하면." 그녀가 나를 쳐다보았다. "난 당신이 싫어요. 아무리 캐서린이 달래도 당신을 좋아하진 않을 거예요. 이 더럽고 야비한 미국 출신 이탈리아인." 울어서 그녀의 눈과 코가 빨개져 있었다.

캐서린이 내게 미소를 지었다.

"감히 날 안고 저 사람에게 미소를 짓다니."

"이제 그만해요, 퍼기."

"그래, 알아. 둘 다 난 신경 쓰지 마. 너무 속이 상해서 그래. 나도 안다고. 두 사람이 행복하기를 바랄 뿐이야." 퍼거슨이 흐느꼈다.

"우리는 행복해요. 퍼기는 참 따뜻한 사람이에요." 캐서린이 말했다.

퍼거슨이 또 울기 시작했다. "지금 상황에서 행복하면 안 돼. 결혼은 왜 안 하는 거야? 다른 아내를 구한 건 아니겠죠?"

"그럴 리가요." 내가 대답했다. 캐서린이 웃었다.

"웃긴 왜 웃어. 그런 남자들이 널렸다고." 퍼거슨이 말했다.

"결혼할 거예요, 퍼기. 퍼기가 원한다면요." 캐서린이 말했다.

"내가 원해서가 아니라 네가 원해야지."

"우리 둘 다 시간이 없었어요."

"그래. 나도 알아. 시간이 없어도 아기는 만들지." 나는 그녀가 또 울 줄 알았지만 대신 씁쓸한 표정을 지으며 말했다. "오늘 밤에 중위님이랑 떠날 거야?"

"네. 이이가 원한다면요." 캐서린이 대답했다.

"나는 어떡하고?"

"여기 혼자 있기 무서워요?"

"응, 무서워."

"그럼 안 떠날게요."

"아냐. 중위님과 떠나. 지금 당장 떠나. 둘 다 질렸으니까."

"식사를 얼른 마쳐야겠어요."

"아냐. 그냥 가."

"퍼기, 이러지 말아요."

"어서 가 버리라고. 둘 다 가 버려."

"그럼 갈게요." 내가 말했다. 나도 퍼거슨이 지겨웠다.

"정말 갈 거야? 나 혼자 저녁 먹도록 두고 그냥 가 버릴 거야? 난 언제나 이탈리아 호수에 가 보고 싶었는데 그 꿈이 이렇게 끝나고 말다니. 오, 오." 그녀가 흐느끼면서 캐서린을 쳐다보고는 목이 막히는 듯했다.

"저녁 식사 끝날 때까지 있을게요. 퍼기가 원하지 않으면 난 떠나지 않아요. 퍼기 혼자 두고 떠나지 않을 거예요." 캐서린이 말했다.

"아냐. 그냥 가. 가도 돼. 난 꽉 막힌 사람이니까 신경 쓰지 마." 퍼거슨이 눈물을 닦았다.

식당 여종업원은 퍼거슨의 울음 소동으로 당황해 있었다. 다음 코스를 내오며 상황이 진정되자 종업원도 안심하는 듯했다.

그날 밤 우리는 텅 빈 긴 복도를 지나 문밖에 신발을 벗어 놓고 두꺼운 카펫이 깔린 방으로 들어갔다. 창밖으로는 비가 내리고 있었지만 방 안은 밝고 분위기가 좋았다. 불을 끄고 편안한 침대에서 부드러운 시트를 덮고 있으니 신이 났다. 드디어 집에 왔다는 느낌이 들었다. 더 이상 혼자가 아니었다. 밤중에 깨도 서로가 떠나지 않고 옆에 있었다. 다른 것들은 모두 가짜 같았다. 우리는 피곤하면 잠을 잤고 혼자 있지 않도록 한 명이 깨면 다른 한 명도 함께 일어났다. 가끔 남자는 혼자 있고 싶을 때가 있다. 여자도 마찬가지다. 남녀가 사랑하면 그런 것에 대해서 질투를 느끼곤 하는데 우리는 맹세코 그런 감정을 느낀 적이 없었다. 대신 우리는 함께 있을 때 다른 이들과 동떨어져 있다는 사실에 외로움을 느꼈다. 전에도 그런 감정을 느낀 적이 있었다. 창녀들에게 둘러싸여 있을 때였는데 그럴 때 인간은 가장 많이 외로움을 느끼는 것 같다. 하지만 캐서린과 함께 있으면 외롭지도, 두렵지도 않았다. 나도 밤이 낮과는 다르다는 것은 안다. 낮과 밤은 모든 것이 다르다. 밤에 일어나는 일은 낮에는 설명이 되지 않는다. 낮에는 그런 일들이 존재하지 않기 때문이다. 일단 외로움이 시작되면 사람들에게 밤은 고통스러운 시간이다. 하지만 캐서린과 함께라면 밤도 낮과 별로 다르지 않았다. 오히려 더 즐거웠다. 사람이 세상을 살며 너무 많은 용기를 가지고 있으면 세상은 그런 사람들을 부수기 위해 악착같이 달려든다. 그렇게 그들을 산산조각 내버린다. 하지만 세상이 그들을 다 부수고 나면 그 자리에서 다시 많은 이들이 더 강해져 나타난다. 그러면 세상은 더 강해진 그들을 끝까지 쫓아가 없애 버린다. 선한 사람, 온화한 사람, 용감한 사람을 구분하지 않고 모두 없애 버린다. 그중 어느 곳에도 속하지 않는 사람도 예외는 없다. 다만 시간을 좀 둘 뿐이다.

나는 그다음 날 아침에 깨어나 있었던 일을 기억한다. 캐서린은 잠을 자고 있었고 창문으로는 햇빛이 들어오고 있었다. 비는 그쳐 있었고 나는 침대에서 나와 방을 가로질러 창가로 갔다. 아래를 내려다보니 정원이 있었다. 잎은 모두 졌지만 아주 예쁘게 정돈되어 있는 정원이었다. 돌길과 나무들, 햇빛을 받은 호수 옆의 돌담이 보였고 호수 너머에는 산이 있었다. 서서 창밖을 바라보고 있다가 뒤를 돌아보니 캐서린이 일어나 나를 쳐다보고 있었다.

"잘 잤어요? 날이 참 예쁘죠?" 캐서린이 인사를 했다.

"기분은 어때?"

"아주 좋아요. 어젯밤은 정말 즐거웠어요."

"아침 먹을까?"

캐서린이 아침을 먹겠다고 했고 나도 그러고 싶었다. 우리는 그렇게 창문으로 들어오는 11월의 햇살을 받으며 내 무릎 위로 간이 식탁을 두고 침대에서 아침을 먹었다.

"신문은 안 봐요? 병원에서는 항상 신문을 찾았잖아요."

"안 봐. 지금은 보고 싶지 않아." 내가 대답했다.

"신문을 보고 싶지 않을 정도로 전황이 안 좋아요?"

"전쟁 기사는 보고 싶지 않아."

"나도 당신과 함께 있었더라면 상황을 좀 알았을 텐데요."

"정신을 좀 차리고 나면 그때 얘기해 줄게."

"이렇게 제복을 안 입고 있으면 체포되지 않아요?"

"총에 맞겠지."

"그럼 여기서 벗어나요. 다른 나라로 가요."

"나도 그 생각을 했어."

"어서 가요. 어리석은 모험은 하지 말고요. 메스트레에서 밀라노까지는 어떻게 온 거예요?"

"기차를 타고. 그때는 군복을 입고 있었어."

"위험하진 않았어요?"

"별로. 예전에 갖고 있었던 이동 명령서가 있었거든. 메스트레에서 날짜만 고쳤지."

"여기 있으면 언제 체포될지 몰라요. 난 그런 건 못 견뎌요. 바보처럼 그럴 순 없죠. 당신이 체포되면 우리는 어떻게 되는 거죠?"

"그런 건 생각하지 말자. 그런 생각을 하는 것도 이제 지겨워."

"그들이 당신을 체포하러 오면 어떻게 할 거예요?"

"총으로 쏴야지."

"그럴 줄 알았어요. 이제 당신은 이탈리아를 떠나기 전까지 호텔 바같 출입은 금지예요."

"그럼 어디로 갈까?"

"그게 무슨 질문이에요. 당신 마음대로 정해요. 하지만 빨리 결정을 해야 돼요."

"스위스가 호수 건너편에 있는데 그곳은 어때?"

"그거 좋겠네요."

밖에는 구름이 드리워져 호수가 어두워졌다.

"이제 우리도 범죄자처럼 도망 다니지 않았으면 좋겠어." 내가 말했다.

"그런 말 말아요. 이렇게 지낸 지 얼마 되지도 않았잖아요. 그리고 범죄자처럼 도망 다닌 것도 아니었어요. 이제는 즐겁게 보낼 수 있을 거예요."

"난 범죄자가 된 것 같아. 탈영을 했잖아."

"제발 이성적으로 생각해요. 탈영이라니요. 고작 이탈리아 군대였는데."

나는 웃었다. "당신은 좋은 여자야. 다시 침대로 들어가자. 난 침대 안이 좋아."

잠시 후 캐서린이 말했다. "아직도 범죄자 같은 기분이 들어요?"

"아니 당신과 있으면 안 그래." 내가 대답했다.

"바보 같기는. 하지만 내가 보호해 줄게요. 내가 입덧이 없는 게 천만다행이죠?"

"정말 좋아."

"당신은 나 같이 훌륭한 아내를 고맙게 여기지 않지만 난 상관없어요. 난 당신을 안전한 곳으로 데려가 즐거운 시간을 갖고 말 테니까요."

"그럼 지금 당장 가자고."

"그럴 거예요. 당신이 원한다면 어느 곳도, 언제라도 좋아요."
"아무것도 생각하지 말자."
"좋아요."

35

캐서린은 호수를 따라 작은 호텔까지 퍼거슨을 만나러 갔다. 나는 바에 앉아 신문을 읽었다. 바에는 편안한 가죽 의자들이 있었고 나는 거기에 앉아서 바텐더가 올 때까지 신문을 읽었다. 이탈리아군은 탈리아멘토 강에서도 밀려나 피아베 강까지 후퇴하고 있었다. 나는 피아베 강을 떠올렸다. 전선으로 갈 때 산도나 근처에서 철로가 그 강을 지나고 있었다. 그 강은 수심이 깊었고 물살이 약했으며 폭이 좁았다. 강 아래에는 모기가 많은 늪과 운하가 있었다. 예쁜 별장도 몇 채 있었다. 전쟁이 일어나기 전에 한번은 코르티나담페초로 가면서 몇 시간을 그 강을 따라 언덕 위를 지난 적이 있었다. 강 상류는 송어 천지였다. 좁은 물줄기는 빠르게 흘렀고 바위 그림자 아래로는 웅덩이가 있었다. 언덕길은 카도레에서 강과 갈라져 있었다. 나는 상류로 올라간 군대가 어떻게 아래로 내려올지 궁금해졌다. 그때 바텐더가 바로 들어왔다.

"그레피 백작이 뵙자고 하십니다." 바텐더가 말했다.
"누구요?"
"그레피 백작이요. 전에 여기 오셨을 때 계셨던 그 노인이요."
"그가 여기 있어요?"
"네. 조카딸과 오셨어요. 선생님이 여기 계신다고 말했더니 함께 당구를 치고 싶다고 하셨어요."

"어디에 있습니까?"

"산책을 하고 계세요."

"건강은 어떠세요?"

"어느 때보다 팔팔하세요. 어젯밤에는 저녁 식사 전에 샴페인 칵테일을 세 잔이나 드셨어요."

"당구는 잘 치시나요?"

"물론이죠. 제가 졌다니까요. 선생님이 여기 계신다고 말씀드렸더니 무척 좋아하셨어요. 여기에는 그분과 당구를 칠 사람이 없으니까요."

그레피 백작은 아흔네 살이었다. 그는 메테르니히(오스트리아의 정치가)와 동년배였고 콧수염과 세련된 매너를 가진 백발노인이었다. 그는 오스트리아와 이탈리아에서 외교관으로 지냈고 그의 생일 파티는 밀라노에서 손꼽히는 사교 모임이었다. 그는 백 살까지 살 것 같아 보였고 늙은 나이에도 당구를 아주 잘 쳤다. 나는 전에 한번 비수기 때 방문한 스트레사에서 그와 당구를 치며 샴페인을 마신 적이 있었다. 나는 그게 좋은 취미라고 생각했고 그는 내게 100점에 15점의 핸디캡을 주고도 나를 이겼다.

"그가 여기 있다고 왜 말하지 않았나요?"

"잊어버렸습니다."

"또 누가 있죠?"

"선생님은 모르는 분들이요. 다 합쳐서 여섯 분밖에 손님이 안 계세요."

"이제 뭘 할 거죠?"

"아무 일도 없습니다."

"함께 나가서 낚시나 합시다."

"한 시간은 낼 수 있어요."

"자, 어서 낚싯대를 가져와요."

바텐더가 코트를 걸쳤다. 우리는 함께 밖으로 나갔다. 우리는 호수로 내려가 보트에 올랐다. 나는 노를 저었다. 바텐더는 선미에 앉아 송어를 잡기 위한 미끼와 무거운 추가 달린 낚싯줄을 멀리 던졌다. 우리는 호숫가를 따라 노를 저었다. 바텐더는 낚싯대를 잡고 가끔씩 줄을 앞으로 잡아당겼다. 호수에서 보니 스트레사가 매우 한적해 보였다. 앙상한 나무들은 길게 줄을 서 있었고 큰 호텔들과 문을 닫은 별장들이 보였다. 나는 호수를 가로질러 벨라 섬으로 갔다. 암벽 근처에 다다르자 물이 급격하게 깊어졌고 맑은 물속으로 기울어진 암벽이 보였다. 그 암벽은 어부의 섬까지 이어져 있었다. 해는 구름에 가려져 있었고 물은 시커멓고 잔잔했으며 매우 차가웠다. 떠오른 물고기들이 원을 그리는 것이 보였지만 낚싯줄에 걸려들지는 않았다.

나는 보트들이 묶여 있고 어부들이 낚시 그물을 수선하고 있는 어부의 섬으로 노를 저었다.

"술 한잔할까요?"

"좋아요."

나는 보트를 부두에 댔다. 바텐더는 낚싯줄을 감아 보트 바닥에 놓고 미끼를 뱃전 모서리에 걸었다. 나는 배에서 내려 보트를 묶었다. 우리는 작은 카페로 들어가 아무것도 깔리지 않은 나무 테이블에 앉은 후 베르무트를 주문했다.

"노를 저어서 피곤하시죠? 돌아갈 때는 제가 저을게요." 그가 말했다.

"난 노 젓는 거 좋아해요."

"선생님이 낚싯줄을 잡으면 송어가 걸려들지도 몰라요."

"알았어요."

"전쟁은 어떻게 돌아가나요?"

"형편없죠."

"전 그레피 백작처럼 너무 늙어서 전선에 나가지 않아도 돼요."

"어쩌면 나가게 될지도 모르죠."

"내년에 제 동년배들도 부를 거예요. 그래도 전 안 갈 거예요."

"그럼 어떻게 하려고요?"

"이 나라를 떠야죠. 전 전쟁터엔 안 나가요. 에티오피아에서 참전한 적이 있었는데 두 번은 싫습니다. 선생님은 전선에 왜 나가셨나요?"

"글쎄요. 제가 어리석었나 봅니다."

"한 잔 더 하시겠어요?"

"좋아요."

돌아가는 길에는 바텐더가 노를 저었다. 우리는 스트레사 너머까지 호수로 올라갔다가 다시 호숫가 근처로 내려와서 낚시를 했다. 어두운 11월의 호수와 황량한 호숫가를 바라보고 있는데 미끼가 돌아가며 팽팽한 낚싯줄에서 미세한 파동이 느껴졌다. 바텐더는 길게 물을 밀어내며 노를 저었고, 보트가 앞으로 나아가자 낚싯줄이 흔들렸다. 드디어 물고기가 걸려들었다. 낚싯줄이 갑자기 팽팽해지더니 앞으로 확 밀려 나갔다. 나는 낚싯줄을 당겼다. 송어의 힘찬 움직임이 느껴지더니 이내 낚싯줄이 흔들렸다. 송어는 놓쳐 버렸다.

"큰 놈 같았어요?"

"꽤나요."

"한번은 혼자 낚시를 하면서 이로 낚싯줄을 물고 있었는데 물고기 한 놈이 걸려드는 바람에 이가 몽땅 빠질 뻔한 적이 있었어요."

"가장 좋은 방법은 낚싯줄을 다리에 묶고 있는 거예요. 그러면 파동도 느낄 수 있으면서 이가 빠질 염려도 없죠." 내가 말했다.

물에 손을 넣어 봤더니 굉장히 차가웠다. 이제 호텔에 가까워져 있었다.

"11시까지는 들어가 봐야 해요. 칵테일 시간이거든요." 바텐더가 말했다.
"알았어요."
나는 낚싯줄을 잡아당겨 양 끝에 홈이 파인 막대기에 감았다. 바텐더는 보트를 암벽 안의 작은 부두에 세운 후 사슬과 자물쇠로 보트를 고정시켰다.
"언제든지 필요하시면 열쇠를 드릴게요." 바텐더가 말했다.
"고마워요."
우리는 호텔 바로 갔다. 나는 이른 아침부터 술을 마시고 싶지 않아서 그냥 방으로 올라갔다. 청소하는 직원이 금방 방 청소를 마친 상태였고 캐서린은 아직 돌아오지 않았다. 나는 침대에 누워 어떤 생각도 하지 않으려고 애를 썼다.
캐서린이 돌아오자 다시 기분이 좋아졌다. 퍼거슨이 아래층에 와 있다고 했다. 점심을 먹으러 온 것이었다.
"괜찮다고 할 줄 알았어요." 캐서린이 말했다.
"괜찮아." 내가 말했다.
"왜 그래요?"
"모르겠어."
"난 알아요. 할 일이 없어서 그런 거예요. 당신에겐 나밖에 없는데 내가 가 버렸잖아요."
"맞아."
"미안해요. 갑자기 할 일이 아무것도 없으니 정말 괴로울 거예요."
"한때 내 삶은 할 일로 넘쳐 났었어. 그런데 지금은 당신이 없으면 내겐 아무것도 없는 기분이야." 내가 말했다.
"그래서 내가 여기 있잖아요. 겨우 두 시간 갔다 온 거예요. 당신이 할 수 있는 다른 게 뭐 없을까요?"
"바텐더랑 낚시를 다녀 왔어."

"재밌었어요?"

"응."

"내가 여기 없으면 내 생각은 잊어버려요."

"전선에 있을 때도 그 방법을 썼지. 그때는 그래도 전투 중이었으니까 괜찮았어."

"직업을 잃어버린 오셀로(셰익스피어의 비극 〈오셀로〉의 주인공)군요." 캐서린이 나를 놀렸다.

"오셀로는 거지였잖아. 게다가 난 그처럼 질투심도 많지 않다고. 난 그저 당신을 너무 사랑해서 다른 일에 집중을 못하는 것뿐이야."

"퍼거슨에게 친절하게 굴면 안 되겠어요?"

"그녀가 내게 욕만 퍼붓지 않으면 나는 항상 친절해."

"친절하게 대해 줘요. 우리는 이렇게 가진 게 많지만 그녀에겐 아무것도 없잖아요."

"우리가 가진 걸 부러워하는 것 같지도 않던데."

"당신처럼 영리한 사람도 모르는 것이 있군요."

"친절하게 대할게."

"당신이라면 그럴 거예요. 원래 다정한 사람이니까요."

"점심만 먹고 가겠지?"

"그럼요. 내가 어떻게든 돌려보낼 거예요."

"그 후에는 다시 방으로 돌아오는 거야."

"당연하죠. 내가 다른 할 일이 있겠어요?"

우리는 퍼거슨과 점심을 먹기 위해 아래층으로 내려갔다. 그녀는 호텔과 식당의 화려함에 감탄을 했다. 우리는 맛있는 식사를 하며 카프리 화이트 와인도 두 병도 마셨다. 그레피 백작이 식당으로 들어오더니 우리에게 고개를 숙여 인사를 했다. 그의 조카딸은 왠지 우리 할머니와 좀 닮아 있었다. 나는 캐서린과 퍼거슨에게 백작에 대해 이야기를 해 주었고 퍼거슨은 무척 흥미로워했다. 호텔은 매우 크고 웅장했지만 텅 비어 있었다. 하지만 음식도 맛있었고 와인도 무척 향기로웠다. 우리 모두 와인을 다 마신 뒤에는 기분이 매우 좋아져 있었다. 식사 전에도 기분이 좋았던 캐서린은 무척 행복해했다. 퍼거슨도 아주 활기차졌다. 나 역시 기분이 좋았다. 점심 식사 후에 퍼거슨은 자신의 호텔로 돌아갔다. 그녀는 호텔 방에 가서 좀 누워 있을 거라고 했다.

오후 늦게 누군가가 우리 방문을 두드렸다.

"누구세요?"

"그레피 백작이 당구 한 게임 같이 하겠냐고 물으시는데요."

나는 베개 아래 벗어 놓았던 내 손목시계를 보았다.

"꼭 가야 해요?" 캐서린이 속삭였다.

"그러는 게 좋겠어." 손목시계는 4시 15분을 가리키고 있었다. 나는 큰 소리로 외쳤다. "그레피 백작에게 5시까지 당구장으로 간다고 전해요."

5시 15분 전에 나는 캐서린에게 작별 인사를 하고 화장실로 들어가 옷을 갈아입었다. 넥타이를 매며 거울을 보니 사복을 입은 내 모습이 어색하게 느껴졌다. 셔츠와 양말을 더 사야 할 것 같았다.

"오래 있다 올 거예요?" 캐서린이 물었다. 침대에 누워 있는 그녀의 모습이 사랑스러웠다. "빗 좀 줄래요?"

나는 그녀가 고개를 숙여 머리카락을 한쪽으로 모아 빗는 모습을 지켜보았다. 밖은 어두웠고 침대 머리맡의 전등 빛이 그녀의 머리와 목과 어깨를 비추고 있었다. 나는 그녀에게 다가가 키스를 하고는 빗을 들고 있는 그녀의 손을 잡은 후 그녀의 머리를 다시 베개에 눕혔다. 그리고 그녀의 목과 어깨에 키스를 했다. 그녀를 사랑하는 마음이 넘쳐흘러 머리가 어지러웠다.

"가기 싫어."

"가지 말아요."

"그럼 안 갈게."

"아뇨. 다녀와요. 조금 있다가 다시 돌아올 거잖아요."

"저녁 식사는 방에서 하자."

"얼른 다시 와요."

당구장에 가니 그레피 백작이 있었다. 당구대에 비친 전등 빛 아래로 스트로크를 연습하고 있는 그의 모습이 매우 연약해 보였다. 그 너머 카드 테이블 위에는 은제 얼음 버킷 위로 코르크 마개가 꽂힌 샴페인 두 병의 윗부분이 나와 있었다. 그레피 백작은 내가 당구대로 다가가자 몸을 펴고 내 쪽으로 걸어왔다. 그가 손을 내밀며 말했다. "이렇게 당구를 치러 와줘서 정말 기쁘고 고맙네."

"부탁을 받은 제가 오히려 감사하죠."

"몸은 괜찮나? 이손초에서 부상당했다는 소식을 들었어. 다 나았기를 바라네."

"아주 좋습니다. 백작님은 어떠세요?"

"나야 항상 좋지. 그래도 이제 나이가 있어서 고장 난 데가 많아."

"정말이요?"

"그래. 하나 알려 줄까? 나는 이탈리아어로 말하는 게 더 편해. 나 자신을 훈련시키기는 하지만 피곤할 때는 이탈리아어를 쓰는 게 훨씬 편하지. 다 늙어서 그런 거야."

"그럼 이탈리아어로 대화해요. 저도 좀 피곤하거든요."

"자네는 피곤하면 영어를 쓰는 게 맞지."

"미국 말이요?"

"그래. 미국 말. 자네는 미국 말로 해. 아름다운 언어지."

"여기에 미국인은 거의 눈에 띄지 않아요."

"그냥 지나쳤나 보네. 같은 나라 사람끼리 더 못 알아보는 법이지. 나도 그래. 당구 칠까, 아니면 너무 피곤해?"

"피곤하지 않아요. 아까는 농담한 거였어요. 오늘은 핸디캡을 얼마나 주실 거예요?"

"그동안 연습은 좀 했나?"

"전혀요."

"자네는 실력이 상당해. 100점에 10점 어때?"

"절 과대평가 하시는 것 같네요."

"그럼 15점?"

"그 정도는 괜찮죠. 어차피 백작님이 이기실 테지만요."

"내기로 할까? 항상 그렇게 하고 싶어 했잖나."

"그러는 게 좋겠네요."

"좋아. 그럼 18점으로 올리고 1점에 1프랑씩 내는 걸로 하지."

백작은 당구를 정말 잘 쳤다. 나는 핸디캡을 갖고도 겨우 50점에서 4점 앞서 있었다. 백작은 벽에 있는 버튼을 눌러 바텐더를 불렀다.

"한 병을 따 주게." 백작이 말했다. 그러고 나서 내게 이렇게 말했다. "몸을 좀 흥분시키자고." 와인은 얼음처럼 차가웠고 매우 독했지만 그래도 맛있었다.

"이탈리아어로 대화할까? 그래도 괜찮겠지? 지금 영어 때문에 헷갈려서."

우리는 중간중간 와인을 홀짝이며 계속 당구 시합을 이어 나갔다. 이탈리아어로 이야기를 하기는 했지만 대화보다는 시합에 집중을 했다. 백작은 100점을 채웠고 나는 핸디캡에도 불구하고 겨우 94점이었다. 그가 미소를 지으며 내 어깨를 토닥였다.

"이제 나머지 한 병을 마시며 전쟁 소식 좀 들려주게나." 백작은 내가 앉기를 기다렸다.

"전쟁 얘기만은 하고 싶지 않네요."

"그래? 좋아. 책은 좀 읽었나?"

"한 권도 안 읽었어요. 전 메마른 사람이거든요."

"메마르지 않았어. 그래도 책은 읽어야지."

"전시 중에 어떤 책들이 출간되었나요?"

"프랑스 작가인 앙리 바르뷔스의 〈포화〉 그리고 〈브리틀링 씨는 꿰뚫어 본다〉도 있지."

"꿰뚫어 보기는 무슨."

"뭐라고?"

"꿰뚫어 보고 있지 않던데요. 병원에 그 책이 있었어요."

"그럼 책을 읽은 거네?"

"네. 하지만 제대로 된 책은 못 읽었어요."

"난 그 책이 영국 중산층의 정신을 아주 잘 나타냈다고 생각했는데."

"전 정신에 대해선 잘 몰라요."

"이 친구야, 누구는 정신에 대해서 아나? 자넨 신을 믿나?"

"밤에는요."

그레피 백작이 미소를 짓더니 손으로 술잔을 돌렸다. "난 나이가 들수록 신앙심이 더 깊어질 줄 알았네. 하지만 이제 와서 보니 그게 아니더라고. 정말 안타까운 일이지." 그가 말했다.

"백작님은 사후에도 계속 살고 싶으세요?" 나는 그 질문을 하자마자 죽음에 대해 언급했다는 것에 아차 싶었다. 하지만 그는 개의치 않았다.

"그 세계가 어떻느냐에 달렸겠지. 난 지금 삶에 무척 만족하고 있어. 영원히 살고 싶을 정도로." 그가 미소를 지었다. "지금까지 죽지 않고 있었으니 영원히 산 거나 마찬가지지."

우리는 샴페인이 담긴 얼음 버킷과 술잔이 놓인 테이블을 사이에

두고 깊은 가죽 의자에 앉아 있었다.

"자네도 나처럼 늙으면 많은 것들이 이상하게 느껴질 거네."

"백작님은 언제 봐도 젊어 보이세요."

"늙는 건 육체뿐이야. 가끔 난 내 손가락이 분필 조각처럼 부서질까 봐 겁이 날 때가 있어. 정신은 늙지도 않고 현명해지지도 않는 거지."

"백작님은 현명하세요."

"아냐. 그게 많은 사람들이 착각하는 거야. 노인의 지혜라고 하는 건 사실 현명해지는 게 아니라 조심성이 많아지는 것뿐이야."

"그게 지혜가 아닐까요?"

"아주 꼴사나운 지혜겠지. 자네는 무엇을 가장 중요시 여기나?"

"사랑하는 사람입니다."

"나랑 같군. 그건 지혜가 아니야. 삶을 중요시하나?"

"네."

"나도 그래. 그게 내가 가진 전부지. 생일 파티도 열어야 하니까." 그가 웃었다. "자네는 나보다 더 지혜로운 것 같군. 생일 파티도 열지 않으니까."

우리는 함께 와인을 마셨다.

"전쟁에 대해서 솔직히 어떻게 생각하세요?" 내가 물었다.

"멍청한 짓이지."

"누가 이길까요?"

"이탈리아가."

"어째서요?"

"더 나이가 어린 나라니까."

"더 어린 나라가 항상 전쟁에서 승리하나요?"

"잠시 동안은 그렇지."

"그럼 그다음에는요?"

"늙은 나라가 되겠지."
"현명하신 게 맞네요."
"젊은이, 이건 현명한 게 아니라네. 냉소적인 거지."
"제가 듣기엔 현명한 것 같은데요."
"그런 게 아니래도. 그 반대의 예도 들어 볼까? 하지만 금방 한 말도 나쁘진 않았어. 샴페인은 다 마신 건가?"
"거의요."
"더 마실까? 그럼 난 옷을 갈아입어야겠는데."
"이제 그만 마시는 게 좋을 것 같아요."
"정말 더 안 마실 건가?"
"네." 그러자 그가 자리에서 일어났다.
"앞으로 자네에게 좋은 일들만 일어나서 많이 행복해지고 건강도 더욱 좋아지길 바라겠네."
"고맙습니다. 저도 백작님이 영원히 사셨으면 좋겠습니다."
"고맙네. 하지만 나는 이미 살 만큼 살았어. 앞으로 독실한 신자가 되거든 죽는 날 위해 기도해 주게. 벌써 친구 몇 명에게 그렇게 부탁했지. 내 스스로가 독실해졌다면 좋았겠지만 제대로 되질 않았거든." 그의 미소가 왠지 슬퍼 보였다. 하지만 아닌 것 같기도 했다. 그는 너무 늙어서 얼굴에 주름이 자글자글했고 그 주름들 때문에 표정의 변화를 알기가 어려웠다.
"어쩌면 제가 독실한 신자가 될 수도 있겠죠. 어쨌든 백작님을 위해 기도를 하겠습니다."
"난 항상 내가 신앙심이 깊어질 거라고 생각했었어. 우리 가족들도 모두 그렇게 죽었거든. 하지만 어찌 된 일인지 난 쉽지가 않더군."
"아직 시간이 많아요."
"너무 늦었을지도 모르지. 어쩌면 신앙심을 키우기엔 너무 오래 살았는지도 몰라."

"전 밤에만 신앙심이 깊어집니다."

"사랑에 빠진 게로군. 사랑이 종교적인 감정이란 걸 잊지 말게."

"그렇게 생각하십니까?"

"물론이지." 백작이 테이블을 향해 한 걸음 나아갔다. "당구 치러 와 준 거 정말 고맙네."

"저도 무척 즐거웠습니다."

"함께 위층으로 올라가자고."

36

그날 밤에는 폭풍우가 쳤다. 나는 비가 창문을 세게 내리치는 소리에 잠이 깼다. 열린 창문으로 비가 들어오고 있었다. 누군가가 방문을 두드렸다. 나는 캐서린을 깨우지 않으려고 살그머니 가서 문을 열었다. 바텐더가 서 있었다. 그는 코트를 입은 채 젖은 모자를 들고 서 있었다.

"잠시 좀 볼 수 있을까요, 중위님?"

"왜 그러죠?"

"굉장히 심각한 문제입니다."

나는 주위를 둘러보았다. 방은 어두웠고 창문으로 들어온 빗물이 바닥에 떨어져 있었다. "들어와요." 내가 말했다. 나는 그의 팔을 잡고 화장실로 들어간 후 문을 잠그고 불을 켰다. 그리고 욕조 끝에 앉았다.

"왜 그래요, 에밀리오? 무슨 곤경에 처한 거예요?"

"제가 아니라 중위님이요."

"무슨 일이에요?"

"그들이 아침이 되면 중위님을 체포하러 올 거예요."
"계속 말해 봐요."
"그 사실을 전해 드리러 온 거예요. 시내에 나갔다가 카페에서 그들이 하는 얘기를 들었어요."
"그랬군요."
그는 젖은 코트를 입고 젖은 모자를 든 채 가만히 서서 아무 말도 하지 않았다.
"왜 나를 체포한다고 하던가요?"
"전쟁에 관련된 이유로요."
"정확히 무엇 때문인지 아나요?"
"아뇨. 하지만 중위님이 장교였을 때 예전에 이곳에 온 적이 있고 지금은 사복 차림으로 다시 왔다는 걸 그들이 알고 있었어요. 그들은 후퇴를 한 이후로 아무나 다 잡아넣고 있어요."
나는 잠시 생각에 잠겼다.
"몇 시에 체포하러 온다고 했나요?"
"아침이란 것만 알아요."
"내가 어떻게 해야 할까요?"
그가 자신의 모자를 세면대에 놓았다. 모자가 흥건히 젖어 화장실 바닥으로 물이 떨어지고 있었다.
"잘못하신 것이 없으면 체포당해도 괜찮을 거예요. 하지만 좋을 게 없죠. 특히 지금 같은 때에는요."
"나는 체포되기 싫어요."
"그럼 스위스로 떠나세요."
"어떻게요?"
"제 보트를 타고요."
"지금 폭풍우가 치고 있는데요?" 내가 말했다.

"이제 그쳤어요. 날씨가 험하지만 그래도 괜찮을 거예요."
"언제 떠나야 하죠?"
"지금 당장이요. 새벽부터 잡으러 올 수도 있으니까요."
"우리 짐은요?"
"지금 싸세요. 부인도 옷을 입고요. 제가 다 준비할게요."
"당신은 어디 있을 거예요?"
"여기서 기다릴게요. 복도에서 누가 절 보면 안 되니까요."
나는 화장실에서 나와서 문을 닫고 침대로 갔다. 캐서린이 일어나 있었다.
"무슨 일이에요?"
"아무것도 아니야, 캣. 지금 옷을 입고 스위스까지 보트로 갈 수 있겠어?"
"당신은요?"
"나야 다시 잠을 자고 싶지."
"무슨 일이에요?"
"바텐더가 그들이 아침에 날 체포하러 온다고 했대."
"그 사람 제정신이에요?"
"그럼."
"그럼 당신도 어서 서둘러서 옷을 입고 출발해요." 그녀가 침대 옆으로 일어섰다. 아직 잠에서 덜 깬 듯했다. "바텐더가 화장실에 있어요?"
"응."
"그럼 난 씻지 않고 그냥 갈게요. 저쪽으로 봐요. 얼른 옷 갈아입을게요."
캐서린이 잠옷을 벗자 그녀의 하얀 등이 드러났다. 나는 그녀 말대로 고개를 돌렸다. 배가 조금씩 불어나기 시작하자 그녀는 그런 모습을 보이기 싫어했다. 나는 창문에 스치는 빗소리를 들으며 옷을 갈아

입었다. 나는 쌀 짐이 별로 없었다.

"내 가방에 공간이 많으니 넣을 게 있으면 넣어, 캣."

"이제 거의 다 쌌어요. 멍청한 질문인 줄은 알지만 왜 바텐더가 화장실에 있는 거죠?" 그녀가 물었다.

"쉿. 그가 우리 짐을 들고 내려갈 거야."

"정말 친절하군요."

"전부터 알던 친구야. 한번은 내가 담배도 보내 주려고 했었지." 내가 말했다.

나는 열린 창문으로 어두운 밤 풍경을 내려다보았다. 호수는 보이지 않고 어둠과 빗방울만 보였지만 바람은 약해져 있었다.

"준비 다 됐어요." 캐서린이 말했다.

"알았어." 나는 화장실 문 앞으로 갔다. "여기 가방이요, 에밀리오." 내가 말했다. 그가 가방 두 개를 받았다.

"도와줘서 정말 고마워요." 캐서린이 말했다.

"별거 아닙니다, 부인." 바텐더가 대답했다. "저도 곤경에 빠지고 싶지 않아서 도와 드리는 거니까요. 이제 저는 가방을 들고 직원용 계단으로 내려가 보트로 갈 거예요. 두 분은 산책 나가는 것처럼 태연히 나오시면 돼요."

"산책하기에 참 좋은 밤이군요." 캐서린이 말했다.

"아주 고약한 밤이지."

"우산이 있어서 다행이에요." 캐서린이 말했다.

우리는 복도를 지나 두꺼운 카펫이 깔린 넓은 계단을 내려갔다. 문 옆 계단 아래에는 수위가 데스크 너머에 앉아 있었다.

그는 우리를 보고 깜짝 놀란 표정이었다.

"지금 나가시려고요, 선생님? 그가 물었다.

"네. 호수를 따라 걸으며 폭풍을 감상할 겁니다." 내가 대답했다.

"우산은 있으세요?"

"아니요. 코트가 빗물을 막아 줄 거예요." 내가 또 대답했다.

그는 아리송한 표정으로 내 코트를 바라보았다. "제가 우산을 갖다 드릴게요." 그가 그렇게 말하고 사라지더니 큰 우산 하나를 들고 나타났다. "좀 큽니다." 그가 말했다. 나는 그에게 10리라짜리 지폐를 건넸다. "이렇게 인자하실 데가. 정말 감사합니다." 그가 문을 열었고 우리는 빗속으로 걸어 나갔다. 그는 캐서린에게 미소를 지었고 그녀도 미소를 지었다. "너무 오래 있진 마세요. 두 분 옷이 다 젖을 겁니다." 아직 정식 수위가 아닌 그는 어색한 영어를 사용했다.

"곧 돌아올게요." 내가 말했다. 우리는 거대한 우산을 쓰고 좁은 길을 내려가 어둠 속에서 젖은 정원을 지나 도로로 나갔다. 그다음 도로를 지나서 호수를 따라 격자무늬 울타리가 세워진 오솔길로 갔다. 바람은 이제 호수 쪽에서 불고 있었다. 그건 차갑고 습기가 많은 11월의 바람이었고 지금 같으면 산에서는 눈이 내릴 것 같았다. 우리는 사슬에 묶인 보트들이 떠 있는 부두를 지나 바텐더의 보트 쪽으로 갔다. 물은 암벽에 가려 검었다. 바텐더가 길게 서 있는 나무 옆에서 튀어나왔다.

"가방은 보트에 있어요." 그가 말했다.

"보트값을 줄게요." 내가 말했다.

"얼마를 가지고 계세요?"

"얼마 없어요."

"그럼 나중에 보내 주셔도 괜찮아요."

"얼마를 줄까요?"

"중위님 마음대로요."

"가격을 불러 봐요."

"스위스까지 가시면 500프랑을 보내 주세요. 잘 도착하시면 그 정도는 주고 싶으실 테니까요."

"알겠어요."

"여기 샌드위치요." 그가 꾸러미를 건넸다. "바에 있던 걸 다 챙겨 왔어요. 전부 다요. 여기 브랜디 한 병이랑 와인도 있어요." 나는 꾸러미를 가방 안에 넣었다. "이것들에 대한 건 돈을 줄게요."

"좋아요. 50리라만 주세요."

나는 그에게 돈을 내밀었다. "브랜디도 좋은 거예요. 부인도 좋아할 겁니다. 부인께서는 이제 보트에 타시는 게 좋겠어요." 그가 암벽 옆에서 물살에 오르내리는 보트를 잡고 있었고 나는 캐서린을 보트에 태웠다. 그녀는 선미에 앉아 망토를 둘렀다.

"길은 아시죠?"

"위쪽으로 가면 되죠."

"어디까지 가시는 건요?"

"루이노 너머까지요."

"루이노, 카네로, 카노비오, 트란자노를 지나야 해요. 브리사고까지 가야 스위스에 도착한 거예요. 타마라 산도 넘어야 하고요."

"지금 몇 시죠?" 캐서린이 물었다.

"11시밖에 안 됐어." 내가 대답했다.

"쉬지 않고 가시면 아침 7시에는 도착할 수 있을 거예요."

"그렇게 멉니까?"

"35킬로미터나 돼요."

"이렇게 비가 오는데 나침반도 없이 어떻게 가죠?"

"괜찮아요. 벨라 섬으로 가신 다음 마드레 섬 반대편에서 바람 따라 가시면 돼요. 바람이 팔란차로 불거든요. 그럼 빛을 따라 호숫가를 올라가면 돼요."

"풍향이 바뀌면요?"

"안 바뀌어요. 3일째 계속 같은 방향으로 불고 있거든요. 마타로네에서 곧바로 불어오는 바람이에요. 물을 퍼낼 수 있도록 깡통도 넣어 놨어요."

"지금 보트값을 조금이라도 줄게요."

"됐습니다. 그럼 재수가 없을 거예요. 스위스까지 잘 도착하시면 그때 한번에 보내 주세요."

"좋아요."

"익사할 일도 없을 거예요."

"다행이군요."

"호수 위쪽으로 바람을 따라가세요."

"알겠어요." 나는 보트로 발을 내디뎠다.

"호텔 방값은 두고 오셨나요?"

"네. 방에 봉투가 있을 거예요."

"알겠습니다. 행운을 빕니다, 중위님."

"당신도요. 정말 고맙습니다."

"물에 빠지시면 그런 맘이 사라질걸요."

"뭐라고 하는 거예요?" 캐서린이 물었다.

"행운을 빈대."

"당신도 행운을 빌어요. 정말 고마워요." 캐서린이 말했다.

"준비되셨어요?"

"네."

그가 몸을 숙여 보트를 밀었다. 나는 노를 물속에 넣고 한 손으로 인사를 했다. 바텐더는 손을 내저었다. 나는 호텔의 불빛이 보이지 않을 때까지 호수 쪽으로 곧장 노를 저었다. 풍랑이 상당히 거셌지만 우리는 계속 바람을 따라갔다.

37

나는 어둠 속에서 바람을 맞으며 노를 저었다. 비가 그치긴 했지만 가끔 돌풍과 함께 다시 몰아치기도 했다. 앞은 무척 어두웠고 바람은 차가웠다. 선미에 앉아 있는 캐서린은 보였지만 노가 잠겨 있는 물은 보이지 않았다. 노는 길었고 미끄럼을 막아 주는 가죽 손잡이도 없었다. 나는 노를 당겨 올렸다가 몸을 앞으로 숙여 다시 물에 담그며 최대한 편안한 자세로 노를 저었다. 바람이 우리가 가는 방향으로 불고 있어서 노를 수평으로 젓지 않아도 되었다. 나는 손에 물집이 생길까 봐 최대한 노를 살살 저었다. 보트가 가벼워 노 젓는 것이 힘들지는 않았다. 나는 시커먼 물을 따라 노를 저었다. 앞이 보이지는 않았지만 곧 팔란차가 나타나기를 바랐다.

그런데 한참을 가도 팔란차가 보이지 않았다. 바람은 호수 위쪽에서 계속 불어왔다. 어둠 속에 가려진 팔란차를 지나쳤을 것 같은데도 빛이 보이지 않았다. 그러다 마침내 호수 한참 앞쪽에 빛이 나타났고 호숫가로 가 보니 인트라였다. 다시 한동안 빛이 나타나지 않았고 호숫가도 보이지 않았다. 그렇게 우리는 계속 어둠 속에서 물살을 타고 나아갔다. 가끔 물결이 보트를 들어 올려 노를 허공에서 젓기도 했다. 물살이 꽤 거칠었다. 하지만 나는 계속 노를 저었고 그러다 어느 순간 갑자기 우리는 육지 가까이, 우뚝 솟아 있는 바위 앞으로 가 있었다. 물살이 바위 위를 세게 쳤다 다시 내려오기를 반복했다. 나는 오른쪽 노는 세게 당기고 왼쪽 노로는 물을 밀어내 다시 호수 쪽으로 들어갔다. 바위가 시야에서 사라졌고 우리는 다시 호수 위쪽으로 향했다.

"지금 호수를 건너고 있어." 내가 캐서린에게 말했다.

"팔란차는요?"

"지나쳤어."

"피곤하지 않아요?"
"난 괜찮아."
"내가 잠시 노를 저을까요?"
"아냐, 괜찮아."
"가엾은 퍼거슨. 아침이면 우리 호텔로 찾아올 텐데 그때야 우리가 떠난 걸 알게 될 테죠." 캐서린이 말했다.
"그건 걱정할 일도 아니야. 지금은 세관 감시대가 우리를 발견하지 않도록 날이 밝기 전에 스위스령으로 들어가는 게 우선이니까." 내가 말했다.
"거기까지 멀어요?"
"여기서 한 30킬로미터 정도 돼."

나는 밤 내내 노를 저었다. 결국 손이 너무 아파서 노를 잡지 못할 지경에 이르렀다. 우리는 몇 번이나 육지에 보트를 박을 뻔했다. 나는 계속 육지에 가까이 달라붙어서 노를 저었다. 호수 한복판에서 길을 잃거나 날이 밝을까 봐 겁이 났기 때문이다. 가끔은 육지로 너무 다가가서 가로수와 도로, 그 뒤에 산이 보일 정도였다. 비가 그쳤고 바람이 구름을 밀어내 달빛이 비쳤다. 뒤를 돌아보니 길고 시커먼 형태의 카스타놀라 마을이 호수 위로 솟아 있었고 호수의 흰 물결과, 그 뒤로 높은 설산 위로 뜬 달도 보였다. 조금 있자 다시 구름이 달을 가렸고 산과 흰 물결도 다시 사라졌다. 하지만 아까보다는 훨씬 밝아 육지가 잘 보였다. 육지가 아주 잘 보였기 때문에 혹시나 팔란차의 도로를 따라 있을지 모르는 감시대의 눈에 띄지 않도록 육지 밖으로 보트를 멀찌감치 떨어뜨렸다. 달이 다시 구름 밖으로 나오자 산비탈에 있는 하얀 별장들과 나무 사이로 나 있는 하얀 도로가 보였다. 나는 계속 노를 저었다.

호수는 폭이 더 넓어졌고 호수 너머 맞은편 산기슭에는 루이노로 보이는 마을에서 불빛이 빛나고 있었다. 반대편 산 사이에는 쐐기 모양의 협곡이 보였다. 루이노가 확실했다. 그곳이 루이노라면 우리는 꽤 시간을 단축한 셈이었다. 나는 노를 보트로 잡아당긴 후 보트에 누웠다. 노를 젓느라 매우 지쳐 있었다. 팔과 어깨, 등이 모두 아프고 손은 얼얼했다.

"우산을 펼까요? 그러면 바람을 타기가 더 쉬울 거예요." 캐서린이 말했다.

"방향을 잡을 수 있겠어?"

"아마도요."

"보트 가장자리에 앉아서 이 노를 겨드랑이에 끼고 방향을 조종해. 우산은 내가 들게." 나는 고물로 가서 그녀에게 노 잡는 법을 알려 주었다. 나는 뱃머리를 향하고 앉아 호텔 수위가 준 큰 우산을 펼쳤다. 우산이 찰칵 소리를 내며 펴졌다. 나는 두 다리를 벌리고 앉아 양손으로 우산을 쥔 후 자리에 우산 손잡이를 걸었다. 바람이 우산 안으로 밀려 들어왔고 보트가 앞으로 휩쓸려 나갔다. 나는 우산 양 끝을 있는 힘껏 쥐었다. 바람은 우산을 세게 끌어당겼고 보트는 빠르게 나아갔다.

"아주 잘 나가네요." 캐서린이 말했다. 나에게는 우산살밖에 보이지 않았다. 우산은 나를 세차게 잡아당겼고 보트는 우산을 따라 움직였다. 발로 몸을 지탱하고 있는데 갑자기 우산이 휘어졌다. 우산살 하나가 부서지더니 내 이마를 쳤다. 나는 바람으로 휘어진 우산살을 잡으려 했지만 우산살은 뒤집어져 버렸다. 조금 전까지 바람을 맞으며 보트를 조종했다면 지금은 다리를 벌리고 앉아 뒤집어진 우산을 붙잡고 있었다. 나는 자리에서 손잡이를 빼내 우산을 뱃머리에 두고 노를 다시 젓기 위해 캐서린에게로 갔다. 그녀는 웃고 있었다. 그녀가 내 손을 잡더니 계속 웃었다.

"왜 그래?" 내가 노를 받으며 물었다.

"뒤집어진 우산을 잡고 있는 모습이 너무 웃겨서요."

"그랬겠지."

"화내지 말아요. 정말 웃겼다고요. 몸을 있는 대로 벌려서 우산에 매달리는 모습이 얼마나 귀여운지……." 그녀는 숨이 넘어갈 듯했다.

"내가 노를 저을게."

"잠시 쉬면서 목을 축여요. 분위기도 좋고 먼 길을 왔으니까요."

"물살 골 사이로 들어가지 않게 조심해."

"내가 마실 것을 갖다 줄 테니 좀 쉬어요."

나는 노를 물에서 뺐다. 캐서린이 가방을 열었다. 그녀가 브랜디를 내게 건넸다. 나는 주머니칼을 열어 코르크 마개를 빼내고 브랜디를 길게 들이켰다. 브랜디는 부드러웠고 몸속을 따뜻하게 데워 주었다. 나는 기분이 들떴다. "브랜디 맛이 좋군." 내가 말했다. 달이 다시 구름 뒤로 숨었지만 여전히 육지는 보였다. 앞에는 또 다른 곶이 길게 뻗어 있었다.

"몸이 좀 따끈해졌지, 캣?"

"무척이요. 그런데 조금 결리네요."

"물을 좀 퍼내. 그럼 발을 뻗을 수 있을 거야."

나는 다시 노를 저으며 노걸이의 삐걱거리는 소리와 선미 자리에서 물을 퍼내는 깡통 소리를 들었다.

"그 깡통 좀 줄래? 물 좀 마시게."

"깡통이 너무 더러워요."

"괜찮아. 씻으면 돼."

나는 캐서린이 호수 물에 깡통 씻는 소리를 들었다. 그녀가 깡통에 물을 가득 채워 내게 건넸다. 브랜디를 마시고 나니 목이 말랐다. 물은 얼음처럼 차가워 이가 시릴 정도였다. 나는 육지를 바라보았다. 보트가 긴 곳에 가까워져 있었다. 앞은 만에서 흘러오는 불빛으로 반짝였다.

"잘 마셨어." 나는 그녀에게 깡통을 돌려주었다.

"별 말씀을. 물은 많으니까 말만 해요." 캐서린이 말했다.

"뭐 좀 먹을래?"

"아뇨. 조금 있으면 허기가 질 테니 그때 먹도록 해요."

"알았어."

나는 길고 높은 곳을 지나가기 위해 호수 쪽으로 더 들어갔다. 호수는 이제 훨씬 더 좁아져 있었다. 달이 다시 구름 밖으로 나왔다. 세관 감시대가 호수를 보고 있었다면 우리 보트가 검게 떠 있는 것을 볼 수 있을 정도였다.

"좀 어때, 캣?" 내가 물었다.

"난 괜찮아요. 지금 어디쯤이에요?"

"이제 12킬로미터 정도만 더 가면 될 거야."

"그래도 노를 저으며 가기에는 너무 먼 거리군요. 힘들지 않아요?"

"아니야. 난 괜찮아. 손만 좀 아파."

우리는 호수 위쪽으로 계속 올라갔다. 오른쪽 둑에 산들이 갈라진 계곡 틈으로 낮은 호안선의 평평한 지대가 보였다. 분명 칸노비오일 것이다. 나는 육지에서 멀리 떨어져 노를 저었다. 여기서부터 감시대에게 들킬 위험이 가장 높았기 때문이다. 저 앞으로 맞은편 육지에는 둥근 지붕을 덮은 모양의 산이 높게 솟아 있었다. 피곤이 몰려왔다. 스위스까지 얼마 남지는 않았지만 몸이 피곤하니 너무나도 멀게 느껴졌다. 우리는 그 산을 지나고도 최소한 8킬로미터는 더 가야 스위스령에 들어갈 수 있었다. 달은 이제 거의 기울고 있었다. 달이 지기 전 다시 하늘에 구름이 끼더니 주위가 무척 어두워졌다. 나는 노를 물 밖으로 잠시 더 젓다 노를 꺼내 쥐고 쉬었다. 바람이 노의 날을 쳤다.

“내가 잠시 저을게요.” 캐서린이 말했다.

“안 그래도 돼.”

“아니에요. 그게 나한테도 좋아요. 결리는 걸 풀어 준다고요.”

“당신은 쉬어야 돼, 캣.”

“쉬긴요. 임신부에게 적당한 노 젓기는 아주 좋다고요.”

“알았어. 너무 힘쓰지는 마. 내가 선미로 갈 테니 당신이 여기로 올라와. 올 때 뱃전을 잘 붙잡고.”

나는 코트의 칼라를 세우고 선미에 앉아 캐서린이 노 젓는 걸 바라보았다. 그녀는 노를 아주 잘 저었다. 하지만 노가 너무 길어 불편해하는 것 같았다. 나는 가방을 열어 샌드위치 두 개를 꺼내 먹고 브랜디를 한 잔 마셨다. 그러고 나니 한층 몸이 가벼워졌다. 나는 브랜디 한 잔을 더 마셨다.

“피곤하면 말해.” 내가 말했다. 그리고 이렇게 덧붙였다. “노가 당신 배를 터뜨리지 않도록 조심하고.”

“그러면 삶이 훨씬 더 쉬워질 텐데요.” 캐서린이 계속 노를 저으며 말했다.

나는 브랜디를 한 잔 또 마셨다.

“괜찮아?”

“좋아요.”

“쉬고 싶으면 말해.”

“알겠어요.”

나는 브랜디 한 잔을 더 마신 후 뱃전을 잡으며 앞으로 갔다.

“안 돼요. 지금 잘 가고 있으니까요.”

“선미로 가. 나는 충분히 쉬었으니까.”

잠시 동안 나는 브랜디에 취해 쉽게 노를 저어 나갔다. 하지만 곧 노를 헛젓기 시작했다. 브랜디를 마신 뒤 너무 과하게 노를 저어서인지 신물이 올라와서 그냥 파도에 밀려가기만 했다.

"물 한 컵 줄래?" 내가 말했다.

"그러죠." 캐서린이 답했다.

날이 밝기 전 보슬비가 내리기 시작했다. 굽어진 호숫가를 따라 솟아 있는 산이 막은 것인지 바람은 약해져 있었다. 날이 밝을 때가 되자 나는 정신을 차리고 정신없이 노를 젓기 시작했다. 나는 우리가 어디 있는지도 모른 채 스위스령에 들어가는 것에만 정신이 팔려 있었다. 날이 서서히 밝아 올 즈음 우리는 육지에 꽤 근접해 있었다. 여기저기 솟은 바위들과 나무들이 보였다.

"저 소리는 뭐죠?" 캐서린이 물었다. 나는 노 젓는 것을 멈추고 귀를 기울였다. 호수를 달리는 모터보트의 엔진 소리였다. 나는 호숫가로 더 다가가 가만히 떠 있었다. 소리가 가까워지며 잠시 후 모터보트가 비를 맞으며 우리 뒤쪽으로 나타났다. 선미에 네 명의 감시원들이 알프스 산악병 모자를 깊게 눌러쓰고 망토의 칼라는 세운 채 카빈총을 등에 매고 있었다. 그들은 모두 이른 아침에 나와 졸린 표정이었다. 그들의 모자와 망토 칼라에 노랑 마크가 붙어 있었다. 모터보트가 윙 소리를 내며 빗속으로 사라졌다.

나는 다시 호수로 나갔다. 국경이 가까이에서 감시대에게 들키고 싶지는 않았다. 나는 육지가 겨우 보일 만한 거리에서 비를 맞으며 45분을 더 나아갔다. 다시 모터보트 소리가 나서 나는 엔진 소리가 호수 너머로 사라질 때까지 쥐 죽은 듯이 있었다.

"우리 이제 스위스에 온 것 같아, 캣." 내가 말했다.

"정말요?"

"스위스 군대가 보일 때까지 확신할 수는 없지만."

"또는 스위스 해군이나요."

"스위스 해군은 정말 조심해야 돼. 방금 전 그 모터보트도 아마 그들일 거야."

"정말 스위스에 온 거라면 아침 식사나 거창하게 해요. 스위스에는 롤빵과 버터, 그리고 잼이 아주 훌륭하죠."

날은 완전 밝았고 보슬비가 내리고 있었다. 바람은 여전히 호수 위쪽으로 불고 있어 흰 물결이 우리 배를 호수 위쪽으로 밀어내고 있었다. 이제 스위스가 정말 맞는 것 같았다. 호숫가 나무 뒤로 집이 여러 채 보였고 저 앞으로는 마을에 돌로 지은 집들과 언덕에 앉은 별장 몇 채, 그리고 교회가 하나 보였다. 나는 호숫가를 따라 나 있는 도로에 감시대가 있나 살폈지만 아무도 보이지 않았다. 도로는 이제 호수와 꽤 가까워졌다. 카페에서 나오는 군인 한 명도 보였다. 그는 회녹색 제복을 입고 독일군과 비슷한 철모를 쓰고 있었다. 그의 얼굴에는 생기가 돌았고 뻣뻣한 콧수염을 약간 기르고 있었다. 그가 우리를 쳐다보았다.

"손 흔들어 봐." 내가 캐서린에게 말했다. 그녀가 손을 흔들었고 그 군인은 쑥스러운 듯 미소를 지으며 손을 같이 흔들었다. 나는 노 젓는 속도를 늦추었다. 우리는 마을의 부두를 지나고 있었다.

"국경을 한참 지난 것 같아." 내가 말했다.

"확실히 해야 돼요. 국경에서 쫓겨나면 안 되잖아요."

"국경은 한참 지났다니까. 여긴 세관이 있는 곳 같아. 브리사고가 분명해."

"여기에 이탈리아 사람은 없을까요? 세관에는 언제나 양국 사람들이 있잖아요."

"전시에는 아니지. 이탈리아인들이 국경을 넘어오도록 하지 않을 거야."

마을은 아기자기하게 예뻤다. 부두를 따라 낚싯배들이 많이 떠 있었고 그물도 걸이에 펼쳐져 있었다. 11월의 보슬비가 내리고 있었지만 마을은 활기가 넘쳤고 흙탕물도 없었다.

"이제 내려서 아침 식사나 할까?"

"좋아요." 나는 왼쪽 노를 힘껏 당겨 부두 가까이로 간 후 보트를 똑바로 세웠다. 그리고 노를 끌어올린 후 부두에 고정되어 있는 쇠고리를 잡고 젖은 돌바닥으로 올라섰다. 드디어 스위스에 도착했다. 나는 보트를 묶고 캐서린에게 손을 내밀었다.

"올라와, 캣. 기분이 정말 좋아."

"가방은요?"

"보트에 그냥 둬."

캐서린은 보트 밖으로 올라섰다. 우리는 함께 스위스에 서 있었다.

"아름다운 나라예요." 그녀가 말했다.

"정말 멋지지?"

"이제 가서 아침 먹어요!"

"정말 멋진 나라야. 발에 닿는 느낌도 정말 좋군."

"난 온몸이 결려서 잘 못 느끼겠어요. 그래도 아주 훌륭한 나라인 것 같아요. 이제 우리는 그 끔찍한 곳을 벗어나 스위스로 온 거예요."

"그래. 우리가 해냈어. 이런 기분은 생전 처음이야."

"저 집들도 좀 봐요. 반듯한 게 정말 예쁘죠? 저기서 아침을 먹으면 되겠네요."

"이 비도 좋지 않아? 이탈리아와는 전혀 달라. 생기가 넘쳐."

"그런 곳에 우리가 온 거예요! 그게 느껴져요?"

우리는 한 카페 안으로 들어가 깨끗한 나무 테이블에 앉았다. 우리는 지나치게 들떠 있었다. 앞치마를 두른 깔끔한 모습의 무척 아름다운 여종업원이 우리 테이블로 다가와 주문을 받았다.

"롤빵과 잼, 그리고 커피요." 캐서린이 말했다.

"죄송하지만 전시에는 롤빵을 만들지 않아요."

"그럼 그냥 빵으로 주세요."

"그럼 토스트로 갖다 드릴게요."

"좋아요."

"계란 프라이도 갖다 주세요."

"몇 개나 갖다 드릴까요, 신사분?"

"세 개요."

"네 개로 해요. 네 개요."

종업원이 자리를 떴다. 나는 캐서린의 손을 꽉 붙잡고 키스를 했다. 우리는 카페에 앉아 서로를 바라보았다.

"내 사랑, 카페가 참 예쁘죠?"

"멋지고말고." 내가 대답했다.

"롤빵이 없어도 난 괜찮아요. 밤새 롤빵 생각뿐이었지만 그래도 괜찮아요. 전혀 상관없다고요." 캐서린이 말했다.

"곧 있으면 우리를 잡으러 올 거야."

"괜찮아요. 아침을 먹고 나면 체포돼도 괜찮을 거예요. 어차피 그들은 우리에게 뭐라고 할 수 없어요. 우리는 영국과 미국 시민권자이니까 괜찮을 거예요."

"여권 가지고 있지?"

"물론이죠. 그 얘기는 그만해요. 행복한 생각만 하자고요."

"지금도 충분히 행복해." 내가 말했다. 뚱뚱한 회색 고양이 한 마리가 꼬리를 깃털처럼 세우고 카페를 가로질러 우리 테이블로 다가오더니 내 다리에 몸을 비비며 가르랑거렸다. 나는 몸을 숙여 고양이를 쓰다듬었다. 캐서린은 매우 행복한 듯 내게 미소를 지었다. "저기 커피가 오네요." 그녀가 말했다.

우리는 아침 식사 후 체포되었다. 마을을 조금 거닐다 부두로 가방을 찾으러 가니 군인 한 명이 우리 보트를 지키고 있었다.

"이거 당신 보트입니까?"

"네."

"어디서 왔습니까?"

"호수 저기서요."

"그럼 저와 함께 가 주셔야겠습니다."

"가방은요?"

"들고 오시죠."

나는 가방을 들고 캐서린과 함께 걸었다. 군인은 뒤를 쫓아오며 우리를 오래된 세관 건물로 이끌었다. 그곳에 가니 비쩍 마르고 군기가 잔뜩 들어간 중위가 우리를 심문하기 시작했다.

"국적이 뭐죠?"

"미국과 영국이요."

"여권을 보여 주세요."

나는 내 여권을 건넸고 캐서린은 핸드백에서 자신의 여권을 꺼냈다.

그는 한참 동안 여권을 살폈다.

"왜 보트를 타고 스위스로 온 거죠?"

"스포츠를 좋아하거든요. 조정이 내가 가장 좋아하는 스포츠입니다. 틈만 나면 노를 젓죠." 내가 대답했다.

"왜 스위스로 온 거죠?"

"겨울 스포츠를 즐기려고요. 관광객으로 겨울 스포츠를 즐기려고 왔습니다."

"여기에는 겨울 스포츠를 즐길 만한 곳이 없는데요."

"저희도 압니다. 여기를 지나 겨울 스포츠를 할 수 있는 곳으로 가려고 한 거예요."

"이탈리아에서는 뭘 하셨죠?"

"건축을 공부했습니다. 사촌 누이동생은 미술 공부를 했고요."

"그곳을 왜 떠나신 거죠?"

"겨울 스포츠를 즐기려고요. 전쟁 때문에 공부를 할 수 없었거든요."

"여기 가만 계세요." 중위는 그렇게 말하더니 우리 여권을 들고 건물 안으로 사라졌다.

"아주 잘하고 있어요. 계속 그렇게 해요. 겨울 스포츠를 할 거라는 말로요." 캐서린이 말했다.

"당신은 미술에 대해서 좀 알아?"

"루벤스는 알아요." 캐서린이 대답했다.

"거대하고 뚱뚱한 사람들을 그렸지." 내가 말했다.

"티치아노도 알아요."

"적갈색 머리를 가진 여자의 그림을 많이 그린 화가 말이지. 만테냐도 알아?"

"어려운 건 묻지 말아요. 들어 본 적은 있어요. 그림이 굉장히 냉소적이죠."

"굉장하지. 온몸에 못으로 구멍을 뚫어 놨으니까."

"봐요. 난 훌륭한 아내라니까요. 세관원과 미술에 대해서도 능숙하게 대화를 나눌 거라고요." 캐서린이 말했다.

"저기 오네." 내가 말했다. 마른 중위가 우리의 여권을 들고 세관 건물을 가로질러 우리에게 다가왔다.

"로카르노(스위스 남부의 도시)로 가 주셔야겠습니다. 병사 한 명과 함께 마차를 타고 가게 될 겁니다." 그가 말했다.

"알겠어요. 그럼 보트는 어떡하죠?" 내가 물었다.

"보트는 압수당했습니다. 그 가방 안에는 뭐가 들었죠?"

그가 우리 가방을 샅샅이 뒤지더니 반도 안 남은 브랜디 병을 꺼내

들었다. "브랜디 좀 드실래요?" 내가 물었다.

"됐습니다. 돈은 얼마나 갖고 있죠?" 그가 몸을 세웠다.

"2,500리라요."

그가 놀라며 호감을 보였다. "당신 사촌은요?"

캐서린은 1,200리라를 조금 넘게 갖고 있었다. 중위는 만족스러운 표정이었다. 우리를 대하는 그의 거만한 태도가 약간 수그러들었다.

"겨울 스포츠를 즐기시려면 벵겐으로 가셔야죠. 저희 아버지가 벵겐에 아주 좋은 호텔을 갖고 계세요. 사계절 내내 영업을 하시죠." 그가 말했다.

"그거 잘됐군요. 호텔 이름이 뭔가요?" 내가 물었다.

"제 명함에 적어 드릴게요." 그가 무척 공손하게 명함을 건넸다.

"병사가 로카르노로 두 분을 데리고 갈 겁니다. 여권은 그가 보관하고 있을 거예요. 안타깝지만 절차가 그래서요. 거기 가시면 분명 비자나 경찰 허가증을 받으실 수 있을 겁니다."

그가 우리 여권을 병사에게 건넸고 우리는 가방을 들고 마차를 잡기 위해 마을 안으로 들어갔다. 중위가 병사를 부르더니 독일 사투리로 뭔가를 말했다. 소총을 등에 멘 병사는 우리 가방을 들었다.

"정말 좋은 나라야." 내가 캐서린에게 말했다.

"아주 편리한 나라예요."

"정말 고맙습니다." 내가 중위에게 인사를 했다. 그가 손을 흔들었다.

"경비병!" 그가 소리쳤다. 우리는 경비병을 따라 마을로 들어갔다.

병사는 마차 앞자리에 마부와 함께 탔다. 로카르노에 가니 생각보다 나쁘지는 않았다. 심문은 받았지만 우리가 여권과 돈을 가지고 있었기 때문에 그들은 우리에게 예의를 지켰다. 그들은 우리 이야기를 전혀 믿지 않는 듯했고 나 역시 내 말이 바보 같다고 생각했지만 그건 법정 변론 같은 것이었다. 사리에 맞는 것을 따지는 것보다 무조건 형식적인 것만 밀고 나가면 되는 것이다. 우리에게는 여권도, 돈도 있었기 때문에 그들은 임시 비자를 발급해 주었다.

비자는 언제든지 압수당할 수 있었고 우리는 어디로 가든 경찰에게 신고를 해야 했다.

어디든지 다 갈 수 있나요? 물론이죠. 어디를 가야 할까요?

"어딜 가고 싶어, 캣?"

"몽트뢰요."

"아주 훌륭한 곳이죠. 마음에 드실 겁니다." 담당 공무원이 말했다.

"로카르노도 아주 좋은 곳이에요. 여기도 정말 마음에 드실 거예요. 아주 매력적인 도시죠." 다른 공무원이 말했다.

"겨울 스포츠를 즐길 만한 곳은 어딘가요?"

"몽트뢰에는 그런 곳이 없어요."

"방금 몽트뢰 출신 앞에서 뭐라고 했어? 몽트뢰-오베를랑-베르누아 철도를 타고 가다 보면 겨울 스포츠를 할 수 있는 곳이 분명히 있다고. 설마 그걸 부정하진 않겠지?" 처음 온 공무원이 말했다.

"그건 맞아. 난 다만 몽트뢰에는 그런 곳이 없다는 거야."

"난 그 주장에 동의하지 않아."

"난 내 말이 맞다고 생각해."

"난 반대야. 내가 직접 몽트뢰 거리로 루지를 타고 들어간 적이 있다고. 그것도 여러 번이나. 그게 겨울 스포츠가 아니고 뭐야?"

두 번째 공무원이 내 쪽으로 몸을 돌렸다.

"당신들은 루지가 겨울 스포츠라고 생각하세요? 로카르노에서 머무시는 게 훨씬 편하실 거예요. 공기도 상쾌하고 풍경도 멋지죠. 무척 만족하실 거예요."

"저분이 몽트뢰에 가고 싶다고 하셨잖아."

"루지가 뭔가요?" 내가 물었다.

"봐. 루지가 뭔지도 모르잖아!"

두 번째 공무원은 내 말에 잔뜩 신이 났다.

"루지는 터보건 썰매 같은 거예요." 첫 번째 공무원이 말했다.

"난 그렇게 생각하지 않아." 두 번째 공무원이 고개를 저었다. "또 내가 설명을 해야겠군. 터보건 썰매는 루지랑 굉장히 달라. 터보건은 캐나다에서 타는 평평한 나무로 만든 썰매고 루지는 날이 달린 보통 썰매야. 똑바로 구분을 해야지."

"터보건 썰매를 탈 수 있을까요?" 내가 물었다.

"물론 타실 수 있죠." 첫 번째 공무원이 대답했다. "아주 쉽게 탈 수 있어요. 몽트뢰에 가시면 질 좋은 캐나다산 터보건 썰매를 팔아요. 오크스 형제를 찾아가시면 돼요. 직접 수입을 해 온답니다."

두 번째 공무원이 다시 몸을 돌렸다. "터보건은 전용 코스가 있어야 해요. 터보건을 타고 몽트뢰 거리로 들어가지 못하죠. 숙박은 어디서 하실 건가요?"

"모르겠어요. 방금 브리사고에서 온 거거든요. 마차는 밖에 있어요." 내가 대답했다.

"몽트뢰에 가시면 후회 안 하실 거예요. 공기도 맑고 겨울 스포츠도 가까이서 즐기실 수 있어요." 첫 번째 공무원이 말했다.

"제대로 된 겨울 스포츠를 즐기시려면 엥가딘이나 뮈렌으로 가세요. 몽트뢰로 가시는 건 차마 그냥 두고 볼 수가 없네요." 두 번째 공무원이 말했다.

"몽트뢰 위쪽에 레자방으로 가시면 갖가지 겨울 스포츠를 즐기실 수 있어요." 몽트뢰 옹호자인 첫 번째 공무원이 동료를 흘겨보며 말했다.

"여러분, 이제 우리는 가야겠습니다. 제 사촌이 매우 피곤해하네요.

일단 몽트뢰로 가는 걸로 할게요." 내가 말했다.

"잘 결정하셨습니다." 첫 번째 공무원이 악수를 건넸다.

"로카르노를 떠나신 걸 후회하실 겁니다. 어쨌든 몽트뢰에 가시면 경찰에게 보고부터 하세요." 두 번째 공무원이 말했다.

"경찰과 불쾌하실 일은 없을 겁니다. 모든 주민들이 무척 친절하고 공손할 거예요." 첫 번째 공무원이 나를 안심시켰다.

"두 분 모두 정말 감사합니다. 조언도 잘 들었고요." 내가 말했다.

"안녕히 계세요. 정말 감사했습니다." 캐서린이 인사했다.

두 공무원은 문까지 나와 우리에게 인사를 했는데 두 번째 공무원은 조금 쌀쌀맞았다. 우리는 계단을 내려가 마차를 탔다.

"세상에나. 우리 저 안에서 몇 시간을 보낸 거예요?" 캐서린이 말했다. 나는 공무원이 추천해 준 호텔 이름을 마부에게 댔고 마부가 고삐를 잡았다.

"병사는요?" 캐서린이 말했다. 병사는 마차 옆에 서 있었다. 나는 그에게 10리라 지폐를 주었다. "아직 스위스 화폐를 못 찾았어요." 내가 말했다. 그는 내게 감사 인사와 함께 경례를 하고는 길을 떠났다. 마차는 호텔로 출발했다.

"왜 몽트뢰에 가고 싶다고 한 거야? 정말 거길 가고 싶어?" 내가 캐서린에게 물었다.

"거기가 제일 먼저 떠올랐어요. 괜찮은 곳이잖아요. 산 위로 가면 좋은 곳을 찾을 수 있을 거예요." 그녀가 대답했다.

"졸려?"

"지금 자는 중이에요."

"도착하면 편안히 잘 수 있을 거야. 가엾은 캣, 밤 내내 많이 힘들었을 거야."

"난 즐거웠어요. 특히 당신이 우산을 펼쳐 들고 있었을 때는요." 캐서린이 말했다.

“우리가 스위스에 있다는 게 믿겨져?”

“아뇨. 잠에서 깨고 나면 다 사라져 버릴 것 같아서 두려워요.”

“나도 그래.”

“우리 지금 스위스에 있는 거 맞죠? 밀라노 역에서 당신을 떠나보내러 가는 게 아니죠?”

“아니길 빌어.”

“그런 말 말아요. 소름이 돋는다고요. 아니면 진짜로 그런 걸까요?”

“지금 정신이 혼미해서 잘 모르겠어.” 내가 대답했다.

“손 좀 줘 봐요.”

내가 손을 펼쳤다. 두 손이 온통 물집으로 망가져 있었다.

“그래도 옆구리에 구멍은 안 났네.” 내가 말했다.

“벌 받을 소리하지 말아요.”

나는 무척 피곤했고 머리가 멍했다. 들떴던 기분도 모두 사라졌다. 거리에는 우리 마차밖에 없었다.

“불쌍한 손.” 캐서린이 말했다.

“만지지 마. 여기가 대체 어디죠? 저기요, 지금 어디 가는 거죠?” 내가 물으니 마부가 마차를 세웠다.

“메트로폴 호텔이요. 아까 그렇게 말하셨죠?”

“네. 잘 가고 있어, 캣.” 내가 말했다.

“다 괜찮아요. 침착해요. 잘 자고 나면 내일은 정신이 맑을 거예요.”

“지금 정신이 너무 혼미해. 오늘 일은 마치 희극 오페라 같았어. 아니면 배가 고파서 그런가.”

“지쳐서 그런 거예요. 내일이면 괜찮아질 거예요.” 마차가 호텔 앞에 섰다. 누군가가 우리 짐을 받으러 나왔다.

“이제 좀 괜찮아.” 내가 말했다. 우리는 마차에서 내려 호텔로 들어갔다.

"내일이면 괜찮을 거예요. 피곤해서 그런 거예요. 오랫동안 못 잤잖아요."

"어쨌든 스위스에 도착은 했네."

"네, 진짜 스위스예요."

우리는 가방을 든 짐꾼을 따라 호텔 안으로 들어갔다.

제5부

38

그해 가을에는 눈이 매우 늦게까지 내렸다. 우리는 소나무 숲에 둘러싸인 산중턱의 갈색 목조 산장에서 지냈다. 밤에는 온도가 영하로 내려가 아침에 일어나 보면 찬장 위에 있는 두 개의 물병에 살얼음이 껴 있었다. 구팅겐 부인이 아침 일찍 방으로 들어와 창문을 닫고 큼직한 도자기 난로에 불을 붙였다. 소나무가 탁탁 소리를 내더니 불꽃이 확 솟아올랐다. 나중에 구팅겐 부인은 다시 방으로 들어와 소나무 한 아름을 난로에 넣었고 뜨거운 물도 한 병 가져왔다. 그녀는 방이 따뜻해지자 아침 식사를 들고 들어왔다. 우리는 침대에 앉아 아침을 먹으며 호수 너머 프랑스 국경에 있는 호수와 산을 바라보았다. 산꼭대기에는 눈이 쌓여 있었고 호수는 회색빛이 도는 강청색을 띠고 있었다.

산장 앞의 도로는 산으로 이어져 있었다. 서리가 내려 바퀴 자국이 단단하게 얼어붙은 도로는 숲을 따라 쭉 올라가다 산을 이쪽저쪽으로 가르며 초원까지 뻗어 나갔다. 숲 끝에 펼쳐진 초원에는 외양간과 오두막이 계곡을 마주하고 있었다. 깊은 계곡물은 호수로 흘러내리고 있었고 바람은 계곡을 지나쳐 바위 사이로 힘차게 흐르는 물소리를 전해 왔다.

가끔 우리는 도로를 지나 소나무 숲 오솔길을 걷곤 했다. 숲 바닥은 도로처럼 서리가 끼지 않아서 부드러웠고 걷기에 좋았다. 도로가 단단하게 얼어 있어도 별 문제가 없었다. 부츠 바닥에 뾰족한 침이 박혀 있어서 언 도로를 찍으면서 가면 걷는 데 지장이 없었고 기분도 상쾌해졌다. 하지만 우리는 숲에서 걷는 것을 더 즐겼다.

우리가 머무는 산장 앞에서 산은 호수를 따라 급격하게 하강하며 들판까지 뻗어 있었다. 우리는 현관에 앉아 햇살을 받으며 산기슭의 구불구불한 길과 산 아래의 계단식 포도밭을 바라보았다. 포도나무는 겨울을 앞두고 잎이 다 져 있었고 밭에는 돌담이 쳐져 있었다. 그 아래에는 호숫가를 따라 좁은 들판에 가옥들이 서 있었다. 호수에는 외따로 솟아 있는 언덕에 나무 두 그루가 자라고 있었는데 그 모습이 마치 낚싯배의 쌍돛 같았다. 호수 반대편에 있는 산은 경사가 가파르고 호수 끝에는 두 산맥 사이로 론 계곡의 평야가 펼쳐져 있었다. 산맥에 가려져 있는 계곡 위쪽으로는 당뒤미디 산이 있었다. 그 높은 설산은 계곡을 삼킬 듯이 높게 솟아 있었지만 너무 멀리 있어서 그림자를 드리우지는 못했다.

우리는 해가 쨍쨍 내리쬘 때는 현관에서 점심을 먹었지만 그렇지 않을 때는 아무 무늬가 없는 나무 벽이나 구석에 큰 난로가 있는 위층의 작은 방에서 점심을 먹었다. 우리는 시내로 나가 책과 잡지를 샀고 에드먼드 호일의 카드 게임 규칙에 대한 책도 한 권을 사서 둘이서 하는 여러 종류의 카드 게임에 대해서 익혔다. 우리는 난로가 있는 작은 방을 거실로 썼다. 그 방에는 편안한 의자 두 개와 책이나 잡지를 볼 수 있는 테이블이 하나 있었다. 그 테이블에서 식사를 한 뒤 카드 게임도 했다. 구팅겐 부부는 아래층에서 살았는데 저녁에 가끔 부부가 이야기를 나누는 소리를 들어 보면 그들도 무척 행복하다는 것을 알 수 있었다. 구팅겐 씨는 호텔의 급사장이었고 그의 부인은 같은 호텔에서 청소부로 일하고 있었는데 함께 돈을 모아 이 산장을 샀다고 했다. 부부의 아들도 급사장이 되려고 취리히에 있는 호텔에서 교육을 받고 있었다. 아래층에는 와인과 맥주를 파는 가게가 있었다. 저녁이면 가끔씩 산장 밖에서 마차가 멈추거나 사내들이 와인을 마시러 계단을 올라와 가게로 들어가는 소리가 들렸다.

거실 밖 복도에는 장작 한 상자가 있었고 나는 거기서 장작을 꺼내 계속 불을 지폈다. 하지만 우리는 늦게까지 거실에 머무르지는 않았다. 우리는 날이 어두워지면 큰 침실로 들어갔다. 나는 옷을 벗은 후 창문을 열고 밤과 차가운 별들, 그리고 창문 아래의 소나무들을 바라보다 서둘러 침대로 들어갔다. 차갑고 맑은 공기 속에서 창밖의 밤 풍경을 보며 침대에 드는 건 기분 좋은 일이었다. 우리는 잠도 잘 잤다. 내가 밤에 깨는 이유는 단 한 가지였는데 캐서린에게 깃털 이불을 다시 덮어 주기 위해서였다. 나는 그녀가 깨지 않도록 살며시 이불을 덮어 주고는 다시 가벼운 이불 속에서 따뜻함을 느끼며 편안히 잠이 들었다. 전쟁은 이름 모를 어느 대학의 풋볼 경기처럼 멀게만 느껴졌다. 하지만 눈이 내리지 않았기 때문에 산에서는 여전히 전투가 계속된다는 것을 신문에서 보고 알 수 있었다.

가끔 우리는 산을 내려가 몽트뢰에 가기도 했다. 산에 오솔길이 있기는 했지만 너무 가팔라 대개는 들판 사이의 넓고 단단하게 언 도로로 내려갔다. 그다음에는 포도밭 돌담 사이를 지나 마을의 집들 사이로 내려갔다. 셰르네, 퐁타니방, 그리고 이름을 잊어버린 마을까지 모두 세 곳을 거친 후 길을 따라가다 보면 산기슭에 튀어나온 바위 위에 지어진 네모 모양의 오래된 돌성과 계단식 포도밭이 있었다. 잎이 갈색으로 마른 각각의 포도나무는 옆에 있는 막대기를 타고 올라가고 있었고 땅은 눈을 맞을 준비를 하고 있었다. 더 아래로 내려가면 고요한 청회색 호수가 있었다. 도로는 성 아래로 길게 내려가다 우측으로 돌아 자갈이 깔린 길을 통해 몽트뢰로 이어졌다.

우리는 몽트뢰에 아는 사람이 아무도 없었다. 우리는 호수를 따라 걸으며 백조와 갈매기, 제비갈매기를 구경했다. 새들은 우리가 가까이 다가가면 날아가 버렸고 호수를 내려다보며 울기도 했다. 호수 한 복판에는 작은 검은색 논병아리 떼가 물위를 떠다니며 잔물결을 남겼다. 우리는 마을의 중심가를 다니며 상점의 쇼윈도를 구경했다. 큰 호텔들은 전부 문을 닫았지만 상점들은 거의 문이 열려 있었고 그곳 주인들은 우리를 무척 반갑게 맞았다. 캐서린은 머리를 하러 고급 미용실에도 들렀다. 굉장히 활기가 넘치는 미용실 여주인은 우리가 몽트뢰에서 아는 유일한 사람이었다. 캐서린이 머리를 손질할 동안 나는 맥줏집에 가서 뮌헨 흑맥주를 마시며 신문을 읽었다. 나는 〈코레이레 델라 세라〉지와 파리에서 발간되는 영국, 미국 신문을 읽었다. 신문의 모든 광고는 까맣게 지워져 있었는데 아마도 적군과의 소통을 막기 위한 이유에서인 듯했다. 신문에는 안 좋은 기사가 많았다. 여기저기 모두 안 좋은 소식뿐이었다. 나는 무거운 흑맥주 잔을 들고 구석에 기대앉아 비닐로 코팅된 프레첼 봉지에서 프레첼을 꺼내 먹으며 신문을 읽었다. 짭짤한 프레첼이 맥주의 맛을 돋워 줬다. 기다려도 캐서린이 오지 않아 나는 신문을 다시 걸이에 걸어 두고 맥주값을 지불한 뒤 캐서린을 찾으러 거리로 나섰다. 그날은 춥고 어두운 게 딱 겨울 같은 날씨였고 가옥들의 돌도 무척 차가워 보였다. 캐서린은 아직 미용실에 있었다. 여주인이 캐서린의 머리에 웨이브를 주고 있었다. 나는 빈 자리에 앉아서 그녀를 바라보았다. 머리하는 것을 구경하고 있으니 즐거웠다. 캐서린은 미소를 지으며 내게 말을 걸었다. 나는 흥에

겨워 목소리가 약간 굵어졌다. 고데기가 듣기 좋게 딸깍거리는 소리를 들으며 나는 캐서린을 삼면 거울로 쳐다보았다. 내 자리는 편안하고 따뜻했다. 여주인이 캐서린의 머리를 올리자 캐서린은 거울을 쳐다보고 핀을 뺐다 꽂았다 하며 손질을 조금 하더니 자리에서 일어났다. "너무 오래 걸려서 미안해요."

"신사분께서 아주 유심히 보시던데. 재미있었죠?" 여주인이 미소를 지으며 말했다.

"네." 내가 대답했다.

우리는 다시 거리로 나갔다. 추운 겨울 날씨 속에 바람까지 불었다. "오, 캐서린. 당신을 정말 사랑해." 내가 말했다.

"함께 다니니까 정말 재미있죠? 우리 차 말고 맥주나 마시러 가요. 아기 캐서린에게도 좋을 거예요. 몸집을 작게 해 줄 테니까요." 캐서린이 말했다.

"아기 캐서린이라. 이 게으름뱅이 녀석." 내가 말했다.

"아기가 아주 얌전해요. 사고도 거의 안 쳐요. 의사가 그러는데 맥주가 나한테도 좋고 아기 몸도 작게 해 준대요." 캐서린이 말했다.

"그렇게 계속 몸을 작게 만들었다 사내아이가 태어나면 기수가 되겠군."

"이 아이가 태어난다면 우리는 결혼을 해야겠죠?" 캐서린이 말했다. 우리는 맥줏집 구석 테이블로 가서 앉았다. 밖이 어두워지고 있었다. 아직 시간은 일렀지만 해가 빨리 져 벌써 날이 어두웠다.

"지금 당장 결혼하자." 내가 말했다.

"안 돼요. 이런 몸으로 창피하게. 배가 이렇게 튀어나왔잖아요. 이런 몸으로 누구 앞에서 결혼을 하겠어요?" 캐서린이 말했다.

"진작 결혼을 했더라면 좋았을걸."

"그랬더라면 더 좋았겠죠. 그럼 언제 해야 할까요?"

"모르겠어."

"이거 한 가지는 분명해요. 난 이렇게 뚱뚱한 몸으로는 절대 결혼하지 않을 거라는 거요."

"뚱뚱하지 않아."

"뚱뚱해요. 미용실 주인도 나한테 첫아이냐고 물어봤는걸요. 그런데 나는 첫아이가 아니라고, 그리고 벌써 아들 둘과 딸 둘이 있다고 거짓말을 했어요."

"결혼은 언제 할까?"

"내 몸이 다시 날씬해지면요. 아주 멋진 결혼식을 올리고 싶어요. 모두가 우리를 선남선녀 커플이라고 부를 수 있게요."

"걱정되진 않아?"

"걱정할 게 뭐 있어요? 내가 기분이 안 좋았을 때는 밀라노에서 창녀 같은 기분이 들었을 때, 단 한 번뿐이었어요. 그것도 딱 7분간만 그랬죠. 게다가 그 방의 가구가 좀 이상했잖아요. 당신은 내가 괜찮은 아내라고 생각해요?"

"사랑스러운 아내지."

"그럼 형식적인 것들은 따지지 말아요. 다시 날씬해지면 바로 결혼할 테니까요."

"알았어."

"나 맥주 한 잔 더 마실까요? 의사가 내 골반이 좁은 편이라고 아기 캐서린을 작게 만들려면 맥주를 마시는 게 좋댔어요."

"의사가 또 무슨 말을 했어?" 나는 걱정이 되기 시작했다.

"다른 말은 없었어요. 혈압도 아주 좋대요. 칭찬을 많이 하던걸요."

"골반이 좁은 거에 대해서는 별말 없었어?"

"전혀 없었어요. 스키는 타지 말래요."

"당연하지."

"전에 타 본 적이 없으면 지금은 연습하기에 너무 늦었대요. 넘어지지 않을 자신이 있다면 타라고 했어요."

"의사가 아주 너그럽고 농담도 잘 하는군."

"정말 굉장히 친절해요. 출산할 때 그분을 불러야겠어요."

"결혼하는 거에 대해선 안 물어봤어?"

"안 물어봤어요. 내가 결혼한 지 4년 됐다고 했거든요. 우리가 결혼하면 난 미국인이 될 거고 미국법에 따라 이 아기도 합법적인 우리 아이가 되는 거예요."

"그건 어디서 알았어?"

"도서관에서 〈뉴욕 세계 연감〉을 봤거든요."

"역시 당신은 대단한 여자야."

"내가 미국인이 되면 무척 기쁠 거예요. 우리 함께 미국으로 갈 거죠? 난 나이아가라 폭포도 보고 싶어요."

"당신은 정말 멋지다니까."

"다른 곳도 있었는데 지금은 생각나지 않네요."

"가축 사육장?"

"아뇨. 뭐였더라."

"울워스 빌딩(1913년에 완공된 뉴욕 맨해튼에 위치한 미국에서 가장 오래된 고층 건물 중의 하나)이?"

"아뇨."

"그랜드 캐니언?"

"아니에요. 하지만 그곳은 가 보고 싶어요."

"어디?"

"금문교요! 바로 거기였어. 금문교가 어디 있죠?"

"샌프란시스코에 있어."

"그럼 거기로 가요. 샌프란시스코도 가 보고 싶었는데 잘 됐네요."

"좋아. 가자고."

"이제 다시 산으로 올라가요. 네? MOB를 탈까요?"

"5시 조금 넘어서 가는 게 한 대 있어."

"그럼 그걸 타요."

"그래. 그럼 난 맥주 한 잔을 더 마셔야겠어."

밖으로 나가 역으로 가기 위해 계단을 올라가는 데 무척 날씨가 추웠다. 론 계곡에서 차가운 바람이 내려오고 있었다. 상점 쇼윈도에는 불이 켜져 있었다. 우리는 위쪽 길까지 가파른 돌계단으로 올라간 후 다시 또 다른 계단을 올라 역까지 갔다. 전기 열차가 불을 모두 켜 두고 역에서 기다리고 있었다. 열차 출발 시간을 알리는 문자판이 5시 10분을 가리키고 있었다. 역사의 시계를 봤더니 5시 10분이었다. 열차를 타는데 기관사와 차장이 역사 내 와인 상점에서 나오는 게 보였다. 우리는 자리에 앉아 창문을 열었다. 열차에는 전기난로가 틀어져 있어서 공기가 답답했지만 창문으로 들어오는 상쾌하고 시원한 바람 덕분에 좀 나았다.

"피곤해, 캣?" 내가 물었다.

"아뇨. 기분 최고예요."

"오래 안 걸릴 거야."

"난 열차 타는 거 좋아요. 내 걱정은 하지 말아요. 난 괜찮으니까." 그녀가 대답했다.

눈은 크리스마스가 되기 사흘 전까지도 내리지 않았다. 어느 날 아침에 눈을 떴더니 눈이 내리고 있었다. 우리는 활활 타오르는 난로 옆 침대에서 눈이 내리는 모습을 바라보았다. 구팅겐 부인이 아침 식사 쟁반을 치운 후 난로에 나무를 더 넣었다. 거센 눈보라가 쳤다. 부인 말로는 자정부터 눈이 내리기 시작했다고 했다. 나는 창가로 다가가 밖을 내다보았지만 도로 너머로는 아무것도 볼 수가 없었다. 바람은 쌩쌩 불었고 눈은 거세게 내렸다. 나는 다시 침대로 돌아가 누워서 캐서린과 이야기를 나누었다.

"스키를 탈 수 있었으면 좋겠어요. 스키도 못 타다니 내 자신이 불쌍하네요." 캐서린이 말했다.

"봅슬레이를 구해서 도로를 내려가 보는 건 어때? 차 타는 것보다는 나을 거야."

"타기 힘들지 않을까요?"

"타 보면 알겠지."

"너무 어렵지 않았으면 좋겠네요."

"좀 있다가 눈길을 거닐자."

"점심 식사 전에요. 그래야 입맛이 돋을 테니까요." 캐서린이 말했다.

"안 그래도 나는 항상 배고파."

"나도요."

밖으로 나갔지만 눈이 너무 쌓여 멀리 갈 수가 없었다. 내가 앞장서서 역까지 길을 만들며 갔지만 역에 도착해 보니 너무 멀리 온 것 같다는 생각이 들었다. 눈보라가 불어 앞이 거의 보이지 않았다. 우리는 역 근처 작은 술집에 들어가 서로의 몸에 쌓인 눈을 빗자루로 털어 주고는 의자에 앉아 베르무트를 마셨다.

"눈보라가 거세네요." 여자 바텐더가 말했다.

"그러네요."

"올해는 눈이 굉장히 늦었어요."

"네."

"초콜릿 바 하나를 먹어도 되겠죠? 아니면 점심때가 너무 가까워졌나? 난 왜 항상 배가 고플까요?" 캐서린이 말했다.

"하나 먹어." 내가 말했다.

"개암열매가 든 초콜릿 바 하나 주세요." 캐서린이 말했다.
"그거 정말 맛있죠. 저도 그걸 제일 좋아해요." 바텐더가 말했다.
"나는 베르무트 한 잔 더 주세요." 내가 말했다.
돌아가려고 밖으로 나왔더니 내가 만들어 놓은 길이 다시 눈으로 덮여 희미한 흔적밖에 보이지 않았다. 눈보라가 얼굴로 불어와 앞이 거의 보이지 않았다. 우리는 눈을 털어 내고 점심을 먹으러 산장으로 들어갔다. 구팅겐 씨가 점심을 내왔다.
"내일은 사람들이 스키를 타겠네요. 헨리 씨는 스키를 타시나요?" 그가 물었다.
"아뇨. 배우고는 싶네요."
"쉽게 배우실 수 있을 거예요. 제 아들이 크리스마스에 산장으로 오면 헨리 씨한테 가르쳐 주라고 할게요."
"그거 잘 됐네요. 아드님이 언제 오나요?"
"내일 밤에요."
점심을 먹은 후 함께 작은 방 난로 옆에 앉아 창밖에 내리는 눈을 바라보고 있는데 캐서린이 말했다. "혼자서 어디라도 여행 가고 싶지 않아요? 친구들과 스키도 타고요."
"아니. 왜 그래야 하지?"
"가끔 나 말고 다른 사람들도 만나고 싶지 않을까 하는 생각이 들어서요."
"당신은 그러고 싶어?"
"아뇨."
"나도 싫어."
"하지만 당신은 사정이 다르잖아요. 난 아이를 가졌으니까 내 마음대로 할 수 없는 거고요. 지금 행동도 바보 같고 말도 많은데 나한테서 좀 떠나 있어야 내게 질리지 않을 것 같아요."

"내가 떠났으면 좋겠어?"

"아뇨. 나와 함께 있었으면 좋겠어요."

"그럼 함께 있을게."

"이리 와 봐요. 이마에 혹 좀 만져 볼게요. 혹이 무척 커요." 그녀가 혹을 손으로 만졌다. "당신 턱수염은 기르고 싶지 않아요?"

"내가 길렀으면 좋겠어?"

"재밌을 것 같아요. 턱수염을 기르면 어떤 모습일지 궁금해요."

"좋아. 그럼 기를게. 당장 지금부터. 좋은 생각이야. 나도 뭔가 할 일이 생겼네."

"아무것도 하지 않아서 걱정돼요?"

"아니. 난 좋아. 즐거워. 당신은 안 그래?"

"나도 아주 행복해요. 하지만 내 몸이 이렇게 커졌으니 당신이 내게 싫증 낼까 봐 걱정이 됐어요."

"이런, 캣. 내가 당신에게 얼마나 푹 빠져 있는지 당신은 모를 거야."

"내 모습이 이래도요?"

"그 모습 그대로를 사랑해. 난 이대로가 좋아. 당신은 어때?"

"나도 그래요. 하지만 당신은 여기에만 있으니 답답하지 않아요?"

"전혀. 가끔 전선 소식이나 동료들 소식이 궁금하긴 하지만 신경 쓸 것 없어. 난 원래 어떤 생각이든 잘 안 하니까."

"누구 소식이 궁금해요?"

"리날디랑 신부랑 그 외의 많은 사람들. 하지만 많이 생각하지는 않아. 전쟁에 대해 떠올리기 싫거든. 나에게는 전쟁이 끝났으니까."

"지금은 무슨 생각해요?"

"아무 생각도 안 해."

"하고 있었잖아요. 말해 봐요."

"리날디가 정말로 매독에 걸렸을까를 생각했어."

"그게 다예요?"

"응."

"정말 매독에 걸린 거예요?"

"나도 몰라."

"당신은 안 걸려서 다행이에요. 그런 병에 걸려 본 적 있어요?"

"임질에는 걸려 봤어."

"말하지 말아요. 그런데 많이 아팠어요?"

"무척."

"나도 걸렸었으면 좋았을 텐데."

"아닐걸."

"정말이에요. 당신처럼 나도 임질에 걸려서 당신과 관계한 모든 여자들에게 퍼뜨린 후 당신에게 그걸 자랑하는 거예요."

"그것 참 보기 좋겠군."

"당신이 임질에 걸린 건 보기 안 좋았을 거예요."

"맞아. 이제 눈이나 구경해."

"난 당신이나 쳐다볼래요. 당신 머리도 한번 길러 보지 않을래요?"

"얼마나?"

"조금만 더 길게요."

"지금도 좀 긴 것 같은데."

"아니에요. 조금만 더 기른 다음에 내 머리를 자르면 우리는 머리 모양이 똑같을 거예요. 한 명은 금발이고 한 명은 갈색인 것만 빼면요."

"당신 머리는 자르면 안 돼."

"재밌을 거예요. 난 이 긴 머리가 질렸어요. 밤에 잘 때 얼마나 불편한지 몰라요."

"난 좋아."

"짧은 게 더 예쁘지 않겠어요?"

"그럴 수도 있지만 난 지금 그대로가 좋아."

"짧으면 좋을 거라니까요. 둘이 비슷해지잖아요. 난 당신이 너무 좋아서 당신처럼 되고 싶어요."

"이미 당신은 나야. 우리는 하나니까."

"알아요. 밤이면 하나가 되죠."

"밤은 정말 황홀하지."

"나는 우리 둘이 완전히 섞여 버렸으면 좋겠어요. 당신이 내 곁을 떠나는 게 싫어요. 아까도 말했었지만 원한다면 어디든 다녀와요. 하지만 바로 돌아와야 해요. 당신이 없으면 사는 것 같지 않아요."

"절대 안 떠날 거야. 나도 당신이 없으면 불행해지니까. 더 이상 나 혼자의 삶은 존재하지 않아." 내가 말했다.

"나는 당신이 당신의 삶을 갖길 바라요. 멋진 삶을요. 하지만 같이 그런 삶을 살았으면 좋겠어요. 네?"

"턱수염은 기를까 말까?"

"길러요. 재미있을 거예요. 새해가 되면 볼 만할 거예요."

"이제 체스게임이나 할까?"

"난 당신과 사랑을 속삭이는 게 더 좋은데요."

"그러지 말고 체스하자."

"하고 나면 다시 사랑을 속삭여 줄 거죠?"

"물론이지."

"좋아요."

나는 체스 판을 꺼내 말을 배치했다. 밖에서는 여전히 눈이 세게 내리고 있었다.

한번은 밤에 잠에서 깼는데 캐서린도 깨어 있었다. 창밖으로 빛나고 있는 달이 침대에 창살 그림자를 만들었다.

"일어났어요, 당신?"

"응. 잠이 안 와?"

"난 깨서 당신을 처음 만났을 때 거의 미쳐 가고 있었던 내 모습을 떠올리고 있었어요. 기억나요?"

"약간 이상했지."

"이제는 안 그래요. 지금은 아주 행복해요. 당신도 부드럽게 정말 행복하다고 말해 봐요."

"행복해."

"당신은 정말 다정해요. 지금의 나는 미치지 않았어요. 그저 굉장히, 무척 행복할 뿐이죠."

"어서 다시 자." 내가 말했다.

"알았어요. 그럼 둘이 동시에 같이 잠들어요."

"좋아."

하지만 우리는 그러지 못했다. 나는 꽤 오랫동안 깨어서 여러 가지를 생각하며 달빛에 비친 캐서린의 자는 모습을 지켜보고 있었다. 그러다가 다시 잠이 들었다.

39

1월 중순이 되자 내 턱수염은 꽤 자라 있었다. 낮에는 맑고 추운 날씨가, 밤에는 매섭게 추운 날씨가 이어졌다. 건초와 장작을 실은 썰매와 통나무가 산을 오르내리다 보니 눈이 단단하게 뭉쳐져 도로가 반반해졌다. 우리는 다시 도로를 걸을 수 있게 되었다. 눈은 몽트뢰 근처까지 쌓여 있었다. 호수 반대편 산들은 모두 하얗게 변했고 론 계곡의 들판에도 눈에 쌓였다. 우리는 산 반대편으로 걸어 뱅드랄리아까지 산책했다. 캐서린은 징 박힌 부츠를 신고 망토를 입은 채 뾰족한 쇠침이 박힌 지팡이를 들고 있었다. 망토를 입으니 몸이 불어난 게 잘 느껴지지 않았다. 우리는 천천히 걸었고 캐서린이 피곤할 때면 도로 옆 통나무에 앉아 잠시 쉬어 갔다.

뱅드랄리아에 도착하니 숲속에 나무꾼들이 들러 술을 마시고 가는 술집이 하나 있었다. 우리는 그곳으로 들어가 난로에 몸을 녹이며 향료와 레몬을 넣은 뜨거운 레드 와인을 마셨다. 그들이 '글뤼바인'이라고 부르는 그 와인은 몸을 따뜻하게 하거나 축하 행사에 주로 쓰이는 술이었다. 술집은 어두웠고 연기가 자욱했지만 다시 밖으로 나가니 차가운 공기가 몸속으로 빠르게 들어와 숨을 쉴 때마다 코끝을 마비시켰다. 술집을 돌아보니 창문에서 불빛이 새어 나오고 있었고 나무꾼들이 데려온 말들은 몸을 따뜻하게 하려고 발을 구르며 머리를 흔들고 있었다. 말들의 코털에는 서리가 껴 있었고 녀석들이 숨을 쉴 때마다 김이 기둥처럼 공중으로 솟아올랐다. 집으로 가는 길은 한동안 반질반질하고 미끄러웠고 나무를 운반하는 도로까지는 말들이 밟고 지나간 탓에 눈길이 오렌지색으로 변해 있었다. 그 후에는 깨끗한 눈길이 숲을 가로질러 나 있었다. 그렇게 집으로 돌아오는 동안 두 번이나 여우를 발견했다.

마을은 아름다웠고 나갈 때마다 항상 즐거운 시간을 보냈다.

"이제 수염이 멋있게 자랐네요. 나무꾼들 수염이랑 똑같아졌어요. 그 조그만 금 귀걸이를 한 나무꾼 봤어요?" 캐서린이 말했다.

"그 사람은 영양 사냥꾼이야. 귀가 더 잘 들린다고 귀걸이를 한대." 내가 말했다.

"정말요? 못 믿겠어요. 내 생각에는 자신들이 영양 사냥꾼이란 걸 자랑하려고 하는 것 같은데요? 이 근처에 영양이 많이 사나요?"

"응. 당드자망 건너에 살고 있지."

"여우를 볼 수 있어서 재밌었어요."

"여우는 잘 때 꼬리로 몸을 감싸 몸을 따뜻하게 한대."

"정말 따뜻하겠네요."

"나도 그런 꼬리가 갖고 싶었어. 우리도 여우처럼 꼬리를 달고 있다면 재밌겠지?"

"옷 입을 때 힘들 거예요."

"따로 옷을 만들거나 옷 입는 건 상관없는 나라에 살면 돼."

"우리는 지금도 어떤 것을 해도 상관없는 나라에 살고 있잖아요. 아무도 만나지 않아도 되는 거 정말 좋지 않아요? 당신도 사람들을 만나고 싶지 않죠?"

"그럼."

"잠시 앉았다 가요. 좀 피곤하네요."

우리는 통나무 위에 꼭 붙어 앉았다. 앞에는 숲을 가로지르는 도로가 있었다.

"이 아기가 우리 둘 사이를 갈라놓진 않겠죠? 요 버릇없는 녀석."

"그럼. 누가 그러게 두나."

"돈은 얼마나 있어요?"

"충분히 있어. 마지막 남은 어음을 교환했거든."

"당신이 스위스에 있다는 것을 가족들이 알면 데려가려고 하지 않을까요?"

"아마도. 편지라도 한 통 써야지."

"아직 안 썼어요?"

"응. 어음만 보내 달라고 했어."

"내가 당신 가족이 아닌 게 천만다행이네요."

"전보를 칠게."

"가족들이 걱정되지 않아요?"

"되지. 하지만 서로 너무 많이 다퉈서 이제 지쳤어."

"난 당신 가족이 맘에 들 것 같아요. 아주 맘에 들 것 같아요."

"가족에 대한 말은 그만해. 더 하면 걱정되니까."

잠시 후 내가 말했다. "다 쉬었으면 이제 가자고."

"네. 다 쉬었어요."

우리는 도로를 내려갔다. 이제 날이 어두워졌고 눈은 부츠에 찍혀 찍찍거렸다. 그날 밤은 공기가 건조했고 추웠지만 무척 맑았다.

"당신 턱수염이 마음에 들어요. 아주 잘 자랐어요. 뻣뻣하고 거칠면서 아주 부드럽기도 하고 모양도 보기 좋아요."

"수염 있는 게 더 좋아?"

"그런 것 같아요. 있죠, 아기가 태어나기 전까지는 머리 안 자를래요. 지금 너무 뚱뚱해 보여서요. 하지만 아기가 태어나고 다시 날씬해지면 머리를 자를 거예요. 그럼 다시 멋지고 새로운 여자로 태어나겠죠. 함께 미용실에 가서 잘라도 되고 나 혼자 갔다가 돌아와서 당신을 놀라게 하는 것도 좋을 거예요."

나는 아무 말도 하지 않았다.

"머리 자르지 못하게 하지 않을 거죠?"

"그럼. 자르면 새로울 것 같아."

"역시 당신은 다정해요. 어쩌면 더 예쁠 수도 있어요. 그렇게 다시 날씬해지고 새로워지면 당신은 처음처럼 나와 사랑에 빠지게 될 거예요."

"무슨 소리, 난 지금도 당신을 많이 사랑해. 더 이상 뭘 원해? 나를 무너뜨리려는 거야?"

"네. 당신을 무너뜨리고 싶어요."

"잘 됐네. 나도 그걸 원해." 내가 말했다.

40

우리는 즐거운 시간을 보냈다. 1월과 2월이 지났고 겨울도 즐겁고 행복하게 보냈다. 따뜻한 바람이 불어 눈이 녹으면 봄기운이 느껴지며 짧은 해동기가 이어졌지만 금세 다시 매서운 추위가 몰려오며 겨울로 돌아오곤 했다. 3월이 되자 드디어 겨울이 끝났다. 밤에는 비가 내리기 시작했다. 비가 아침까지 계속 내리자 눈이 질퍽하게 녹아 산기슭을 보기 흉하게 만들었다. 호수와 계곡에는 구름이 꼈다. 산 위에서도 비가 내렸다. 캐서린은 무거운 방수용 덧신을, 나는 구팅겐 씨의 고무 부츠를 신은 채 우산을 쓰고 도로의 눈을 쓸고 내려가는 빗물과 진창을 넘어 역까지 걸어갔다. 점심 전에는 술집에 들러 베르무트를 마실 예정이었다. 밖에서는 빗소리가 들렸다.

"마을로 이사를 가는 게 좋을까?"

"당신은 어때요?" 캐서린이 물었다.

"겨울이 끝나고 비가 내리면 산에서 지내는 게 재미없을 거야. 아기는 언제 태어나지?"

"한 달 정도 남았어요. 조금 더 걸릴 수도 있고요."

"몽트뢰에 가서 사는 건 어때?"

"로잔으로 가는 건 어때요? 거기에 병원도 있으니까."

"좋아. 하지만 그곳은 너무 크지 않아?"

"크면 어때요. 우리 둘만 있다면 잘 지낼 수 있어요. 아주 좋을지도 몰라요."

"그럼 언제 갈까?"

"난 언제든 상관없어요. 당신이 원하는 대로 해요. 당신이 여기를 떠나기 싫다면 나도 그냥 여기서 지낼래요."

"그럼 날씨를 지켜보며 결정하자."

비는 사흘 동안 계속 내렸다. 이제 역 아래 산기슭에는 눈이 모두 녹았다. 도로에는 눈이 녹은 진흙물이 빠르게 흐르고 있었다. 외출하기에는 도로가 너무 진탕이었다. 비가 내린 지 사흘째 되던 날 우리는 마을로 내려가기로 결정했다.

"괜찮습니다, 헨리 씨. 미리 알려 주지 않으셨어도 괜찮아요. 이제 날씨가 안 좋으니 저희도 여기서 지내시지 않을 거라고 생각했어요." 구팅겐 씨가 말했다.

"아내 때문에 어차피 병원 근처로 가야 하거든요." 내가 말했다.

"잘 압니다. 언제 한번 다시 오실 거죠? 아기와 함께요." 그가 말했다.

"네. 방이 있다면요."

"봄에 오시면 날씨가 좋아서 지내시기 좋을 겁니다. 지금은 안 쓰는 큰 방에 아기와 유모가 지내고 선생님과 아내 분은 호수가 보이는 지금 방을 똑같이 사용하시면 되겠네요."

"오게 되면 편지할게요." 내가 말했다. 우리는 짐을 챙긴 후 점심 식사를 하고 기차를 탔다. 구팅겐 부부가 역까지 우리를 배웅했다. 구팅겐 씨는 진창길에도 우리 짐을 썰매로 실어다 주었다. 부부는 비를 맞으며 역에 서서 손을 흔들었다.

"친절하시기도 하시지." 캐서린이 말했다.

"우리에게 잘해 주셨어."

우리는 몽트뢰에서 로잔까지 가는 기차를 탔다. 창밖으로 우리가 살았던 곳을 보려고 했지만 구름에 가려 보이지가 않았다. 기차는 브베에서 멈췄다가 다시 출발해 한쪽에는 호수가, 한쪽에는 젖은 갈색 들판과 황량한 숲, 그리고 젖은 가옥들이 있는 곳을 지나쳤다. 우리는 로잔에 도착해 중간 크기의 호텔로 들어갔다. 도로를 달려 호텔 입구로 마차를 타고 들어갈 때까지 계속 비가 내렸다. 구팅겐 부부의 산장에서 지내다 온 이후라 그런지 옷깃에 황동 열쇠를 달고 있는 수위,

엘리베이터, 바닥에 깔린 카펫, 반짝거리는 수납장과 하얀 세면대, 황동 침대, 크고 편안한 침실 등 호텔의 모든 것이 무척 호화스럽게 느껴졌다. 우리 방 창문 밖으로는 철책을 두른 담으로 둘러싸인 정원이 비에 젖어 있었다. 가파르게 올라가는 길 너머에도 비슷한 담과 정원이 있는 호텔이 또 하나 있었다. 나는 정원 분수에 비가 내리는 것을 내다보았다.

캐서린은 방의 모든 불을 다 켜고 짐을 풀기 시작했다. 나는 위스키 소다를 주문한 후 침대에 누워 역에서 산 신문을 읽었다. 1918년 3월, 독일군의 공격이 프랑스에서 시작되었다. 캐서린이 방을 이쪽저쪽 다니며 짐을 풀 동안 나는 위스키 소다를 마시며 신문을 읽었다

"내가 뭘 사려고 하는지 알아요?" 그녀가 물었다.

"뭔데?"

"아기 옷이요. 지금 나처럼 이렇게 배가 불러 오고도 아기 물건을 준비하지 않은 사람은 별로 없을 거예요."

"지금이라도 사면 되지."

"그래요. 내일은 아기 옷을 사러 가야겠어요. 꼭 필요한 것들이 뭐 있나 알아보기도 하고요."

"간호사도 했는데 그걸 몰라?"

"병원에 출산하러 온 군인 가족은 거의 없었으니까요."

"내가 있잖아."

캐서린이 베개로 쳐서 위스키 소다가 쏟아졌다.

"하나 더 시킬게요. 쏟아서 미안해요." 그녀가 말했다.

"어차피 조금밖에 안 남아 있었어. 이제 침대로 와."

"안 돼요. 이 방을 뭐답게 만들어야 해요."

"뭐답게?"

"우리 집답게요."

"그럼 동맹국 깃발을 달아."

"입 다물어요."

"다시 말해 봐."

"입 다물어요."

"그 말을 그렇게 조심스럽게 말하다니. 마치 누구의 기분도 상하게 하고 싶지 않은 듯이." 내가 말했다.

"정말 그러고 싶지 않으니까요."

"그럼 침대로 와."

"그러죠." 그녀가 침대로 와 앉았다. "나랑 있으려니 영 재미없죠? 거대한 밀가루 통같이 생겨서는."

"그렇지 않아. 당신은 아름답고 다정해."

"난 당신과 어쩌다 결혼하게 된 꼴사나운 여자예요."

"그렇지 않다니까. 당신은 보면 볼수록 더 아름다워."

"하지만 곧 날씬해질 거예요."

"지금도 날씬해."

"당신 취했군요."

"위스키 소다를 마시고?"

"한 잔이 또 올 거예요. 그 후에는 저녁도 주문할까요?" 그녀가 물었다.

"그럼 좋을 것 같아."

"그럼 밖에 나갈 필요가 없잖아요. 오늘 밤은 그냥 방에서 지내는 거예요."

"그리고 함께 노는 거지." 내가 말했다.

"난 와인을 좀 마실게요. 아기에게도 괜찮을 거예요. 예전에 마시던 카프리 화이트 와인을 시킬까요?" 캐서린이 말했다.

"그래. 이 정도 크기의 호텔이라면 이탈리아 와인이 구비되어 있을 거야." 내가 말했다.

보이가 문을 두드렸다. 그는 얼음을 넣은 위스키 한 잔과 소다수 작은 병을 쟁반에 담아 왔다.

"고마워요. 거기 내려놓으세요. 그리고 저녁 식사 2인분과 달지 않은 카프리 화이트 와인 두 병을 얼음에 담아 올려 보내 주겠어요?" 내가 말했다.

"수프로 식사를 시작하시겠어요?"

"수프 먹고 싶어, 캣?"

"네."

"수프는 1인분만 갖다 주세요."

"알겠습니다, 손님." 보이가 문을 닫고 방을 나갔다. 나는 다시 신문에 난 전쟁 기사를 보며 위스키 잔 속 얼음 위에 천천히 소다수를 부었다. 다음부터는 위스키에 얼음을 넣지 말라고 해야겠다. 따로 갖다 달라고 해야 위스키의 정량을 알 수 있고 소다수를 부은 후에도 너무 묽어질 일이 없을 테니. 다음에는 위스키 한 병과 얼음, 그리고 소다수 물을 따로 시킬 거다. 그게 현명한 방법일 테지. 고급 위스키는 맛이 참 좋았다. 삶에 즐거움을 가져다주는 것 중 하나다.

"무슨 생각해요?"

"위스키에 대한 생각."

"위스키에 대한 어떤 생각이요?"

"위스키가 얼마나 좋은 술인가에 대한 생각."

캐서린은 인상을 찌푸렸다. "그렇군요." 그녀가 말했다.

우리는 그 호텔에서 3주를 보냈다. 호텔은 꽤 괜찮았다. 식당은 대부분 비어 있었으나 우리는 저녁 식사를 거의 방에서 시켜 먹었다. 우리는 마을을 거닐기도 하고 우시까지 톱니바퀴 기차를 타고 내려가 호수 옆을 걷기도 했다. 날씨가 꽤 따뜻해져서 봄기운이 느껴졌다. 우리는 산으로 다시 돌아가고 싶었지만 봄 날씨는 겨우 며칠 동안만 지속되었고 그 후에는 겨울의 매서운 추위가 다시 찾아왔다.

캐서린은 시내에서 아기 물건들을 샀고 나는 상가가 모여 있는 곳의 체육관으로 가서 운동 겸 권투를 했다. 그리고 캐서린이 늦잠을 잘 때면 그곳을 들렀다. 가짜 봄기운이 도는 날에는 권투를 마친 후 샤워를 하고 나오면 매우 기분이 좋았다. 그런 날에는 봄기운을 느끼며 거리를 내려와 카페에 들러서 지나가는 사람들을 구경하거나 신문을 읽으며 베르무트를 마셨다. 그다음에는 호텔로 돌아가 캐서린과 점심을 먹었다. 콧수염을 기른 권투 연습장의 선생은 동작이 매우 정확하고 잽싼 사람이었지만 막상 상대가 공격을 시작하면 쩔쩔매며 어쩔 줄을 몰라 했다. 체육관에서 하는 운동은 기분을 가볍게 만들었다. 공기도 좋고 실내도 밝았다. 나는 줄넘기, 혼자서 권투 연습하기, 열려 있는 창문 사이로 들어오는 햇빛 한 줄기 아래에 누워서 복근 운동하기, 그리고 가끔 선생과 함께 권투를 하며 겁 주기 등 꽤 열심히 운동을 했다. 처음에는 좁고 긴 거울 앞에서 혼자 권투 연습을 한다는 것에 어색함을 느꼈다. 더군다나 턱수염까지 기르고 있었으니 말이다. 하지만 나중에는 그렇게 생각하는 것이 더 이상하게 여겨졌다. 나는 권투를 다니자마자 수염을 밀어 버리고 싶었지만 캐서린 때문에 그러지 못했다.

가끔 캐서린과 나는 마차를 타고 마을 밖으로 나가기도 했다. 날씨가 좋을 때는 마차 타는 것도 즐거웠고 중간에 들를 만한 좋은 식당도 두 군데나 찾았다. 이제 오랫동안 걷는 게 캐서린에게 무리라서 함께 마차를 타고 다녔는데 그것도 참 재밌었다. 날씨가 좋은 날에는 아주 즐거운 시간을 보냈고 날씨가 나빠도 충분히 즐거웠다. 우리는 이제 출산일이 아주 가까워졌다는 것을 알았기에 어서 서둘러 둘만의 시간을 최대한 즐겨야겠다고 생각했다.

41

어느 날 새벽 3시 무렵 캐서린이 침대에서 몸을 뒤척이는 기척에 나는 눈을 떴다.

"괜찮아, 캣?"

"배가 아파요."

"규칙적으로?"

"아뇨. 꼭 그렇지는 않아요."

"규칙적으로 아프면 병원에 가야 해."

나는 무척 졸음을 이기지 못하고 다시 잠이 들었다가 잠시 후에 눈을 떴다.

"의사를 부르는 게 좋겠어요. 아이가 나오는 것 같아요." 캐서린이 말했다.

나는 의사에게 연락을 했다. "몇 분 간격으로 진통이 오죠?" 의사가 물었다.

"몇 분 간격으로 진통이 와, 캣?"

"15분 간격으로요."

"그럼 병원에 오셔야겠네요. 나도 옷을 갈아입고 당장 병원으로 가겠습니다." 의사가 말했다.

나는 전화를 끊고 택시를 부르기 위해 역 근처 차고에 전화를 걸었다. 한참 동안 아무도 전화를 받지 않았다. 그러다 마침내 한 남자가 전화를 받더니 당장 택시를 보내겠다고 했다. 캐서린은 옷을 입고 있었다. 그녀는 가방에 본인에게 필요한 물건과 아기 물건들을 가득 채웠다. 나는 복도로 나가 엘리베이터 벨을 눌렀다. 아무도 응답이 없었다. 나는 아래층으로 내려갔다. 야간 경비원 말고는 아무도 없었다. 나는 직접 엘리베이터를 위층으로 올려 캐서린의 가방을 옮겼다. 그녀가 엘리베이터를 탔고 우리는 1층으로 내려갔다. 야간 경비원이 문을 열어 주었다. 우리는 도로로 내려가는 계단 옆 돌바닥에 앉아 택시를 기다렸다. 밤공기는 맑았고 별들도 반짝였다. 캐서린은 무척 흥분해 있었다.

"진통이 시작돼서 정말 좋아요. 좀 있으면 모든 게 다 끝날 테니까요." 그녀가 말했다.

"당신은 정말 용감하고 좋은 여자야."

"난 두렵지 않아요. 하지만 택시가 빨리 오면 좋을 것 같네요."

택시가 오는 소리가 들리더니 전조등 불빛이 보였다. 택시가 차도로 들어왔고 나는 캐서린을 태웠다. 운전사는 가방을 받아 앞좌석에 놓았다.

"병원으로 가 주세요." 내가 말했다.

택시는 차도를 빠져나와 언덕으로 올라갔다.

병원에 도착해 나는 가방을 들고 캐서린과 함께 들어갔다. 접수처에 있는 간호사가 캐서린의 이름과 나이, 주소, 친척, 종교 등을 차트에 받아 적었다. 캐서린이 종교가 없다고 말하자 간호사가 해당 칸에 줄을 그었다. 캐서린은 자신의 이름을 '캐서린 헨리'라고 말했다.

"이제 병실로 갈게요." 간호사가 말했다. 우리는 엘리베이터를 타고 올라갔다. 간호사가 엘리베이터를 멈췄고 우리는 밖으로 나와 복도로 그녀를 따라갔다. 캐서린이 내 팔을 꼭 쥐었다.

"여기예요. 옷을 벗고 침대에 누우세요. 이 환자복으로 갈아입으시고요." 간호사가 말했다.

"잠옷을 가져왔어요." 캐서린이 말했다.

"이 옷을 입으시는 게 더 좋을 거예요." 간호사가 말했다.

나는 밖으로 나가 복도에 있는 의자에 앉았다.

"이제 들어오셔도 돼요." 간호사가 문 앞에서 말했다. 캐서린은 뺏

뻣한 이불 천으로 만든 것 같은 네모난 민무늬 옷을 입고 좁은 침대에 누워 있었다. 그녀가 내게 미소를 지었다.

"진통이 오고 있어요." 캐서린이 말했다. 간호사는 캐서린의 손목을 잡고 시계를 보며 진통이 오는 간격을 재고 있었다.

"금방은 무척 아팠어요." 캐서린이 말했다. 그녀의 표정만으로도 느낄 수 있었다.

"의사는요?" 내가 간호사에게 물었다.

"아래층에서 주무시고 계세요. 필요하면 여기로 오실 거예요."

"이제 부인에게 해야 할 것들이 있으니까 다시 나가 주시겠어요?" 간호사가 말했다.

나는 다시 복도로 나왔다. 창문이 두 개 나 있는 복도에는 아무도 없었고 복도를 따라 쭉 들어선 병실 문은 모두 닫혀 있었다. 병원 냄새가 났다. 나는 의자에 앉아 바닥을 바라보며 캐서린이 무사하기를 기도했다.

"이제 들어오세요." 간호사의 말에 나는 다시 병실로 들어갔다.

"왔어요, 당신?" 캐서린이 말했다.

"좀 어때?"

"이제 진통 간격이 꽤 짧아졌어요." 그녀가 인상을 찌푸리더니 미소를 지었다.

"진짜 아프네요. 제 등에 손을 다시 대 주시겠어요?"

"도움이 된다면요." 간호사가 말했다.

"이제 당신은 나가서 뭐라도 사 먹어요. 간호사가 오랫동안 이럴 거라고 했어요." 캐서린이 말했다.

"초산은 보통 한참 있어야 아이가 나와요." 간호사가 말했다.

"부탁이에요. 나가서 뭐라도 사 먹고 와요. 난 정말 괜찮아요." 캐서린이 말했다.

"잠시만 있다가 갈게." 내가 말했다.

진통은 규칙적으로 반복되다 다시 느려지곤 했다. 캐서린은 몹시 흥분해 있었다. 그녀는 진통이 심하게 오면 좋은 진통이 왔었다고 말했고 진통이 느려지면 실망하며 부끄러워했다.

"어서 나가 봐요. 당신이 있어서 창피하다고요." 캐서린의 표정이 일그러졌다. "방금은 좋았어요. 난 정말로 좋은 아내가 되고 싶고 이 아이도 아무 일 없이 잘 낳고 싶어요. 그러니 당신은 나가서 아침을 먹어요. 그다음에 다시 와요. 당신을 그리워하지 않을게요. 간호사도 친절하다고요."

"아침 드실 시간은 충분하고도 남아요." 간호사가 말했다.

"그럼 갈게. 잘 있어, 내 사랑."

"잘 갔다 와요. 그리고 내 몫까지 맛있게 먹어요." 캐서린이 말했다.

"아침 식사는 어디서 하죠?" 내가 간호사에게 물었다.

"거리를 내려가다 보면 광장에 카페가 하나 있어요. 지금쯤이면 문을 열었을 거예요." 간호사가 말했다.

밖에서는 날이 밝고 있었다. 나는 텅 빈 거리를 걸어 카페를 찾았다. 창문에 불빛이 보였다. 나는 안으로 들어가 함석으로 된 바로 갔다. 노인이 화이트 와인 한 잔과 브리오슈를 갖다 주었다. 브리오슈는 어제 만든 것이었다. 나는 그 빵을 와인에 담그고 커피를 한 잔 마셨다.

"이 시간에 뭐하세요?" 노인이 물었다.

"제 아내가 병원에서 분만 중이에요."

"행운을 빌어요."

"와인 한 잔 더 주세요."

노인이 와인을 넘치게 따르자 함석에 와인이 흘러내렸다. 나는 와인 두 잔을 마신 후 돈을 내고 밖으로 나왔다. 밖에는 길가를 따라 집 밖으로 쓰레기통들이 서서 청소부를 기다리고 있었다. 개 한 마리가 쓰레기통의 냄새를 맡고 있었다.

"뭐 좀 줄까?" 나는 개에게 말을 걸고는 무언가 먹을 만한 게 있을까 싶어서 쓰레기통을 쳐다보았다. 그러나 커피 찌꺼기와 먼지, 그리고 시든 꽃들뿐이었다.

"먹을 게 없구나, 개야." 내가 말했다. 개는 길을 건너갔다. 나는 캐서린이 있는 층까지 계단으로 올라간 뒤 복도를 따라 그녀가 있는 방으로 갔다. 문을 두드렸으나 답이 없었다. 문을 열었더니 의자 위에 놓인 캐서린의 가방과 벽에 걸려 있는 그녀의 잠옷만이 빈 방을 지키고 있었다. 나는 밖으로 나와 복도를 걸어 직원을 찾았다. 간호사 한 명이 보였다.

"헨리 부인은 어디 있죠?"

"방금 어떤 부인이 분만실로 가셨어요."

"분만실이 어디죠?"

"따라오세요."

간호사는 복도 끝으로 나를 데려갔다. 분만실의 문이 조금 열려 있었다. 캐서린이 얇은 시트를 덮고 수술대에 누워 있었다. 수술대 한쪽에는 간호사가, 다른 한쪽에는 의사가 마취 가스통 몇 개를 옆에 두고 서 있었다. 의사는 한 손에 튜브로 연결된 고무 마스크를 들고 있었다.

"가운을 드릴 테니 입고 들어가세요. 이쪽으로 오시겠어요?" 간호사가 말했다.

그녀는 내게 흰색 가운을 입히더니 목 뒤를 옷핀으로 고정시켰다.

"이제 들어가시면 돼요." 나는 분만실 안으로 들어갔다.

"왔어요, 당신. 아직 별 성과가 없네요." 캐서린이 힘든 목소리로 인사를 했다.

"헨리 씨 되세요?" 의사가 물었다.

"네. 어떻게 되어 가고 있습니까, 선생님?"

"아주 잘 진행되고 있어요. 진통 때문에 마취 가스 주입이 편리한 이곳으로 옮겼어요." 의사가 답했다.

"지금이요." 캐서린이 말했다. 의사는 고무 마스크를 그녀의 얼굴에 갖다 대고 다이얼을 돌렸다. 캐서린은 깊고 가쁘게 숨을 쉬고 있었다. 그러고 난 뒤 마스크를 얼굴에서 치웠다. 의사는 작은 개폐 마개를 잠갔다.

"금방은 그저 그랬어요. 조금 전에는 굉장히 크게 진통이 왔었는데 의사 선생님이 진통을 없애 주었어요. 그렇죠, 선생님?" 그녀의 목소리가 이상했다. '의사'라는 단어에서 목소리가 올라갔다.

의사는 미소를 지었다.

"또 주세요." 캐서린이 말했다. 그녀는 마스크를 얼굴에 꽉 누르고 숨을 빠르게 쉬었다. 그녀의 신음 소리가 작게 들렸다. 조금 후 다시 마스크를 떼더니 그녀는 미소를 지었다.

"금방은 큰 거였어요. 굉장히요. 당신은 걱정 말고 나가서 아침 식사나 한 번 더 먹어요."

"여기 있을게." 내가 말했다.

우리는 새벽 3시쯤에 병원에 도착했었다. 정오가 됐는데도 캐서린은 여전히 병원에 있었다. 진통은 다시 사그라들었다. 그녀는 무척 지쳐 있었지만 여전히 생기가 넘쳤다.

"내 실력이 별로네요. 미안해요. 쉽게 끝날 줄 알았는데. 지금 또 와요." 그녀가 마스크를 집어 얼굴에 댔다. 의사가 다이얼을 돌리고는 그녀를 쳐다보았다. 잠시 후 진통이 멈췄다.

"금방은 별로였어요." 캐서린이 그렇게 말하며 미소를 지었다. "마취 가스가 최고예요. 정말 좋네요."

"그럼 집에도 좀 갖다 두자고." 내가 말했다.

"또 와요." 캐서린이 빠르게 말했다. 의사는 다이얼을 돌리며 손목 시계를 쳐다보았다.

"지금은 진통 간격이 어느 정도죠?" 내가 물었다.

"1분 정도요."

"점심은 안 드세요?"

"곧 먹어야죠." 의사가 답했다.

"선생님도 뭘 좀 드셔야 할 텐데요. 너무 오랫동안 이러고 있어서 죄송해요. 제 남편이 대신 가스를 조절하면 안 될까요?" 캐서린이 말했다.

"그러셔도 됩니다. 숫자 2까지 돌리세요." 의사가 말했다.

"알겠습니다." 내가 대답했다. 다이얼에는 숫자가 적혀 있었고 돌릴 수 있는 핸들이 있었다.

"지금 주세요." 캐서린이 외쳤다. 그녀는 마스크를 얼굴에 꼭 갖다 댔다. 나는 다이얼을 2까지 돌렸다가 캐서린이 마스크를 떼자 가스를 껐다. 나한테 이런 걸 하게 하다니 인심이 좋은 의사였다.

"당신이 했어요?" 캐서린이 물었다. 그녀는 내 손목을 쓰다듬었다.

"물론이지."

"사랑스러운 당신." 그녀는 마취 가스 때문에 약간 취한 상태였다.

"전 옆방에서 점심을 먹고 있을 테니 언제든지 부르세요." 의사가 말했다. 나는 그가 옆방에서 식사하는 모습을 지켜보았다. 잠시 후 그는 자리에 눕더니 담배를 피우기 시작했다. 캐서린은 점점 지쳐 가고 있었다.

"내가 정말 이 아이를 낳을 수 있을까요?" 그녀가 물었다.

"물론 낳을 수 있고말고."

"최대한 노력은 하고 있어요. 하지만 힘을 줘도 진통이 그냥 사라져 버려요. 또 와요. 가스를 줘요."

2시가 되어서 나는 밖으로 나가 점심을 사 먹었다. 카페에는 남자 몇 명이 키르슈나 마르로 보이는 술이 담긴 잔과 커피를 테이블에 두고 앉아 있었다. 나도 테이블에 가 앉았다. "식사 주문되나요?" 내가 웨이터에게 물었다.

"점심 시간은 지났어요."

"항상 먹을 수 있는 건 뭐가 있죠?"

"슈크루트가 있어요."

"그럼 슈크루트랑 맥주 주세요."

"그냥 맥주를 드릴까요, 흑맥주로 드릴까요?"

"약하게 그냥 맥주로 주세요."

웨이터는 와인으로 절인 뜨거운 양배추 안에 소시지가 들어 있고 위에는 햄이 한 장 덮여 있는 슈크루트 한 접시를 내 왔다. 나는 맥주와 함께 슈크루트를 먹었다. 무척 배가 고팠다. 카페에 앉아 있는 사람들을 구경했다. 한 테이블에서는 사람들이 카드놀이를 하고 있었다. 내 옆 테이블에 있는 두 남자가 담배를 피우며 이야기를 나누고 있었다. 카페에는 담배 연기가 자욱했다. 내가 아침을 먹었던 함석 바에는 지금 세 명의 종업원이 일을 보고 있었다. 노인과 검정 드레스를 입고 바 너머에 앉아 테이블로 나갈 음식을 감시하는 통통한 여자, 그리고 앞치마를 두른 소년까지. 나는 여자에게 몇 명의 아이가 있으며 아이들을 낳을 때 어땠었는지 물어보고 싶었다.

나는 슈크루트를 다 먹고 다시 병원으로 돌아갔다. 거리는 이제 깨끗했다. 집 앞에 나와 있던 쓰레기통들은 모두 사라지고 없었다. 하늘에는 잔뜩 낀 구름 사이로 해가 나오려고 안간힘을 쓰고 있었다.

나는 엘리베이터를 타고 위층으로 올라간 후 복도를 지나 캐서린의 방으로 들어갔다. 그곳에 벗어 두었던 내 가운을 챙겨 입고 목은 옷핀으로 고정시켰다. 거울을 보니 내가 꼭 수염을 기른 돌팔이 의사

같았다. 나는 복도를 지나 분만실로 갔다. 분만실의 문은 닫혀 있었고 문을 두드렸지만 아무도 대답이 없어서 문고리를 돌려 안으로 들어갔다. 의사가 캐서린 옆에 앉아 있었다. 간호사는 방 끝에서 뭔가를 하고 있었다.

"남편이 오셨어요." 의사가 말했다.

"당신이군요. 우리 의사 선생님은 정말 최고예요. 선생님이 지금까지 재밌는 얘기도 해 주셨고 진통이 심하게 올 때면 마취 가스로 통증을 모두 없애 주셨어요. 정말 훌륭한 분이세요. 선생님은 훌륭한 분이세요." 캐서린이 이상한 목소리로 말했다.

"마취약에 취했군." 내가 말했다.

"나도 알아요. 하지만 그런 말은 원래 안 하는 거예요." 그다음 캐서린은 또 마취 가스를 틀어 달라고 외쳤다. 그녀는 마스크를 움켜잡고 짧고 깊게, 헐떡이며 숨을 쉬었다. 마스크가 딸깍거렸다. 그녀가 길게 숨을 내쉬자 의사가 왼손을 내밀어 마스크를 가져갔다.

"금방은 무척 강했어요. 난 이제 죽지 않을 거예요. 죽을 고비는 넘겼으니까요. 다행이죠?" 캐서린의 목소리가 무척 낯설었다.

"다시는 그렇게 되지 마."

"알았어요. 두렵기는 하지만 절대 안 죽을 게요."

"그런 일은 절대 안 일어날 거예요. 남편만 혼자 두고 가 버리면 안 되죠." 의사가 말했다.

"그래요. 안 죽어요. 절대요. 바보처럼 왜 죽어요? 또 와요. 그거 주세요."

잠시 후 의사가 말했다. "잠시 나가 주시겠어요, 헨리 씨? 검사를 해야 해서요."

"내가 어떤지 보려는 거예요. 나중에 다시 들어오면 돼요. 그렇죠, 선생님?" 캐서린이 말했다.

"네. 나중에 들어오시라고 알려 드릴게요." 의사가 대답했다.

나는 밖으로 나가 복도를 걸어 아기가 태어나면 캐서린이 입원하게 될 방으로 갔다. 그 방 의자에 앉아 방을 빙 둘러보았다. 나는 코트에서 점심 먹으러 나왔을 때 샀던 신문을 꺼내 읽었다. 밖은 어두워지기 시작했다. 나는 불을 켰다. 얼마 후 신문 읽는 것을 멈추고 불을 끈 뒤 밖이 어두워지는 것을 바라보았다. 의사가 왜 나를 안 부를까 싶었다. 내가 없는 게 더 나을지도 모르지. 의사도 내가 잠시 나가 있는 것을 원했는지 모른다. 나는 손목시계를 보았다. 10분 안으로 부르러 오지 않으면 다시 가 봐야겠다.

가엾은 내 사랑, 캣. 같이 사랑을 나눈 죄로 이런 일을 겪어야 하다니. 이것이 덫에 걸리면 맞게 되는 결말이다. 이것이 바로 연인들이 사랑하면 얻게 되는 것이다. 마취 가스라도 있어서 천만다행이지. 마취제가 없었다면 어땠을지 상상이 되지 않았다. 한번 진통이 시작되면 멈출 줄을 모른다. 임신 중에 캐서린은 즐겁게 지냈다. 전혀 나쁘지 않았다. 입덧도 거의 하지 않았다. 마지막까지 심하게 불편한 적도 없었다. 그래서 지금 이렇게 고통을 주는 건가? 도망칠 방법도 없었다. 도망이라니, 벌 받을 소리! 우리가 쉰 번을 결혼했어도 결과는 똑같았을 것이다. 만약 그녀가 죽으면 어떡하지? 그럴 일은 없을 거야. 요즘에 분만하다 죽는 사람이 어디 있는가? 그게 모든 남편들의 생각이었다. 하지만 혹시라도 죽으면? 아닐 거야. 지금 조금 힘든 것뿐이야. 초산은 원래 오래 걸리니까. 지금만 버티면 돼. 그러면 우리가 오늘을 떠올릴 때마다 캐서린은 그다지 힘들지는 않았다고 말할 거다. 하지만 정말로 죽으면? 그럴 리 없어. 그래도 만약에 죽으면? 그럴 리 없대도. 바보 같은 생각하지 마. 조금만 참으면 돼. 원래 이렇게 힘든 거야. 초산은 대부분 이렇게 힘들어. 그래도 만약에 죽으면? 그럴 리 없어. 왜 죽겠어? 무슨 이유로? 저 아이는 꼭 태어나야 해. 밀라노의 즐거웠던

밤을 증명하는 아이니까. 지금 말썽을 피우고 있지만 태어나야 하고 잘 길러서 사랑도 줘야 돼. 그래도 만약 죽으면? 아닐 거야. 그래도 만약에. 아니야. 그녀는 괜찮을 거야. 그래도 만일. 그럴 일은 없어. 그래도. 그럼 어떡하지? 그녀가 정말로 죽으면?

의사가 방으로 들어왔다.

"어떻게 됐습니까, 선생님?"

"진전이 없어요." 의사가 말했다.

"무슨 말씀이세요?"

"말 그대로예요. 검사를 했는데……." 그가 검사 결과를 상세히 설명했다. "경과를 살피고 있지만 진전이 없어요."

"어떻게 해야 할까요?"

"두 가지 방법이 있어요. 하나는 집게로 아기를 꺼내는 시술이에요. 피부 조직이 찢어져 매우 위험하고 아기에게도 안 좋을 수 있습니다. 또 하나는 제왕절개 시술이에요."

"제왕절개 분만은 어떤 위험이 있죠?" 캐서린이 죽기라도 하면 어쩌지!

"보통 분만과 비슷한 위험도예요."

"선생님이 직접 하실 건가요?"

"네. 수술 준비하고 간호사 등을 모으려면 약 한 시간 정도가 걸릴 거예요. 더 적게 걸릴 수도 있고요."

"선생님은 어떤 걸 추천하세요?"

"전 제왕절개 분만을 권유하고 싶네요. 내 아내라면 그렇게 하겠습니다."

"추후 부작용은요?"

"그런 건 없어요. 흉터만 남을 뿐이죠."

"감염은요?"

"집게 시술보다는 훨씬 그 위험성이 낮아요."

"두 시술 다 안 하고 그냥 있으면 어떻게 되나요?"

"결국에는 뭐라도 해야 돼요. 부인께서 벌써 힘을 많이 잃으셨어요. 얼른 수술을 해야 더 안전합니다."

"그럼 얼른 해 주세요." 내가 말했다.

"그럼 저는 가서 수술 준비를 하도록 할게요."

나는 분만실로 들어갔다. 간호사가 수술대에 누워 있는 캐서린 곁에 있었다. 시트 아래 누워 있는 그녀는 몸이 컸고 얼굴은 창백하고 피곤해 보였다.

"수술하라고 했어요?" 그녀가 물었다.

"응."

"다행이군요. 이제 한 시간 후면 다 끝이 나겠네요. 이제 거의 끝나가요. 너무 힘드네요. 그거 줘요. 계속 아파요. 왜 계속 아프죠?"

"숨을 깊게 쉬어."

"그러고 있어요. 이제 마취가 안 들어요. 아파요!"

"가스통 하나 새로 주세요." 내가 간호사에게 말했다.

"그게 새 거예요."

"내가 바보가 됐나 봐요. 왜 마취가 안 되는 거죠?" 그녀가 울기 시작했다. "아무 문제없이 이 아이를 낳고 싶었는데. 이제 거의 다 끝나가고 몸도 지쳤는데 왜 마취가 안 되는 거죠? 전혀 마취가 안 돼요. 죽어도 괜찮으니 이 고통을 멈춰 줘요. 제발요. 고통을 멈춰 줘요. 진통이 와요. 아!" 그녀가 마스크를 쓰고 흐느끼며 숨을 쉬었다. "마취가 안 돼요. 안 된다고요. 나는 상관 말아요. 울지 말아요. 제발요. 몸이 너무 힘들 뿐이에요. 가엾은 내 사랑. 당신을 너무 사랑해요. 이젠 조용히 할게요. 이번엔 잘 할게요. 다른 약은 없어요? 제발 다른 약을 주세요."

"내가 조절해 볼게. 다이얼을 끝까지 돌려 볼게."

"지금 어서 해 봐요."

나는 다이얼을 끝까지 돌렸다. 그녀가 깊고 거칠게 숨을 내쉬었고 마스크를 잡은 그녀의 손에 힘이 풀렸다. 나는 가스를 끄고 마스크를 뗐다. 그녀는 다시 안정적으로 돌아왔다.

"잘 했어요, 당신. 언제나 나에게 다정하군요."

"힘을 내. 계속 이렇다 보면 죽을 수도 있어."

"난 이제 힘이 없어요. 온몸이 부서졌다고요. 너무 힘들어요. 이제 분만의 고통을 알겠어요."

"원래 다 그런 거야."

"하지만 너무 끔찍해요. 이렇게 몸이 부서질 때까지 계속 기다리기만 하다니."

"한 시간 후면 끝날 거야."

"다행이죠? 난 죽지 않을 거예요."

"물론이지. 내가 장담해."

"당신만 두고 가기 싫어요. 하지만 너무 힘들어서 죽을 것 같아요."

"그런 말하지 마. 다들 이렇게 힘들어해."

"가끔 난 내가 죽을 거란 걸 느낄 수 있어요."

"죽지 않아. 죽으면 안 돼."

"만약에 죽으면요?"

"그렇게 두지 않을 거야."

"어서 줘요. 그걸 줘요!"

조금 후 그녀가 다시 말했다. "난 죽지 않을 거예요. 절대로 죽을 순 없어요."

"당연히 그래야지."

"내 곁에 있을 거죠?"

"수술하는 걸 보지는 않을 거야."

"그래요. 그냥 곁에만 있어 줘요."

"그럴게. 끝까지 곁에 있을게."

"당신은 항상 다정하군요. 자, 또 줘요. 더요. 아직 아파요!"

나는 다이얼을 3에서 4로 올렸다. 의사가 빨리 돌아왔으면 했다. 2 이상 올리자니 두려움이 몰려왔던 것이다.

마침내 다른 의사가 간호사 두 명과 분만실로 들어와 캐서린을 바퀴가 달린 들것에 옮긴 후 복도를 지나갔다. 들것은 빠르게 복도를 지나 붐비는 엘리베이터 안을 비집고 들어갔다. 엘리베이터는 위층으로 올라갔고 문이 열리자 들것의 고무바퀴가 복도를 지나 수술실로 들어갔다. 의사가 수술 두건과 마스크를 쓰고 있어서 나는 처음에는 그를 알아보지 못했다. 수술실에는 또 다른 의사 한 명과 간호사가 몇 명 더 있었다.

"다른 거라도 줘요. 다른 걸 주세요. 제발요, 의사 선생님. 효과가 있는 약을 주세요!" 캐서린이 말했다.

의사 한 명이 캐서린의 얼굴에 마스크를 씌웠다. 나는 문밖에서 소형 원형 경기장 같이 밝은 수술실을 쳐다보았다.

"다른 문으로 들어오셔서 앉아 계시면 돼요." 간호사가 내게 말했다. 난간 너머로 흰 수술대와 조명이 내려다보이는 긴 의자가 있었다. 나는 캐서린을 바라보았다. 마스크가 그녀의 얼굴을 덮고 있었고 그녀는 이제 조용했다. 그들이 들것을 앞으로 밀었다. 나는 뒤돌아 나와 복도를 걸었다. 간호사 두 명이 급히 수술 참관실로 향하고 있었다.

"제왕절개래. 제왕절개 수술을 한대." 한 간호사가 말했다.

다른 한 명이 웃었다. "딱 맞춰서 왔어. 다행이지?" 그들이 참관실 안으로 들어갔다.

간호사 한 명이 또 오고 있었다. 그녀도 서두르고 있었다.

"저기로 들어가세요. 그냥 들어가시면 돼요." 한 명이 말했다.

"전 밖에 있으려고요."

그녀는 서둘러 들어갔다. 나는 복도를 서성거렸다. 수술을 보기가 두려웠다. 나는 창밖을 바라보았다. 밖이 어두웠지만 불빛 때문에 비가 오는 것이 보였다. 나는 복도 끝에 있는 방으로 들어가 유리 상자 속에 있는 이름표가 붙은 병들을 보았다. 그런 후 다시 텅 빈 복도로 나와 수술실 문을 바라보았다.

의사가 나왔고 간호사도 따라 나왔다. 의사는 금방 가죽을 벗긴 토끼 같은 것을 두 손에 들고 복도를 서둘러 지나 다른 문으로 들어갔다. 나는 그들을 따라 문으로 들어갔고 신생아에게 무언가를 하고 있는 그들을 발견했다. 의사는 아기를 들어 나에게 보여 주었다. 그는 아기의 발목을 붙잡고 몸을 찰싹 때렸다.

"아기는 괜찮나요?"

"아주 건강해요. 5킬로그램 정도 되겠네요."

나는 그 아기에게 아무런 감정도 느낄 수 없었다. 나와 아무런 상관도 없는 것 같았다. 부성애가 전혀 느껴지지 않았다.

"아들이 자랑스럽지 않으세요?" 간호사가 말했다. 그들은 아기를 목욕시킨 뒤 뭔가로 아기의 몸을 감쌌다. 아기의 까만 얼굴과 손이 보였지만 움직이거나 울지도 않았다. 의사는 다시 아기에게 뭔가를 했다. 의사는 흥분한 듯했다.

"자랑스럽지 않아요. 저 아기 때문에 산모가 거의 죽을 지경까지 갔다고요." 내가 대답했다.

"그건 이 사랑스런 아기의 잘못이 아니에요. 아들을 원하신 건 아니셨어요?"

"그런 적 없어요." 내가 말했다. 의사는 아기를 보느라 분주했다. 그는 아기의 발을 잡고 또 찰싹 때렸다. 나는 그 광경을 보고 싶지 않아서 복도로 나왔다. 이제 수술을 볼 용기가 생겨서 나는 문을 열고 들어가 참관실로 갔다. 난간 뒤에 앉아 있던 간호사들이 내게 오라고 손짓을 했다. 나는 고개를 저었다. 내 자리에서도 잘 보였다.

나는 캐서린이 죽은 줄 알았다. 죽은 것처럼 보였다. 내 자리에서 보이는 그녀의 얼굴이 회색빛이었다. 조명 아래에서 의사가 집게로 벌려 놓은 길고 두꺼운 상처를 꿰매고 있었다. 다른 의사는 마스크를 쓰고 마취를 하고 있었다. 마스크를 쓴 두 간호사는 수술 기구를 건네고 있었다. 그 모습은 마치 종교재판의 한 장면 같았다. 그 모습을 보고 있으니 처음부터 지켜봤어도 괜찮았을 것 같다는 생각이 들었지만 안 본 게 다행이라는 생각도 들었다. 살을 자르는 광경은 보기 힘들었을 것이다. 하지만 수선공처럼 유연하고 재빠른 손놀림으로 꿰매진, 산등성이처럼 높게 부풀어 오른 상처를 보는 것은 기쁜 일이었다. 상처가 다 닫히자 나는 복도로 나가 다시 위아래로 왔다 갔다 했다. 잠시 후 의사가 나왔다.

"아내는 어떻습니까?"

"무사해요. 수술을 보셨나요?"

그는 피곤해 보였다.

"상처를 꿰매는 건 봤어요. 절개 부위가 꽤 길더라고요."

"그런가요?"

"네. 상처는 다시 가라앉나요?"

"물론이죠."

얼마 후 그들은 바퀴가 달린 들것을 끌고 나와 아주 재빠르게 복도를 지나 엘리베이터로 갔다. 나는 옆에서 따라갔다. 캐서린은 신음 소리를 내고 있었다. 그들은 아래층 캐서린의 병실에 그녀를 눕혔다. 나는 침대 발치 의자에 앉았다. 방에는 간호사가 한 명 있었다. 나는 일어나서 침대 옆에 섰다. 방은 어두웠다. 캐서린이 손을 내밀었다. "안녕, 내 사랑." 그녀의 목소리는 지쳐 있었고 힘이 없었다.

"안녕, 내 사랑."

"아기는 여자예요, 남자예요?"

"쉿. 말하지 마세요." 간호사가 말했다.

"남자아이야. 몸도 길고 체구도 크고 까매."

"몸에 이상은 없어요?"

"응. 괜찮아." 내가 대답했다.

간호사가 나를 이상한 표정으로 쳐다보고 있었다.

"나 너무 피곤해요. 온몸이 끔찍할 정도로 아프고요. 당신은 괜찮아요?" 캐서린이 물었다.

"난 괜찮아. 말하지 마."

"고마워요. 그런데 나 너무 아파요. 아기는 어떻게 생겼어요?"

"주름진 노인 얼굴을 한 가죽 벗긴 토끼처럼 생겼어."

"여기서 나가세요. 부인은 말을 하면 안 돼요." 간호사가 말했다.

"밖에 있을게."

"나가서 뭐라도 사 먹어요."

"아니. 그냥 밖에 있을 거야." 나는 캐서린에게 키스를 했다. 그녀의 얼굴은 완전 회색빛이었고 몸도 축 늘어져 지쳐 있었다.

"잠시 말씀 좀 나눌 수 있을까요?" 내가 간호사에게 말했다. 그녀는 나와 함께 복도로 나왔다. 우리는 복도를 약간 걸으며 내려왔다.

"아기에게 문제가 있나요?" 내가 물었다.

"모르셨어요?"

"뭘요?"

"죽었어요."

"뭐라고요?"

"숨을 못 쉬어서요. 탯줄이 목을 감고 있었나 봐요."

"그래서 죽었나요?"

"네. 참 유감이에요. 건강하고 덩치도 좋았는데요. 전 아시는 줄 알았어요."

"몰랐어요. 방으로 다시 들어가 보세요." 내가 말했다.

나는 클립을 끼운 보고서가 놓여 있는 테이블 앞 의자에 앉아 창밖을 바라보았다. 칠흑 같은 어둠 속에서 창문 빛 사이로 비가 내리고 있었다. 그렇게 끝이 났다. 아기가 죽어 버린 것이다. 그래서 의사가 그렇게 피곤해 보였던 것이었다. 하지만 아까 그 방에서는 왜 그렇게 행동을 한 걸까? 아기가 다시 기적처럼 숨을 쉴 수 있을 거라고 생각했던 것일까? 나에게는 종교가 없었지만 아기에게 세례를 해 주어야 한다는 것쯤은 알고 있었다. 하지만 아기가 한 번도 숨을 못 쉬었다면? 아기는 한 번도 숨을 쉰 적이 없었다. 처음부터 죽어 있었던 거였다. 물론 캐서린 배 속에서는 살아 있었다. 여러 번 아기가 발을 차는 것을 느끼고는 했었다. 하지만 1주일 전부터는 그런 적이 없었다. 그때부터 계속 목이 졸려 있었을 수도 있다. 불쌍한 아기. 차라리 내가 그렇게 목이 졸렸더라면. 아냐, 그럼 안 되지. 하지만 그랬다면 이런 죽음도 겪지 않았을 것이다. 이제는 캐서린이 죽을 차례다. 원래 사람은 그렇다. 다 죽는다. 죽음이 뭔지도 모르고 그걸 알 시간도 없다. 그냥 내팽겨진 채 규칙만 알려 주고는 잘못을 저지르는 순간 바로 죽여 버린다. 아니면 아이모처럼 황당하게 죽기도 한다. 아니면 리날디처럼 매독에 걸려 죽는다. 어쨌든 결국에는 다 죽는다. 그건 분명하다. 계속 서성거리다 보면 반드시 죽는다.

한번은 캠프를 갔는데 개미가 가득 붙어 있는 장작을 불에 넣은 적이 있었다. 장작이 불에 타 들어가자 개미들은 장작 위로 기어 올라가 처음에는 불이 있는 중앙으로 가더니 다시 방향을 틀어 장작 끝으로 갔다. 그렇게 끝 부분에 개미 떼가 몰리다가 불 속으로 떨어졌다. 몇 마리는 탈출을 했지만 몸은 타고 납작해져서 어디로 가는지도 모른 채 기어 나갔다. 하지만 대부분은 불쪽으로 갔다 다시 시원한 끝으로 옮겨 간 뒤 결국에는 불 속으로 떨어지고 말았다. 나는 그 당시 그게 세상의 종말 같다고 생각을 했었고 이것이 구세주가 될 수 있는 절호의 기회라고 여기며 장작을 불에서 끄집어 내어 땅으로 던졌다. 하지만 그런 다음 내가 한 것이라고는 양철 컵에 든 물을 장작에 던진 것이다. 그래서 컵에 위스키나 따라 마실 수 있게 말이다. 타는 장작에 던진 물 한 컵 때문에 개미들은 오히려 찜이 되었을 것이다.

그런 내가 지금은 이렇게 복도에 앉아 캐서린의 건강을 염려하고 있다. 간호사는 여전히 밖으로 나오지 않았다. 잠시 후 다시 방문을 살그머니 열어 안을 들여다보았다. 복도의 밝은 불빛 때문에 처음에는 어두운 방 안이 잘 보이지 않았다. 하지만 곧 침대 옆에 앉아 있는 간호사와 베개에 머리를 누이고 캐서린이 이불 아래서 반듯하게 누워 있는 모습이 보였다. 간호사는 손가락을 입에 대더니 일어나서 문으로 왔다.

"아내는 어때요?" 내가 물었다.

"괜찮아요. 가서 저녁 식사나 하시고 다시 오시던가 하세요." 간호사가 말했다.

나는 복도를 지나 아래층으로 내려간 뒤 병원 밖으로 나와 어둠 속에서 비를 맞으며 카페로 갔다. 카페 안은 환하게 빛났고 사람들도 많았다. 앉을 곳이 없었다. 웨이터가 내게 오더니 젖은 코트와 모자를 받아들고 맥주를 마시며 석간을 읽고 있는 노인이 앉아 있는 테이블의 맞은편 자리로 나를 안내했다. 나는 자리에 앉아 웨이터에게 오늘의 특선 요리가 무엇인지 물어보았다.

"송아지 스튜예요. 그런데 다 떨어졌네요."

"그럼 다른 건 뭐가 있나요?"

"햄과 계란, 또는 계란과 치즈, 그리고 슈크루트가 있어요."

"슈크루트는 아까 낮에 먹었어요." 내가 말했다.

"맞아요. 낮에 슈크루트를 드셨죠." 그가 말했다. 웨이터는 머리를 넘겨 벗겨진 정수리를 가린 중년 남자로 인상이 좋았다.

"뭐 드시겠어요? 햄과 계란, 아니면 계란과 치즈?"

"햄과 계란을 주세요. 그리고 맥주도요." 내가 대답했다.

"맥주는 보통으로요?"

"네."

"기억이 나네요. 낮에 맥주를 드셨던 게요." 그가 말했다.

나는 햄과 계란을 먹으며 맥주도 함께 마셨다. 햄과 계란은 동그란 접시에 담겨 있었다. 햄은 바닥에, 계란은 그 위에 올려져 있었다. 굉장히 뜨거워서 처음 한 입을 먹고 나서는 입안을 식히기 위해 맥주를 마셔야 했다. 나는 배가 고파서 한 그릇을 더 주문했고 맥주도 여러 잔을 마셨다. 나는 생각하기를 멈춘 채 맞은편 노인이 들고 있는 신문을 눈으로 읽었다. 영국 전선이 무너졌다는 기사였다. 노인은 내가 자신의 신문을 읽고 있다는 것을 발견하고는 신문을 접어 버렸다. 나는 웨이터에게 신문을 사 달라고 부탁하려다 정신이 산만해서 그만두었다. 카페 안은 열기가 뜨거웠고 공기도 혼탁했다. 카페 안의 많은 사람들이 서로를 아는 듯했다. 카드놀이를 하는 사람도 여러 명 있었다. 웨이터들은 바에서 테이블로 술을 내가느라 정신이 없었다. 두 남자가 들어오더니 자리를 못 찾고 있었다. 그들은 내가 앉은 테이블 맞은편에 서 있었다. 나는 맥주 한 잔을 또 주문했다. 나는 아직 카페를 떠날 마음의 준비가 안 되어 있었다. 병원으로 돌아가기에는 너무 일렀다. 나는 되도록 생각을 하지 않고 침착해지려고 노력했다. 서 있던 남자들은 자리가 비지 않자 그냥 나가 버렸다. 나는 맥주를 또 한잔 마셨다. 이제 내 앞에는 꽤 많은 맥주 받침이 쌓여 있었다. 맞은편에 앉아 있던 노인이 안경을 벗어 안경집에 넣고 신문을 접어 주머니에 넣었다. 그러고는 술잔을 들고 카페 안을 둘러보았다. 갑자기 가야겠다는 생각이 들었다. 나는 웨이터를 불러 계산을 한 뒤 코트를 입고 모자를 쓰고 문밖으로 나갔다. 나는 비를 맞으며 병원까지 걸어 올라갔다.

나는 위층에서 복도를 내려오는 간호사와 마주쳤다.

"금방 호텔에 연락했어요." 그녀가 말했다. 속이 철렁 내려앉았다.

"왜 연락을 했죠?"

"부인의 출혈이 멈추지 않아요."

"들어가도 됩니까?"

"아직 안 돼요. 의사 선생님께서 진료하고 계세요."

"위험한 상태예요?"

"굉장히 위험해요." 간호사는 방으로 들어가 문을 닫았다. 나는 복도에서 앉아 있었다. 내 안의 모든 것이 텅 비어 버렸다. 생각하지 않았다. 할 수도 없었다. 그녀가 죽을 줄은 알았지만 그렇게 되지 않기를 기도했다. 제발 죽지 않게 해 주세요. 신이시여, 그녀를 살려 주세요. 그녀만 살려 주신다면 뭐든지 다 하겠습니다. 제발 빕니다. 신이시여, 그녀를 죽이지 마세요. 위대한 주님, 그녀를 죽이지 말아 주세요. 제발 부탁합니다. 그녀를 죽이지 마세요. 제발 그녀를 살려 주세요. 그녀를 살려만 주신다면 시키는 대로 다 하겠습니다. 아기는 데려가셨지만 캐서린만은 죽이지 말아 주세요. 아기는 괜찮습니다. 하지만 캐서린은 제발 살려 주세요. 주님, 제발 빕니다. 그녀를 데려가지 마세요.

간호사가 문을 열고 들어오라는 손짓을 했다. 나는 그녀를 따라 방 안으로 들어갔다. 캐서린은 내가 들어가도 쳐다보지 않았다. 나는 침대 옆으로 다가갔다. 의사는 침대 반대편에 서 있었다. 캐서린은 나를 보더니 미소를 지었다. 나는 침대로 몸을 숙여 울기 시작했다.

"불쌍한 내 사랑." 캐서린이 아주 부드럽게 말했다. 그녀의 얼굴이 잿빛이었다.

"괜찮아, 캣. 괜찮을 거야." 내가 말했다.

"나는 죽을 거예요." 그녀가 그렇게 말하더니 잠시 뒤 다시 말했다. "죽기 싫어요."

나는 그녀의 손을 잡았다.

"만지지 마요." 그녀가 말했다. 나는 그녀의 손을 놓았다. 그녀가 미소를 지었다. "불쌍한 내 사랑. 마음대로 만져요."

"괜찮을 거야, 캣. 난 확신할 수 있어."

"무슨 일이 생길까 봐 편지를 써 놓으려고 했었는데 그러질 못했네요."

"신부나 만나고 싶은 사람이 있으면 말해."

"당신만 있으면 돼요." 그러고는 조금 뒤 다시 말했다. "난 두렵지 않아요. 그냥 죽는다는 게 싫을 뿐이에요."

"말을 많이 하면 안 돼요." 의사가 말했다.

"알았어요." 캐서린이 말했다.

"내가 뭘 해 줄까, 캣? 뭐 필요한 거 있어?"

캐서린이 미소를 지었다. "아뇨." 그러더니 조금 지나자 다시 이렇게 말했다. "우리가 했던 것들을 다른 여자와 하거나 나에게 했던 말들을 다른 여자에게 똑같이 하지 않을 거죠?"

"절대로 안 그래."

"그래도 다른 여자들을 만나기는 해요."

"다른 여자들은 싫어."

"이제 그만 말하셔야 해요. 헨리 씨는 밖으로 나가 주세요. 나중에 또 들어오시면 되니까요. 죽지 않을 테니 바보 같은 소리 좀 그만하세요." 의사가 말했다.

"알겠어요. 난 꼭 집으로 돌아가서 밤마다 당신과 함께 할 거예요."

캐서린이 힘겹게 말을 이었다.

"좀 나가 주세요. 말하시면 안 돼요." 의사가 말했다. 캐서린은 회색빛 얼굴로 내게 윙크를 했다. "나는 방 바로 앞에 있을게." 내가 말했다.

"걱정하지 마요. 난 조금도 두렵지 않아요. 이건 그저 비열한 속임수일 뿐이에요." 캐서린이 말했다.

"용감한 내 사랑."

나는 복도에서 한참을 기다렸다. 간호사가 나오더니 내게로 다가왔다. "헨리 부인 상태가 심하세요. 걱정이 많이 되네요." 그녀가 말했다.

"죽었나요?"

"아뇨, 그런데 의식이 없으세요."

계속 출혈이 생기는 모양이었다. 그들도 방도가 없었다. 나는 방으로 들어가 캐서린이 숨을 거둘 때까지 함께 있었다. 그녀는 끝까지 의식이 없었고 금방 숨을 거두었다.

나는 방에서 나와 복도에서 의사에게 말했다. "제가 오늘 밤에 할 일이 있을까요?"

"아뇨. 없습니다. 호텔까지 모셔다 드릴까요?"

"괜찮습니다. 여기서 한동안 있겠습니다."

"제가 드릴 수 있는 말씀이 없습니다. 전 정말……."

"됐어요. 아무 말도 하지 마세요." 내가 말했다.

"그럼 저는 그만 가 보겠습니다. 호텔로 안 가시겠어요?"

"아뇨. 괜찮습니다."

"제왕절개가 유일한 해결책이었어요. 수술은 잘……." 그가 말했다.

"그것에 대해서는 듣고 싶지 않아요." 내가 말했다.

"호텔까지 모셔다 드릴게요."

"아뇨. 됐어요."

그는 복도를 따라 내려갔다. 나는 방 문으로 다가갔다.

"지금 들어오시면 안 돼요." 간호사 하나가 말했다.

"안 되긴요." 내가 말했다.

"아직 안 됩니다."

"당신이나 나가요. 당신도요." 내가 말했다.

그들을 쫓아 보낸 후 문을 닫고 불을 끄니 더 절망적이었다. 마치 조각상에게 작별 인사를 하는 기분이었다. 잠시 후 나는 방을 나와서 병원을 뒤로 한 채 비를 맞으며 호텔을 향해 발걸음을 옮겼다.

전쟁과 사랑을 넘나드는 인간 존재에 대한 깊이 있는 통찰

어니스트 헤밍웨이는 제1차 세계대전, 제2차 세계대전, 스페인 내란 등의 전쟁 상황을 오가며 평생 자신의 소설만큼이나 다채로운 삶을 살았다. 또한 작가의 신분이 아닌 기자나 저널리스트, 특파원이 되어 여러 나라를 다녔다. 특히, 아프리카로 여행을 떠나는 등 자신의 작품에 영감을 주는 사냥과 낚시를 한평생 취미로 즐긴 작가로 잘 알려져 있기도 하다.

《무기여 잘 있거라》는 그가 젊은 날 쓴 두 번째 장편 소설이자 작가 자신이 열아홉에 이탈리아 전선에서 겪은 경험을 바탕으로 처음 쓴 자전적 소설이다. 이 작품은 이전에 쓴 《태양은 다시 떠오른다》 같은 작품이 대중적으로는 크게 주목받지 못한 것에 비해 엄청난 인기와 더불어 극찬을 받았다. 《무기여 잘 있거라》는 초판이 4만 부나 팔리고, 출간한 지 약 4개월 만에 8만 부나 팔렸다. 그리고 자전적 경험에서 생생하게 전해지는 전쟁터에 대한 구체적인 묘사와 사실적이면서도 감정이 배제된 건조한 문체는 예술적으로도 높은 평가를 받았다. 이 작품으로 그는 미국을 대표하는 작가이자 세계적인 작가로 주목받으며 명성과 대중적인 인기, 그리고 경제적인 부까지 누리게 되었다.

그의 여러 작품을 보면서 '경험이야 말로 훌륭한 영감이자 신앙'이라고 평가할 수 있게 된 것에는 그가 서른에 쓴 이 작품이 인정받고 주목받은 게 그 시작이 되었다고 해도 과언이 아닐 것이다. 그렇기에 작가와 어딘가 모르게 닮아 있는 주인공 프레데릭 헨리를 통해 작품에 녹아 있는 작가의 삶과 인생관을 들여다보는 것도 이 책을 읽는 하나의 재미라고 할 수 있다.

전쟁이 가져다준 허무 속에서
삶과 사랑의 의미를 발견한 한 남자 이야기

이탈리아에서 건축을 공부하던 미국 청년 프레데릭 헨리는 제1차 세계대전이 일어나자 이탈리아 전선에서 구급차 부대의 장교로 자원하여 근무하던 중 그곳에서 영국 출신의 간호사 캐서린 바클리를 만나게 된다. 그녀를 향한 그의 마음은 처음에는 마치 게임처럼 즐기기 위한 유희에서 출발한다. 그러나 프레데릭이 전쟁 중 다리에 중상을 입고 밀라노에 있는 병원으로 후송되어 치료를 받는 동안 캐서린에 대한 마음이 점점 진지하고 애절한 사랑으로 바뀌어 간다.

어떤 독자들은 사랑을 마치 게임처럼 여기고 누구도 사랑하게 되는 일은 없을 거라고 장담하던 작품의 화자이자 주인공인 프레데릭이 밀라노 병실에서 캐서린에게 한눈에 사랑에 빠지는 모습을 보며 의아함을 품기도 했을 것이다. 처음 캐서린에게 호감을 먼저 느끼고 있던 사람은 룸메이트이자 친구인 리날디였고, 상황적으로도 밀라노 병실에서 재회하기 이전까지 두 사람의 관계는 몇 번 만나지도 않았고 진전도 없었다. 그러니 밀라노 병원에서 재회했던 순간 그녀가 걸어 들어오는 모습을 보고 한눈에 사랑에 빠진 그의 행동이 사뭇 급작스러운

전개라고 느껴질 수도 있다.

그러나 이것에 대한 의문은 전선의 동료들을 통해 자연스럽게 풀린다. 이들은 일과처럼 창루를 찾고 그런 삶과 동떨어진 순진한 신부를 조롱하는 것을 그들의 즐거움으로 삼는다. 승패에 상관없이 하루하루 전쟁에 지쳐 가고 있는 그들에게 여자라는 존재는 현실을 잠시 잊게 해 주고 쾌락과 즐거움을 주는 유희의 대상밖에 되지 않는다. 전쟁 상황에 따라 부대가 이동하는 상황에서 이들이 지속적으로 만날 수 있는 여자들은 전우처럼 그들과 함께 하는 창루의 여인들인 것이다.

이것은 프레데릭에게도 마찬가지였다. 휴가 때조차 경치가 좋고 아름다운 곳을 여행하기보다는 어두운 카페에 틀어 박혀 술을 마시거나 밤마다 취해 얼굴도 기억나지 않는 창녀와 지내는 것이 마음이 편했던 그였다. 전쟁이라는 상황에 놓인 현실에서 벗어나 쾌락적이고 비이성적인 비현실 속에 있는 것이 휴식이었던 것이다. 그렇기에 전선과 떨어진 밀라노 병실에서 자신의 의지와 상관없이 전쟁과 몇 달이나 단절된 생활을 하게 된 상황에서의 두 사람의 재회는 프레데릭의 마음속에 사랑이 시작되고 이를 키워 가기에는 더할 나위 없이 안성맞춤인 공간이자 타이밍이라고 할 수 있다.

이렇게 찾아온 사랑은 자신의 삶의 방향도 존재 이유도 몰랐던 한 청년에게 인생의 이정표가 되기 시작한다. 음식이나 섹스 외에는 뚜렷한 존재 이유를 찾고 있지 않으며 삶의 방향 감각을 상실한 채 비현실적이고 아무래도 상관이 없다는 삶을 사는 그에게 사랑은 잃어버린 자아를 되찾고 삶을 통찰하게 만든다. 전에는 결코 생각할 수 없었던 어떤 대상을 위해 희생하고 봉사하고 그로 인해 행복할 수 있음을 깨닫기 시작한 것이다.

소설 초반부에서 신부와 나눈 대화에서는 "저는 사랑 같은 건 하지 않을 겁니다"라고 말하지만, 후반에서는 그레피 백작이 인생에서 가장 소중한 것이 무엇인지 물었을 때 서슴없이 "사랑하는 사람입니다."라고 말한다. 이 두 장면은 그사이 이 청년에게 어떤 변화가 생겼는지, 또 사랑으로 인해 얼마나 성장했는지를 극명하게 보여 준다.

그가 이렇게 추상적이고 관념적인 것을 거부하고 의식적으로 끊임없이 생각하기를 거부하는 것에는 이유가 있다. 살육과 폭력이 난무하는 전쟁을 불러일으킨 장본인들이 다름 아닌 추상적이고 관념적인 것을 중시하는 사람들이라고 생각하기 때문이다.

> 나는 신성, 영광, 희생 등의 허사가 되곤 하는 단어를 들으면 언제나 몸이 움츠러들었다. 가끔은 고함을 질러야 말소리가 들리는 빗속에서도 우리는 이런 단어들을 종종 듣곤 했다. 오랫동안 덕지덕지 붙어 있는 선언문에서도 곧잘 볼 수 있었다. 하지만 그중 어떤 것들도 신성한 것은 없었다. 영광스럽다고 하는 것들도 알고 보면 그렇지 않은 것들이었고, 희생은 시카고의 가축 도살장에서 일어나는 일과 다를 바 없는 것이었다. 고기를 먹지 않고 묻는다는 것만 빼면 말이다. 많은 사람들이 듣기 거북한 실체가 없는 단어를 여기저기서 사용하다 보니 마침내 조금이라도 실존하는 것이라고는 지명밖에 남지 않게 되었다.

프레데릭은 전쟁터에서 여러 일을 겪으며 추상적이고 관념적인 것들이 얼마나 위험하고 공허한지 깊이 깨닫는다. 적군도 아닌 아군의 손에 부하를 잃고 기껏 임무 수행을 위해 부하들을 이끌고 목적지를 향하고 있는 자신에게 '부대 이탈'이라는 명분을 내세우며 마치 정의라도 실현하는 심판자의 모습을 하고 있는 그들 앞에서 그는 과감히 탈출을 결심하고 자신의 의지로 전쟁을 끝내기로 한다.

늘 비에 축축이 젖어 있고 먼지에 싸여 있는 전선과는 다르게 사랑의 도피처로 선택한 스위스에서의 생활은 매우 깨끗하고 평화롭다. 이렇게 화자인 프레데릭이 공간을 이동할 때마다 펼쳐지는 그곳의 날씨와 주변 풍경에 대한 생생하고 사실적인 묘사는 전쟁과 사랑의 공간에 대한 다른 이미지를 더욱 극명하게 보여 준다. 높은 산에 둘러싸여 청정한 호수와 숲속을 거닐면서 캐서린과 이야기하며 끊임없이 사랑을 속삭이는 이들의 삶은 도피처라고 하기에는 무색하게 그들만의 사랑의 둥지가 된다. 이렇게 그들의 사랑은 극구의 행복과 만족으로 완성되어 가고 있는 듯했으나 사산이 된 아이를 출산하는 과정에서 캐서린은 과다 출혈로 죽음을 맞이한다.

경험으로 창조해 낸 헤밍웨이의 '로미오와 줄리엣'

이 작품은 헤밍웨이가 "내가 쓴 로미오와 줄리엣"이라고 일컬었다. 헤밍웨이의 실패한 첫사랑이 모티프가 되어 두 남녀의 안타깝고 애절한 사랑을 그려 냈다. 작품의 주인공처럼 헤밍웨이 역시 열아홉의 나이로 제1차 세계대전에 참전해 이탈리아 전선에서 구급차 운전사로 활동하다가 두 다리에 심한 중상을 입고 밀라노의 한 육군 병원에서 치료를 받는다. 이때 그곳에서 일하는 미모의 미국인 간호사와 사랑에 빠지는데, 그녀와의 결혼을 꿈꾸었던 그의 바람과는 달리 그녀는 헤밍웨이가 미국 고향으로 돌아와 휴양하는 동안 다른 이탈리아 장교와 결혼한다. 실패로 끝난 이 첫사랑 때문에 그는 오랫동안 실연의 상처를 극복하지 못했다고 한다.

실제로 그는 9주에 걸쳐 완성한 전작과는 다르게 이 작품은 6개월이나 걸려 완성했고, 그사이 쓰고 다듬고 개작하고 수정하기를 여러 번 반복했다고 한다. 그중 가장 고심했던 부분이 캐서린이 죽는 장면이었다고 전해진다. 그래서 캐서린이 죽는 것으로 결말을 맺은 것에 대해 나름 응징이나 복수의 설정이라고 해석하는 사람도 있다. 또한 이 시기에 그의 아버지가 권총으로 자살한 사건도 죽음을 놓고 고민을 하는 데 영향을 주었을 것이라고도 한다.

> 이제는 캐서린이 죽을 차례다. 원래 사람은 그렇다. 다 죽는다. 죽음이 뭔지도 모르고 그걸 알 시간도 없다. 그냥 내팽겨진 채 규칙만 알려 주고는 잘못을 저지르는 순간 바로 죽여 버린다. 아니면 아이모처럼 황당하게 죽기도 한다. 아니면 리날디처럼 매독에 걸려 죽는다. 어쨌든 결국에는 다 죽는다. 그건 분명하다. 계속 서성거리다 보면 반드시 죽는다.
> 한번은 캠프를 갔는데 개미가 가득 붙어 있는 장작을 불에 넣은 적이 있었다. (중략) 나는 그 당시 그게 세상의 종말 같다고 생각을 했고 이것이 구세주가 될 수 있는 절호의 기회라고 여기며 장작을 불에서 끄집어 내어 땅으로 던졌다. 하지만 그런 다음 내가 한 것이라고는 양철 컵에 든 물을 장작에 던진 것이다. 그래서 컵에 위스키나 따라 마실 수 있게 말이다. 타는 장작에 던진 물 한 컵 때문에 개미들은 오히려 찜이 되었을 것이다.

프레데릭은 캐서린이 숨을 거두기도 전에 그녀의 죽음을 예감한다. 이것은 결코 그의 바람도 원하는 결말도 아니지만 인간의 힘으로는 어쩔 수 없는 영역이라는 점을 깨달았기 때문이다. 지금이든 나중이든 어떤 방식으로든 죽음은 누구나 겪어야 할 결말이다. 이 사실을 잘 알고 있었기에 헤밍웨이 역시 이 작품을 비극으로 끝낼 수밖에 없었을 것이다.

추상적이고 관념적인 것을 싫어하는 프레데릭이 캐서린을 사랑하게 되고, 생명을 만들고, 아이와 그의 유일한 가치였던 캐서린과도 헤어질 수밖에 없었던 까닭은 결코 그의 선택이 아니었다. 그저 흔히 우리가 운명이라고 규정한 것에 따라 무심히 흘러갔을 뿐이다.

프레데릭이 개미들을 구할 수 없었던 것처럼 신도 우리 인간에게 무심하다. 불행과 죽음을 막아 주고 나서서 구해 주지 못한다. 누구도 삶과 죽음의 굴레 앞에서 자유로울 수 없다. 선택할 수도 없다. 그렇기에 존재하는 모든 것들은 허무하다.

비극이지만 비극이라고 말할 수 없는 전쟁, 그리고 사랑

"무기여 잘 있거라(A Farewell to Arms)"라는 제목에서 'Arms'는 무기가 상징하는 '전쟁'과 캐서린의 두 팔을 상징하는 '사랑'을 동시에 내포한다. 우리의 주인공 프레데릭은 전쟁과 사랑에 모두 안녕을 고함으로써 삶에 대해 진정한 깨달음을 얻었다.

이 책의 결말이 꼭 비극이라고 할 수 없는 까닭은 바로 이 때문이다. 프레데릭은 죽은 캐서린의 곁에 잠시 머물며 이별을 고하고 난 뒤 호텔로 걸음을 옮긴다. 언제나 조각상 같은 캐서린의 곁에 머물 수 없다는 것을 그도 잘 알고 있었던 것이다. 사랑을 통해 삶의 의미를 깨달은 그는 또 다른 전쟁터를 향해 묵묵히 걸어갈 것이다.

이송이*

* 자유기고가. 명지대학교에서 문예창작을 전공했으며 프리랜서 작가, 기획자, 편집자로 활동 중이다.

작가 연보

1899년 7월 21일, 미국 시카고 일리노이 주 오크파크에서 태어났다. 사냥과 낚시 등 야외 활동을 좋아하는 아버지와 음악적 소양이 깊고 신앙심이 두터운 어머니의 영향을 받으며 성장했다. 매년 여름, 미시간에 있는 별장에서 가족과 함께 평화로운 시간을 보냈다. 이러한 가족 분위기는 그의 가치관과 문학성에 많은 영향을 미쳤다.

1913년 오크파크 고등학교에서 학교 주간지인 〈그네〉의 편집을 맡으며 기사나 단편을 썼다. 교내 잡지 〈타뷰러〉에도 단편 〈색채의 문제〉, 〈매니투의 심판〉, 〈세피징겐〉 등을 발표하며 문학성을 발휘하는 한편, 수영과 축구 등 운동선수로도 활약했다.

1917년 고등학교를 졸업한 후 대학 진학을 포기하고 군대에 지원하나 아버지의 반대로 군인의 길을 단념하게 되었다. 대신 숙부의 소개로 〈캔자스시티 스타〉의 수습기자로 입사하는데, 이 시기에 헤밍웨이 특유의 강건한 문체가 확립되기 시작했다.

1918년 제1차 세계대전에 참전하기 위해 〈캔자스시티 스타〉를 사직하고 미 육군에 자원하지만, 권투 연습 중에 다친 눈 때문에 입대가 거부되었다. 하지만 이탈리아군 소속 적십자 부대의 앰뷸런스 운전사에 지원하고, 한 달도 못 되어 피아베 강변의 포살타에서 다리에 중상을 입고 밀라노 육군병원에 세 달 동안 입원했다. 이 병원에서 미국인 간호사인 아그네스와 사랑에 빠졌다.

1919년 제1차 세계대전이 휴전한 후 고향으로 돌아왔다. 아그네스에게 나이가 어리다는 이유로 청혼을 거절당했고, 미시간의 별장에서 휴식을 취하며 재충전의 시간을 갖었다.

1920년 친구의 소개로 캐나다로 이주해 〈토론토 스타 위클리〉지와 〈토론토 데일리 스타〉지의 임시 기자를 맡아 잡문 기사를 담당했다. 가을에는 시카고로 돌아와 〈아메리카 생활 협동조합〉의 월보를 편집하고, 소설가 셔우드 앤더슨과 친분을 맺고 시카고 그룹의 작가들을 사귀기 시작했다.

1921년 봄에 〈토론토 스타 위클리〉지에 글을 기고하는 기자로 일했다. 어린 시절부터 잘 알고 지낸 여덟 살 연상인 해들리 리처드슨과 결혼했고, 〈토론토 스타 위클리〉지와 〈토론토 데일리 스타〉지의 해외 특파원 자격으로 파리로 건너갔다.

1922년 파리에 머물며 국외 추방 작가들을 만나 교류하며 소설작법 수업을 받았다. 그리스·터키 전쟁 취재를 위해 유럽 각지를 여행하다가 가방을 도난당해 미발표 원고를 모두 분실했다.

1923년 임신 중인 아내와 함께 이탈리아를 여행하며 투우에 매료되었다. 파리에서 첫 소설인 《세 편의 단편과 열편의 시(Three Stories and Ten Poems)》를 한정판으로 출간했다. 장남 존 해들리가 태어나고, 파리에서 계속 소설을 쓰기 위해 〈토론토 스타〉를 그만두었다.

1924년 파리로 건너가 본격적으로 작가 수업을 시작하고, 새로 창간한 〈트랜스애틀랜틱 리뷰〉지의 편집부에 들어가 제임스 조이스, 도스 패서스 등과 교제했다. 청소년기의 체험을 바탕으로 한 단편집 《우리들의 시대에(In Our Time)》를 파리에서 출간했다. 스페인을 두 번째로 여행했다.

1925년 파리에서 작가 스콧 피츠제럴드를 만나 친분을 쌓았으며, 집필 활동을 계속했다. 아내와 어린 시절의 친구들과 함께 세 번째 스페인 여행을 떠났다. 미국판 《우리들의 시대에》가 출간되고, 오스트리아 슈룬스에서 겨울을 보냈다.

1926년 스콧 피츠제럴드에게 미국 유수의 출판사 스크리브너즈의 편집자인 맥스웰 퍼킨스를 소개받았다. 그곳에서 장편 소설 《봄의 계류(The Torrents of Spring)》를 출간했다. 그 이후 그의 작품은 대부분 이곳에서 나왔다. 아내 해들리와 두 번째 아내가 될 폴린 파이퍼와 함께 스페인을 여행했다. 10월에 출간한 《태양은 다시 떠오른다》가 베스트셀러가 되면서 이름을 널리 날리기 시작했고 '잃어버린 세대'의 대표 작가가 되었다.

1927년 별거 중이었던 아내 해들리와 정식으로 이혼하고, 〈보그〉지의 파리 주재 기자이며, 세인트루이스 출신인 폴린 파이퍼와 재혼했다. 독실한 가톨릭 신자였던 두 번째 아내의 영향으로 가톨릭으로 개종했다. 두 번째 단편집인《여자 없는 남자들(Men Without Women)》을 출간했다.

1928년 파리를 떠나 미국으로 돌아와 플로리다 주의 키웨스트에 자리를 잡고, 차남인 패트릭이 태어났다.《무기여 잘 있거라》를 탈고하고 수정을 가할 무렵, 지병과 땅 투기 실패로 괴로워하던 아버지가 권총으로 자살해 충격을 받았다.

1929년 〈스크리브너즈〉지에서 연재한 작품《무기여 잘 있거라(A Farewell to Arms)》가 수차례의 퇴고를 거친 뒤에 단행본으로 출간되었다. 이 작품은 네 달 동안 무려 8만 부가 팔리며 상업적으로도 문학적으로도 인정받았다.

1930년 사슴 사냥을 하던 중에 자동차 사고로 팔에 심한 부상을 입어 병원에 입원했다.

1931년 셋째 아들인 그레고리 핸콕이 태어났다.

1932년 투우를 소재로 한 논픽션《오후의 죽음(Death in the Afternoon)》이 출간되었다.

1933년 열네 편의 단편을 수록한 세 번째 단편집《승자에겐 아무것도 주지 마라(Winner Take Nothing)》가 출간되었다. 아내와 함께 유럽과 동아프리카로 여행을 떠났다.

1934년 아내와 함께 간 아프리카에서 아메바 이질에 걸려 나이로비로 되돌아와 요양을 했다. 완쾌한 후에 다시 수렵 여행을 갔다가 뉴욕으로 돌아왔다. 〈코스모폴리탄〉지에 《부자와 빈자(To Have and Have Not)》 제1부 〈어느 도항〉을 발표했다. 구입한 배에 '필라'라는 이름을 붙이고, 아마추어로서는 가장 큰 다랑어를 잡는다.

1935년 낚시를 하던 중 사고로 다리에 총상을 입었다. 〈스크리브너즈〉지에 아프리카 여행기를 연재하고 《아프리카의 푸른 언덕》이라는 제목으로 출간했다.

1936년 〈코스모폴리탄〉지에 《부자와 빈자》의 제2부 〈상인의 귀환〉을 발표했다. 〈에스콰이어〉지에 아프리카 여행을 배경으로 한 단편 〈킬리만자로의 눈(The Snow of Kilimanjaro)〉을, 〈코스모폴리탄〉지에 〈프랜시스 매코머의 짧고 행복한 생애(The Short Happy Life of Francis Macomber)〉를 발표했다.

1937년 북미신문연합인 NANA 통신의 특파원 자격으로 스페인에 파견되어 내전을 취재했다. 스페인 내란에 대한 저술 및 강연을 통해 모금 활동을 해 사만 달러를 개인적으로 정부에 지원했다. 스페인에서 영화 〈스페인의 대지〉 제작에 참여했고, 정부군에 소속해 프랑스 작가 앙드레 말로를 만났다. 팔월에 다시 스페인 마드리드로 넘어가 희곡 〈제오열〉을 집필했고, 그 무렵 〈콜리어스〉지의 특파원으로 마드리드에 머물던 여류 작가 마사 겔혼과 사랑에 빠졌다. 시월, 《부자와 빈자(To Have and Have Not)》를 출간했다.

1938년 선전 영화 대본인 《스페인의 대지(The Spanish Earth)》를 출

간하고, 단편집 《제오열과 최초의 사십구 편(The Fifth Column and the Forth-Nine Stories)》을 출간했다. 단편 중 〈제오열〉은 그의 유일한 희곡 작품이었다.

1939년 폴린 파이퍼와 별거하고, 쿠바 아바나로 이주해 저택을 구입하고 '전망 좋은 농장'이라 이름을 붙였다. 그 이후 이 저택에서 많은 작품을 집필했다. '전망 좋은 농장'은 현재 헤밍웨이 박물관으로 사용되고 있다.

1940년 뉴욕의 시어터길드에서 희곡 〈제오열〉이 공연되었다. 유월에 희곡 작품 《제오열(The Fifth Column)》이 단행본으로 출간되었고, 시월에 출간된 《누구를 위하여 종은 울리나(For Whom the Bell Tolls)》가 이듬해까지 약 50만 부가 판매되고 품절 사태가 벌어지는 기록을 세우며 베스트셀러가 되었다. 폴린과 이혼하고 마사 겔혼과 세 번째 결혼을 했다.

1941년 중일전쟁의 특파원 자격으로 아내와 함께 중국을 여행했다.

1942년 제2차 세계대전 중 미 해군에 자원해 자신의 배인 필라호를 개조해 독일군 잠수함을 수색했지만 한 척도 발견하지 못했다. 전쟁 이야기를 담은 《전장의 인간(Men at War)》을 편집했다.

1944년 1943년에 〈콜리어스〉지의 특파원 자격으로 유럽의 전쟁을 취재했다. 런던에서 신문기자이자 특파원인 메리 웰시를 만났다.

1945년 메리와 함께 탄 자동차가 사고를 당해 크게 다치고, 세 번째 부인인 마사와 이혼하게 되었다.

1946년 메리 웰시와 네 번째 결혼을 하고, 미국 아이다호 주 케첨에 머물렀다.

1947년 전시 보도원으로서의 공적을 인정받아 미국 정부로부터 '브론즈 스타' 훈장을 받았다.

1949년 아내 메리와 함께 북이탈리아를 취재하기 위해 이탈리아에 체류하며 집필에 전념했다.

1950년 십 년 만에 《강을 건너 숲속으로(Across the River and Into the Trees)》를 출간했으나 혹평을 받았다.

1952년 〈라이프〉지 9월호에 《노인과 바다(The Old Man and the Sea)》 전문을 싣고, 단행본으로 출간했다. 출간과 동시에 엄청난 호평을 받았다.

1953년 어마어마한 찬사를 얻은 《노인과 바다》로 퓰리처상을 수상했다. 여름에는 스페인을 여행했고, 가을에는 〈룩〉지의 특파원으로 아내와 함께 아프리카를 여행했다.

1954년 아프리카 우간다에서 비행기 사고를 당해 구조용 비행기로 옮겨지던 중 또 사고가 나 그가 사망했다는 뉴스가 보도되었다. 간신히 목숨을 건졌고, 노벨문학상을 수상하는 영예를 얻지만 건강 때문에 시상식에는 참석하지 못했다.

1959년 메리와 함께 미국으로 돌아왔다. 건강이 매우 악화되어 집필을 하지는 못했다.

1961년 우울증, 알코올중독, 고혈압, 편집증에 시달렸다, 자택에서 엽총에 의한 자살로 보이는 의문의 죽음으로 생을 마감했다. 아이다호 주 선밸리에 묻혔다.

1964년 유작《움직이는 축제일(A Moveable Feast)》이 출간되었다.

1966년 칠월, 선밸리에 세운 헤밍웨이 기념상의 제막식이 열렸다.

1970년 유작《해류 속의 섬들(Islands in the Stream)》이 출간되었다.

1972년 유작《닉 애덤스 이야기(Nik Adams Stories)》가 출간되었다.

1985년 유작《위험한 여름(The Dangerous Summer)》이 출간되었다.

1986년 유작《에덴동산(The Garden of Eden)》이 출간되었다.

1987년 《어니스트 헤밍웨이 단편 전집(The Complete short Stories of Ernest Hemingway)》이 출간되었다.

1999년 헤밍웨이의 아들 패트릭이 편집한 허구적 자서전《여명의 진실(True at First Light)》이 출간되었다.

옮긴이 이유정

동덕여자대학교 영어과를 졸업하고 프리랜서 번역가로 활동 중이다. 논문과 다수의 단편, 여러 영화와 드라마 등의 영상물을 번역했다.

무기여 잘 있거라

개정 1쇄 펴낸 날 2020년 12월 1일
개정 2쇄 펴낸 날 2021년 1월 30일

지은이 어니스트 헤밍웨이
옮긴이 이유정
펴낸이 장영재
펴낸곳 (주)미르북컴퍼니
자회사 더클래식
전 화 02)3141-4421
팩 스 02)3141-4428
등 록 2012년 3월 16일(제313-2012-81호)
주 소 서울시 마포구 성미산로32길 12, 2층 (우 03983)
E-mail sanhonjinju@naver.com
카 페 cafe.naver.com/mirbookcompany

* (주)미르북컴퍼니는 독자 여러분의 의견에 항상 귀 기울이고 있습니다.
* 파본은 책을 구입하신 서점에서 교환해 드립니다.
* 책값은 뒤표지에 있습니다.

1 | 노인과 바다 | 어니스트 헤밍웨이
1953년 퓰리처상 수상작 / 1954년 노벨문학상 수상작 / 미국대학위원회 선정 SAT 추천도서

2 | 동물 농장 | 조지 오웰
미국대학위원회 선정 SAT 추천도서 / 〈타임〉지 선정 현대 100대 영문소설
한국 문인이 선호하는 세계명작소설 100선 / 서울시 교육청 추천도서
논술 및 수능에 출제된 책(1998~2005)

3 | 어린 왕자 | 앙투안 드 생텍쥐페리
전 세계 1억 부 이상 판매 기록 / 16개국 언어로 번역

4 | 사람은 무엇으로 사는가(톨스토이 단편선 1) | 레프 니콜라예비치 톨스토이
영어권 문학가들이 가장 좋아하는 작가 / 전 세계 거의 모든 언어로 번역된 필독서

5 | 검은 고양이(포 단편선) | 에드거 앨런 포
포 최고의 미스터리 세계를 보여 준 호러 문학의 걸작

6 | 예언자 | 칼릴 지브란
'현대의 성서'로 불리는 책

7 | 젊은 베르테르의 슬픔 | 요한 볼프강 폰 괴테
세기의 철학가와 문인들의 찬사를 받은 대표작

8 | 독일인의 사랑 | 프리드리히 막스 뮐러
잊히지 않는 낭만적 사랑의 향기 / 독일 낭만주의 시인 막스 뮐러의 유일 순수문학 작품

9 | 이방인 | 알베르 카뮈
노벨 연구소 선정 최고의 세계문학 100선 / 1957년 노벨문학상 수상작
대한민국 명사 101인의 대표 추천작 / 연세대학교 필독도서 / 미국대학위원회 선정 SAT 추천도서
〈타임〉지 선정 세상을 움직인 책 100권

10 | 데미안 | 헤르만 헤세
노벨문학상 수상 작가 / 20세기 일대 센세이션을 일으킨 성장 소설의 고전
서울시 교육청 추천도서

11 | 그리스인 조르바 | 니코스 카잔차키스
미국대학위원회 선정 SAT 추천도서 / 한국간행물윤리위원회 선정추천도서
한국출판인회의 출판인이 선정한 100권의 도서

12 | 위대한 개츠비 | 프랜시스 스콧 피츠제럴드
〈타임〉지 선정 현대 100대 영문소설 / 어니스트 헤밍웨이가 인정한 완벽한 일급 작품
20세기 100대 영문소설 1위 / 미국대학위원회 선정 SAT 추천도서 / 뉴욕 공립도서관 추천도서
대한민국 명사 101인의 대표 추천작 / WTO 북클럽 추천도서

13 | 도리언 그레이의 초상 | 오스카 와일드
미국대학위원회 고교 추천도서 101 / 대한민국 명사 101의 대표 추천작

14 | 벨 아미 | 기 드 모파상
모파상의 가장 매력적이고 파격적인 작품 / 19세기 파리를 뒤흔든 파격 스캔들
2012년 개봉한 영화 〈벨 아미〉 원작

15 | 이상한 나라의 앨리스 | 루이스 캐럴
난센스와 판타지의 대표작 / 아카데미 '미술상' 수상한 영화의 원작
19세기 가장 유명한 영국 아동문학 작가

16 | 두 도시 이야기 | 찰스 디킨스
영국이 낳은 가장 위대한 소설가 / 영화 〈다크나이트〉의 모티프
미국대학위원회 선정 SAT 추천도서 / 서울시 교육청 선정 청소년 필독도서

17 | 햄릿 | 윌리엄 셰익스피어
대한민국 명사 101인의 대표 추천작 / 서울대학교 권장도서 100선 / 서울대학교 동서고전 200선
연세대학교 필독도서 / 미국대학위원회 선정 SAT 추천도서 / 국립중앙도서관 선정 청소년 권장도서

18 | 오페라의 유령 | 가스통 르루
4대 뮤지컬 〈오페라의 유령〉 원작 소설 / 프랑스 최고 추리소설 작가

19 | 1984 | 조지 오웰
〈타임〉지 선정 세상을 움직인 책 100권 / 〈텔레그라프〉지 완벽한 도서관을 위한 권장도서 100
세계 3대 디스토피아 미래 소설 / 〈가디언〉지 권장도서 / 뉴욕 공립도서관 추천도서
하버드 대학생이 가장 많이 산 책 1위

20 | 수레바퀴 아래서 | 헤르만 헤세
대한민국 명사 101인의 대표 추천작 / 헤르만 헤세의 사춘기 시절 경험을 바탕으로 한 자전적 소설
노벨문학상 수상 작가/ 국립중앙도서관 선정 청소년 권장도서

21 22 23 | 안나 카레니나 1~3 | 레프 니콜라예비치 톨스토이
톨스토이 생애 최고의 리얼리즘 소설 / 서울대학교 권장도서 100선 / 서울대학교 동서고전 200선
연세대학교 필독도서 / 미국대학위원회 선정 SAT 추천도서 / 오프라 윈프리 북클럽 권장도서
논술 및 수능에 출제된 책(1998~2005)

24 | 오즈의 마법사 1 – 오즈의 위대한 마법사 | 라이먼 프랭크 바움
미국대학위원회 선정 SAT 추천도서 / 연세대학교 필독도서 / 국립중앙도서관 선정 우수 번역서

25 | 리어 왕 | 윌리엄 셰익스피어

대한민국 명사 101인의 대표 추천작 / 서울대학교 권장도서 100선 / 연세대학교 필독도서
미국대학위원회 선정 SAT 추천도서 / 〈가디언〉지 권장도서 / 세인트존스 대학교 권장도서
논술 및 수능에 출제된 책(1998~2005)

26 27 28 29 30 | 레 미제라블 1~5 | 빅토르 위고

저명한 문학비평가들이 극찬한 세기의 걸작 / WTO 북클럽 추천도서
2013년 개봉한 영화 〈레 미제라블〉의 원작 / 전자책 베스트셀러 1위(2013)

31 | 월든 | 헨리 데이비드 소로

미국대학위원회 고교추천도서 101 / 미국대학위원회 선정 SAT 추천도서

32 | 겨울 왕국(안데르센 단편선 1) | 한스 크리스티안 안데르센

어린이문학에 꽃을 피운 불멸의 작가 / 세계를 움직인 100권의 책 선정
노벨 연구소 선정 세계 100대 문학 작품

33 | 오만과 편견 | 제인 오스틴

서울대학교 동서고전 200선 / 연세대학교 필독도서 / 세인트존스 대학교 권장도서
〈텔레그라프〉지 완벽한 도서관을 위한 권장도서 100 / 〈가디언〉지 권장도서
미국대학위원회 선정 SAT 추천도서 / 국립중앙도서관 선정 청소년 권장도서

34 | 로미오와 줄리엣 | 윌리엄 셰익스피어

서울대학교 동서고전 200선 / 미국대학위원회 선정 SAT 추천도서
칼리지보드 선정 고교생 필독서 101권

35 | 바람이 분다 | 호리 다쓰오

미야자키 하야오의 애니메이션 영화 〈바람이 분다〉 원작

36 | 맥베스 | 윌리엄 셰익스피어

서울대학교 권장도서 100선 / 연세대학교 필독도서 / 미국대학위원회 선정 SAT 추천도서
국립중앙도서관 선정 청소년 권장도서

37 | 신곡 – 인페르노(지옥) | 단테 알리기에리

서울대학교 권장도서 100선 / 국립중앙도서관 선정 청소년 권장도서
미국대학위원회 선정 SAT 추천도서 / 〈뉴스위크〉지 선정 100대 명저

38 | 외투 · 코(고골 단편선) | 니콜라이 바실리예비치 고골

러시아 사실주의 문학의 지평을 연 작품

39 | 인간 실격 | 다자이 오사무

교육과학기술부 신하 사단법인 한국교육지원회 선정 아침독서 10분 운동 필독서
영화 평론가 이동진 추천도서

40 | 마지막 잎새(오 헨리 단편선) | 오 헨리

서울대학교 · 연세대학교 추천도서 / 서울시 교육청 추천도서
EBS 주최 북퀴즈 왕 선발 추천도서

41 | 오즈의 마법사 2 – 환상의 나라 오즈 | 라이먼 프랭크 바움
미국대학위원회 선정 SAT 추천도서

42 | 좁은 문 | 앙드레 지드
교육과학기술부 산하 사단법인 한국교육지원회 선정 아침독서 10분 운동 필독서

43 | 킬리만자로의 눈(헤밍웨이 단편선) | 어니스트 헤밍웨이
국립중앙도서관 선정도서 / 남산도서관 선정도서

44 | 벤자민 버튼의 시간은 거꾸로 간다(피츠제럴드 단편선 1) | 프랜시스 스콧 피츠제럴드
전미비평가협회 선정 '톱 10 작품', 영화 〈벤자민 버튼의 시간은 거꾸로 간다〉의 원작
2013 화제의 영화 〈위대한 개츠비〉 작가, 피츠제럴드 단편선

45 | 광란의 일요일(피츠제럴드 단편선 2) | 프랜시스 스콧 피츠제럴드
2013 화제의 영화 〈위대한 개츠비〉 작가, 피츠제럴드 단편선

46 | 천로역정 | 존 버니언
성경 다음으로 많이 읽힌 기독교 3대 고전 중 하나 / 2003년 국립중앙도서관 선정 고전 100선

47 | 세 가지 질문(톨스토이 단편선 2) | 레프 니콜라예비치 톨스토이
영어권 문학가들이 가장 좋아하는 작가 / 전 세계 거의 모든 언어로 번역된 필독서

48 | 갈매기(체호프 희곡선 1) | 안톤 체호프
미국대학위원회 선정 SAT 추천도서 / 서울대학교 권장도서 100선

49 | 개를 데리고 다니는 여인(체호프 단편선 1) | 안톤 체호프
서울대학교 동서고전 200선 / 노벨 연구소 선정 세계문학 100선

50 | 귀여운 여인(체호프 단편선 2) | 안톤 체호프
노벨 연구소 선정 세계문학 100선

51 | 폭풍의 언덕 | 에밀리 브론테
서울대학교 · 연세대학교 · 고려대학교 권장도서
1940 아카데미 상 최우수작 지명 〈폭풍의 언덕〉 원작

52 | 지킬 박사와 하이드 | 로버트 루이스 스티븐슨
2004 한국 문인이 선호하는 세계 명작 소설 100선 / 브로드웨이 뮤지컬 역사상 가장 아름다운 스릴러 / 〈지킬 앤 하이드〉 원작

53 | 바냐 아저씨(체호프 희곡선 2) | 안톤 체호프
서울대학교 권장도서 100선 / 노벨문학상 수상자 네이딘 고디머, 앨리스 먼로의 표본

54 55 | 이솝 이야기 1~2 | 이솝
어린이독서위원회, 서울 독서교육연구회 권장도서

56 | 오즈의 마법사 3 – 오즈의 오즈마 공주 | 라이먼 프랭크 바움
미국대학위원회 선정 SAT 추천도서

57 | 주홍색 연구(셜록 홈스 시리즈 1) | 아서 코난 도일
영국 BBC 제작, KBS 방영 〈셜록〉의 원작 / 대한민국 대표 추리 소설가 백휴의 작품해설 수록

58 | 네 개의 서명(셜록 홈스 시리즈 2) | 아서 코난 도일
영국 BBC 제작, KBS 방영 〈셜록〉의 원작 / 대한민국 대표 추리 소설가 백휴의 작품해설 수록

59 | 배스커빌 가의 개(셜록 홈스 시리즈 3) | 아서 코난 도일
영국 BBC 제작, KBS 방영 〈셜록〉의 원작 / 대한민국 대표 추리 소설가 백휴의 작품해설 수록

60 | 공포의 계곡(셜록 홈스 시리즈 4) | 아서 코난 도일
영국 BBC 제작, KBS 방영 〈셜록〉의 원작 / 대한민국 대표 추리 소설가 백휴의 작품해설 수록

61 | 페스트 | 알베르 카뮈
노벨문학상 수상 작가 / 1947년 프랑스 비평가상 수상 / 서울대학교 권장도서 100선

62 | 무기여 잘 있거라 | 어니스트 헤밍웨이
노벨문학상 수상 작가 / 〈타임〉지가 뽑은 20세기 최고의 문학 100선
미국 대학 위원회 선정 SAT 추천 도서 / 서울대학교 권장도서 200선

63 | 야간 비행 | 앙투안 드 생텍쥐페리
1931년 페미나 문학상 수상 / 작가의 경험이 들어간 직업 소설

64 | 톰 소여의 모험 | 마크 트웨인
미국 현대문학의 효시 마크 트웨인의 대표작 / 일본 후지TV 애니메이션 〈톰 소여의 모험〉 원작

65 | 프랑켄슈타인 | 메리 셸리
오늘날 SF소설의 선구 / 과학기술이 야기하는 사회적, 윤리적 문제를 다룬 최초의 소설

66 | 마음 | 나쓰메 소세키
서울대 권장도서 100선 / 일본의 셰익스피어 나쓰메 소세키의 대표작

67 | 노예 12년 | 솔로몬 노섭
2014 아카데미 시상식 3관왕 〈노예 12년〉 원작 / 노예 해방의 도화선이 된 작품

68 | 성냥팔이 소녀(안데르센 단편선 2) | 한스 크리스티안 안데르센
SBS 드라마 〈신의 선물-14일〉 메인 테마 도서 / 어린이문학에 꽃을 피운 불멸의 작가

69 70 | 제인 에어 1~2 | 샬럿 브론테
150년간 사랑받은 로맨스 소설의 고전 / 미국 대학위원회 선정 SAT 추천도서
영국 〈가디언〉이 선정한 세계 100대 최고의 소설 / 연세대학교 권장도서
영국 BBC 조사 영국인들이 가장 사랑하는 소설 100선 / 현대 여성들이 가장 사랑하는 필독서

71 | 예수의 생애 | 찰스 디킨스
2014년 개봉 〈선 오브 갓〉 원작 / 종교철학자 헤겔의 사상을 만든 고전
대문호 찰스 디킨스의 숨은 명작

72 | 싯다르타 | 헤르만 헤세
대한민국 명사 시인 장석남이 강력 추천한 작품 / 출간과 동시에 10만 부가 넘게 팔린 역작
진정한 자아를 깨닫기 위해 늘 고민하던 헤르만 헤세의 자전적 소설

73 | 신곡-연옥 | 단테 알리기에리
서울대 권장도서 100선 / 미국대학위원회 선정 SAT 추천도서
국립중앙박물관 선정 청소년 권장도서 / 〈뉴스위크〉 선정 100대 명저

74 75 | 테스 1~2 | 토머스 하디
미국 영국 BBC 선정 영국인이 사랑한 책 100선 / 서울대 추천 고등학생 권장도서 100선

76 | 신데렐라(샤를 페로 단편선) | 샤를 페로
프랑스 아동 문학의 아버지 / 영화 〈말레피센트〉원작

77 | 미녀와 야수(보몽 단편선) | 잔 마리 르 프랭스 드 보몽
변신 모티프의 전형을 완성 / 미야자키 하야오와 디즈니 애니메이션 원작

78 79 80 | 웃는 남자 1~3 | 빅토르 위고
빅토르 위고가 최고로 자부한 걸작 / 출간 당시 전 유럽을 충격에 빠트린 문제작
뮤지컬, 영화 등 여러 매체로 알려진 〈웃는 남자〉의 원작
한국간행물윤리위원회 선정 청소년 권장도서(2007)

81 | 마담 보바리 | 귀스타브 플로베르
사실주의 문학의 거장 귀스타브 플로베르의 대표작 / 서울대학교 추천 도서 100선
외설적이라는 이유로 19세기 교황청 금서목록에 선정된 작품 / 〈뉴스위크〉지 선정 100대 명저

82 | 별(도데 단편선 1) | 알퐁스 도데
자연주의와 인상주의의 절묘한 조화 / 서정적인 감수성과 아름다운 문체
부산시 교육청 선정 중학생 권장도서 / 포스코 교육재단 선정 중학생 필독도서

83 | 보이첵(뷔히너 단편선) | 게오르그 뷔히너
세계 최초로 한국에서 뮤지컬화 된 〈보이첵〉의 원작
시대를 폭로하는 천재 작가의 현실감 넘치는 작품

84 | 오셀로 | 윌리엄 셰익스피어
셰익스피어 4대 비극 중 하나 / 〈뉴스위크〉 선정 100대 명저 / 서울대학교 권장도서 100선

85 | 변신(카프카 단편선) | 프란츠 카프카
소외된 인간이었던 작가의 갈등과 고독을 반영 / 서울대 추천도서 100선 / 명사 101명이 추천한 파워클래식

86 | 피노키오 | 카를로 콜로디
월트 디즈니 인생 최고의 애니메이션으로 재탄생
스티븐 스필버그 감독의 2001년작 〈A.I.〉의 모티브 / 260개 언어로 번역된 교훈적 내용

87 | 세상을 보는 지혜 | 발타자르 그라시안 · 쇼펜하우어
세기를 아우르는 저명한 철학자가 쓰고 철학자가 옮긴 대표적인 작품
세상을 살아가는 데 꼭 필요한 빛나는 지혜를 전수해 주는 인생 처세서

88 | 마지막 수업(도데 단편선 2) | 알퐁스 도데
중 • 고등학교 국어 교과서 수록 작품 / 교육청 선정 청소년 권장도서 100선

89 | 키다리 아저씨 | 진 웹스터
출간 이래 100년 동안 사랑받아 온 스테디셀러 / 세상의 편견을 뛰어넘은, 편지 형식 소설의 대명사

90 | 키다리 아저씨 2 —그 후 이야기 | 진 웹스터
미국 • 일본 • 한국에서 2차 창작된 작품의 속편 / 여성의 대외 활동을 고양시킨 사회적 걸작

91 92 93 | 피터 래빗 이야기 1~3 | 베아트릭스 포터
세상에서 가장 사랑받는 토끼 이야기 / 자연 보호와 동물 존중 사상이 담긴 작품

94 95 | 드라큘라 1~2 | 브램 스토커
지금까지 가장 많은 동명의 영화로 제작된 고딕 소설의 대명사
2004년 뮤지컬로 만들어져 브로드웨이 초연 이후 세계 각국에서 사랑 받아온 작품

96 97 98 99 | 카라마조프가의 형제들 1~4 | 표도르 도스토옙스키
신 • 종교, 삶 • 죽음, 사랑 • 욕망 등 인간 내면의 본성의 문제를 다룬 작품
정신분석학자 프로이트가 꼽은 세계문학사 3대 걸작 중 하나

100 | 하늘과 바람과 별과 시 | 윤동주 (양승갑 영작)
요절한 천재 민족 시인의 유고시집 / 대중성과 문학성을 겸비한 시인 김경주 추천작

101 | 정글북 | 러디어드 키플링
영미권 작품 최초, 최연소 노벨문학상 수상작 / 정글의 생명력을 담은 자연친화적 작품
가의 아버지 존 록우드 키플링이 직접 그린 삽화 및 기타 삽화가들 그림 삽입

102 | 거울나라의 앨리스 | 루이스 캐럴
난센스와 판타지의 대표작 《이상한 나라의 앨리스》 속편
거울 속으로 떠난 앨리스의 두 번째 모험 이야기

103 | 마테오 팔코네(메리메 단편선) | 프로스페르 메리메
프랑스 단편소설의 거장 메리메의 대표 단편선 / 비제의 오페라 〈카르멘〉의 원작자

104 | 빨강머리 앤 | 루시 모드 몽고메리
캐나다의 대표적인 소설가 몽고메리의 데뷔작 / 서울시 교육청 선정 청소년 권장도서
KBS TV '책을 말하다' 추천도서 / 일본 후지 TV 애니메이션 〈빨강머리 앤〉 원작

105 | 삶이 그대를 속일지라도(푸시킨 시선집) | 알렉산드르 푸시킨
러시아 리얼리즘 문학의 선구자이자 러시아 국민시인 푸시킨의 대표 시선집

106 | 도련님 | 나쓰메 소세키
일본의 셰익스피어 나쓰메 소세키를 인기 작가 반열에 올린 작품
'책으로 따뜻한 세상 만드는 교사들(책따세)' 권장도서
서울시 교육청 '청소년을 위한 고전 콘서트' 도서 / 서울대학교 지정 수능필독도서

107 | 은하철도의 밤(겐지 단편선) | 미야자와 겐지

일본이 가장 사랑하는 동화작가 미야자와 겐지의 대표 단편선
일본 후지 TV 애니메이션 〈은하철도 999〉의 모티브

108 | 자기만의 방 | 버지니아 울프

20세기 페미니즘 비평의 선구자 버지니아 울프의 수필집
국립중앙도서관 선정 권장도서 / 서강대학교 권장도서 100선

109 | 플랜더스의 개(위다 단편선) | 위다(매리 루이스 드 라 라메)

멜로 드라마풍의 작품으로 유명한 영국의 아동문학가
서울시 교육청 선정 청소년 권장도서 / 일본 후지 TV 애니메이션 〈플랜더스의 개〉 원작

110 | 크리스마스 캐럴 | 찰스 디킨스

셰익스피어와 함께 영국을 대표하는 작가 찰스 디킨스의 중편소설
'책으로 따뜻한 세상 만드는 교사들(책따세)' 권장도서

111 | 탈무드

5000년에 걸친 유대인의 지혜가 담긴 책 / 서울대학교 지정 수능필독도서
포스코 교육재단 선정 초등학교 필독도서 / 경북교육청 선정 청소년 권장도서
백인제기념도서관 교양도서

112 | 호두까기 인형 | 에른스트 호프만

1892년 차이코프스키 발레 호두까기인형의 원작소설
2018 디즈니 애니메이션 호두까기 인형과 4개의 왕국의 원작소설

113 114 | 곰돌이 푸 1~2 | 앨런 알렉산더 밀른

2018 영화 '곰돌이 푸 다시만나 행복해' 원작 동화 / 곰돌이 푸가 건네는 따뜻한 감성 메시지

115 | 인형의 집 | 헨릭 입센

여성 평등을 그린 선구자적인 작품 / 페미니즘 희곡의 대명사 / 노벨연구소 선정 세계 100대 문학

* 더클래식 세계문학 컬렉션은 계속 출간될 예정입니다.